イレーナ、永遠の地

マリア・V・スナイダー
宮崎真紀 訳

DAWN STUDY
BY MARIA V. SNYDER
TRANSLATION BY MAKI MIYAZAKI

DAWN STUDY
BY MARIA V. SNYDER

Published by K.K. HarperCollins Japan, 2019

イレーナ、永遠の地

ある殺人を犯した罪で死刑囚となった、孤児院育ちのイレーナ。ついに死刑執行の日を迎えるも、そこで思わぬ選択肢を与えられる——今すぐ絞首刑か、イクシア領最高司令官の毒見役になるか。毒見役を選んだイレーナは、敵か味方かわからぬ上官ヴァレクの監視下に置かれ、死と背中合わせの日々を送ることに。やがてイレーナには“魔力”があり、幼き頃に隣国シティア領から拉致されてきたことが明らかになる。

祖国シティアへの帰還を果たしたイレーナは、自身の能力が《霊魂の探しびと(ソウルファインダー)》と呼ばれる、かつて世界を恐怖の底に突き落とした危ういものと知る。その事実に戸惑いながらも、心通わすようになったヴァレクや家族、仲間の助けを借り、自身の運命を受け入れていくイレーナ。いまではイクシアとシティア両国にルーツを持つ者として、2つの国を繋ぐ連絡官となっていたが、ある夜何者かに毒矢で射られ、直後いっさいの魔力を失ってしまう。時同じくしてイクシアとシティア両国では、支配欲に駆られた悪しき集団《結社》がその魔の手を伸ばし始めた。《結社》に次々と洗脳されていく人々を前に、イレーナと仲間たちは追いつめられていくが——。

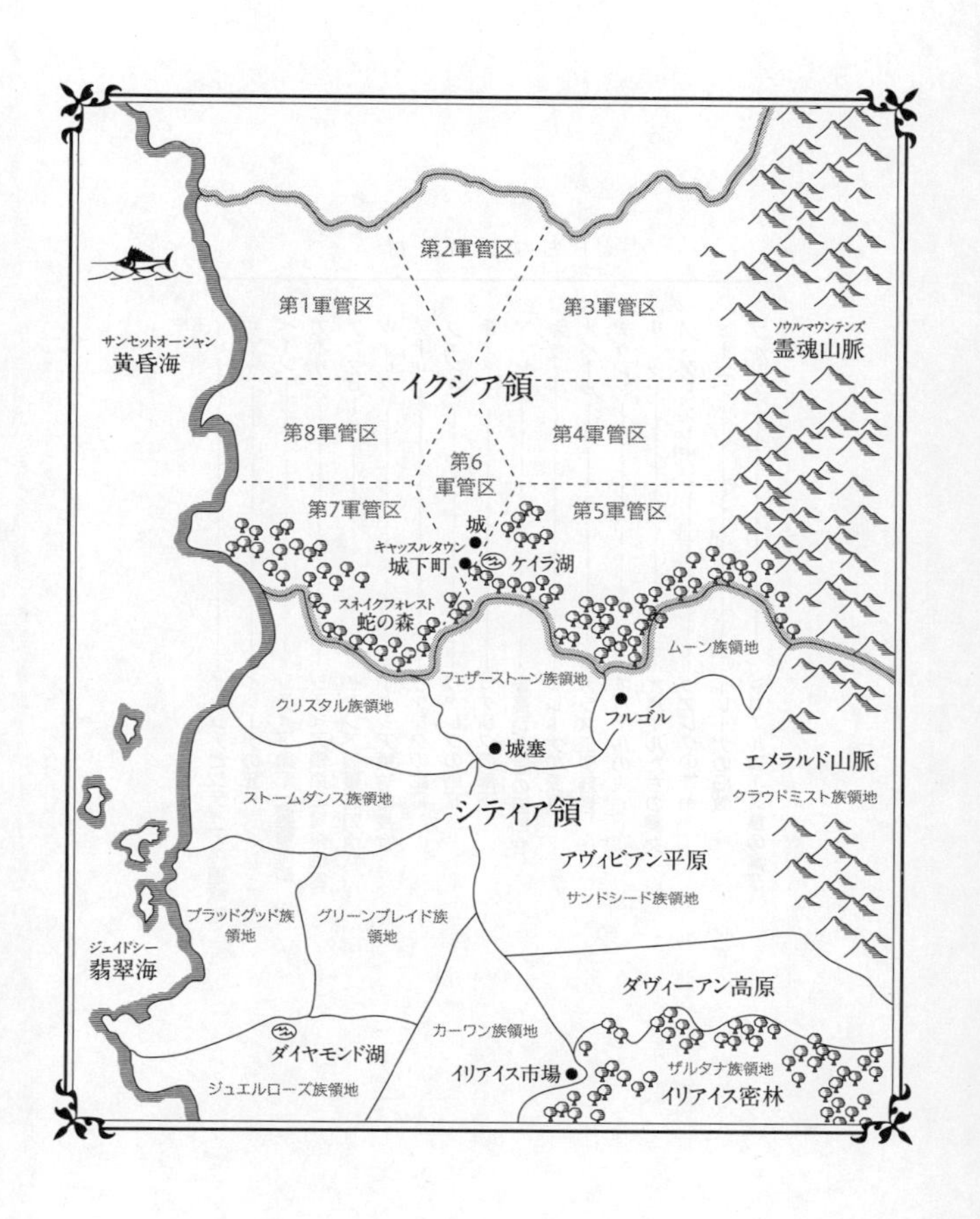
第2軍管区
第1軍管区
第3軍管区
サンセットオーシャン
黄昏海
ソウルマウンテンズ
霊魂山脈
イクシア領
第8軍管区
第4軍管区
第6
軍管区
第7軍管区
第5軍管区
城
キャッスルタウン
城下町
ケイラ湖
スネイクフォレスト
蛇の森
ムーン族領地
フェザーストーン族領地
クリスタル族領地
フルゴル
城塞
エメラルド山脈
ストームダンス族領地
クラウドミスト族領地
シティア領
アヴィビアン平原
サンドシード族領地
ブラッドグッド族
領地
グリーンブレイド族
領地
ジェイドシー
翡翠海
ダヴィーアン高原
カーワン族領地
ダイヤモンド湖
イリアイス市場
ザルタナ族領地
ジュエルローズ族領地
イリアイス密林

おもな登場人物

イレーナ――イクシアとシティアの連絡官
リーフ――イレーナの兄
ベイン――シティア領第一魔術師範
アイリス――シティア領第二魔術師範
アンブローズ――イクシア領最高司令官
ヴァレク――イクシア領防衛長官
アーリ――ヴァレクの副官
ジェンコ――ヴァレクの副官
オノーラ――ヴァレクの部下
マーレン――最高司令官の顧問官
キキ――イレーナの愛馬
オパール――ガラス工房経営
デヴレン――オパールの夫
リーマ――オパールたちの養女
ゾハヴとジーザン――ヴァレクの妹弟
オーエン――イレーナの旧敵
ブルンズ――ジュエルローズ族の富豪

1　イレーナ

　夜間外出禁止時間になってずいぶん経ってから、わたしは静まり返った城塞の通りを忍び歩いていた。全身黒装束に身を包み、人目につかないよう物陰からけっして出ない。犯罪者か何かみたいに、こそこそしなければならないなんて。通り沿いに並ぶ議員の屋敷はどこも人気がない。聞くところでは、《結社》が議員の安全のためシティア議会を別の場所に移したという。実際家々の窓に明かりは見えないけれど、用心して裏道に迂回する。動きはない。本当に家の中は空っぽなのか、それとも殺し屋が待ち伏せているのか？

　魔術が使えたら、迷う必要などないのに。でも、お腹の中の赤ん坊が魔力を遮断しているのだ。少なくとも、今はその説が有力だった。赤ん坊のことを考えると鼓動が速まる。とにかく気をつけろというヴァレクの声が頭の中でこだまする。大きく深呼吸して動悸を静めてから、建ち並ぶ家々の中ほどにあるバヴォル・ザルタナ議員の家に近づいた。

　街灯がついていないので、あたりは真っ暗だ。日なたに放置されて腐ってしまったゴミの臭いがたちこめていたが、ひんやりとした夜風が散らしてくれた。裏口の扉の脇にひざまずいて鍵穴を探り当てると、解錠道具を差し入れた。錠の中のピンがきれいに揃ったところでタンブラーを回し、台所に続くドアを開ける。前回来たとき、そこはとても明るく熱気と密林のスパイスの匂いであふれていたのに。今はしんと静まり返り、黴臭い。

道具をしまって中に入り、右手に向かう。玄関先で立っていては、簡単に標的になってしまう。鼻をひくつかせ、香水や石鹸の匂いなど、誰かが暗がりで隠れている手がかりはないか探るが、埃の匂いしかしなかった。

つまり、誰かいるとしても素人ではないということだ。今もわたしを暗殺しようと狙っているモスキートなら、そんな初心者級のミスはしない。当然ながらヴァレクはわたしをここに送り込むことに難色を示したが、人も手段も時間も限られているのだから同意しないわけにいかなかった。一方で彼は議事堂のバヴォルの執務室を探っている。ブルンズ・ジュエルローズと《結社》が議事堂に拠点を移したことを考えれば、ヴァレクのほうがはるかに危ない橋を渡っているのだ。

わたしたちはどちらも、議事堂、魔術師養成所、四つの軍駐屯地すべての食事にまぜるだけの大量のテオブロマを《結社》がどうやって手に入れたのか、その情報を探している。テオブロマ入りの食事を口にした者はみな、《結社》の魔術師たちの魔術にやすやすとかかり、言いなりになって彼らの仲間入りをするのだ。

これといって危険な兆候はなかったので家の中に入り、侵入者の形跡はないか、天井も含めあらゆる場所を確認した。異常なし。ずっと息を詰めていたが、カーテンを引くとやっと楽に呼吸ができるようになり、仕事に取りかかった。小さな角灯(ランタン)に火を入れ、バヴォルの執務室の引き出しを調べるところから始める。

バヴォルは、シティア軍のためにテオブロマを大量生産する方法を探すという課題を与えられていた。最高司令官が何樽(たる)分ものキュレアを入手したと知ったとき、シティア議会は慌てた。キュレアは人を殺しはしないが、全身麻痺(まひ)を引き起こす薬だ。その解毒剤として用いられるのがテオブロマで、摂取すると副作用で魔術に弱くなるのが難点ではあるが、身体(からだ)が動かなくなるよりはましなので利用されている。また、イリアイス密林でしか育たず、生長がとても遅いという問題点もある。

そう誰もが思っていたのだ。ところがブルンズと魔術師オーエン・ムーンは温室と接ぎ木の技術を活用して、テオブロマの生産量を増やしたばかりか生長速度を速めることにも成功した。だが、接ぎ木技術を誰から伝授されたのかは依然として謎だった。

引き出しを調べ終えて戸棚に移る。植物の図解の入った紙ばさみがふたつあったので、手元に積んでおいた。最後に訪問したとき、確かにバヴォルの様子は少しおかしかった。リーフの魔力が妙な雰囲気を感じ取ったのだ。だが惜しむらくは、特に問いつめるようなことはしなかった。バヴォルがグリーンブレイド駐屯地に〝配置〟され、連絡が取れなくなってしまった今、ここで見つけ出す情報から、ブルンズがどこでどうやってテオブロマを入手したのか解き明かすしかなかった。

集めた紙ばさみはかなりの量になったが、どこかに隠し文書が存在する可能性もあるので、居間と寝室もひと通り確認した。探せるだけ探したと納得したところで資料を抱えて裏口からそっと出ると、また鍵をかけた。闇に目が慣れるのを待つうちに、汗ばんだ肌が外気で冷えていく。外套は本部に置いてきた。今は暖かい季節の半ばで、夜になってもあまり気温が下がらなくなってきている。そのうえ妊娠三カ月半なので身体がほてっていた。

すぐ横にとりわけ深い闇が現れた。本能的に脇によけた瞬間、何かがぎらりと光ったかと思うと、首の左横を鋭利な金属がかすめ、背後のドアにぶつかった。とっさに右側の地面に倒れ込む。闇は悪態をついて追ってきた。左腕に刃が滑り、思わず息を呑む。身を守るには、暗がりの奥へとひたすら転がっていくしかなかった。恐怖がわたしを急かす。

ひと筋の黄色い光が暗がりを切り裂いた。襲撃者はなかなか準備がいい。光はわたしを探して地面を舐め、そして見つけた。こちらに的を絞らせるためにわざとしばらく光を浴びてから跳ね起き、その瞬間、クロスボウから矢が放たれるビュンという音がした。すぐそばで矢が跳ね、顔に石つぶてが飛んだ。危なかった。心臓が早鐘のように打っている。また矢が右脇腹をかすり、わずかに痛みが走ったが、刺さらなかっただけましだ。

そこで第二の襲撃者が待ち構えていないことを祈りながら、路地の奥をめざしてジグザグに走る。三本目の矢がわたしをかすめていった。路地を出ると、もう物陰を伝うことも忘れて全速力で走りだす。肩越しに振り返ると、こちらをクロスボウで狙う人影があった。汗まみれの背中を悪寒が走る。さっと左に寄った瞬間、耳の横を矢が飛んでいき、顔にかすかに風を感じた。運がよかったのか、はたまた相手の腕が悪いのか、感心する暇もなく影の中に飛び込んで走り続けた。

今にも肺が破裂しそうになり、やっとペースを落として物陰で足を止めると、かがみ込んであえいだ。今も体力を維持し続けているなんて、もうとてもいばれない。おまけにわたしは赤ん坊の分、体重が増えている。そう考えたとたん改めてぞっとし、脇腹の傷に触れて深さを確かめた。ほんのかすり傷だったので、胸を撫で下ろす。するとほかにも傷を負っていたことを思い出し、急にあちこち痛くなってきた。首の傷は浅かったが、腕のそれは塞ぐ必要がありそうだ。力が抜けて、つかのま壁にもたれかかった。自分のだけでなく、赤ん坊の命も危なかったのだ。

ようやく動けるようになったとき、まだ大事に抱えていたバヴォルの資料を見て笑いそうになったが、こらえた。《結社》が戒厳令を布いて城塞に夜間外出禁止令を発令して以来、見回りをする兵士の数がぐんと増えたのだ。連中を避けるため、できるだけ遠回りして本部に戻った。もちろん尾行にも注意して。隠し扉をノックするころには、城塞の白大理石を夜明けの光が照らしていた。扉を開けた助っ人組合(ヘルパーズ・ギルド)の一員のヒリーは、わたしの惨状を見たとたん眉を吊り上げた。

「いろいろあって」わたしは言った。

ヒリーはにやりとした。「ヴァレクが戻ってきたら、わたしよりもっと驚くわね」

嘘でしょう？「ひょっとしてヴァレクは……」

「一時間ほど前に戻ってきて、あなたがまだ帰らないと聞くとまた飛び出していったわ」

わたしはしゅんとした。

ヒリーがこちらを気の毒そうに見た。「元気出して。まず治療師（ヒーラー）を起こすわ。それから、ヴァレクが帰ってくる前に身体をきれいにしましょう」

ヒリーに続いて本部の建物に入る。助っ人組合の本部として使っていた建物は《結社》に接収されてしまったので、組合代表のフィスクは、城塞の北西区画の奥まった場所に空き家を見つけ、そこを臨時本部とした。《結社》の勢力拡大を食い止めようとしているわたしたちに、今では組合員たちも協力してくれている。いわばレジスタンスだ。

一階の大部分は寝床が占めている。組合員の年齢構成は六歳から十八歳と幅広いが、部屋にぎゅう詰めでも気にせず、中には大喜びでひとつのベッドを複数で共有する者もいる。一階の残りの部分は特別広い厨房（ちゅうぼう）だ。二階と三階にはフィスクの部屋と執務室、ヴァレクとわたし用の狭い続き部屋、それにぞくぞくと集まってきている仲間のための客間が複数ある。ストームダンス族領にある農場は、体力の回復を待ちながら計画を練るには便利だったが、やはりブルンズの近くにいる必要があると判断するに至ったのだ。

治療師は、最近魔力が使えるようになった十六歳の少年チェイルだ。魔術師養成所の魔術師は全員《結社》に徴兵され、駐屯地に送られてしまったので、わたしとヴァレク以外に魔力の使い方を教えられる者はいない。わたしは三カ月前に魔力を失ったとはいえ、養成所で習ったことはまだ忘れていなかった。一方ヴァレクはついこのあいだ魔力に目覚め、危うく〝燃え尽き(フレームアウト)〟を起こしかけた。下手をしたら全員死ぬところだったのだ。だから今は魔力の制御方法を完全に会得するまで、使うのを躊躇(ちゅうちょ)している。理想的な状況とはとても言えないが、やるだけのことはやるつもりだ。

　肌着姿で厨房のテーブルに座っているわたしの傷を、チェイルが洗浄する。おずおずと手を動かす図体(ずうたい)の大きな若者は、不器用を絵に描いたようだ。もじゃもじゃの黒髪の中からようやく目がのぞき、ばっさり切ってあげたくなる。思ったとおり、腕の傷は絆創膏(ばんそうこう)を貼るだけでは足りなかった。少なくとも、魔術でそれを治す手順を教えることで、痛みから気を紛らすことができた。チェイルは、わたしにじかに触れさえしなければ、魔力の毛布から引き出した糸で傷を縫うことができた。

「魔力を引き出し続けないと縫えないな」チェイルが困ったように言った。「何かが糸を引っぱろうとする。そういうものなんですか？」

「いいえ。たぶんわたしの魔力を遮断しているのと同じものが、あなたの魔力を抜き取ろうとしているの。少なくとも今は、それが原因だと思う」

「つまり、赤ん坊ですか?」

わたしはチェイルを見つめた。わたしの妊娠について知る者はそう多くない。

チェイルは赤面した。「すみません。僕はただ――」

「謝らなくていい。あなたは治療師だもの、赤ん坊のことがわかっても不思議じゃない」

「赤ちゃんは元気ですよ、気休めかもしれないけど」

「気休めでもかまわない」戸口からヴァレクの声がした。まだ身体にぴったりした密偵用の黒装束姿だ。それを着ていると筋肉のしなやかさがいっそう目立つ。「母親のほうも元気なのかな?」

サファイアブルーの瞳が一瞬鋭く光ったが、チェイルは気づかなかったらしい。

「もちろんです。かすり傷が二、三カ所あるだけですよ」その軽い口調のおかげで傷の程度も軽く聞こえた。言葉とは裏腹に、本当はもっとひどいと気づいていたはずだけれど。

「治療はまもなく終わります」

「よかった」ヴァレクは言ったが、その視線がわたしの目を刺し貫く。

彼の厳しい顔は無表情だが、渦巻く感情を無理に抑えつけていることはすぐにわかった。捕食動物を思わせる優美だが危険な足取りで、ヴァレクはわたしの横に来た。チェイルの治療が終わるとすぐ、わたしの指に指を絡めた。浅い傷は絆創膏で充分だった。擦り傷ぐらいでチェイルの魔力を無駄使いさせたくない。今夜にも、組合員の誰かのために彼の力が必要になるかもしれないのだ。

わたしが血で汚れた破けたチュニックをそっと身につけるあいだは、ヴァレクもわたしの手を離した。無残な有様の生地を無言で眺めている――これもまたお説教のネタになりそうだ。でもそのころには厨房も朝食のために集まってきた人々で騒がしくなり、まもなくできたてのパンケーキが目の前にどっさり置かれた。急にお腹が鳴りだした。さすがのヴァレクにも、食べ物を前にした妊婦を遮る勇気はないようだ。わたしがお腹いっぱいになると初めてヴァレクはわたしの手を取り、立ち上がらせた。

「上の階に行こう」

満腹になったおかげでだいぶ気分もよくなり、ヴァレクに続いて三階に上がると、部屋に入った。ヴァレクがドアを閉めたところで、これから聞くことになるお説教に身構える。でも彼はすぐにわたしを抱き寄せた。胸に頭をもたせて心臓の音を聞き、ぬくもりに包まれると、ほっとする。ヴァレクはわたしより二十センチ背が高い。知り合ってからもう八年になるのに、彼は今もわたしを失うことを何より恐れている。「何があったの？」

ヴァレクは身体を離し、わたしの首の絆創膏に親指でそっと触れた。「モスキートが町にいることがわかった」

なるほど。

「やつに襲われたのか？」

「暗くてよく見えなかったけれど、まず首を狙われた」モスキートはいつも、相手の頸動脈にアイスピックを突き立てて失血死させる。

「何があったか話してほしい」

襲撃のことと、戻るのが遅くなった理由を詳しく話す。「でも紙ばさみは手放さなかった。議事堂のほうは？　何かわかった？」

「バヴォルの執務室で期待の持てそうな資料をいくつか手に入れたが、それ以上に気になるのは、ブルンズとその取り巻きが廊下で話していたことのほうだ」

ぎょっとして後ずさりした。「まさか――」

「大丈夫、わたしがいたことは気づかれていない。だが、あれが聞けたんだから危険を冒した甲斐があった」

「モスキートについて？」

「そうだ。そしてブルンズは君が城塞内にいることを知っている。君を殺した者に多額の報奨金を出すと、暗殺者たちに情報を流したらしい」

驚くことではない。「いくら？」

「イレーナ、問題はそこじゃない」

「わたしの首に賞金が懸かったのは今度が初めてじゃないわ」六年前、シティア議会を乗っ取ろうとしたローズ・フェザーストーン魔術師範は、わたしを捕らえた者に金貨五枚を与えると宣言した。

「あのときとは違う。今の君は……魔力を失って、攻撃に弱い。それにもはやブルンズひとりの問題ではなくなっている。ベンやロリスの死、クリスタル族の駐屯地からわれわれが逃げたことも、自分への侮辱だと考えているんだ。君はストームダンス族領の農場に戻ったほうがいい。あそこのほうが安全だ」

「じゃああなたは？　今あなたは、われわれが逃げたことと言った。あなたにも賞金が懸けられたの？」

「いや」

「どうしてわかるのよ？」

ヴァレクは部屋の中を行ったり来たりし始めた。いかにもいらだたしげなその足取りから考えて、もっと悪い知らせを伝えようとしているらしい。

ヴァレクは立ち止まった。「ブルンズは、君を殺した者に金貨を五十枚出すそうだ」

それは大金だ。わたしはヒュウッと口笛を吹き、それから彼をじろりと見た。「わたしの質問に答えてないわ」

ヴァレクはまた顔をしかめ、それから降参というように肩を落とした。「ブルンズはアンブローズ最高司令官と接触し……」そこで言葉を切る。「最高司令官はわたしを暗殺するためにオノーラを送ることを承諾した」

2 ヴァレク

驚いたようにイレーナの口がかすかに開き、緑色の目に不安が兆した。だがこの知らせは、ヴァレクにとっては驚くことではなかった。最高司令官の行動はじつに理にかなっているし、戦略としてどこにも非はない。最高司令官は、イクシアを離れれば反逆行為と見なすと前もってヴァレクに警告した。反逆行為は、理由が何であれ、死をもって贖(あがな)わなければならない。そのうえ今やヴァレクは、よりによって魔力を持っている。知らず知らず魔力耐性を手放し、代わりに魔術を使う力を手に入れたのだ。そして、イクシア国内で見つかった全魔術師を処刑するという最高司令官の命令は今も有効だ。

ただし、最高司令官はずっとヴァレクの親しい友人でもあったし、ヴァレクの魔力に気づいていない。知っている者は数えるほどしかいないのだ。殺し屋など送らず、友人のよしみで見逃してくれれば、とヴァレクは願っていた。

イレーナが彼の腕に触れた。「最高司令官はオーエンの魔力の影響下にあるのよ」

「どうだろう。実際のところはわからない」最高司令官の行動にはぶれがある。たとえば、嵐の盗賊団に対処させるためにヴァレクを海岸地方に送り、オーエンから守ろうとしたこと。それに最高司令官は、リーフが制服に編み込んだ零の盾のおかげでオーエンの魔術から守られているはずなのだ。だがそう話して、ヴァレクを騙（だま）そうとした可能性もある。

「そうに決まってる」イレーナが言った。

ヴァレクはイレーナの手に手を重ねて触れ合いを楽しむと同時に、魔力の感覚が一時的に消えるのを喜んだ。心の防御壁があればかろうじて耐えられるのだが、イレーナと接触していると魔力が完全に消え去り、四十年以上慣れ親しんだかつての自分に戻れるのだ。

「オノーラのことが心配？」イレーナが尋ねた。

心配なのか？　オノーラとは何度も手合わせをし、そのたびに負かしてきた。だが、オノーラならきっと不意を突いてくるだろう。「いや。この二十七年間に出会った刺客の中では彼女が最も強いが、不意打ちを食らわない限り問題ないはずだ」

「じゃあ、ずっと警戒を解けないわね」イレーナがからかう。

「君といるときは別だ」ヴァレクは彼女の手を取り、手のひらにキスをした。

「ほんとに？　枕の下に置いてある小刀、床の剣、ヘッドボードに隠した投げ矢は何？」

「警戒を解くと言っただけで、愚か者になるとは言ってない。いつだって用心するにしくはない」

「そうね」脇腹を撫でるイレーナの目が遠くなった。おそらくモスキートに襲われたときのことを思い出しているのだろう。そこから逃げおおせたイレーナはさすがだと思うが、もう二度とそんな目に遭わせる気はなかった。

「用心といえば、君を狙う賞金稼ぎをわたしが追い払うまで、君は城塞を離れておくべきだ。ストームダンス族領の農場でもいいし、イリアイス密林にいるお母さんを訪ねてもいい。どちらもここよりは安全だ」

イレーナはこわばった笑みを見せた。「心配してくれるのはありがたいけど、どこにも行くつもりはないわ。少なくとも、リーフとマーラが父と一緒にブロークンブリッジから戻るまでは。そして、バヴォルの資料を調べ終えるまでは」

「せめて、彼らが到着するまでは本部の外に出ないと約束してくれないか」ヴァレクはイレーナに近づき、囁(ささや)いた。「君の夫のために」

イレーナは笑って言った。「一緒にいてくれるなら、午前中はベッドから出ないと約束する。そのあとは……約束できない」

ヴァレクは彼女を抱き上げて寝室に運ぶと、ベッドに横たえた。イレーナが任務からまだ戻っていないと知ったとき、彼女を失ったと本気で思ったのだ。だから、これが最後だというつもりでふたりの時間を楽しむつもりだった。

しばらくして、イレーナは満足した猫のように伸びをすると隣で身体を丸め、ヴァレクと目を合わせた。「わたしに賞金が懸けられたこと、本気で心配してるの？」

ヴァレクはイレーナの腕の傷を指でなぞった。真紅の傷の周囲が紫色の痣になっている。

「相手がひとりやふたりなら、君でなんとかできるだろう」そこで唇を歪めて微笑む。「だが金貨五十枚が懸かっているとなれば、賞金目当ての暗殺者たちが束になって君を襲い、みんなで金を分け合うかもしれない」

「わかった。あなたがモスキートを倒すまで本部から出ないわ」イレーナは約束した。

やっと両肩の重しがとれた。ヴァレクが抱き寄せると、イレーナはこちらに身を寄せ、たちまち眠りに落ちた。美しい卵形の顔から長い黒髪をそっととどける。彼女と赤ん坊を守るためなら何でもするだろう。何も悩まないし、結果を忖度する必要もなければ、躊躇もない。それが嬉しかった。

かつては最高司令官に対してもそういう一途な気持ちだったが、今はもう違う。たとえ最高司令官の行動はオーエンの魔術に操られているがゆえだとしても、もはや以前のような無条件の忠誠心は持てない。もちろん、自分が魔力を手に入れたことですべてが複雑になったのは事実だ。だが、それは言い訳にすぎないような気がする。そう、今やイレーナは己の命や幸せよりも大事だった。最高司令官の命や幸せと比べてもはるかに。

数時間後、ヴァレクは目を覚まし、妻を起こさないようにベッドを出た。イレーナを妻と心の中で呼ぶたび、自然と唇がほころんでしまう。ふたりが結婚したことを知る者は多くないし、妊娠に気づいている者はもっと少ない。でも、ふたりは永遠の愛を誓ったのだと思うと、今でも胸が熱くなる。あたかも、世界最大の剣術の試合で勝利したかのように。

二階に下りて、フィスクの執務室の前で立ち止まる。殺風景な部屋には机と椅子が二脚、それにテーブルがひとつあるだけだ。助っ人組合の若きリーダーは机にかがみ込んでいた。栗色の髪に右手を走らせるたびに毛が逆立ち、左手には尖筆を握っている。フィスクは机に広げた羊皮紙を睨んでいた。

ヴァレクが開けっ放しのドアをノックすると、フィスクが顔を上げた。栗色の目のまわりには隈ができていて、十七歳にしてはやけに老けて見える。

「最後に睡眠をとったのはいつだ？」ヴァレクは尋ねた。

フィスクが目をぱちくりしてみせる。「睡眠？　何それ？」

「面白くも何ともない」

フィスクは尖筆を置き、顔を擦った。「今のが冗談だったらよかったんだけどね」

「現状について教えてくれ。そのあとひと休みしろ」

「でも――」

「これは命令だ。疲労が蓄積すれば致命的なミスを招くだけだ。君が休んでいるあいだ、組合員からの報告はわたしが聞こう」

フィスクは笑みを浮かべた。「彼らの半分はあなたを恐れて近づこうとしない」

「じゃあ君が目覚めるまで待たせればいい。最新情報は？」
「ハンス・クラウドミストは《結社》の一員らしい。ムーン駐屯地で二度目撃されていま
す。それにダナエ・ブラッドグッドとトキ・クリスタルも《結社》メンバーだと確認済み
です」
ヴァレクはしばし考え込んだ。みな影響力を持つ実業家で、自分たちの富と先見の明が
あれば、現在のシティア議員よりはるかにうまく国を動かせると考えている連中だ。「各
部族ひとりずつ、全十一人で構成されているようだな。そのリーダーがブルンズだ」
「自分たちの行動を正当化するためにそうしているのかも」
面白いことを言う。「どういう意味だ？」
フィスクは身体を反らして両腕を広げた。「シティア議会は最高司令官の脅威から国を
守りきれていないと彼らは判断した。それに議会は魔術師たちを統制できず、やりたい放
題にさせてしまった」
「やりたい放題？」
「誰彼かまわず零の盾を売ったり、私利私欲のために魔力を使ったり。《結社》は、自分
たちなら議会よりうまくやれると思っているけど、大昔に部族が合意して作った組織には
やはり敬意を持っているんです。だから議会をなくすのではなく、取って代わろうと考え
ている」

「そうすれば、連中は良心の呵責なく夜もぐっすり眠れるというわけか」

「そのとおり」フィスクは無精髭の生えた顎を擦った。「でも、所詮ブルンズに洗脳されただけの《結社》のメンバーを、なぜこれほど躍起になって特定しようとするんですか？ 彼らは、ブルンズがオーエンや最高司令官と通じていることなど知らない」

「どうしてだと思う？」

フィスクは鼻を鳴らした。「わからない。だって、シティア乗っ取りを止めたければ、ブルンズ、オーエン・ムーン、最高司令官を止めればいい。それだけのことだ」

〝それだけのことだ〟のひと言で、ヴァレクは笑いそうになった。そんな単純な話で済めば苦労はしない。「どうして彼らを《結社》のメンバーにしたと思う？」

フィスクはヴァレクをじろりと見た。「わかりました、ゲームを続けるとしましょう。彼らは金持ちで力も持っている。だからこそ人や物を集め、駐屯地を乗っ取ることに成功しているんだ……そうか！ だからメンバーを特定して彼らの目を覚まさせれば、その影響力をこちらが利用できるようになるかもしれない」

賢い若者だ。「あるいは全員を暗殺して、方程式から締め出せばいい。連中の協力者たちも怯えて消えてくれるだろう」

十人を殺すという提案をその場で反射的に否定したりはせず、フィスクは冷静に考え込んだ。「イレーナが許さないでしょうね。洗脳されている人間を殺すのは忍びない。第一、彼らは死ぬより生きていたほうが役に立つ」

「だからこそ、彼らが誰か知る必要がある」

フィスクはあくびをした。「各駐屯地から次々に報告が戻ってきているから、名簿が揃うのはまもなくだと思いますよ」

「よし。それから、君の仲間たちには害虫を見つけてほしい」

「モスキートのこと?」フィスクは身体を起こした。急に目が覚めたようだ。「どこにいるのかわかってるの?」

「ここ、城塞内だ」

「くそ。だからイレーナは……」フィスクは言葉を切った。「やつはブルンズとグルでしたよね?」

「昨夜聞いたところでは、ブルンズが解雇したか、あるいは競争を激化させればやつがやる気を出すと考えたか、どちらかだ」ヴァレクは報奨金のことをフィスクに話した。

「イレーナは今すぐどこか安全な場所に――」

「説得しようとしたが、わたしがモスキートを何とかするまでは本部の外に出ないと約束させるのがやっとだった」言い換えれば、ヴァレクがモスキートの心臓に小刀を突き立て、震え上がったほかの賞金稼ぎたちもみな姿を消すまで、ということだ。

「それなら少しはましだ」フィスクは両手で髪をかき上げた。「でも城塞は殺し屋だらけになって、害虫を見つけるのも難しくなる。やつは頭が切れるし、僕らは城塞内ではあまり自由に動きまわれないんだ。僕らの仕事は買い物袋を運ぶことだけじゃないと、すでに噂が広まってしまって。以前はみな、愚かで無害な子供たちのことなんて気にも留めていなかった。でも今じゃ……」

「やつに気をつけていてほしいとだけみんなに伝えてくれ。だいたいこのあたりという見当さえつけばいい」

「わかりました。イレーナが本部にずっといるなら、助っ人たちには彼女に報告させましょう。みんなイレーナを信頼してますからね。僕も少しあたりを偵察してきます」フィスクはそこで言葉を切った。「一日中ここにこもっていたら、つまらなくないかな？」

「心配は無用だ。わたしがいる」

フィスクは疑わしげにこちらを見てからベッドに向かった。ヴァレクは机に座り、フィスクが印をつけていた地図を眺めた。各駐屯地が印で目立たせてある。助っ人たちはそのすべてにすでに潜り込んでいた。《結社》は、城塞のほかムーン族領、クリスタル族領、フェザーストーン族領、グリーンブレイド族領それぞれの駐屯地を手中に収めると、各地の民間警備隊を排除して軍隊を置いた。クラウドミスト駐屯地も乗っ取られたという噂があるが、未確認だ。

南部の駐屯地はまだ無事だった。敵とは無関係だとはっきりしてから仲間に引き入れた密偵たちが、各駐屯地の厨房係として働いている。ジュエルローズ駐屯地の密偵からはもう何週間も連絡がなく、捕らえられたか、宗旨変えさせられた可能性が高い。ストームダンス族のへりが領内の基地に目を光らせているが、暑い季節が近づくと嵐のシーズンになるので、別の密偵を見つけなければならないだろう。

アーリとジェンコには、グリーンブレイド駐屯地でシティア議員たちとベイン・ブラッドグッド第一魔術師範を見張るように命じた。彼らのことはいずれ救出する必要がある。一方妹のゾハヴと弟のジーザン――自分に弟や妹がいるということ自体、今でも驚きなのだが――は、ストームダンス族領の海岸でティーガンとケイドとともに魔力について学んでいる。今のところ彼らの身に危険はない。

ヴァレクは、やるべきことを確認した。《結社》のメンバーを突き止める、テオブロマの供給源を探して供給ルートを断つ、議員たちを救出する、南部の駐屯地で新たに密偵を採用する、その他の駐屯地にいる魔術師たちを解放する。それに、折を見て最高司令官のことも救出したい。何をすべきか数えあげるのはそう難しいことではない。問題は、それを、どうやって解決するかだ。何しろ、協力者はフィスクの助っ人たちのほかわずか十人ばかりだ。もっと人が、もっと味方が必要だった。イレーナは、カーヒルを引き入れてはどうかという。賢い男だから真実を見抜けるはずだと信じているのだ。本当にそうならいいのだが。ほかにはデヴレン、オパール、ふたりの友人の警備官ニックとイヴがいる。リーマの身の安全が確保できさえすれば、デヴレンやオパールは喜んで協力してくれるだろう。リーフと妻のマーラ、イレーナの父イーザウが戻ったら、ムーン族領の首都フルゴルにまた伝令を送って誘ってみよう。

リーフとマーラは十日前に発ち、ブロークンブリッジ近くの温室で苗木を持って待つイーザウを迎えに行った。今頃リーフは現地に到着しているだろう。とはいえ、城塞までの復路は、馬車に荷物を積んで引いてくることを考えれば、行きの二倍はかかるはずだ。

三日後、助っ人たちがモスキートの潜伏していそうな場所を探り当て、どんな変装をしているかヴァレクに伝えた。ヴァレクはというと、夜間に議事堂に行き、情報を集めていた。イレーナとしては、自分が本部に軟禁されているあいだにヴァレクが危険を冒していることが気に入らないようだが、ヴァレクは気にしなかった。実際、イレーナは無事だと安心していられるおかげで、冷静に仕事をさばくことができた。それに、毎朝部屋に戻ると、無事を確かめるためにイレーナを起こした。もちろん、起こすだけでは終わらないのだが。

「モスキートを追っているのね」イレーナが言った。それは疑問ではなかった。

イレーナの視線を感じながら、目立たないシティアの服――灰色のチュニックと炭色のズボン――に着替え、あちこちのポケットや隠し場所に無数の武器を仕込む。

「もしあなたがあいつを仕留めたら、わたしの軟禁は解かれるのよね？」

「約束ではそうだが、まだ賞金稼ぎの暗殺者たちがいる」

「逆にあなたのほうがやられたら？」

「ありえない」

「うぬぼれ屋ね」

ヴァレクは彼女を抱き寄せた。「へまはしないよ、愛しい人」

イレーナも身を寄せてきた。「自分がひどい役立たずに思える」

「そんなことはない。子供たちはみんな君が大好きだし、君が留守番しているおかげでフィスクが町でせっせと情報を集められる」

イレーナはかろうじて微笑んでみせた。「そうね」

「今日、町でちょっとした騒ぎを起こしてわざと人目を引き、賞金稼ぎの連中を怯えさせて、しばらくおとなしくしていてもらおうと思ってる。だから、閉じこもっているのに本当にもう耐えられず、少しでも外の空気が吸いたければ、今日の午後なら多少は安全だ」

イレーナの顔がぱっと明るくなった。

「できれば出てほしくないが、それでも行くというなら、ひとりで遠出をするのはやめてくれ。いいね？」

「わかった」イレーナがこちらをぎゅっと抱きしめてきて、ヴァレクはその首に鼻を擦りつけた。「炎の世界をせいぜい楽しんでとモスキートに伝えて」炎の世界とは、悪人が死後に行く場所だ。

「喜んで」

外に出ると、ヴァレクは混み合った市場を難なく移動した。人ごみをかき分けて進んだり、売り子たちのあいだをせかせかと歩きまわったりするフィスクの助っ人たちを大勢見かけた。市場は城塞のちょうど中央に位置している。その周囲を二重に丸く囲む工場や商館のエリアは、現在どんどん拡大している。魔術師養成所は北東区画を占め、シティア議事堂など中央政府機関は南東区画の隅にある。城塞内で暮らす住民は、まるで迷路のような北西および南西区画に住んでいる。

廃業した倉庫や工場の一部は集合住宅にされ、フィスクによれば、モスキートはそのうちのひとつの最上階を住処（すみか）にしているという。いつもなら夜中に襲撃をかけるところだが、モスキートであればそう読んで待ち構えているだろう。

市場を横切るあいだ、三人の人間に見られているのに気づいた。その後、それとは別の視線も感じたが、これは相手が特定できなかった。プロだ。ヴァレクは選択肢を考えた。とりあえず三人と楽しく追いかけっこをして追いつめてやるか、それともまくか。

そのとき路地の入口近くにモスキートが立っているのがちらりと見え、罠（わな）だと気づいた。三人は囮（おとり）だったのだ。やつらは羊飼いの犬よろしく、ヴァレクを路地に導く。そこにはヴァレクが喜ぶ餌が釣り糸から都合よく垂らされている。餌は路地をゆらゆらと移動し、ヴァレクはそれを追ってまんまと罠にはまるという仕掛けだ。古典的なやり方だった。勝ち目はあるかどうか考えた。モスキートに加えて三人組。投げ矢でなんとかなるかもしれないが、敵がほかにも待機している可能性がある。魔力で気配を探ろうかと一瞬思ったが、思い留まった。周囲に人が多すぎる。ストームダンス族の避難所で〝燃え尽き〟を避ける方法をティーガンに教わったとはいえ、まだ魔力を使うには躊躇があった。ティーガンによれば、ヴァレクの心の防御壁は強力なので、零の盾を身につける必要はないという。それ以上に、まわりで魔術が使われたときに察知できるようにしておきたかった。

　魔力は使わず、高いところから俯瞰することにした。市場の中心部へ引き返し、羊飼いの犬たちをまくと、モスキートが選んだ路地の隣の通りを急いで進んだ。誰もこちらを気にしていないのを確認したのち、手近な建物の屋上に上がった。

　立ち上がったとき、左手の二軒隣の建物の屋根の上でモスキートが待っていた。なるほど、やつは頭が切れるとフィスクも言っていた。では、どうやってイレーナは傷をわずか数カ所作った程度で逃げおおせたのか？

　つまり、やつはイレーナを狙っているわけではないということだ。

　ヴァレクは、モスキートが軽々と屋根から屋根へと飛び移ってくるのを見て、両手に小刀を握った。モスキートはヴァレクの二メートルほど手前で足を止めた。「おまえを相手にあんなわかりやすい罠を俺が仕掛けると思ったのか？」

「おまえはイレーナの暗殺を引き受けた。それで相当のばかだと判断した」

「なるほど」モスキートがさっと手を振った。

とたんに背後で動きを感じ、ヴァレクはモスキートを視界の端に入れつつ背後をちらりと見た。屋根の右側で伏せていた黒装束の男が四人、立ち上がった。

「さて、これで判断は変わったかな？」

「誰を応援に呼んだかによる」

「ここはシティアだ。訓練を受けた暗殺者はそう多くないが、魔術師なら山ほどいる。四人は余計だったかもしれないが……」モスキートは肩をすくめた。「足りないよりはいい」

なるほど、賢いやり方だ。ヴァレクの周囲からふいに魔力の気配が消えた。魔術師たちが零の盾で囲んだのだろう。ヴァレクは、目に見えない手で身体を押さえつけられたかのように、両腕を脇にだらりと垂らした。魔力耐性があったときには、零の盾で包囲されると、ネズミ捕りにかかったネズミのように動けなくなった。今はもうそんなことはないが、いよいよという時が来るまでそのことは伏せておきたかった。

「さあ、今度は俺がおまえの頭の出来を判断する番だ。悪名高き殺し屋を捕らえる簡単な方法を誰もが知っているのに、なぜひとりで俺を追ってきた？」

「誰がひとりだと言った？」

　モスキートは口を開いたが、ヴァレクの肩の向こうに目をやったとたんそれを閉じた。背後でどすんという音が四度聞こえた。市場でヴァレクが察知した四人目の存在が、倒れた男たちの中央に立っていた。相変わらず、オノーラは裸足だった。

「その娘も目的は俺と同じと知っているはずだ」モスキートが言った。

　ヴァレクは、あたかも零の盾の圧迫から解放されたかのように肩をすぼめてみせた。

「もちろん。だが、順番待ちをしてくれるに違いない。そうだろう、オノーラ？」

「害虫退治を先にしてもらってかまわない」彼女が言った。

　ヴァレクはためらわなかった。小刀をさっと返すと、ありったけの力をこめてモスキートの胸を突いた。刃が骨を割き、心臓に深々と埋まったそのとき、モスキートの顔が驚きで蒼白になった。勢い余って、モスキートはそのまま仰向けに倒れた。

　ヴァレクはそっと近づき、脇にかがんだ。恐怖で大きく見開かれたモスキートの目を見下ろす。「まともに組み合えず申し訳なかったが、次の戦闘のために体力を温存したかったのでね」

　陽の高いうちにオノーラが姿を見せたということは、全力で戦わなければ勝てないということだ。いや、それでも勝てるかどうか。以前対決したときには、実力を隠していたに違いない。「せいぜい炎の世界を楽しんでと、イレーナから言伝だ」

　ヴァレクはモスキートの胸から小刀を引き抜くと、オノーラと向き合った。

3　リーフ

「温室内のすべての植物を荷馬車一台に詰め込むなんて無理だよ、父さん」リーフはもう何度そう言い聞かせたかわからない。イーザウは土を入れた大きなテラコッタの鉢に植物の根を収めようとしていて、それを手伝うリーフの顔には汗が流れている。作業を始めてもう二日になる。「移動中に枯れそうもない、貴重なものだけを選んでくれ」

イーザウは植物の中でしゃがみ込んでいる。顔もつなぎも泥だらけだ。リーフの言葉を聞いたとたん泣きそうな顔になり、こっちは笑ってしまいそうになる。「もしマーラが荷馬車用のガラス板を作ってくれれば、そこに温室をこしらえて――」

「そんなことをしたらものすごい重さになって、牡牛をひと群れ連れてこないと引っぱれないし、ものすごく目立つ。今は人目を忍ばなきゃならないんだ」リーフとマーラはここまで移動する八日間のあいだに、警邏兵を何度も回避しなければならなかった。馬車いっぱいに荷物を積んであの道を戻るのはもっと大変だろう。「そうとわからないように、持ち帰る植物には帆布を掛けなきゃ」

イーザウはとまどったようにあえぎ、リーフはため息を押し殺した。植物の知識にかけては父の右に出る者はいないが、その執着ぶりはほとんど病気だ。

「明日の朝には発つんだ。だからどれを鉢に植え替えるか指示してくれ。さもないと僕が母屋に行って――」

「交配されたものと、テオブロマに接ぎ木されたものを頼む」イーザウは植物を指さした。爪には泥が詰まっている。その爪も、ぼさぼさの白髪同様、長く伸びている。

二カ月前に城塞に戻ったとき、本当は父も連れ帰りたかったのだが、ザルタナ人ならではの頑固さが勝利を収め、父はここブロークンブリッジの農場に残ったのだった。どうやら事実上このガラスの温室で暮らし、身体を清潔にしたり眠ったり食べたりといったことには必要最低限の時間しか割かなかったらしい。

だが今振り返れば、イーザウがリーフに同行しなかったのは不幸中の幸いだったのだ。リーフは途中で待ち伏せされ、誘拐され、洗脳されて、結局胸をクロスボウで射抜かれた。栄養失調気味とはいえ、父にとってはむしろよかった。リーフは胸の傷を撫で、痛みを思い出した。あのとき自分は死にかけ、愛する妻を二度とこの腕に抱けなくなるかもしれなかった。ところがどこからともなくヴァレクが現れ、命を救ってくれた。それも魔術で！あれから一カ月が経ったが、今でもまだ信じられない。不滅の魔力耐性を持っていたあのヴァレクが、今では強力な魔術師だなんて。妙な話だ。

リーフは指示された植物をすべて植え替え、イーザウから渡された数株をさらに鉢に植え終わると、立ち上がった。背中を伸ばし、顔の汗を拭ってから、マーラの様子を確かめるため母屋に向かった。死を目前にした経験と、ブルンズの捕虜となった妻の姿を見て以来、妻と数時間でも離れると不安になった。

城塞までの旅はおそらく危険だらけだろう。妻を自分の馬ルサルカに乗せ、先に城塞に戻るよう指示するつもりだった。そのほうが安全だし、単独行動のほうが警邏兵を避けやすい。離れ離れになるのは辛かったが、マーラがまたブルンズに捕まるよりはましだ。

マーラは母屋の広々とした台所で夕食を作っていた。戸口で足を止め、妻を見つめる。ハート形の顔をふんわりと包む蜂蜜色の巻き毛。美人だが、心も美しい。こんなにやさしい女性に会ったのは初めてだった。だが、見た目ほどか弱い人間ではないと最近になって知った。ブルンズとの対決が妻の内面の強さを引き出したのだ。

夫がそばに佇んでいるのに気づき、マーラがにっこり笑った。黄褐色の瞳がきらめく。とたんに胸が熱くなり、駆け寄って抱きしめた。

マーラがリーフの首に顔を寄せた。「土と汗の匂いがする」

「男らしい匂いにぐっときた？」

マーラが身体を反らして夫と目を合わせた。「ジェンコと一緒にいすぎたんじゃない？」

「ジェンコとはもう何週間も会ってないぞ」と言い返す。

「関係ない。もうたっぷり悪影響を受けてる」マーラがからかった。「身体を洗ってきて。夕食はもうできるわ」

「一緒にどう？　どうせ父さんは植物のことで忙しい」

「それでお肉をぱさぱさにしちゃうわけ？」

「そのとおり」前はあんなに食い意地が張っていたのに、死にかけたことで頭の中の優先順位が変わってしまったのだ。

「靴の革みたいな食事を出すのはごめんよ」マーラはリーフをぎゅっと抱きしめた。「時間ならあとでたっぷりある。この家にはたくさん寝室があるし、今夜は馬の様子も見てこないと」

　リーフは笑った。「〝馬の様子を見に行く〟がわが家の秘密の合言葉になりそうだな」リーフは、子供たちであふれ返るわが家と、ママとパパは〝馬の様子を見に〟行かなきゃならないけどそのうち戻る、と子供たちに宣言する自分を想像した。

　わざといやな顔をして、マーラは夫を追い払った。リーフはにこにこしながら身体を洗い、そのあと妻の手伝いをした。お盆に食事をのせ、外にいる父のもとに運ぶ。イーザウが食べ終わると、ふたりで馬車に植物を運び入れ、水やりをした。

「かわいそうに」イーザウが舌打ちをする。「こんなに寒い思いをして。やっぱりわたしが――」

「だめだ。父さんには母屋で一緒に寝てもらう。城塞までは……」リーフは計算した。「天気がよくても十六日はかかる。植物を甘やかす時間はたっぷりあるよ。今夜は身体をきれいにして、ベッドでしっかり眠ること」

それでもイーザウがぐずぐず言うので、リーフは朝まで待たず夜のうちに帆布を掛けることにした。リーフがせっせと帆布を広げ、やっとイーザウが満足するころには、本当に馬の様子を見に行かなければならない時間になった。身体を洗ってベッドに入るようにと父にきつく命じてから馬小屋に向かう。

干草、馬、馬糞(ばふん)の匂いを嗅ぐとほっとした。ルサルカはそっと鳴いてリーフに挨拶した。バケツの水をいっぱいにし、餌に穀物を加える。そのあとほかの二頭の世話もした。フィスクは、サイダーという名の屈強な栗毛馬をマーラ用に貸してくれた。サイダーは馬車を引く訓練も受けていた。リーフは父の馬をコールという名の胸板の厚い黒い荷馬とすでに交換してあった。コールなら単独で荷を引けるかもしれないが、移動距離を考えると二頭いたほうがいいと思えた。

ちょうどコールの蹄(ひづめ)の掃除を終えたとき、マーラがやってきた。

「〝馬の様子を見に〟来たのか?」リーフが茶化す。

マーラはそれを無視した。「お父さんをベッドに寝かせたはいいけど、帆布が積み荷からずれないようにきちんと掛け直してくると約束させられたのよ」

「悪かったな」

「どうして謝るの？」

「僕の未来を見てるみたいだろう？　僕はきっと、ティーバッグを作るとき袋に入れる葉の数を必ず同じにしないと気が済まない頑固親父になり、耳から一夜にして毛が生え出す」

マーラは首を傾け、リーフの右耳を見つめた。「今とどこが違うの？」

リーフは唸り、マーラが悲鳴をあげて逃げだした。でもすぐに捕まえて、干草の山に抱えて運ぶと、「馬を見に行く時間だ」と耳元で囁いた。

翌朝はリーフが思ったほどうまくいかなかった。

「いや」マーラは腕組みをして、頑として譲らない姿勢だった。

リーフはもう一度説得を試みた。「でも危険だ」

「いや。あなたが行くところにわたしも行く」彼女は馬車に乗り込んでイーザウの隣に座り、手綱を手に取った。「人気の多い場所は避けてなるべく裏道を通る。大丈夫よ」

「どうしてわかってくれないんだ――」

「リーフ、今すぐルサルカに跨らなかったら轢き殺すわよ」

イーザウは口を手で覆ったが、笑いは止まらなかった。上等じゃないか。マーラの身にもし何かあったら僕はもう生きていけないと、なぜわからない？　だが、妻の厳しい表情を見ると、イクシアに魔術師を迎え入れろと最高司令官を説得するほうがよほど楽そうに思えた。

リーフは駄々をこねてやろうかと思ったがぐっとこらえ、「わかった」と不機嫌な声で言うとルサルカに跨り、先頭に立った。荷馬車がそれに続き、農場をあとにした。

サンワース川に沿って裏道を進む。着実に南西へと向かいながら、フルゴルには近づかずにそのかなり北を迂回し、蛇の森（スネイクフォレスト）の縁を通ってフェザーストーン族領に入るつもりだった。確実な計画だったのだ、雨が降りだすまでは。

出発して八日目、突然空が割れたかのような土砂降りになり、道がすっかりぬかるんで、東西を結ぶ石畳の幹線道路を通るしかなくなった。

ほかの旅人たちの中に紛れることができるのは交通量の多い街道の利点だが、警邏兵が多いのが欠点だ。だが三人とも外套にくるまり、植物は覆い隠してあるおかげで、人目を引くようなことはなかった。

雨が二日続き、フルゴルの町境を通過しようとしたそのとき、焦げた砂糖の匂いがリーフの鼻を突いた。魔術だ。強烈な匂いを浴びるあいだ、リーフは手綱を強く握り、なるべくじっとしていた。ルサルカが突然押し寄せてきた魔力の波に驚いて、歩調を乱す。リーフは心の防御壁を強固にしてはいたが、もし魔術攻撃を受けたらすぐに零の盾を作る準備をしていた。

何事もなく、匂いは消えた。しかし、万が一のことを考えて普段より急ぎ、できるだけフルゴルから遠ざかってから野営をした。

翌朝は晴れやかな夜明けを迎えた。だが残念ながらその晴れやかさは長くは続かなかった。出発して二時間後、警邏兵が十人ばかり、彼らを待ち構えるかのように道を塞いでいるのにリーフは気づいた。ルサルカの速度を落とし、感覚を研ぎ澄ます。追いついてきたマーラに、馬車を止めるよう告げた。

「僕が行って話をしてくる。ここで待機して、もし僕が合図したら、馬車から飛び降りて森に逃げる心積もりでいてくれ」

「合図って？」マーラが囁いた。

リーフの魔力がマーラの不安の甘い匂いを感知した。糖蜜に似た匂いだ。「逃げろと叫ぶ」

「お利口ね」

「だからこそ僕はヴァレクの密偵チームの主力メンバーなのさ」

マーラは微笑もうとした。「気をつけて」

リーフはうなずき、ルサルカの脇腹を蹴って走らせた。これはただの検問で、軽いおしゃべりで通してもらえればいいのだが。しかし黒いリコリス臭の霧の中に突っ込み、策略を感じ取ったとき、これはまずいとすぐにわかった。ものすごくまずい。

ただちにルサルカを方向転換させ、マーラに叫ぼうとしたその瞬間、息を呑んだ。馬車の背後に別の警邏兵の一団が立っていたのだ。マーラもそれに気づき、彼女の恐怖がリーフに即座に伝わってきた。

くそ。すぐさま山刀の柄をつかむ。

マーラが立ち上がって叫んだ。「ルサルカ、家に帰りなさい！」

「だめだ！」ところが訓練の行き届いた馬ははみをがっちり噛むと右手に取って返し、全速力で森に飛び込んで、マーラと父を遠く背後に置き去りにした。

4　イレーナ

ヴァレクが出かけてしまうと、わたしは戸口から厨房へ、また戸口へと行ったり来たりし続けた。モスキートは頭が切れ、フィスクの情報網のこともよく知っている。見つけさせようという意思がモスキートにあったからこそ、こっちも見つけられたのだ。きっとヴァレクを待ち伏せしているに違いない。確かに零の盾で拘束されることはなくなったかもしれないが、ほかの魔術を使われたらおしまいだ。機転の利く魔術師なら、零の盾は役に立たないとわかればすぐに別の手に訴えるだろう。

外の空気が吸いたいと心から思ったが、駄々っ子のような真似(まね)はしたくなかった。外に出る理由は何もないのだ。踵(きびす)を返したとき、危うくヒリーとぶつかりそうになった。彼女は厨房の前でわたしを通せんぼしていた。

「かわいいイレーナさん、報告のため、上でふたりの助っ人がお待ちしています」

わたしはドアを見た。ヒリーが首を傾(かし)げる。

「ドアをじっと見ていれば、ヴァレクさんの帰りが早くなるとでも？」

「いいえ」実際、帰りは朝になるかもしれないと言われているのだ。

「じゃあどうして？」

「感情は必ずしも理性の言うことを聞かないからよ。もう頭がどうにかなりそうなの」

「お察しします。何かで気を紛らせば？」

「報告を聞けば――」

「それでは足りません。ヴァレクさんと一緒に集めてきた植物の情報をご覧になったら？」

「それについては、父と兄の帰りを待ってるの」

ヒリーは何も言わない。

わたしは降参してため息をついた。「確かに、目を通しておくぐらいはできるわね。ありがとう」

ヒリーはにっこりして厨房に戻っていき、わたしはフィスクの執務室に向かった。わたしに気づくや、ふたりの少年が弾かれたように立ち上がり、わたしが机につくのも待たずにわれ先に話しだした。片手を上げてそれを止める。

準備が整うと、もう一度最初から報告するように頼んだ。フィスクの業務日誌にメモ書きしたあと、よくやってくれたとふたりを労った。感謝することが重要なのだ。フィスクは仲間たちに幅広く情報を集めさせている。これだけ情報があるからこそ、あれこれ関係づけ、情報の金塊を発見できるのだ。

ヴァレクとわたしがバヴォルのところから持ちだした紙ばさみをひとつにまとめた。自分の血が乾いてできた赤茶色の染みは見ないようにして、執務室に戻る。ひと通り目を通すあいだ、それぞれを三種類に分類した——有用、無用、要検討の判断。三つ目の山は父に任せることになる。

気が済んだので、有用の山の書類を読んだ。オーエンのもとにいる正体不明の庭師長が使ったとリーフが報告していた接ぎ木の技術こそが、テオブロマの生産量を上げるとバヴォルは考察していた。テオブロマの木の幹に切り込みを入れ、古株から取ってきた枝を挿し込んで繋ぎ合わせるまでがスケッチされている。古株の枝には、若い台木より早く実がつき、若木が成長するのを待つより二年短縮できる。

はたしてバヴォルは試してみたのだろうか？　彼の家にも執務室にも植物はひとつもなかった。ほかの場所を使っていたのか？　もしかすると議事堂で？　いや、日光が足りない。魔術師養成所だろうか？　養成所で働いていた庭師たちは園芸の知識が豊富だった。

さらに読み続け、父に説明してもらうためにページに印をつけたりするうちに、一時間が経過していた。でも一枚のスケッチを目にしたとき、わたしは思わず立ち上がった。自室に走って背嚢の中を引っかきまわす。ブルンズに捕まった混乱の中でなくなったりしていなければいいのだが。

あった。ありがたい！　フィスクの執務室に走って戻り、最高司令官の城でオノーラが描いた絵と比べてみた。同じだ。わたしは椅子にどすんと座り込み、それが意味することを考えた。オノーラは、オーエンがわざわざシティアから持ち込んだ苗木をスケッチしたのだ。オーエンがハーマンの木と呼ぶそれらは、よほど重要なものに違いない。そして今、バヴォルも同じものをスケッチしていたことがわかった。しかし残念ながら、説明はどこにもない。もどかしくて思わず呻く。あと少しなのに！　とはいえこれは、どこかの時点でオーエンの庭師長とバヴォルが協力したことの証になりそうだ。とすると、ふたりが一緒に仕事をする場所が必要だったはずだ。例のガラスの温室のどれかだったのか。わたしはほかにもヒントを探そうと、また資料を読み始めた。

「何とにらめっこしてるの？」フィスクの声を耳にしてぎくりとした。彼は戸口に立っていた。

「バヴォルの資料よ。何か収穫はあった？　城塞内でガラス製の小屋を見つけた？　あるいは窓がたくさんある建物とか。中で植物が育てられているはず」

「いや。でも……」フィスクは机の引き出しの中を探した。「緑色のガラスの屋根についてツイートが何か言ってたな。どうやらあいつの報告を誤って解釈してしまったみたいだ」

「あの子の言葉をきちんと理解してあげられるんだからすごいわ」幼いころに舌を切り取

られたツイートは、口笛や舌打ちなどさまざまな音を出して人とコミュニケーションを取る。だから〝さえずり（ツイート）〟と呼ばれているのだ。

「ふたりとも通りで育ったからね」それでわかるだろうとばかりにフィスクは言い、帳面を引っぱり出すとページをめくった。「ああここだ。ツイートは中をのぞこうとしたけど、気づかれて追い払われたらしい。また来たら痛い目に遭わせると言われて。屋根の明かり取りでも見つけて、寝室をのぞいてしまったんだとばかり思ってた。私室をのぞかれるのを人は嫌うから」理解できないと思っていることが口調からありありとわかった。

　わたしは笑みを押し殺した。「そのガラスの屋根はどこにあったの？」

「ここからそう遠くない。誰かに見に行かせるよ」

「自分で見ておきたい」

「でもヴァレクが――」

「外の新鮮な空気でも吸ってこいと言ったわ。そうでなくても、彼がモスキートを倒せば、みんな怯えてわたしを追うのをやめるはずよ。遠出ではないし、あなたがついてきてくれる。そうでしょ？」

「どうかな」

　わたしは戦略を変えた。「用心棒をふたりほど連れていけばいい。それであなたの気が済むなら」

「用心棒？　助っ人のほとんどは未成年だってわかってるだろう？」

わたしは彼をじっと見た。フィスクはわたしの視線にそわそわしている。

「まあ、戦闘能力の高い連中もいるにはいるけど」

「お願い、フィスク。じっとしてると頭がどうかしそう。遠くに行かなければ外出してもいいとヴァレクも言ったわ」

「でももし何か起きたら――」

「何も起きない」

「――ヴァレクに殺される」

「あと一秒でもここに閉じこめられたら、わたしがあなたを殺す」

「悪いけど、あなたよりヴァレクのほうが怖い」

「それは、かっとなったときのわたしを見たことがないからよ」わたしは立ち上がった。

「わかったよ。でもまずは変装しないと。もしヴァレクに訊(き)かれたら、あなたにナイフを突きつけられたと言うからね」

「弱虫」

「何とでも言ってくれ」

結局わたしたちは家族に変装した。フィスクが父親、わたしが母親、用心棒のライルとナタリーが子供役だ。子供のほうが用心棒だなんておかしな話だけれど、ブロンドの巻き毛にふっくらした頬のライルは本当にかわいくて、思わず抱っこしたくなるくらいなのだ。フィスクと手を繋いで歩きながら尋ねた。「このふたり、武装しているの？」

「完璧に」

「母親に似たのね」

フィスクがくすくす笑う。「戦い方を教えてほしいと、ふたりがヴァレクにせがんだんだ。ヴァレクのほうも暇があれば親切に指南してくれた」彼はわたしの手をぎゅっと握った。「ヴァレクはきっとすばらしい父親になるよ」

同感というように手を握り返した。わたしたちはしばらく無言で歩いた。新鮮な空気と、暖かな午後の日差しを楽しむ。助っ人のひとりが、地味に見えるよう髪をお団子に結い、老け顔になる化粧もしてくれた。鏡の中で未来の自分がこちらを見ていた。

フィスクが、城塞の北西区画の迷路の中を案内してくれた。かつては方眼紙のように整然としていた住宅街も、さまざまな建材で家だの集合住宅だの小屋だのが建てられていくにつれ、すっかり迷宮化してしまっている。

「近くで落ち合おうとツイートは言ってた」フィスクが言った。「ちょっと見つけにくい場所なんだ」

「わかった。尾行はいない？」

「誰も僕らに関心がないみたいだ」

即座に答えたところを見ると――「このふたりのほかにも誰かついてきてるのね？」

「もちろん」

「何人？」つまりそれだけヴァレクが怖いわけ？

「斥候役がふたり、〝掃除人〟がふたり」

「〝掃除人〟？」

「後ろからついてきて、尾行者を掃除する」

「へえ」

目的地に近づいたところで、どこからともなくツイートが現れた。彼はわたしのもう一方の手を取ると、はにかんだ笑みを見せた。わたしたちはそのまま無言でもう二区画ほど歩いた。

「ライルを連れて、ツイートと一緒に行って」フィスクが言った。「ガラス屋根の場所を教えてくれる。僕らは裏手で待ってるよ」

「了解」

フィスクが手を離し、わたしはツイートに導かれるまま進んだ。頬のふっくらしたブロンドのライルは、迷子の子犬みたいについてくる。細い路地を抜け、壊れそうな階段をのぼり、建物と建物のあいだの狭いでっぱりを進んで、やっと屋根にたどりついた。ツイートが足を止め、隣の建物のガラス製の屋根を指さした。日光が反射していて中が見えない。ツイートが唇に人さし指を押し当て、抜き足差し足の真似をする。静かにという意味だと理解し、ガラス屋根のほうに這(は)っていった。ガラスの奥に緑の影が見えたとき、鼓動が速くなった。ところが縁にたどりつくと、高揚感はたちまちしぼんだ。

ガラスの内側は苔(こけ)で覆われていた。バヴォルが興味を示していた植物はどれも生長するのに光を必要とする。透明な箇所を見つけて中をのぞいてみたが、室内にあるのは枯れた植物やしなびた葉ばかりだった。育っているのは黴やキノコ類だけだ。

ツイートのところに戻ると、少なくとも確かめる価値はあったと言いたげに、彼は肩をすくめた。わたしとしてはあきらめるつもりは毛頭なく、しゃがみ込んでガラスの温室についてツイートに説明した。「それを建てるには、巨大なガラス板が必要だったはず。そんな板ガラスを運ぶガラス職人を、あなたかお友達の誰かが目撃したことない？」

ツイートはわたしを見てうなずいた。ライルとわたしは彼に続いて屋根を下り、フィスクと合流した。どうだった、と尋ねるようなフィスクの表情を見て、首を横に振る。

「本部に戻る？」彼が尋ねた。

ツイートが一連の口笛で何か訴えた。

フィスクが呻く。「くそ、どうして思いつかなかったんだろう？」

「ツイートは何て言ったの？」わたしは尋ねた。

「城塞の四番目の外輪区画にガラス工場があって、そこの職人は窓用の板ガラスを専門に作ってるんだ」

「すごい。その職人に話を聞きに行こう」わたしは意気込んだ。

「それはどうかな」フィスクが口を濁す。「賞金稼ぎたちが市場を見張ってる。それに、ヴァレクが許したのは息抜きの散歩程度だとあなたは自分で言った」

「市場は避ければいい。第一、こんなみごとな変装をしていれば誰も何も疑わないわ」

「勘弁してよ、冗談じゃなく」フィスクはつぶやいたが、結局また父親役に戻った。

人通りの多い道は使わず、人気のない通りも避けた。今どこを歩いているかほとんどわからなかったが、案内役を信じて進む。白石炭が燃える甘い匂いがしたかと思うと、二軒の倉庫に挟まれた小さな工場を見つけた。扉の上の看板に《キーガン・ガラス店》とある。

チャイムがわたしたちの来店を知らせた。ワイングラス、花瓶、水差しなどが陳列棚に飾られている。わたしは〝子供たち〟を引き寄せて、触っちゃだめと注意した。

奥の部屋から中年男性が現れ、いたずらしたら承知しないぞとばかりに子供たちを睨みつけたあと、いらっしゃいませとわたしとフィスクに言った。

「今、家を建てているのですが、新しい台所に大きな窓が欲しいと妻が言いまして。植物が好きなので、本当は壁全体をガラスにしたがっているくらいで。それは無理としても、どれぐらい大きな板ガラスが作れますか？」

よくできました。フィスクの言葉は淀みなかった。

「じつは、お望みならガラスの壁もお作りできます」

フィスクとわたしは驚いたふりをした。「だけど、ほかの店で訊いたら無理だと——」

「でしょうね。でも《キーガン・ガラス店》は違います。実際、全部がガラスでできた〝家〟だって作ったことがあるんです」

大当たり！　わたしは芝居を続け、疑うように眉をひそめた。「冗談ですよね？」

「じつはとても簡単なんです」それからキーガンは建物を作るのに使う特別な板ガラスについて説明を始めた。「実際のところ、建てたものはそう大きくなかったのですが、支柱をしっかりさせればもっと大きなものも作れたんです」

「家の一部として？」わたしは尋ねた。

「いいえ、大きめの小屋でした。でも、既存の家に取りつけることもできます」

わたしは興奮してフィスクのほうを向いた。「壁全体から日光を取り込めれば、自分でハーブを育てることもできるわ！」

「ええ、できますとも」ガラス職人が請け合った。「実際、その家を注文したお客様は蔦か何かを育てるとおっしゃっていました」

フィスクはつかのま口を結び、考えてから続けた。「先にそこを見ておきたいな。城塞内ですか？」

「いいえ、城塞の南にある農場に運びました」

フィスクはわたしを見た。「君のいとこも農場を持ってなかったっけ？　彼女も園芸マニアだ。もしかして……」

しかしキーガンは乗ってこなかった。「違うと思います。お客様の注文内容を簡単にお教えするわけにはまいりませんし」

フィスクはとりあえず引き下がって値段を尋ねた。キーガンは壁のおよその寸法をメモすると、奥の部屋に戻っていった。やがてフィスクが子供たちに合図し、とたんにふたりは罵り合って喧嘩を始めた。仲裁してというフィスクの身ぶりを見て、わたしが子供たちを叱りつけて止めようとする。とうとうふたりが花瓶をふたつほど落として割ると、キーガンが奥から飛んできた。

依然として喧嘩を続けている子供たちを尻目に、わたしは平謝りして欠片を掃除しようとした。それが合図だったかのように子供たちも静まり、わたしは花瓶代を弁償した。わたしたちが店を出ていったのにほっとして、キーガンは大口の客を逃がしただけでなく注文書も一枚なくしたことに、当分は気づかないだろう。店がてんやわんやだったあいだに、フィスクがこっそり奥の部屋に忍び込んだのだ。わたしたちの依頼する板ガラスの値段を見積もるのに、キーガンは以前引き受けた仕事の注文書を参照するはずと考えたからだ。少なくとも、そうであることを願った。

「手に入れた？」角を曲がったところでわたしはフィスクに尋ねた。

彼はポケットから折りたたんだ紙切れを取り出して調べた。「名前がない」

わたしは悪態をついた。

「きっとそれまでにも注文したことがあったんだ」ライルがつぶやく。

「でも納品場所と日付がある」とフィスク。

よかった。「どこ？」

「アヴィビアン平原のちょうど境界にある農場だ」

なるほど、アヴィビアン平原なら温室を隠すには絶好の場所だ。迷わずに平原を移動できるのはサンドシード族とザルタナ族だけだし、サンドシード族はもう二十人ほどしか残っていない。でもそう考えると、バヴォルが協力していたオーエンの謎の庭師長はザルタナ族のひとりということになる。わたしの部族だ。高揚感はたちまちしぼんだ。

「配達されたのはいつ？」フィスクに尋ねた。

「三年と少し前。まだそこにあると思う？」

わたしは自説を説明した。

「理屈に合うな。平原なら人に偶然見つかることもない。残念なのは、平原があんなに広いことだな。とても探せない」

「そんなことはない。バヴォルだって、道からある程度離れていればそれでいいと思ったはずよ。そんなに奥まで入り込む必要はない」

「それでも広いよ」

「サンドシードの馬なら問題ないわ。たとえばキキとか」

「言っておくけど、ヴァレクの許しがなければ行けないからね」

わたしは笑い飛ばした。「止められるものなら止めてみなさい」

フィスクの顔が、急に胃痛にでも襲われたかのように歪んだ。「イレーナ――」

「冗談よ、ヴァレクならきっと許可してくれる。城塞を離れて、ほとんど誰も追ってこないような場所に行くんだから」

「あなたのせいでそのうち心臓発作を起こしそうだ。わかってる?」

「あなただってスリルと冒険に目がないでしょ?　シティアのヴァレクってところね」

フィスクは笑い、首を振った。でも急に真顔になってわたしを見た。「僕らの手でシティアを最高司令官から救ったら、シティア議会は僕を防衛長官として雇ってくれるかな?」

「そうしなかったらばかね。でも本気?　人に指図される立場になるのよ?」

「そうか、それは考えなかったな。うーん……報酬次第かな」

わたしたちは心地のいい沈黙に包まれて本部に向かった。点灯係たちが毎晩の仕事をもう始めていた。いっせいに同じ動きをする蛍のように、街灯から街灯へと移動しながら明かりをつけていく。すでに陽が城壁の向こうに沈んでいるということは、二、三時間は本部を留守にしたわけだ。ヴァレクに言い訳しなくても済むように、彼より数分でも早く戻りたいが、ヴァレクがすでに本部で待っているとすれば、それはそれで嬉しかった。

北西区画に足を踏み入れたところで、作業する点灯係に追いついた。片手に松明を持ったままもう片方の手で街灯をするする登る女性につい見とれる。なんて器用なんだろう。するとフィスクに肘をつかまれ、急かされた。不安になって、必死にフィスクに歩調を合わせる。ふいに、この通りには必要以上に点灯係がいることに気づいた。なのに街灯はまだ半分も点灯されていない。見回すと、赤々と燃える松明を持った人影にすでに囲まれていた。一方のわたしは準備が心もとない。変装にそぐわないので、ボウは本部に置いてきてしまったのだ。

わたしたちは足を止めた。わたしは飛び出しナイフに手を伸ばし、ライルとナタリーの手にはまがまがしく反り返った短剣が現れた。戦闘態勢を取りながらヴァレクのことを考える。もしここから逃げられたとしても、ヴァレクはまたひどく過保護になるだろう。

わたしたちの武器を見てもいっさい怯まず、炎の輪がじりじりと迫ってきた。恐怖で血が沸き立つ。点灯係が近づいてくるにつれ、わたしは後ずさりした。魔力を持っていたときでさえ、炎を制御できなかった。《炎の編み機》は何年も前にガラスの牢獄に閉じ込められたのだとわかっていても、あの炎の向こうからわたしに微笑みかけてくるような気がしてならない。

ライル、ナタリー、フィスクがわたしを守るように取り囲んだ。三人は武器を振りかざしたが、松明を相手に戦う経験などないに違いない。それはわたしも同じだ。飛び出しナイフを掲げたが、二十センチ程度のその刃渡りでは相手にならないとわかっていた。フィスクも短剣をせいぜい振り回している。

点灯係のひとりが、人の輪にできた狭い切れ目を指さした。「おまえと子供たちは逃がしてやる」とフィスクに言った。

「断る」フィスクが言い放つ。

「行きなさい」同時にわたしも言った。

「いやだ」

わたしはフィスクの肩に手をかけた。「助けを呼んできて」

「〝掃除人〟がすでに呼びに行ってる」彼は暗い表情でこちらを見て囁いた。「できるだけ時間を稼がないと」

「わたしのために命を捨てるなんてばかげてる」

フィスクは目を丸くした。「何言ってるの？　あなたがいなかったら、僕はこんなふうに生きてなかった」

「時間切れだ」さっきの点灯係が言った。

切れ目が閉じ、点灯係がいっせいに襲いかかってきた。子供たちは腕のいいところを存分に見せつけたが、数ではこちらが圧倒的に負けていた。お粗末な武器、十数人対四人。わたしは手に持っていた飛び出しナイフをはたき落とされ、まもなく四人とも壁際に追いつめられた。

胸に松明が突きつけられた。「手を上げろ。さもないと服に火を点ける」

脅しはそれで充分だった。わたしは顔に熱を感じながら両手を上げた。まぶしい火明かりが視界を焼き、何も見えなくなった。横でフィスクが点灯係のひとりを殴り倒したが、別のひとりに松明でこめかみを殴られ、意識を失って、ドサリという心臓に悪い音をたてて地面に倒れた。ライルとナタリーは点灯係たちの脚のあいだをくぐり抜け、敵のうち四人がそのあとを追った。逃げおおせてくれるといいのだけれど。

「頭の後ろで手を組め」と命じられた。

わたしは言われたとおりにしたが、同時にお団子にした髪に指を突っ込んだ。

「後ろを向け」

壁のほうを向くと、誰かに手首をつかまれた。そして、背中に引き下ろされた両手に手枷がかけられた。男たちはそつがなかったが、残念ながらわたしの手を調べ忘れた。両手いっぱいにヘアピンをつかんでいたというのに。

連中は松明の炎を消し、質問を浴びせかけるわたしを無視して無言で通りを進んだ。認めたくはなかったが、点灯係に化けたのは名案だった。通行人は誰もこちらに注意を向けない。六人がわたしを取り囲み、人目につかないようにしている。わたしは角を曲がるたびにヘアピンをひとつ落とし、目的地に到着するまでにピンがなくならず、ヴァレクが最後までたどってこられることを祈った。

それにしても、わたしが本部を出るのをいつから待っていたのだろう？　待ち伏せをするには計画を練らなければならなかったはずだ。今日の午後、わたしの姿を確認するとすぐに計画を実行に移したのだろうか？　夕方まで戻らないとどうしてわかったのか？　だが、今となってはどうでもいいことだ。大事なのは、結局計画はうまくいき、わたしは捕まったということ。

わたしたちは城塞中心部の、倉庫や工場、店舗などが並ぶ外輪地区に入った。点灯係たちは横に伸びる建物の背後の裏道にまわり込み、建物の中へとわたしを促した。戸口をまたぐとき、最後に残ったふたつのピンを落とす。あちこちに木箱が積まれ、それを縫うようにして進むと、暗い地下へと続く階段が現れた。そこで足を止める。

誰かが角灯を見つけて火を入れた。階段を下り始めたとたん、全身に鳥肌が立った。真っ暗な独房や拷問の場面が頭に浮かぶ。つい足の運びが鈍ると、とたんに腕をつかまれ、引っ立てられた。階段を下りきると狭い廊下があり、つきあたりにまた扉があった。身体の芯が萎え、中で待ち受ける恐怖にわたしは身構えた。

5　ヴァレク

「もう終わり？」がっかりしたようにオノーラが言った。「さぞ面白い見世物が見物できると思ったのに。屋根の上を舞台に繰り広げられる、あんた対モスキートの世紀の対決」

ヴァレクは、オノーラの素足のまわりに倒れている四体に血まみれの小刀を向けた。

「助太刀ありがとう」

オノーラは肩をすくめた。「零の盾であんたを囲むのは汚いやり方だ」

「こいつら、死んでるのか？」

「いや」

「最高司令官がおまえを差し向けたのか？」

「そのとおり」長い褐色の髪を頭の上に結い上げたオノーラは、無表情でこちらの顔を観察している。「でもとっくに承知だろう」

「どうかな」

「知らないふりをしておけば、相手はあんたを見くびることになる？」

「そのとおり」やはり一筋縄ではいかない。オノーラに襲われるなら、不意を突かれるとばかり思っていた。面と向かって組み合うことはまずないと考えていたのだ。つまりオノーラは頭がどうかしているのか、向こう見ずなのか、自信があるのか、そのいずれかだ。答えはおそらく〝自信がある〟だろう。

オノーラは眠っているモスキートの手下たちをまたぎ越え、近づいてきた。二メートルほど手前に来たところでナイフを取り出す。小刀での戦いはヴァレクの得意とするところだが、オノーラは同じ指導者のもとで訓練を受けているうえ、二十歳は若い。

ヴァレクは相手と目を合わせた。「一緒にシティアに残ってほしい。おまえの力が必要だ」

一瞬、オノーラの灰色の瞳に迷いが浮かんだが、すぐに消えた。「あたしは最高司令官に忠誠を誓った。あたしは約束を破らない」

「今の最高司令官は、わたしが忠誠を誓った相手とは別人だ。おまえも気づいているはずだ」オノーラが答えないので続けた。「今おまえに命令しているのはオーエン・ムーンだ」

「戦闘前にそんなふうにべらべらおしゃべりするのはジェンコだけだと思ってた」

ヴァレクは肩をすくめた。「無駄な殺傷を避けようとしているだけだ」

「せいぜい続けろ。そのうち退屈のあまり死にそうだ」

ヴァレクは笑った。「おやおや、ジェンコに似てきたのはどっちだ?」

オノーラは唇を結び、戦闘態勢を取った。ヴァレクは相手が先に動くのを待った。そこで瞬きなどしなくてよかった。間一髪でオノーラのナイフを食い止める。やはりオノーラは実力を隠していた。これは面白くなりそうだ。オノーラは身長百七十二センチでヴァレクより十センチほど低いが、その身長差をスピードと敏捷さで補っていた。彼女がすり足で近づいてきて電光石火の攻撃をするあいだヴァレクは防御に徹したが、反撃しようとしたときには相手は軽やかに引いていた。いきなりオノーラが作戦を変え、ヴァレクのまわりをぐるぐる回りながら斜めから攻撃してきた。ヴァレクの胸にふと疑問が芽生えた。

「最高司令官の訓練を受けたな？」

「そのとおり」

嫉妬心が一瞬胸を刺し、危うく集中力を切らしそうになる。最高司令官は模擬試合なら喜んで相手をしてくれたが、ヴァレクにはけっして戦闘技術を伝授しようとはしなかった。

突然首がかっと熱くなった。オノーラの刃がかすったのだ。ヴァレクはすぐに戦闘に集中した。だがやっとオノーラの手の内がわかり、反撃計画を立て終わるころには、ヴァレクの腕やあばらは傷だらけになっていた。次にオノーラが踏み込んできたとき、ヴァレクもあえて前に踏み出した。刃だけでなく脚も攻撃的に動かし始めたのだ。こちらのほうが脚が長いおかげでオノーラはヴァレクに近づけない。

戦法が変わったことに気づき、オノーラはにやりとした。くそ、相手は笑ったのだ。

ヴァレクはオノーラを攻め続けたが、これでは長続きしないとわかっていた。こちらはすでに息が切れているというのに、相手は涼しい顔だ。本気で怖くなった。

ヴァレクはまた戦術を変え、今度はあらゆる手を使い始めた。脚を引っかけて倒す。でもオノーラは反転してすぐに立ち上がった。次に攻撃のスピードを上げて相手を屋根の縁に追いつめようとしたが、脇によけられた。汚い手も厭わず使ってみる。オノーラは唸って反撃してきた。その瞬間、これでは魔術を使わなければ勝てないと悟った。

いや、だめだ。最後の力を振り絞って、胸の真ん中に突き出された刃をはたき落とす。心臓まであと一歩というところだった。ヴァレクはいっそ武器を捨てて彼女の懐に飛び込んだ。たちまちオノーラのナイフのひとつが肩に、もうひとつが左の腰に埋まったが、激痛をこらえて相手の両手首をつかむとそのまま一緒に倒れ込んだ。両脚で引き寄せて、胸を締めあげる。オノーラは必死に逃れようとするが、ヴァレクはいよいよ力をこめて窒息させようとした。これで勝ちだ。絞め殺すのは本意ではなかったが、生き残るには仕方がない。イレーナと赤ん坊には自分が必要だ。

オノーラが抵抗をやめた。「あんたを……殺すつもりは……ない」あえぎながら言う。

「ほう？　殺したがっているようにしか見えなかったがな」ヴァレクも息切れしていた。痛みと戦闘の疲労がすでに限界に達していた。

「あんたに勝てるかどうか……試したかったんだ」オノーラの身体の力が抜けた。「無理だ」

　ヴァレクは脚の力を緩めたが、解放はしなかった。「今まで一対一の対決でわたしを負かしたのは最高司令官だけだ。だが、殺すつもりがなかったなら……わたしの胸にナイフを突きつけたとき、何をしようとした？」

「あたしと一緒にイクシアに帰ると約束させたかった」

　思いがけない答えだった。息を整えながら考える。「だが最高司令官の状態は悪化している」

「ああ。オーエンのせいだとわかってるけど、あたしにはどうすることもできない。あんたの部下たちはあたしをボスとは思ってないし、頼りになるのはゲーリックだけだ。あたしは最高司令官を守ると誓いを立てた。もし命乞いをするあんたを助ければ、アーリとジェンコと一緒にイクシアに戻り、最高司令官をオーエンから救うのを手伝ってくれると思ったんだ」

「わたしを暗殺したと最高司令官には告げるべきだ」そう聞いて、最高司令官は動揺するだろうか？　オーエンの影響下にある限り、それはないだろう。

「そうだね。オーエンは零の盾を使いさえすれば、あんたをその場に串刺しにできる」

　オノーラがまたジェンコみたいな言い方をしたのでつい笑ってしまう。とたんに激痛が走った。「今みたいにな」ヴァレクは彼女を解放した。

オノーラはヴァレクから離れて起き上がった。「悪かった。でも最後の動きは予想できなかったよ」

ヴァレクはオノーラの謝罪をいなした。「最後の切り札というやつだ」

「やろうか……？」オノーラが服を脱がす身ぶりをした。

「いや」身体を起こそうとしたが、痛みに負けてまた横になる。「やはり頼む。手当てをしなければ」魔力で治療しようと思えばできるが、ここは屋根の上だし、指導してくれるイレーナもそばにいない。

オノーラはヴァレクの小刀のひとつを手に取った。一瞬緊張したが、彼女はモスキートの手下に近づき、チュニックの生地を切り裂いた。そう簡単にはオノーラを信用できない。勝つには勝ったが、大怪我をした。もう一度戦ったら、今度は間違いなく相手が勝つだろう。

包帯代わりの布を持って戻ってきたオノーラは小刀を脇に置いた。「どっちを先に？」

「腰だ」彼女が刺さったナイフの柄をつかむと、ヴァレクは身構えた。それでもナイフが抜かれたそのとき、食いしばった歯のあいだから声が漏れた。血が流れ出す。

オノーラは止血し、傷に包帯を巻くのを手伝った。それから肩に移り、ヴァレクはさっきとはまた違う痛みに耐えた。こういう危ない橋を渡るには、自分はもう年を取りすぎた。

包帯を結び終えると、オノーラはヴァレクに肩を貸して立ち上がらせた。一瞬めまいがして、城塞の景色がぐるぐる回りだす。やっと落ち着くと、すでに太陽が沈みかけていることに気づいた。少なくとも三十分は戦っていたらしい。馬の群れに轢かれたかのように参っているのも無理はない。

オノーラはヴァレクの小刀を、攻撃の意思がないことを示すようにわざとゆっくり拾い上げ、柄を向けて彼に返した。賢い娘だ。小刀をしまって顔を上げたとき、彼女と目が合った。そのあとオノーラも自分のナイフの汚れを拭い、全身の隠し場所に戻した。

「下りられる？」オノーラが尋ねた。

ヴァレクは屋根の縁に近づき、下方の暗い路地をのぞき込んだ。可能だが、かなり苦労するだろう。「ああ」

「害虫と手下たちはどうする？」

「放っておけ。そのうち手下たちが目を覚まし、ボスの死体を処理するさ」ヴァレクはオノーラに目を向けた。「おまえはどうする？」

「あんたと一緒にここに残る。さっきの頼みがまだ有効なら」

「無効だと言ったら？」

オノーラは真顔で言った。「さあね。イクシアにはもう戻れない。ここで仕事を見つけるしかない」

ブルンズは大喜びで彼女を雇うだろう。「まだ有効だ。だが、おまえをまた信用できるようになるまでにはしばらくかかると思う」

オノーラは驚いて顔を上げた。「また？　一度も信用されたことがないと思ってた」

「そう思わせようとしていた」

オノーラは胸で腕組みし、ヴァレクをじっと見つめた。「じゃあ、あたしにしてみれば何も変わらない」

「そうだな。ただし、本当におまえを信用できたら、一緒に最高司令官を救出しに行こう」

オノーラは微笑んだ。それは心からの笑みに見え、彼女の言葉に嘘はないとヴァレクも納得した。とはいえ、そのことをオノーラに知らせる気はまだない。彼女にはもうしばらくやきもきしてもらわなければ。

案の定、屋根から路地に下りるまでのあいだ、ヴァレクがどれだけ痛みに耐えられるかが試された。二度ほど壁にもたれかかり、肩と腰で燃えあがる痛みで失神しそうになるのをやり過ごした。幸い、時間はそれほどかからなかった。オノーラは下でヴァレクの到着を待っていた。

「われわれの拠点がどこにあるか知っているのか？」とオノーラに尋ねる。

「ああ」

「町に来てどれくらいになる？」

「二日」

ヴァレクは毒づいた。「フィスクは本部をほかに移す必要がありそうだ」

オノーラも賛成した。「町には暗殺者がうろうろしている。それが普通なのかどうか知らないけど、幸いどいつもたいして腕がよくない」

せめてもの救いだ。ヴァレクは報奨金のことを話した。

「イレーナは城塞を出たほうがいい」驚いて、オノーラが言った。「この町は人の登れない壁で囲まれているうえ、隠れ場所がいくらでもある。いくらポンコツな殺し屋でもそのうち彼女を見つけるよ」

オノーラは物陰に隠れながら、城塞内を歩くヴァレクのあとをついてくる。移動のとき足音がしないし、ヴァレクが振り返ると、彼女自身が影と化すかのように、肌や服が暗くなるように見えた。オノーラは周囲に溶け込むのがうまいとジェンコも言っていた。ジェンコは彼女から魔力を感知しなかったが、たとえばリーマのような弱い魔力の持ち主のことは必ずしも気づかない。今魔力を解放するのは危険なので、オノーラに関する調査項目リストにそれも加えることにした。

本部の隠し扉の前に到着すると、ヴァレクは言った。「こういう話にしよう。わたしはモスキートとの対戦で負傷した。やつは魔術師の力を借りたので、もしおまえが助けてくれなかったらわたしは死んでいた。そして、わたしを暗殺せよという最高司令官の指令を、おまえは実行するつもりはなかった」

「負傷のこと以外は事実だ。どうしてそこだけ変更する?」

「当ててみろ」

そう時間はかからなかった。「イレーナにあたしを恨ませたくないから」それから眉根を寄せる。「どうして?」

「イレーナはおまえを友達だと思っているからだ。彼女の友人はそう多くない。そしてそのうちの誰も――」このことをぼかして言いたくても言いようがない。「レイプされたことはない。おまえたちは同じ過去を持ち、それが絆を強めている。その絆を壊したくないんだ。イレーナのためにも……おまえのためにも」そしてイレーナよりオノーラにこそ、この友情が必要なのだと感じていた。

「ありがとう」

ヴァレクはうなずいて、合図のノックをした。ヒリーが扉を開け、それからオノーラを見た。

「オノーラだ。ここに滞在することになる」

ヒリーはふたりを中に通し、ヴァレクの血まみれのチュニックをひと目見て言った。

「チェイルを連れてきます」

「ありがとう。戻ったとイレーナに伝えてくれるか」

　ヒリーが足を止め、振り返った。その硬い表情を見たとたん不安になる。「イレーナはいません」

　さまざまな感情が胸の奥でせめぎ合ったが、怒りが最初に浮かび上がった。しかし疲労困憊しているせいで、その怒りを維持するエネルギーもなかった。せめていらだちを言葉にまぶす。「どこにいる？」

「フィスク、ふたりの用心棒、ツイート、四人の監視役が一緒です。変装もしてる。大丈夫ですよ」

「質問の答えになっていない」

「この区画にあるガラス屋根を確認しに行ったんです。そろそろ帰ってくるころで――」

「何の気休めにもならない」

「じつは、わかりません」

　ヴァレクは小刀を握る手に力をこめた。自分が武器を取り出していたことにも気づかなかった。

「あたしが行く」オノーラが言った。

「だめだ。イレーナは最高司令官がおまえを送り込んだと知っている。行くなら一緒に行かなければ」

「レネー！　イニス！」ヒリーは厨房に声を張り上げた。「応援要請よ」

「そんな必要は――」ヴァレクは遮ろうとした。

「ふたりともこの町の危険な箇所をすべて知っています。それに戦闘能力も高い」

ふたりの若者が部屋に走ってきた。どちらも十六歳ぐらいだ。レネーは赤毛で色白のがっしりした体格の少女だが、イニスは突風が吹けば飛ばされそうなほど線の細い少年だ。しかし、ふたりの毅然とした表情からすると、抵抗すれば相当体力を消耗しそうだとわかった。それに、イレーナを見つけるためならどんな手でも使わなければならない。ふたりは隠した鞘に短剣を挿した。仕方ない、ついてこられなければ置き去りにするまでだ。

言葉もかけずに戸口に向かい、外に出る。ようやく頭が回りだしたのは一分ほど経ってからだった。先のことを何も考えていなかったから、どっちに行けばいいか、どうやってイレーナを探せばいいかもわからない。立ち止まり、わずかな情報を検討する。ヒリーは屋根について何か言っていた。基本計画が形を取った。

「屋根の上か、この区画でいちばん高い場所に上がりたい。ただし壁をよじ登るのはなしだ。方法はあるか？」

レネーとイニスが目を見交わした。

「《ペニーのアーチ》？」レネーが尋ねる。

イニスがうなずいた。「いちばん安全だ」

「こっちです」レネーは言い、勢いよく走りだした。

ヴァレク、オノーラ、イニスが追いかける。十分もすると、ヴァレクのほうが若者たちに置き去りにされないよう祈るはめになった。少なくとも、必死に追いすがることで余計なことを考えずに済んだ。そのうえ負傷したところがずきずき痛み、イレーナの今の状況についてあれこれ想像するエネルギーは残っていなかった。

街灯の明かりのおかげで警邏兵をかわし、人通りの多い交差点を避け、何本もの路地を抜けることができた。だがそこからが大変だった。レネーは廃屋をよじ登り、高い塀を乗り越えて、並び立つ家々に繋がる屋根に上がった。イニスも同じくらい軽々とそれをやってのける。ヴァレクはやっとのことで登ったものの、塀の上でバランスを崩しかけ、オノーラに間一髪で肘を支えられた。

屋根に上がると、建物の上を伝ってくねくねと進んだ。まるで迷路のようで、自分がどこにいるかいちいち確認する体力は残っていなかった。

《ペニーのアーチ》はふたつの建物のあいだに掛けられた太い通路だった。それは中空でアーチを描き、まるでふたつの建物が身を寄せ合って通路をぐにゃりと曲げたかのようだ。

ヴァレクはあたりを見渡した。雑多な街並みが広がっているが、古くからそこにあった建物は背が高く堅固なのでよく目立つ。何を期待してここに来たのか？　巨大な手がここだと指さしてくれるとでも？　もしかして魔力を解放すれば……。ヴァレクは心の防御壁を下ろしてみた。周囲の何千という人々の想念が一気に襲いかかってきて、慌てて元に戻す。苦労してここまで来たのに、すべては無駄骨だったのか。

本部に引き返そうとレネーに告げようとしたそのとき、ほかより暗い区画があるのに気づいた。しかしそのすぐ横の一帯はやけに明るい。まるで、その暗い区画の街灯だけがみなしゃがみ込んでいるかのようだ。

暗殺者は夜と影の生き物であり、待ち伏せをするときには町のいちばん暗い場所を選ぶ。そして、自然な暗がりがなければ、みずからそれを作り出す。

「レネー、あの暗い一画に連れていってもらえるか？」ヴァレクはそこを指さした。

「門の近くですね。行き方は二通りありますが、どちらにしますか？」

「早いほうを頼む」

「壁がありますが」

「登るのか？　それとも下りるのか？」

「下ります」

「それなら何とかなる。行こう」

またもや町なかを疾走する。さらに痛みが激しくなり、今にも腕が肩からちぎれそうだ。しだいに頭が朦朧として、ある種の耐久テストの様相を呈し始める。レネーの背中をひたすら見つめ、次の一歩に集中した。

叫び声がヴァレクの頭にかかっていた霧をつんざいた。フィスクの助っ人がもうふたり仲間入りした。彼らの口が動いているのは見えたが、言葉を聞き取るのに手間取った。そして聞き取っても、意味がわからなかった。

「落ち着け。その掃除人とか点灯係の襲撃とか、どういう意味なんだ？」

「彼らはフィスクとイレーナの援護隊の中でしんがりを務め、〝掃除をする〟担当なんです」イニスが説明した。「助けを呼ぶために逃げてきたようです。斥候が待ち伏せを見逃したらしい」

今の言葉が突き刺さった。「待ち伏せだと？」

「点灯係です。というか、点灯係の格好をした連中です。やつらが襲いかかってきた。使ったのは……」イニスは恐ろしくて先が続けられない。

「使ったのは、何だ？」ヴァレクはとっさに少年の肩を揺さぶってしまいそうになり、両手を拳に握って身体の脇に押しつけた。

「松明です」

恐怖で全身が凍りつき、痛みも麻痺した。「場所は？」

「こっちです」

ヴァレクは小刀を抜いた。オノーラをはじめ全員が同様に武器を手にしている。彼らはふたりの掃除人のあとを追った。《ペニーのアーチ》から見えた明るい一画に向かっている。

しかし到着したときには、すでにその一帯は暗くなり、通り全体を闇が覆っていた。ヴァレクは全員に速度を落とせと合図した。もし罠なら、飛んで火に入る夏の虫だ。

まず見つけたのは斥候たちだった。若者ふたりは殴り倒されていたが、脈はしっかりしている。フィスクは建物の脇で横向きに倒れていた。やはり意識を失っており、左のこめかみに大きな拳大のやけどがある。頬の傷からは血が流れ落ちている。ヴァレクは怒りを押し殺し、懸命に魔力を抑制した。

「点灯係たちは彼らを取り囲み、じりじりと建物のほうに追いつめたんです」掃除人のひとりが説明した。

「相手は何人だった?」ヴァレクは尋ねた。

「少なくとも十人以上いました」

何ということだ。

「早くこっちに」レネーが呼んだ。「ライルとナタリーがいます」

ヴァレクは彼らの横にひざまずいた。切り傷や痣、やけど……ふたりはフィスクよりひどい状態だったが、呼吸は安定している。「このふたりが用心棒か?」

「はい」

信じられない。

「腕はいいんです」レネーがふたりをかばった。「向こうのほうが人数が多かっただけで」

「イレーナは？」ヴァレクは一同に尋ねた。

答えがない。

オノーラがヴァレクの横に現れた。「ちょっといいか？」

ふたりは一団から離れた。「何か見つけたのか？」

「連中が向かった方角はわかった」

「行こう」ヴァレクは彼女の脇をすり抜けたが、そのときオノーラに肩を軽く叩かれて、思わず呻き声が漏れそうになった。

オノーラは血まみれになった自分の手を見せた。「これじゃあんたはどこにも行けやしない。こんなに失血してるのにここまで移動できただけでも驚きだよ」

ヴァレクはオノーラを睨みつけた。「わたしは平気だ」

オノーラは冷静な目でこちらを見ている。「相手は十人以上。こっちはふたり。その肩で戦える？」

ヴァレクはため息をついた。「話を聞こう」

「本部に戻って傷の手当てをして。イレーナが拉致された場所はあたしが見つける。そのあとあたしも本部に帰り、イレーナを取り戻す方法を考える。一緒に」

オノーラの言うことは正論だ。それでもヴァレクの心臓は賛成するのを拒んでいる。胸骨に激しくぶつかり、チームの再結集を要求して、この身体を動かそうとしている。それができないなら胸から飛び出して、身体なしで突き進む勢いだ。「われわれが計画を練るだけの時間がイレーナに残されていなかったら？」

「殺すつもりなら、今頃もう遺体が見つかってるはずだよ」

そのとおりだ。だが、オノーラを信用していいのか？

オノーラはヴァレクのためらいを察知し、目を合わせた。「イレーナはあたしの友達だ。今までで、たったひとりの。彼女の身に何かが起きるようなこと、あたしが許さない」

「ゲーリック軍曹はどうなんだ？」

「友達じゃない。兄だよ」

6　リーフ

リーフがようやくルサルカを制御できるようになったときには、すでに荷馬車ははるか彼方(かなた)となっていた――そこに乗っていたマーラと父とともに。警邏兵は誰も追ってきていない。リーフはルサルカから降りて、ほてった身体を冷やしてやるためにしばらく歩いた。沸騰している自分の頭も冷やす必要があった。

マーラはなぜあんな真似を？　やり場のない怒りが煮えたぎっていた。彼女はルサルカに家に帰れと命じ、馬は躊躇なくそれに従った。くそ、だからこそマーラをルサルカに乗せたかったのだ。そうすればマーラの身の安全は保証された。ところが彼女はそれを拒み、結局連中に捕まった。しかも父も一緒に。怒りも二倍だ。

不安と怒りを抑えようとしながら、次の行動について考える。ふたりは十中八九フルゴルに連れていかれたはずだ。警備隊本部か、駐屯地か。もし到着前に阻めたら……。だめだ。相手が多すぎる。それに兵士たちは馬に乗っているから、マーラとイーザウ用の馬を用意しなければならないだろう。こんな場所で見つかるかどうか疑問だが。リーフは森の中を見回したが、そこがどこか見当もつかなかった。認めたくはなかったが、ふたりが連行された場所を確認してから助けに行くしかなさそうだ。

少なくともフルゴルには友人や家族がいる。マーラの妹のオパールもその夫のデヴレンも、喜んで協力してくれるだろう。リーフはルサルカの脚を調べ、水を与えたが、すでに頭の中では行動計画を練り始めていた。

ルサルカを駆ってフルゴルに向かい始めるころになって初めて、マーラの頭の回転の速さと賢さを不承不承認めた。あの場から逃げて助けを呼んでこられるとしたら、三人の中ではリーフに最も分があった。リーフには魔力と人脈と経験がある。逃がすならリーフと考えるのが合理的だ。だからといってその案に賛成かと言えば、それは別の話だ。

オパールのガラス工房には人気（ひとけ）がなかった。どの窓にも明かりが見えず、白石炭が燃える甘い匂いも漂ってこない。工房の監視を始めたのは午後三時ごろだったが、それから誰も出入りしていない。建物の周囲をもう一度ぐるりとまわり、ほかに監視者はいないか確認したところ、正面玄関が見えるあたりにふたりいた。なるほど。

そっと路地に入り、脇の入口の錠をピッキングで開けた。中に入ると予想どおりだった。暗くて静かで寒い——今まで何度もオパールの工房を訪ねたが、その三つだけは一度も感じたことがなかった。四つの窯では夜昼を問わずつねに熱い火が燃えていた。ガラスを融点に達するまで熱するには長い時間と労力が必要で、窯の火を絶やすわけにはいかない。
リーフは角灯を灯し、二階の居住区画を確認した。オパール、デヴレン、ふたりの養子リーマとティーガンは工房の上で暮らしていたのだ。台所で引っくり返った椅子、壊れたテーブルを目にしたとき、胃がむかむかした。軍が彼らを連行したに違いない。デヴレンには戦闘力があるし、オパールは魔術検知器を作ることができる。どちらも《結社》にとっては願ってもない人材だ。ふたりが洗脳されれば、の話だが。オパールには魔力耐性があるとはいえ、リーマを盾に取られたら何でもするだろう。

何週間か前にイレーナがオパールに伝令を送り、シティア乗っ取り計画のことを警告しようとしたが、どうやら間に合わなかったらしい。ティーガンが現在安全な海岸地方にいることだけは不幸中の幸いだった。

入ったときと同じ扉から外に出ると、リーフはフルゴルの警備隊本部に向かった。オパールの友人でもあるニックとイヴ両警備官なら手を貸してくれるかもしれない。しかし、到着してみると本部に大勢の兵士が出入りしており、軍が地元警備隊をも掌握してしまったのがわかった。自分も見つかったらすぐに逮捕されるだろう。戒厳令が出されたことを考えれば不思議ではないが、いちおう確認することにした。ニックの広い肩かイヴの短髪が見つからないかと二時間ほど人の出入りを監視したが、無駄だった。

残された選択肢はただひとつ。もしそこもだめならどうするか？　リーフは不安を押し殺した。心配するのはあとだ。

《豚小屋亭》は遅い時間にもかかわらず混んでいた。シティア人兵士が四人いたが、リーフはたとえ角ばった顔と大柄な身体は隠せなくても、できる限り変装していた。ニックもイヴも姿はなく、ふたりの定席であるふたつの丸椅子は空いていた。この店の店主イアンはニックの双子の兄で、ニックとその相棒の席にあえて座ろうとする者は誰もいない。リーフはそのひとつに座り、待った。

「そこはあんたの席じゃない」隣の男が言った。「ほかに移ったほうがいい」

「この椅子が好きなんだ」リーフは言った。

「あんた、勇敢なのかばかなのか、どっちかだな」

「両方が少しずつだな。おかげで誰もがどっちなのか迷う」リーフは答えた。それからカウンターにいるイアンに手を振った。「ビーフシチューとエールを」

イアンはリーフの存在に気づいていないようだ。ふと目を上げると、リーフは四人の男に囲まれていた。

「出てけ」男1が言った。

男たちはリーフを羽交い絞めにすると戸口に引きずっていき、道に放り出した。リーフは転がった勢いでそのまま立ち上がった。

「店主に伝えろ、もう今までみたいに顔を出さないぞ、と。二度目のチャンス(セカンドチャンス)はないからな」

「おととい来やがれ」男2が吐き捨てた。

彼らは戸口に立ちはだかっている。リーフはズボンの埃を払い、頑強な筋肉の壁を睨みつけると、憤慨しながら立ち去った。遠回りして《セカンドチャンス荘》まで行き、身を隠せる場所を見つけて宿の入口を見張る。気長に待つつもりだった。

もしイアンが《結社》に毒されていなければ、リーフが宿にいるとニックとイヴに伝えてくれるだろう。ニックとイヴが自由の身なら、の話だが。イアンが《結社》に洗脳されていたとしたら、宿にはリーフを探す兵士たちが押しかけてくるだろう。

結局何も起きないまま朝日が昇った。この分では、マーラと父の救出は自分ひとりでやらなければならないようだが、どう考えても無理そうだ。リーフは選択肢について考えながら町をぶらついた。城塞に戻って助っ人を募るか。《結社》に出向いて忠実に協力すると約束し、引き換えにマーラとイーザウを解放してもらうか。《結社》を運営しているのは、契約書を重んじる実業家たちだ。あるいは、兵士になりすまして潜り込む手もある。零の盾で身を守れば、しばらくは気づかれずに済むだろう。そういえば、フィスクがすでに駐屯地に人を潜入させているはずだ。そのうちの誰かと接触できれば――。

「お金ちょうだい、旦那」物乞いの子供が寄ってきて、汚れた手を差し出した。

「ああ、いいとも……」リーフはポケットから銀貨を取り出し、子供に手渡した。女の子か？　顔が垢だらけで見分けがつかない。

「ありがとう、旦那。代わりに教えたげる」少女が言った。

「ほう？」リーフは魔力を解放したが、正直者のすがすがしい匂いしかしない。

「ちょっとした助言だよ。今すぐフルゴルを出たほうがいい」

「どこにも行くつもりはない」

「ここにいちゃまずい。あんたの姿は町中で見かけられている。まだ逮捕されてないのが不思議なくらいだ」いかにも十代の女の子らしい口調だ――いらだたしげなのに、どこか怪訝そうでもある。

「君が手伝ってくれたらどうにかなるかも？　僕は――」

「あんたは注目の的になりすぎてる。ほんとにここを出たほうがいい」

そうか、この娘はフィスクの助っ人のひとりだ。「妻と父を置いてはいけない。ふたりとも捕まって、駐屯地に連れていかれたんだ」

汚れた顔に浮かんでいた険しい表情が緩んだ。「ああ、だからわざと逮捕されようとしてるのか。その必要はないよ。ふたりはここにはいない」

7　イレーナ

わたしを捕らえた連中は倉庫地下の扉を開けた。戸口からとたんに明るい光とぬくもりがあふれ出し、わたしは調子が狂ってよろめいた。目をぱちくりし、一瞬最高司令官の玉座の間か警備隊本部にでも連れてこられたのかと思った。あちこちの机で角灯が灯っている。人々が忙しそうに歩きまわり、集まって相談したりしている。表情からすると、何か重要なことなのだろう。こちらを見た者も何人かいたが、たいして気にしていないようだ。今やわたしを加えて四人に減った一団は人や家具を縫って進み、開け放たれた戸口のほうに向かっている。そこからはさらなる光と声が漏れていた。

中に入ると、襲撃者たちは足を止めた。三人の男がテーブルの上の設計図にかがみ込み、建物の警備員をやり過ごすにはどうすればいいか話し合っている。

わたしの右肘をつかんでいた男が咳払(せきばら)いをした。「将軍のおっしゃるとおりでした。彼女は火を怖がった」

こちらに背を向けていた男が振り返り、わたしの胸の中で恐怖と安堵(あんど)が渦巻いた。カーヒルだ。わたしが生き延びられるかどうかはこの男の胸三寸で決まるが、少なくとも相手がカーヒルなら希望はある。

「そうか。何か問題は？」カーヒルが尋ねた。

「特に何も。すべてこちらで解決できました」

「ヴァレクは？」カーヒルはその名を吐き出した。

急にヴァレクが心配になり、自分のことなどどうでもよくなった。ヴァレクにもカーヒルが罠を仕掛けたのか？　それともほかの誰かが？　もしかしてオノーラ？　でもそういう疑問や膨らむ不安は隠した。カーヒルに満足感を味わわせたくない。

「武器は？」カーヒルが手を差し出すと、点灯係が飛び出しナイフを渡した。カーヒルが首を横に振る。「ハンニ、彼女の身体検査をしろ。気をつけろよ、この女はキュレアを含ませた投げ矢や吹き矢筒、それに開錠用のピックも隠している。髪も確かめろ」

　まったく。カーヒルはわたしを知りすぎている。背後に立っていたハンニは徹底的に身体検査をし、隠し道具をほぼすべて見つけてしまった。彼女がそれをテーブルに並べると、もうひとりの男はその量に目を丸くした。ヴァレクいわく、準備するに越したことはない。もっとも、彼の助言にもっと耳を貸していれば、こんなことにはならなかったわけだけど。

　しかしカーヒルは武器のほうは見ず、わたしから目を逸らさなかった。ブロンドの髪を軍人らしく刈り込み、口髭を残して髭はきれいに剃っている。薄い水色の瞳が面白そうに輝いた。「初めて会ったときのことを思い出すな」

あのときも森で待ち伏せされたのだ。カーヒルはわたしをイクシアの密偵だと思い込み、手枷をかけてシティア議会に突き出そうと考えていた。やがてわたしたちは友人となり、また敵となり、しまいに彼がシティア軍将軍に昇進し、わたしが連絡官に任命されたところで休戦した。でも最後に姿を見たとき、カーヒルは《結社》の配下にいた。今もブルンズの部下なのだろうか？

「そしてわたしは逃亡した」

「確かに。だがあのときおまえは魔力を持っていた」

そのとおりだ。わたしはカーヒルをじっと見た。最高司令官が攻めてくるという話は、《結社》が駐屯地を支配下に置くための口実にすぎないと、彼はまだ知らない。ブルンズは、そもそも戦争をせずにシティアを乗っ取るために軍を利用しようとしていることについても、そして、事実上イクシアを牛耳っているのはオーエン・ムーンだということについても。

ゲームに飽き飽きして、わたしは尋ねた。「さっさと本題に入らない？　望みは何、カーヒル？」

カーヒルは壁のほうを指さして部下に命じた。「拘束しろ」

抵抗したおかげであちこち痣ができたが、ひとりの股間を膝蹴りし、別のひとりの向こう脛を蹴ってやった。結局手首を鎖で繋がれて両手を広げさせられ、脚は足枷で拘束されて壁に繋がれたことを考えれば、ささやかな勝利だったが。

状況はますます悪くなったとはいえ、からかわずにいられなかった。「そんなにわたしが怖いの、カーヒル？」

彼の頬がかっと赤くなり、部下たちは全員執務室から出ていかされた。カーヒルはドアを閉めると、危険な表情を浮かべてこちらを見た。「おまえのことはよく知っているんだ。おまえに何ができて、かつてどんな状況から脱出したか。これは――」と言ってわたしのほうに手を振る。「普通の相手ならやりすぎだが、おまえは普通の相手じゃない」

「それは褒め言葉？」

「それでおまえが満足なら、そうだ」

「わたしの気分まで気にしてくれてありがとう、カーヒル。わたしに危害を加えるつもりなのかと思ってた」わたしはあえて彼の名前を連呼して、ふたりが友人同士だったときの記憶を呼び起こそうとした。ヴァレクから教わったテクニックだ。

カーヒルは顎を撫で、机に寄りかかった。急にげっそりと疲れたように見え、ぼんやりした表情を浮かべている。わたしは初めて身の危険を感じた。

「望みは何なの、カーヒル？」

「おまえと話がしたい」

「話なら喜んでするけれど、あなた自身と話すの、それともブルンズと？」

「どちらでも同じだ。わたしはブルンズに報告する義務がある」

「ブルンズはあなたがここにいることを知っているの？」

「当然だ」

　それはまずい。「ここはどこ？」

「わたしの基地だ」カーヒルは唇を歪めて微笑んだ。「議事堂の中に与えられた執務室はどうも安全性に欠けている気がしてね。自分でここにこしらえた。ヴァレクの密偵読本を手本にして、忠実な者を集めてチームを作った」

「そしてあなたはその情報網を使ってブルンズや《結社》を助けた」

「そうだ。シティアを守ろうとしている彼らの言葉に、議会は耳を貸さなかった」

　古い話だ。「で、今は？」

「なぜ《結社》と戦う？　わが子のためにも安心して暮らせるシティアにしたくないのか？」

　含みのある質問だ。「そのためにブルンズと戦っているのよ」

「また意味のわからないことを言う」

「でも、あなたには説明できないわ、カーヒル」

「どうして？」

「説明しても信じないから。あなたは洗脳されている」

カーヒルはいらだって行ったり来たりし始めた。「どういう意味だ？」

「長いあいだテオブロマを飲み続けているせいで、ブルンズに支配されているってこと。あなたたちはみな、もはや自分の頭では何も考えていない」

カーヒルは首を振り、わたしの目の前で立ち止まった。「違う。シティアにとって、敵は最高司令官だ。それにブルンズは天才だ。われわれの持つ力を結集させ、ついに最高司令官の軍隊より優位に立てるようになった。もはややつらは恐れるに値しない」

「確かにブルンズの考えていることは画期的ね。でも、もし最高司令官がシティアを攻撃してこなかったら？」

「情報源によれば、火祭（ファイア・フエスティバル）の直後に侵攻を計画していると聞く」

「ブルンズにそれを教えたのはヴァレクよ」

カーヒルは眉をひそめた。

「それに、なぜブルンズはわざわざあなたを城塞に呼び、わたしを探せと命じたの？　あなたは四カ月後の侵攻の際、シティア軍を率いることになっているんでしょう？」

「わたしなら仕事をやり遂げると知っていたからだ。それについては反論できないだろう」カーヒルはわたしを繋ぐ鎖を示した。

「確かにね」わたしは作戦を変えた。「もし最高司令官が戦争を始めなかったらどうなる？」わたしは改めて尋ねた。

カーヒルは頑固な表情を浮かべている。

「何も起こらない、そうよね？　最高司令官がそこまでシティアにとって大きな脅威なら、こちらから攻めて、脅威を根こそぎにしてしまおうとなぜブルンズは考えないのか？」

「われわれはイクシア人と違って命を大切にする。こちらが防衛の準備を整えていれば、最高司令官は侵攻してこない」

わたしは壁に力なくもたれかかった。カーヒルは完全に洗脳されている。わたしが何を言っても変わらないだろう。「ブルンズはいつわたしと赤ん坊を殺しに来るの？」

カーヒルの動きが止まった。「おまえがここにいることは知らせていない」

どういうこと？

「最高司令官の新たな暗殺者がここに来ている。彼女とヴァレクが屋根の上で激しくやり合い、残念ながらおまえの夫のほうが劣勢だったそうだ」

わたしは胸が張り裂けそうになりながらも、無表情を保った。

「われわれの情報源によると、彼女はヴァレクを殺したあと、次はおまえを標的にするつもりらしい」

そう聞いても不思議ではなかったが、それでも腹を蹴られたようなショックを覚えた。

「イクシア人に汚れ仕事をさせるつもりね」

「そうだ。おまえはブルンズを貶めようとあれこれ策を弄しているが、それでもまだシティア人のあいだでは人望がある。ブルンズやわたしがおまえを殺せば、よく思われないだろう。だが最高司令官のしわざとなれば、人々は憤り、われわれの支援を続ける」

賢いやり方だ。

「さて、申し訳ないがわたしにも仕事がある」カーヒルは戸口に向かった。

「カーヒル」わたしの声に、彼は振り向かずに足を止めた。「もしオノーラがわたしを殺しに来たら、そのときはこの鎖を解いて飛び出しナイフを返してくれる？」

「おまえでは勝てない」

「この壁に繋がれたままより、戦って死にたい」

カーヒルは振り向いてわたしと目を合わせた。「わかった」

待つのはいつだってつまらない。でも自分を待ち受けている運命を思うと……考えるまいとしても、つい考えてしまう。もしヴァレクがオノーラに勝てば、わたしも生き延びられるかもしれない。でも彼が死んだらわたしも死ぬ。オノーラがここに来る前にフィスクの助っ人たちがわたしを助けてくれれば別かもしれないが。そうして楽観的になったり絶望したりをくり返す。

気を確かに持つために、赤ん坊を守る方法を考える。自分に何ができるか。救助なんてあてにならない。頼れるのは自分だけだ。でもあれこれ可能性を考えてはみたものの、生き延びられる確率はゼロに近いと認めるしかなかった。

時間はのろのろと過ぎ、カーヒルの部下が来て、片方の手のひら一杯分のブドウが与えられた。隣の部屋から聞こえていた声もやみ、角灯も消された。夜になったのだろう。

壁に鎖で繋がれたまま夜を過ごすかと思うと、複雑な気分だった。こうして生きていれば、それだけ助かる見込みも大きくなる。筋肉がこわばっていよいよ辛くなっても、オノーラが来ないのはヴァレクが生きている証だと思えばたいしたことではない。うつらうつらとはしたが、それも肩の焼けるような痛みではっと目覚めるまでだった。

カーヒルが朝になって戻ってきた。ここにいると時間はわからないが、髭を剃り、目もぱっちりしているところを見ると、朝になったのだろう。部下が角灯に光を入れるあいだ、彼は直立不動のままわたしを見下ろしていた。

沈黙に耐えきれず、尋ねる。「評決はどう出たの?」

「モスキートが死んだ」

「それはいい知らせね」

「喜んでもらえてよかった」

「で、悪い知らせのほうは?」わたしは覚悟した。

「昨夜遅く、町でオノーラの姿を見た者がいる」

脚ががくがく震えたが、鎖のおかげで床にへたり込むのは避けられた。ヴァレクなら、オノーラをみすみす逃がしたりしないだろう。つまり彼女が生きているということは……。

「ヴァレクの遺体はまだ見つかっていない」

「見つける必要がある？」わたしは壁にもたれかかった。世界がしだいに溶けていく。

「確認のためだ。フィスクやその仲間たちの報復を避けるため、オノーラは遺体を隠して、結果を当分どっちつかずにしておくつもりなんだろう」

遺体。もはや名前では呼ばれない。わたしは悲鳴をあげないようにカーヒルの言葉に意識を集中させた。今大事なことはただひとつ——赤ん坊を守ること。「なぜオノーラが助っ人たちのことを気にするのよ？　ヴァレクを……倒せるくらいなら、誰にも負けない」

「人数で負けるし、そっちにはストームダンス族がついている」

「ストームダンス族？」いよいよまずい。もしブルンズに疑われているなら、ストームダンス族は姿を隠す必要がある。一刻も早く。

「しらばっくれるのもいい加減にしろ。クリスタル族の駐屯地でおまえたちが逃走しようとしたとき、あまりにもタイミングよく雷が鳴り、嵐が吹き荒れた。連中の手助けがなければできないことだ」

「わたしたちが自分で何か脱走方法を考え出していたかもしれない」たぶんそのうち。でも無理だったかも。ブルンズはわたしたちをすでに身動きできないようにしていた。

「ありえない、と否定しようと思ったが、おまえのことだ、そのうちきっと考え出していただろうな。だからこそおまえを生かしてはおけないんだ」

「罪悪感を持ちたくないから、自分の判断を正当化しようとしているのね」

「罪悪感なんて持つわけがない。百万という人々を守ろうとしているんだ。われわれが正しいとおまえがわかってくれさえしたら……」彼は曖昧に手を振った。「こんなことにはならなかったのに」

「あなたはそう信じているわけね」ふいにある考えが浮かび、背筋を伸ばした。これで赤ん坊が守れるかも。「取引きしない？」

「しない」

「わかった。じゃあ、わたしが間違っていると証明するのはどう？」

カーヒルは、どこまで愚かなんだ、という顔でわたしを見た。「いいだろう。だが、どうやって？」

「十日間だけ、ブルンズ配下の人間が作った料理を食べるのをやめ、零の盾を身につけてみて。それでもブルンズの作戦がシティアのためになると思えたら、わたしも《結社》に加わり、フィスクや助っ人たちも仲間になるよう説得する」

「どうしておまえを信じられる？」

「あなたに約束するからよ。知ってのとおり、わたしは絶対に約束を破らない。相手が

《炎の編み機》でも破らなかった」

カーヒルは唇を結んで考え込んだ。だがやがて笑いだした。「口車に乗せられるところだったよ。だが罠にはかからない」

「罠じゃない。わたしは大真面目よ。よく考えてみて、あなたは何も損をしない」

「いや、するね。おまえをこれから十日間生かしておかなきゃならない。フィスクが部下たちをここに送り込んでおまえを救出するには充分な時間だ」

一本取られた。「来ても送り返して、あなたと一緒にいる」

「連中がおまえの言うことを聞くわけがない。おまえも……何だっけ、洗脳されちまった可能性があるからな」

わたしは手を拳に握った。また一本取られた。「洗脳するには二、三日では足りない。わたしが誓約書に署名するのはどう？　そうすれば、約束したという動かぬ証拠になる。そして、誰かがわたしを救出しに来る前に城塞を出ればいい。たとえばフェザーストーン駐屯地は？　そこで戦争の準備をするのよね？」

「そうやってわが軍の機密を盗むつもりか」

「わたしを牢に繋げばいい。何度も入ったから、今ではもうわが家同然よ」

カーヒルはわたしをじっと見つめた。「本気なのか？　もし洗脳が解けたとして、やはりブルンズにつくのがシティアにとって最善だと思えたら？」

「わたしの負け。約束どおり、あなたとブルンズに協力するわ」

「ずいぶん自信があるようだな」

「あなたを知っているからよ、カーヒル。人の自由意志と決断力を奪うブルンズのやり方に、あなたなら腹を立てるはず」

カーヒルは机につかつかと近づき、白紙の羊皮紙を一枚出すと契約書を書いた。簡単な書面だった。十日間カーヒルに付き従い、けっして逃亡せず、彼の計画を邪魔せず、おとなしく協力する。自分の正体はカーヒルに忠実な者にしか明かさない。その代わりカーヒルも十日間はつねに零の盾のペンダントを身につけ、テオブロマ入りの食べ物をいっさい食べない。

「食べ物にテオブロマが入っているか否か、どうすればわかる?」カーヒルが尋ねた。

わたしは口を歪めて微笑んだ。「かつて最高司令官にしたように、わたしが毒見役を務める」

カーヒルは愉快そうに鼻を鳴らすと、先を続けた。十日後、カーヒルが依然としてブルンズの言葉を信じていたら、わたしが彼らの仲間となり、計画をけっして妨害せず、広報官として積極的に協力すること。作戦や計画の立案にも携わること。逆に、もしカーヒルがブルンズの言葉に疑問を持つようになったら、こちらの味方となり、協力すること。カーヒルは完成した契約書を読み上げた。

「証人が必要ね。それから鎖を解いて」彼の訝しげな表情を見て、続けた。「署名するときに壁に繋がれていたら、どんなに無能な法務官でも、わたしが強要されて署名した恐れありと疑義を呈し、わたしが契約に従う義務はなくなる」別に約束を破るつもりはなかった。契約書に署名するのは単なる形式にすぎず、カーヒルの気が済めばそれでいいのだ。わたしとしては、とにかく拘束を解いてほしいだけだった。

カーヒルが奥から部下をふたり連れてきた。ファクソンという男が紹介されたが、もうひとりのハンニはすでに知っている。ファクソンがわたしの手枷をはずすと、とたんに全員が武器の柄を握って飛びのいた。そんなにびくびくすることないのに。わたしはほくそ笑みながら手首をさすり、指の感覚が戻るのを待った。

痺れが取れると契約書に署名し、尖筆をカーヒルに手渡した。彼はつかのま手を止め、契約書に穴はないかと改めて検討したのち、自分の署名を加えた。ハンニとファクソンがそれぞれの署名を添え、契約書は正式なものとなった。これで少なくとも十日間は赤ん坊が守れる。そしてうまくいけば、強力な仲間ができる。でももしうまくいかなければ……。欲張ってはだめ。一度にひとつずつ片づけよう。「今すぐここを出なきゃ」

「どうして?」

わたしはヘアピンの目印について話した。

「くそ」カーヒルは部下たちに急いで荷物をまとめろと大声で命じた。ただちにここを発つ。今すぐにだ。

邪魔にならないようにしながら、フィスクに伝言を送る手はあるだろうかと考える。カーヒルの部下に外套を渡され、移動の準備で人々が忙しくしているあいだに武器と開錠道具を取り戻した。ヴァレクのことを考え、悲しみに呑み込まれそうになったけれど、赤ん坊を守らなきゃと何度も心の中で唱えて感情を遮断した。それに、オノーラを町で見たというのはカーヒルの嘘かもしれない。

カーヒルが戻ってきた。「行くぞ」肘をつかまれて階段に向かう。カーヒルの部下がわたしたちを前方と後方から挟む形だった。部下は全部で十二人。

「フィスクへの伝言を誰かに託せない？」

カーヒルが歩調を緩めた。「なぜだ」

「フェザーストーン駐屯地でわたしの姿を見ても、フィスクの仲間がわたしを救出しようとせずに済む」

「なぜおまえの姿が目撃される……」カーヒルの手に力が入り、毒づいた。「フィスクは助っ人たちを駐屯地に潜入させてるんだな？」

「そうじゃない。駐屯地に着くまでにたくさんの公道を通る。途中、どこで見られてもおかしくない」

「うまい説明だ。だが、おまえは嘘が下手だ。潜り込んでいるのが誰か知ってるのか？」

今度はわたしが毒づくほうだった。「知らない」

「十日経つまで言わないつもりか」

「違う、本当に知らないの」

カーヒルがわたしを信じたのかどうかわからなかったが、階段を上がって倉庫の一階に出るまで黙りこくっていた。黒塗りの窓の隙間からかすかな日差しが差し込み、積まれた木箱に書かれた言葉がかろうじて読める。一団は、勝手知ったる迷路の中を通るかのようにくねくねと進んだ。わたしは床を見た。木箱の山のあいだには埃が積もっているが、足元はきれいだ。わたしでもその通路をたどれば出口に着けそうだった。

「議事堂の厩舎（きゅうしゃ）に向かえ」玄関が見えると、カーヒルは部下たちに命じた。「イレーナはわたしとトパーズに乗る」

同時に扉が開き、オノーラがわが物顔で入ってきた。すぐさま全員が武器を手に取る。わたしは思わずよろめいた。心のダムが決壊し、悲しみが洪水となって全身を浸す。ヴァレクはまだ生きているかもしれないというかすかな希望もこれで潰（つい）えた。

カーヒルの手がわたしを支えた。「心配するな。わたしがおまえを守る」

オノーラを恐れているわけではないと正す力はなかった。悲しみで喉が詰まり、息ができない。カーヒルがわたしの顔を見た。「呼吸しろ、イレーナ。おまえにも加勢してもらわなければならないかもしれない、状況が状況だけに」

そのとおりだ。わたしはヴァレクの暗殺者に目を向けた。やはり裸足で、髪を引っつめにしているその姿は、二十歳より幼く見える。カーヒルの部下たちは空間のほとんどない倉庫内で、できるだけ散開しようとしている。ふたりはクロスボウを構え、相手に向けているが、オノーラ自身は手ぶらだ。いや、違う。彼女は二本のヘアピンを手の中でくるくる回している。しまった。

カーヒルが前に進み出た。「遅かったな。イレーナはわれわれが保護している。イクシアに帰れ」

オノーラが首を傾げる。「なぜまだ殺さない？」

「おまえには関係ない」

「だがブルンズは彼女の排除を求めている」

「ブルンズだと？　おまえは今彼の下で働いているのか？」カーヒルが驚いて尋ねる。

「いや。ブルンズが最高司令官に頼んだんだ。あたしを差し向けて、ヴァレクとイレーナを始末してほしいと」オノーラはわたしを見た。「ひとりは倒した。残りはひとり」

わたしは飛び出しナイフを抜いて一歩踏み出した。この娘の心臓をひと突きにしてやりたい、頭にあるのはそれだけだった。カーヒルがわたしの肩をつかんで止めた。

「ブルンズが最高司令官に協力を求めるわけがない」カーヒルは言った。

「じゃあボスと話をしてみるといい」

カーヒルは眉をひそめ、手を下ろしてわたしの腕をつかんだ。

オノーラがそれに気づく。「あんたが自分で手を下すというなら別だが」彼女は待った。

「さもなければ渡してもらおうか。さっさと終わらせてうちに帰りたい」

「だめだ」

「どうして保護する？ この女は災難のタネにしかならないよ」

「帰れ、オノーラ。こっちは人数で勝っている。それにそこでクロスボウを構えている者は一流だ」

オノーラがにっと笑い、きれいに並んだ白い歯がしっかり見えた。「その計算、本当に合ってるのか？」

「こちらは十四人、そっちはひとりだ」

わたしを仲間に入れてくれるとは、なんと親切な。

「天井の蜘蛛を勘定に入れ忘れてる」そう言ったとたん、オノーラが脇に飛びのいた。

全員が天井を見上げたが、わたしは驚いてオノーラをまじまじと見ていた。今のはヴァレクの言い回しだ。わたしがカーヒルの手を振り払って床に伏せると同時に、木箱の山のあいだから灰色の人影がいくつも現れた。

カーヒルが笑う。「天井になんて何も――」

戦闘が始まり、わたしはそのまま伏せていた。クロスボウで撃たれるのは一度でたくさんだ。蜘蛛についてのオノーラの発言を聞いた今、この灰色の人影が敵なのか味方なのかわからなかった。わたしへの合図だったのか、ヴァレクとの訓練中にただ聞き覚えただけなのか。敵方に加勢してしまってもばかばかしいので、木箱の山の背後に隠れて待った。

乱闘の音に耳を澄ます。何かが倒れる音、呻き声、金属と金属がぶつかる音、悪態、痛みをこらえて息を吐く音。そのとき突然オノーラがわたしの横に現れた。

「もう大丈夫」彼女が言った。

とっさに飛び出しナイフを相手の喉に押しつける。「ヴァレクは？」

オノーラは両手を広げた。「音から察するに、カーヒルと戦ってるみたいだ」

驚いて彼女を見る。これは罠？

「こう言っちゃ何だけど、あたしがあんたを殺すつもりなら、今頃とっくに死んでるよ」

そのとおりだ。わたしはほっとして武器を下ろした。「ごめん」

わたしたちは部屋の広い場所に戻った。カーヒルの部下たちがあちこちに倒れ、灰色の上下を着た何人もの人間がそばに立っている。でもわたしの目は、カーヒルの首に剣を突きつけている黒装束の男にすでに釘（くぎ）づけだった。睨み返すカーヒルの両手の切り傷から流れ出した血が肘まで伝っている。彼の剣は足元に転がっていた。

「オノーラ？」ヴァレクはカーヒルを睨みつけたまま尋ねた。

「イレーナはここにいる」

「こいつを頼む」ヴァレクは言い、剣をオノーラに放った。

オノーラは軽々とそれをつかんでカーヒルに切っ先を向けた。

すぐにヴァレクはわたしを胸に抱いた。そのぬくもりを味わってから、わたしは囁いた。

「オノーラに殺されたのだとばかり思った」

「オノーラのことなら問題ないと言っただろう」

「でもカーヒルが……」わたしは首を振った。「ごめんなさい。本部を出たのがいけなかった」ヴァレクを信じるべきだったのだ。

「今となってはどうでもいいことだ。無事だったんだから」

「イレーナはまだこちらのものだ」カーヒルが言った。「イレーナ、われわれの契約について旦那に話せ」

8　ヴァレク

契約？　イレーナの目をのぞき込んだヴァレクは、そこに浮かぶ辛そうな表情を見て不安になった。守りたいという思いがあふれ出し、つかのま強く抱きしめる。それから無理に腕をほどくと、身体を離した。「何の話だ？」

イレーナはカーヒルとの契約について説明し、そのあいだヴァレクは懸命に感情を押し殺した。怪我を治療し、イレーナの身を心配し続けた最悪の夜を過ごしたあと、こんな話を聞くことになるとは。

「……カーヒルを味方につける必要がある。それにはあなたも賛成した。テオブロマの影響下にあるあいだは何を言っても聞く耳を持たない。カーヒルを説得するにはこうするしかないのよ」

ヴァレクはかっとなった。「だめだ。フェザーストーン駐屯地に行かせるわけにはいかない。ブルンズに見つかれば、君も赤ん坊も殺される」彼女をその場で担ぎ上げ、倉庫から出ていきたい衝動を押し殺すため、脇に垂らした両腕で身体を締めつける。イレーナは彼がオノーラに勝つと信じなかった。ヴァレクが救出しに来る可能性についても。何年かぶりにイレーナに腹が立った。

「止められないぞ。彼女はわたしに誓ったんだ」カーヒルは契約書をひらひらさせた。その高慢な態度がヴァレクのすでに磨り減っていた神経を逆撫でした。小刀を抜き、愚か者につかつかと近づく。「そんなもの、あっという間に無効にしてやる」

「ヴァレク、やめて」イレーナが言った。

「こいつに理屈が通じると思うのか？　君がそこにいるとブルンズに知れたらどうなる？」

「わたしが彼女を守る。それは契約条件のひとつだ」カーヒルが言う。

ヴァレクの手のひらに小刀の柄が食い込んだ。今までに殺した連中について後悔したことは一度もないが、殺しそこねた何人かについては後悔している。そういうやつらは必ずまた現れてもっと問題を起こすからだ。カーヒルもそのひとりだった。それでもシティアの乗っ取りを食い止めるには、カーヒルの協力が不可欠なのだ。

「契約書を見せてくれ」

「どうぞ」カーヒルからそのいまいましい書類を手渡された。

ヴァレクは中身を吟味し、必死に欠陥を探した。何ひとつない。はらわたが煮えくり返ったが、内容を頭に叩き込んでからカーヒルに返した。「十日後にわたしがフェザーストーン駐屯地に迎えに行く」

「イレーナが負けたら？」カーヒルが尋ねる。

「わたしは負けない」イレーナがきっぱり言った。

だがカーヒルが嘘をつくか、約束を破るか、イレーナを洗脳するか……とにかくうまくいかない可能性はいくらでもある。もしカーヒルがこちらに寝返らなかったら、殺すつもりだった。イレーナをおめおめと敵側に渡すわけにはいかない。

「わたしの質問に答えてないぞ」カーヒルがこちらを見つめている。

「イレーナがおまえの説得に失敗したときには、われわれは敵となる」

「そしてイレーナはこちら側につく」とカーヒル。

ヴァレクは胸が張り裂けそうだった。「そうだ」

「イレーナが負けても彼女を救出しようとしたり、わたしを殺そうとしたりしないという言質が欲しい」

イレーナの目を見ると自信が漲っていた。今自分にできることはほとんどないようだ。

「彼女を救出したり、おまえを殺そうとしたりしないと約束する」とたんに口の中が苦い胆汁で覆われたような気がした。こんなことを無理やり言わされるとは。なぜイレーナはわたしを信じなかった？　カーヒルは緊張を解いた様子だったが、こちらの話はまだ終わっていなかった。「だが、妻のそばに付き添う」

カーヒルがとまどったようにこちらを見た。「今自分でわれわれは敵になると言ったじゃないか」

「そのとおりだ。おまえたちのすることを助けもしなければ邪魔もしない。だが、戦争が終わるまでイレーナのそばにいる。彼女の用心棒だとでも思ってくれ」

「ヴァレク、それはだめ」イレーナが反対した。「あなたは殺されるか、最高司令官の情報を引き出すために利用される。それにフィスクたちやシティアには、あなたが必要よ」

「君の敵として戦うことはできない」

イレーナは、自分がカーヒルに約束したのはそういうことなのだと気づき、顔色を失った。友人や家族を敵に回して戦うことになるのだ。彼女は両手を握り合わせた。「そうはならない」

「だといいが」ふたりの未来は今回の賭けの勝敗次第だった。

オノーラがカーヒルから離れた。「これからどうする？」

すっかり動揺して、フィスクの助っ人たちのことを忘れていた。みんな端のほうで所在なさげに立っている。

「本部に戻る」人員の配置替えをし、計画を練り直さなければならない。イレーナは今後十日間は連中に協力することを約束した。そこには重要情報を教えることも含まれるとカーヒルは主張するかもしれない。それに、カーヒルがブルンズは正しいと最後まで信じ続けた場合、イレーナはわれわれについてすべてを明かさなければならなくなるだろう。そのときはっとした。自分がレジスタンスに協力して新たな計画を立てるとなれば、イレーナの用心棒役になったときにそれを白状させられかねない。まったく、にっちもさっちもいかない。

「わたしの部下たちはどうしてる?」カーヒルが尋ねた。「死んだのか?」

「いや、眠っている」オノーラが答えた。「数時間もすれば目覚めるはずだ」

「駐屯地にフィスクの部下たちが潜入していることも、ストームダンス族がわたしたちに協力していることも、カーヒルはすでに知っている」イレーナが言った。

最悪だ。今口を開けばイレーナを睨みつけてしまいそうだったので、うなずくに留めた。

「行こう」ヴァレクが命じると、助っ人たちとオノーラは出口に向かった。ヴァレクはそれに続く前に、勝ち誇ったような表情のカーヒルと辛そうな顔のイレーナに目をやった。

「十日後に会おう」そして立ち去った。

しばらくは先を急いだが、数区画進んだところで全員に解散を命じ、本部で落ち合おうと告げた。オノーラはその場を動かなかった。ヴァレクは建物の壁に寄りかかり、事態の重大さを今さらながら噛みしめていた。そして後悔していた。別れ際にイレーナを抱きしめもしなければ、キスもしなかった。

「イレーナを見守ってくれないか?」とオノーラに言う。「カーヒルが約束を破って彼女に危害を加えたりしないように」

「わかった。九日後にフェザーストーン駐屯地近くの町で会おう」

「ああ。ありがとう」

「心配するな。イレーナは自分の行動に自信を持ってる」そう言ってオノーラは姿を消した。

ヴァレクもそう思いたかったが、イレーナは魔力を失って以来、自分を信じきれていない。そこにきてこのばかげた契約だ。昨夜はカーヒルの嘘を信じ込んできっと混乱し、赤ん坊を心配するあまりこれが最善策だと思いついたのだろう。わたしを信じてくれさえすれば。今はどうすることもできない。ヴァレクは壁から身体を起こし、本部に向かった。

「まさか、冗談ですよね？」フィスクが言った。

ヴァレクもそうであってほしかった。「いや。ストームダンス族、わたしの弟妹、ティーガンを安全な場所に移してほしい。それからアーリとジェンコを呼び戻す。戦略や計画を立てるうえでアーリがいちばん頼りになるはずだ。リーフ、マーラ、イーザウが戻ったら、どこかに匿(かくま)ってくれ。今各駐屯地に散っている君の部下たちも、捕まる前に脱出させること」

フィスクは呆然(ぼうぜん)としている。「参ったな」

「零の盾のペンダントはまだ残っているか？」

「ええ。リーフは木材を使ってそれを作る方法を編み出したんです」

「カーヒルにひとつ謹呈してさしあげろ。念のためイレーナにも」

「了解」

今聞かされた重大事態についてよくよく理解しようとするフィスクを残し、ヴァレクは自室に戻った。扉を開けたとたん、足が止まる。イレーナの好きなラベンダーの香りが漂ってきて、わずかに残っていた力が抜けた。ベッドの縁に腰を下ろし、頭を抱える。

ゆうべイレーナの居場所を確認してオノーラが戻ると、ヴァレクはひと晩かけてイレーナ救出計画を立てたのだ。しかもそれは魔力で肩と腰の傷を治療したあとのことだ。これだけの重傷を治す力はチェイルにはない。〝燃え尽き〟を起こすことなく傷をみごとに修復できたことは誇りに思えた。だがもう体力の限界だった。

それでも力を振り絞って立ち上がり、自分とイレーナの鞍嚢(あんのう)に荷物を詰める。それから階下に下り、厨房裏の隠し厩舎に向かった。

フィスクが追ってきた。「どこに行くんですか？」

「新しい戦略を聞いてしまわないように、ここを出る必要がある」

「すべてが決まったら、どこに探しに行けば？」

ヴァレクは考え込んだ。「オウルズヒルの《クローバーリーフ荘》。知っているか？」

「ええ」

「よかった」ヴァレクは厨房のコンロの前を進み続ける。

「きっと何とかなりますよ」フィスクが呼びかけた。

だが返答する余力はなかった。オニキスとキキがいなないて彼を迎え、ポケットに鼻を突っ込んで土産を探す。それぞれにオート麦入りミルクを与え、首を撫でながら脚に炎症はないか調べた。黒馬のオニキスは速く走るのにうってつけのしなやかな体形で、性格はおとなしく、ヴァレクと相性がいい。

両方の馬に鞍をつけ、キキの鞍のほうにイレーナの鞍嚢とボウをくくりつけた。二頭を外に連れ出すと、キキのほうを見た。顔は、左目を丸く囲む赤銅色の毛を除けば白い。膝下が白いが、体躯は赤銅色だ。長い耳がさっと前方を向いた。

ヴァレクは心の防御壁を下ろして、キキの心の声を受け入れた。これは魔力を授かった役得のひとつだ。サンドシード産のキキはある種の魔力を持ち、人や、オニキスのようなサンドシード産ではない馬と心で意思の疎通ができる。

〝ラベンダーレディは?〟イレーナを指す馬たちのあいだのあだ名を使って尋ねてきた。

〝ペパーミントマンと一緒だ〟ヴァレクは伝えた。〝トパーズを探してそこへ行け。議会の厩舎にいると思う。ラベンダーレディにはおまえが必要だ〟

〝必要なのはゴーストノーモア〟

魔力耐性があったころのヴァレクのあだ名はゴーストだったが、魔力を得た今、キキはそれに〝じゃない〟をつける。〝今回は違う〟

キキは彼を尻尾でぴしゃりと叩いた。〝いつも、そう〟

ヴァレクは笑ったが、本当はおかしくなかった。〝ラベンダーレディはそうは思っていない〟それに、イレーナの見守りはオノーラに任せたのだ。

〝スモークガール、仲間になった〟キキが満足げに言った。

〝スモーク？〟

言葉にできないのか、キキは静かに座っているオノーラの姿、まるで煙のように周囲に溶け込み、優美に動く様子を思い描いた。キキはオノーラの内面もぼんやりと描写してみせた。芯の部分では炎が燃え盛っているが、それを煙幕で隠しているのだった。

〝うまい譬えだ〟ヴァレクは伝えた。

〝キキ、頭いい〟

〝まったくだ〟

〝来て〟

〝すぐに行く。少し……待っててくれ〟頭を冷やすため？　考える時間が欲しいから？

キキの青い瞳がこちらを見透かす。ヴァレクはじっとしていたが、本当はいたずらを見つかった子供のように身をよじりたかった。

〝すぐ来て〟キキは走り去った。

騎手のいない馬を見たら城塞の住民は驚くだろうかと思ったが、キキは身体は大きいのに人目を避けるのがうまいことを思い出した。それに、ほかの馬たちと違って、サンドシードの馬は蹄鉄をつけたがらない。だから舗道を歩いても音がしないのだ。

ヴァレクはオニキスに跨ったが、どこに行けばいいのかわからなかった。とにかく、城塞からは出なければならない。「さあ、出発だ」

北門から城塞を出たあと、ヴァレクはオニキスに方向を決めさせた。尻の下で馬が刻む安定したリズムと疲労のせいで頭がぼんやりした。頭の中は白紙だったし、感情も湧いてこない。ひんやりした風が顔を撫で、あたりには土と草の湿った空気がたちこめている。木々がぼやけて背後へと過ぎていき、見える色は新緑と空の青さだけだ。

オニキスが立ち止まるたび、水と食べ物を与えた。オニキスが出発の意思を見せるまでヴァレクも休み、旅行用の干からびた食べ物を口にした。陽が二度昇り、沈んだ。

オニキスは、日差しが三度目に翳るころに速度を緩めた。うとうとしていたヴァレクは、馬の世話をするつもりではっとして目覚めたが、オニキスは空き地で立ち止まる代わりに建物に近づいていった。つい小刀を手にしたものの、よく見るとそこはイレーナと一緒に購入した小屋だった。フェザーストーン族領内のイクシア国境近くだ。オニキスはみずから小さな厩舎に向かい、頭で扉を押し開けた。

ヴァレクは馬から降りた。「キキにここに行くように言われたのか？」

オニキスは穀物の匂いのする息をヴァレクに吹きかけた。気分転換だよ、とでもいうように。

オニキスから鞍と馬具を下ろし、ブラシをかけ、餌と水を与えてから、暗く冷え冷えとした小屋に脚を引きずりながら入っていく。馬の毛が汗まみれの肌にへばりつき、服を覆っている。暖かい季節は脱毛の季節に名称変更すべきだ。

戸口で足を止める。イレーナと最後にここで過ごしたのは三カ月以上前のことだ。赤ん坊を授かったのもそのときだった。頭にかかった靄の中から思い出が顔を出そうとしている。厩舎で寝たほうがいいのかもしれない。いや、何をばかなことを。中に入ると、がらんとした部屋にはぬくもりの欠片もない。暖炉に火を熾すのも風呂の湯を沸かすのも面倒で、手早く身体を洗った。小さな小屋はふたりにとって理想的だった。一階の右側には浴室と台所、左側は広々とした居間が占め、中央にある巨大な石造りの暖炉が家中を暖める。階段を上がると建物の半分の大きさの屋根裏があり、そこが寝室だった。

重い足取りで階段を上がり、ベッドに毛布を広げる。イレーナの匂いが鼻孔をくすぐり、ヴァレクはマットレスに崩れるように横たわった。急に情けなくなって、怒りもすっかりしぼんだ。イレーナは敵とともに去り、ヴァレクの夢も希望もともに連れ去った。十日もあれば、駐屯地に彼女がいることがブルンズにも知れるに決まっている。抜け目のない実業家のブルンズのことだ。どの駐屯地にも情報提供者がいるに違いない。ほかの連中同様カーヒルも洗脳されており、約束をしたとはいえ、イレーナを守れるはずがない。

じゃあ、おまえはここで何をしてる？　改めて救出計画を練るべきでは？　ただ、救出はしないとカーヒルに約束したし、イレーナもけっして約束を破らないだろう。非常事態にでもならない限り、ヴァレクの手は縛られているも同然なのだ。

すがすがしいラベンダーの香りを胸に吸い込む。かつてイレーナと分かち合ったベッドに横たわると、ゆっくりとわかり始めた――自分もイレーナを信じなかったのだ。彼女が信じてくれなかったことに腹を立て、結局同じことをしていた。イレーナはカーヒルなら理性的な判断ができると信じており、そもそも何度も窮地を切り抜けてきた。たとえ零の盾のペンダントを奪われたとしても、赤ん坊が魔術を吸い取って守ってくれる。

もっと早く気づくべきだった。こんなに疲れているのは、確かにオノーラとの戦闘、治療でエネルギーを使ってしまったこと、睡眠不足のせいかもしれない。だがそんなのはただの言い訳だ。いや、オノーラを刺客として送ってきたのは最高司令官だ。最高司令官がオーエンの影響下にあることを差し引いても、その裏切り行為には傷ついた。アンブローズ最高司令官は、二十七年間もともに歩んできたヴァレクをもはやまったく信用していない。イレーナに信頼してもらえなかったことにアンブローズの信頼を失ったことが重なり、あのときヴァレクの気持ちの糸がぷつんと切れた。とはいえ、冷静さを欠いた理由を今突き止めても、何の足しにもならない。

　ヴァレクは毛布を顎まで引き上げた。まずは睡眠不足を解消しなければ。だがそのあとは？　六日後、フェザーストーン駐屯地の近くでオノーラと会う。ゲーリックは兄だというオノーラの告白についてじっくり考える時間ができた今、ふと笑みがこぼれる。もっと早く察してもよかったことではあるが、なるほどそう考えれば完全に納得がいく。

　だが、それまでの数日間、いったい何をしよう？

　翌朝目覚めたとき、何をすべきかすでにわかっていた。ヴァレクが鞍をつけるあいだ、オニキスは落ち着きなく動きまわり、本来二十分で終わる仕事が四十分に長引いた。そして跨ったヴァレクが出発の合図を出したにもかかわらず、頑として進まなかった。

「ここでもう何日か休みたいとおまえが思っているのは重々承知している。すぐに戻るから。約束だ」

　オニキスは厩舎を名残惜しそうに見つめた。そして大きくため息をつき、渋々駆け出した。ヴァレクは噴き出しそうになってこらえた。これ以上オニキスの機嫌を損なってはあとで困る。のろのろ歩かれたりすれば無意味に時間がかかってしまう。

　国境警備兵を避け、人目につかないように進まなければならなかったため、余計な時間がかかり、目的地に到着するころには日が暮れてしまった。そう、目的地はイクシアだ。ヴァレクは蛇の森（スネイクフォレスト）の中にオニキスが過ごしやすい場所を見つけた。

ひと通り世話をしたあと、オニキスの長い首を撫でながら告げる。「もし明日の朝までに戻らなかったら、おまえだけで小屋に戻れ。いいな？」

オニキスは首を持ち上げ、ヴァレクを見下ろした。

「わたしだって本意ではない。だがやらないわけにはいかないんだ」

オニキスは鼻を鳴らした。ヴァレクはそれを承諾と受け取り、立ち去った。夜になって通りに人気(ひとけ)がなくなる前に城下町(キャッスルタウン)に入りたかった。町は最高司令官の城にごく近いため、特別多くの衛兵が警邏しているに違いないからだ。もし見つかったら、せっかくここに来た意味がない。外套が顧問官の制服の大部分を隠してくれてはいるが、通行人に溶け込まなくてはならなかった。町なかの隠れ家に入ってしまえば、ほかの制服が用意してある。

路地裏の隠れ家にいきなり入ってきたヴァレクを見て、そこで町の監視をするよう命じられていた密偵アドリックとパーシャはぎくりとした。ふたりは慌てて気をつけの姿勢を取り、敬礼した。彼らはまだヴァレクに忠実でいるようだ。よかった。

「報告を頼む」彼は命じた。

ふたりは顔を見合わせた。「ええと……報告することは何もありません、閣下」アドリックが言った。

ヴァレクは眉を片方吊り上げ、先を続けるよう促した。

「われわれは嵐の襲来を前に待機しておりました」パーシャが急いで説明する。

「嵐？」ヴァレクが尋ねた。

「閣下の暗殺命令が出ています」アドリックが言った。「われわれ密偵はみな、そんな命令はでまかせだとすぐにわかりました。それに、あの……娘のもとで働くつもりもありません。あの娘は連中の配下にいますから」彼は〝連中〟という言葉を吐き出すように言った。「ですから、われわれはみな、閣下がお戻りになるまで身を潜めることにしました」

「身を潜める？」

「城に報告を上げるのをやめ、あらゆる命令を無視しています」

ヴァレクは彼らの抵抗ぶりに胸を打たれた。「反逆行為だぞ。わかっているのか？」

パーシャが言う。「いいえ、違います。司令を出しているのは、もはや最高司令官ではありませんから」

「そこまであからさまなのか？」

「閣下の暗殺命令が発令されたとたん、われわれにはわかりました。閣下がイクシアや最高司令官に背くはずがありません」パーシャは顔にかかった長いブロンドの髪を払った。

ヴァレクはふたりを抱きしめたい衝動に駆られた。

「それに、最高司令官の命令には一貫性がありません」アドリックが言う。「これまで最高司令官が突然気を変えたり、矛盾する命令を出したりすることは一度もありませんでした。今ではまるで、権力を握る者がふたりいるかのようです」

ヴァレクの疑いはこれで裏づけられた。

「閣下が受けた命令は？」パーシャが尋ねた。「あのシティア人を排除するために戻られたんですか？」

そんなに簡単ならどんなにいいか。「いや、まだだ。今は身を潜め続けてくれ」

ふたりはがっかりしたように肩を落とした。

「連中のことは、ここぞというタイミングで排除する」ヴァレクは言った。「君たちには、オノーラは信頼できるとほかの密偵たちに広めてもらいたい」

ふたりとも驚いた表情を浮かべた。

「排除はいつごろになりそうですか？」アドリックが尋ねる。

「火祭の近辺でひと騒動起きるかもしれない」

「もし起きなかったら？」

「われわれが負け、連中が勝ったということだ」

「われわれは負ける訓練はされていません」パーシャがきっぱり言う。「われわれが負けなければ、あなたも負けない」

ヴァレクは笑った。「君の言うとおりだ。城の様子はどうだ？　警備はどうなってる？」

「少しでも城壁に触れれば、衛兵たちが五、六人、上から降ってきますよ」とアドリック。

オーエンが魔術警報を仕掛けたに違いない。「城門は？」

「南門のみ開いていますが、警備は厳重です。通る者は全員名簿で確認されます」

ヴァレクは思案した。「よし。君たちに仕事をひとつ頼みたい」そして説明した。

腕が鳴るとばかりににやにや笑いを浮かべてふたりが出ていくと、ヴァレクは備品庫の中を漁った。隠れ家にはどこも同じ備品が揃えてある。クーデターの直後、最高司令官はヴァレクにその手の隠れ家を確保し、備品を購入することを許した。住所はどこにも記載されていないし、最高司令官さえ知らない——このところの司令官からの命令はマーレンが彼らに伝えていたのだろう。密偵として信頼できると認められ、ヴァレクの特殊部隊に入隊した者には場所を教え、記憶させる。各隠れ家に金庫があり、一年は暮らせるだけの資金が用意されている。

密偵たちが戻ってくるまでにそう時間はかからなかった。ふたりに支えられてぐったりしている男は厨房係の制服姿で、わけのわからないことをつぶやいている。バブバブジュースのせいだ。何よりいいのは身長百八十三センチぐらいで、黒髪を短く刈っているところだ。

「名前はマニックスで、城からの肉の注文を肉屋に伝えに出たところでした」アドリックが言った。

「でかした」ヴァレクは、シャツに赤いダイヤ模様がついた厨房係用の白い制服に着替えた。

急いで粘土をまぜて、マニックスの肌の色に調整する。それを使って鼻と顎の鋭い線をふっくらさせ、見た目を変えた。マニックスより長い髪は襟にたくし込み、シャツはいちばん上までボタンを留めた。

「どうだ?」とアドリックとパーシャに尋ねる。

「きっと大丈夫でしょう」アドリックが答えた。

「暗くなってきたので通用すると思います」パーシャも請け合う。

そうであってほしい。もし捕まったら……。いや、そういうことは考えるまい。「この男は朝になったら解放してやれ。それから、城や最高司令官の立てている計画について何か情報はないか、気を配ってくれ」

「承知しました」ふたりが声を揃えて答えた。

「ありがとう」ヴァレクは裏口から出て、城の南門に向かった。

堂々と歩き、門に近づくときもためらわなかった。武装した衛兵が六人いる。彼らのことはヴァレクも知っていたが、問題は、門のすぐ内側に立っているふたりの見知らぬ男女だ。男は紙ばさみを持ち、女がこちらをじっと見ている。

「マニックス、料理人の助手」女が飽き飽きしたような声で男に告げた。ヴァレクの心の防御壁を魔力が撫でる。オーエンはさらに魔術師を城に招き入れたらしい。よくない傾向だ。うわっつらの考えを相手が読める程度に防御壁を下ろす。少なくとも、ヴァレクとしてはそれを意図した。忙しい朝食の仕度のために自分がやるべきことを必死に考える。

「マニックス、よろしい」紙ばさみの男が言った。「通れ」

門が開き、ヴァレクはまっすぐに城に向かった。そのあいだも、寝る前に終わらせるべき仕事に意識を集中させる。城に入るとすぐ、人のほとんど通らない廊下に潜り込んだ。勝手知ったるお膝元、というわけだ。顔の粘土を剥がし、厨房係の制服を脱いで、その下に着ていた身体にぴったりした黒装束姿となる。自分の執務室に寄りたい衝動に身を任せるほど愚かではない。代わりに隠れ場所に身を潜め、ここぞというタイミングを待った。

真夜中近くになってから、人気のない廊下に出た。城のすべての警備手順を定めたのは自分だ。変更されていない限り、見つからずに目的地にたどりつけるはずだった。ヴァレクは二度と戻ってこないとオーエンが慢心しているかどうかにかかっていた。前回会ったとき、やすやすと零の盾で捕らえられ、危うく殺されかけたことを根拠に、しばらくは城に近寄らないとオーエンは踏んでいるはずだし、オノーラの暗殺者としての腕前も信じている。さもなければ、ヴァレクのもとに送ったりしないだろう。それらを総合すれば、警備手順はまず変わっていないはずだ。

窓を見つけ、深呼吸したあと外に出る。西の壁にしがみつき、曲者だという叫び声か、背中を狙うクロスボウの矢を待った。何も起きないことを確認してから壁を登り始めた。

あらゆる罠を避けつつ、目的地に到達すると窓を開け、中に滑り込んだ。暖炉で赤々と火が燃え、最高司令官はその前に座ってブランデーを飲んでいた。向かいの椅子は空だ。よかった。ヴァレクの定席にオーエンが座っている可能性もあると考え、キュレアを満たした投げ矢を用意していた。

「わたしを暗殺しに来たのか、ヴァレク?」最高司令官がこちらを見もせずに尋ねた。

ヴァレクは最高司令官に近づいたが、近づきすぎはしなかった。相手が武装しているのは間違いなかったし、ナイフ使いとしての腕はヴァレクより上だ。「いいえ」

最高司令官はこちらに顔を向け、金色の目をヴァレクの目と合わせた。「どうして?わたしはおまえの暗殺指令に署名し、オノーラを差し向けた。だが、みごとだったな。おまえが勝つとは思っていなかった。あの娘の力を考えれば惜しいことではあるが」そう言って、心から悲しんでいるかのように言葉を切った。「この部屋を生きて出ようと思うなら、わたしを殺さなければならない。それができるならば、だが」

その可能性はかなり低い。「話をしに来ました」

「おまえが何を言っても変わらない」有無を言わせない口調だが、かすかにあきらめも感じられた。最高司令官の黒ずくめの制服はいつもながら隙ひとつない。襟の本物のダイヤモンドが火明かりを反射し、壁で黄色い光が躍っている。

リンゴの香りがほんのり鼻をかすめた。「話したい相手はあなたではありません」

「オーエンがここにいると思ったのか？　われわれの間柄はまだそこまで近づいてはいないが、彼が現れるのはまもなくだろう」

「魔術警報ですか？」

「ある意味では」最高司令官は額を指で叩いた。

「わたしに残された時間は？」

　最高司令官は答えなかった。だが、だんまりを決め込んでも無意味だ。最高司令官の身体は女性のそれだが、アンブローズはつねに自分を男性だと考え、思春期以降も男性として暮らしてきた。それを知っているのはヴァレクとイレーナだけだ。《霊魂の探しびと》であるイレーナは、最高司令官の身体には彼の母親サイネの霊魂が同居していることを察知したのだ。サイネは出産時に命を落とし、魔力によって赤ん坊の中にみずからの霊魂を住み着かせたのである。最高司令官はイレーナとヴァレクに、このことは人には漏らすなと命じた。

「あなたのお母上と話しに来たのです」ヴァレクは言った。

　最高司令官は座ったまま身を縮めた。「彼女は話せない」

「い、いや、あなたが許せば話せます」

「無理だ……オーエンが……」突然の頭痛に苦しむかのように頭を抱える。

「あなたの行動にぶれがあるのはお母上が原因です。オーエンにコントロールされているのに、あなたはわたしとイレーナをここから遠ざけることができた。お母上のおかげです。

「オーエンはお母上の霊魂まではまだ自由にできない」

「オーエンは完全にわたしを思いどおりにしていると考えている。気づかせるわけにはいかない……さもないと、本当にもう終わりだ」

「急ぎます。そうすればやつにはわからない」ヴァレクは約束した。

アンブローズ最高司令官から母親のサイネに変身する様は、知らない者が見たらさぞ驚くだろう。顔かたちは変わらないのに、一瞬にしてそのアーモンド形の瞳に別人が現れる。灰色の短髪姿でも、今や女性にしか見えなかった。

「オーエンはどうやってアンブローズの心を手に入れたのですか？」ヴァレクは尋ねた。

「オーエンは命乞いし、代わりにイクシア軍のためにキュレアを供給すると約束しました。持ちつ持たれつの取引きでしたが、オーエンはアンブローズの中に種を植えつけたのです。たぶん、その最初の会合のときに」

「種？」

「オーエンは信頼できるという強力な暗示です」

くそ。四年以上前のことだ。

「制服に織り込んであった零の盾は役に立たなかった？」

「オーエンがアンブローズに、制服に零の盾を織り込んだと嘘をつくよう強要したのです。

そうすれば、アンブローズがオーエンの影響を受けているとあなたに疑われずに済む」

　ヴァレクは考え込んだ。「功を奏しましたね。最高司令官の変化にわたしはまったく気づかなかった。当時は」

「誰も気づかなかったわ。とても微妙な変化だったから。アンブローズはこのわたしさえ信じようとしなかったの。軍のためにキュレアを手に入れることで頭がいっぱいだった。オーエンは、城に乗り込んでくるまでふたりの関係を隠していました。そのときにはもう遅すぎた」

「オーエンはいつシティアを乗っ取ろうと考えているのですか？」

「《結社》がシティア軍を支配し終えたら、もはやそれまでです。各族領に軍管区と将軍を配置するでしょう」

「そんなことはシティアの住民が受け入れない」特にフィスクやその部下たちは。

「オーエンと《結社》には人の気持ちを操る奥の手があります」

「シティア中の人に行き渡るだけのテオブロマはないはずです」

「テオブロマは必要ありません。手段はほかにある」

　ヴァレクはぞっとした。「それは何です？」

「知っていればよかったのですが……オーエンはアンブローズに話そうとしないのです。でも話そうと話すまいと、今となっては変わらないでしょう。息子はオーエンの命令にもはや逆らえない」

「でもあなたは逆らえるんですね？」

「今はまだ。オーエンは、息子同様わたしも何もできないと思い込んでいます。わたしたちも慎重にそういうふりをしてきました」

そう聞いて安心した。とりあえず目の前の問題に集中しよう。「それが何か想像はつきますか？」

「祖先のエリス・ムーン魔術師範から学んだということしかわかりません。エリスの残した手記の中に、その手段が記録されていたのです」

ヴァレクは悪態をついた。「手記は今もオーエンが持っているのでしょうか？」

「持っていないと思います。自分の祖先のものなのに、せめて複写できていたら、とこぼしていましたから。歴史的重要資料なので、魔術師養成所の図書館に保管されているのです。図書館が資料を取らせてくれない、というおかしな表現をしていました」

扉の下の隙間からくぐもった声が聞こえてきた。ドアノブがガチャガチャと音をたてる。

「もう行きなさい」サイネが言った。

9　ジェンコ

　ジェンコは今すぐ頭を掻きむしりたかったが、我慢した。髪を何色に染めるにしろ、必ず頭皮がひりひりする。それに傷痕を隠す付け耳も気持ちが悪かった。顔の粘土の下に汗が溜まり、いらつく。こんなに蒸し暑いと、北の氷床での任務が懐かしく思える。今なら凍傷にも耐えられるし、雪豹だってどんと来いだ。

　木材のきしみや馬具のぶつかる音が聞こえてきて、つかのま惨めさを忘れた。隠れ場所から首を伸ばし、周囲の藪に目を凝らす。案の定、西に向かって走る馬車が視界に現れた。速足で走ってくる二頭の馬が荷車を引いている。それが速度を緩めるのをジェンコは待った。御者は、ジェンコが〝楊枝〟とあだ名をつけたありえないほど痩せっぽちのグリーンブレイド人で、道に丸太が転がっているのに気づいたに違いない。丸太は馬車を完全に通せんぼするほど大きくはないが、慎重に乗り越えないと車輪が壊れかねない太さはある。

　ジェンコは隠れ場所を出る準備をした。馬たちが丸太をまたぐと同時に荷車の背後にまわり、車輪がそれを乗り越えたあたりで台によじ登って帆布の下に潜り込んだ。白石炭の袋をよけて、ほかの荷物のあいだに身体をねじ込む。

馬車は障害物を越えるとスピードを上げた。ジェンコはにやりと笑って、よしと拳を握った。楊枝は乗客が増えたことに気づいていない。目的地に到着するまでどれくらいかかるかわからなかったので、できるだけ快適な姿勢を取った。

ジェンコは二週間前からグリーンブレイド駐屯地で配送業者を監視し、料理人が使うテオブロマを運び込む馬車を特定しようとしてきた。連中は帆布で荷物を覆い、配達の日程もまちまちだったので、思った以上に苦労したが、楊枝が目的の業者だとわかると、馬車に潜り込む計画を立てるのはそう難しくなかった。

ジェンコはチュニックの下に隠したものを確認した。零の盾のペンダントのおかげで《結社》の魔術師に洗脳されずに済み、存在を感知されることもない。連中は密偵にかなり神経質になっており、馬車を単純に馬で尾行しなかったのはそれが理由だ。

日が暮れ始め、そろそろ楊枝はどこか泊まる場所を探すはずだとジェンコは思った。やがて馬車が速度を落とし、ジェンコは降りる準備をした。楊枝をとっ捕まえるのは朝飯前だが、そんなことをすれば任務は台無しだ。目的は情報収集であり、相棒のアーリからも、姿を人に見られないことが何より大事だとこんこんと言い聞かされた。

馬車が止まる前に道に飛び降り、森に駆け込む。馬車はそのまま黄色い光のほうへ進んだ。おそらく楊枝は集落のひとつで宿を取るつもりなのだろう。遠くから見てもかなり明るいことから、比較的大きな村らしい。

ジェンコは急いであとを追ったが、その村らしきものの境界で足を止めた。木陰から、ずらりと並ぶ建物や工場をうかがう。遅い時間なのに、まだ人が建物のあいだを忙しく行き来している。まるで指のように細長いガラスの温室が並び、中は緑でいっぱいだ。温室は全部で十棟。テオブロマのナッツに似た甘い匂いがあたりにたちこめ、明らかにキュレアだとわかる鼻につんと来る柑橘系の匂いもまじっている。

なんてこった！　大当たりだ。

いや、本当にそうなのか？　たとえあの傲慢なブルンズでも、これはあまりにわかりやすい。切り株の古さや人通りの多い道の様子からして、村はもう何年も前からここにあったように見え、とっくに人に気づかれていても不思議ではない。オーエンが何かを仕掛けて地元民を近寄らせないようにしたのでもない限り。

答えがふいに浮かび、ジェンコは呻き声を漏らしそうになった。ばかだった。

リーフからもらった零の盾のペンダントをはずすと、とたんに明るい物作りの村は暗い森に変わった。あらゆる音がやみ、湿った土の匂いしかしなくなった。右耳が激しく痛む。村は巨大な幻影魔術に覆われているのだ。魔術は嫌いだが、これはみごとだと認めざるをえなかった。主要道路は村の北の縁を迂回するようにカーブしており、これなら旅行者がうっかり建物群に足を踏み入れることもないだろう。

ペンダントを元に戻したとたん、まぶしさに目がくらんだ。その後二時間ほど観察を続けたところ、夜中をゆうに過ぎてやっと活動が静まり、外に見える人影は数人となった。ジェンコとしては、村の中を嗅ぎまわってもっと情報を仕入れたかった。オーエンの庭師長だって見つかるかもしれない。ここを運営しているのはきっとそいつだ。おまけにジェンコはグリーンブレイド族の男たちが好んで身につける緑色の長いチュニックとズボン姿だ。明るい茶色の髪と浅黒い肌もいかにもグリーンブレイド人らしい。

だが、前回運試しをしたときのことを忘れてはいなかった。あのとき自分は敵に捕まっただけでなく、仲間たちまで巻き添えにしたのだ。ダックスは死に、ヘイルは行方不明となり、リーフは死にかけた。

ジェンコは生まれて初めて理性を働かせ、そこから走って立ち去った。アーリに報告したあと情報をフィスクに送り、態勢を整えてから戻ってじっくり調べよう。

翌朝遅くにロングリーフに到着した。駐屯地に潜り込む代わりに、アーリとともに近くのその町で家を借り、駐屯地を出入りする人の流れを監視することにしたのだ。

俄然張り切っているジェンコは、町並みの中に無理に押し込まれたような狭い木造の家に飛び込んだ。居間に駆け込んで朗報を大声で報告しようとしたそのとき、緊張感漂うアーリの様子に気づいて思い留まった。アーリは、今すぐ誰かを絞め殺してやりたいと言わんばかりの表情を浮かべている。その表情は、普段はたいていジェンコに向けられるが、今アーリの目の前にいるのは少年だ。かわいそうに。

身長百九十三センチのアーリはたいていの人間を見下ろす格好になる。その横に立っている痩せっぽちのチビは、比べると赤ん坊のようだった。フィスクの密偵のひとりだろう。十五歳にも満たない子供を密偵と呼ぶのはどうかと思うが、《結社》がシティア乗っ取りを企てて以来、とても重宝されている。それにブルンズに捕まったときに助けてくれたのは、何を隠そう彼らなのだ。認めてやらなければならないだろう。

何かまずいことが起きたのだと直感し、ジェンコは尋ねた。「何かあったのか？」

「僕らを城塞に呼び戻すつもりらしい」アーリが言い、顔をしかめながら短くしたブロンドの巻き毛をかき上げた。大きくて分厚い手だ。

「誰が？　どうして？」

「ヴァレクの命令だ。こいつにも話せ」アーリが少年に告げた。

ジェンコは、イレーナが捕らえられたことやカーヒルとの契約について、痩せっぽちのチビが話すのを心して聞いた。なるほど、アーリが苦虫を噛みつぶしたような顔をしているのもうなずける。それにしても、点灯係を使って襲撃するとはよく考えたものだ。これからは見かけるたびに用心しなければならない。

「ほかの仲間にも知らせないと。フィスクさんは駐屯地から助っ人を全員引き上げさせようとしているんです」痩せっぽちのチビが言った。

「行け」アーリが言った。

「待て」ジェンコは少年の肩をつかんだ。「そのあと城塞に戻るのか？」

「はい。なぜですか？」

「俺たちは二、三日遅れるとフィスクに伝えてくれ」

「直接命令には背けないぞ」アーリが咎める。

「心配するな、アーリ。ヴァレクは許してくれる。逆に勲章をもらえる」

「どうして？」アーリと痩せっぽちのチビが同時に尋ねた。

ジェンコは例の工場について話した。「調べずには戻れないよ。《結社》を止める鍵になるかもしれない」

いつものように慎重派のアーリが尋ねた。「衛兵は何人ぐらいいた？」

「屁でもないさ。俺たちは幽霊みたいに見えなくなる」

「幽霊なんてこの世にいな……まあ、いい。ふたりで調べに行こう。だが、工場内に潜入するか、離れた場所から監視するかは僕が決める」

「おい、誰がおまえがリーダーだと決めた？」ジェンコは食ってかかった。

「ヴァレクだ」

「ああ、そうだった」怒りはすぐに消えた。「まあいいや。おまえだってじっくり調べたくなるさ。誘惑には抗(あらが)えない。とにかく、おまえが買い物に行って荷物をまとめるあいだ、俺はひと眠りさせてもらう」

ジェンコが寝室に向かうと、背後で痩せっぽちのチビがアーリに言った。「リーダーはやっぱりあなただと思っていました」

「いざという時はな」

ふたりがそれぞれダイヤモンド・ウィスキーとマダムに鞍をつけたときには、ほとんど日が暮れていた。ジェンコは愛馬ビーチバニー――大好きだったペットのウサギの名前をそのままつけた――が恋しかったとはいえ、かっとなりやすい自分の性格がマダムの落ち着きでうまく相殺されるのは事実だった。彼女は冷静にジェンコを見ている。その灰色の目は何があっても驚かないと訴えているかのようだ。ジェンコは馬の首を掻き、灰色の斑(まだら)の散る毛並みを撫でた。

アーリはというと、ようやく大男の体重に充分持ちこたえられそうな相棒を見つけたと言える。ウィスキーは大型の暗褐色の馬で、額に白いダイヤモンド形の模様がある。力持ちで、大きいわりに俊敏なその馬は、すぐにでも出発したがっているかのように足を踏み替えている。

「お先にどうぞ」アーリが手をさっと振った。

ジェンコがマダムに跨り、あの秘密工場に引き返す。日が沈むと、それまでの速いペースを緩めなければならなくなった。馬を使ったおかげで、来たときの半分の時間で、馬を繋ぐ目星をつけた場所にたどりついた。工場に近づけば、道に魔術警報が仕掛けられているのは間違いない。零の盾のペンダントが反応を防いでくれることを祈るばかりだった。
ふたりは森の中に野営地を設けた。知らない土地に潜入するには時間がかかる。大型施設なのでよそ者がいても誰も気にせず、その点は有利に働いたが、人々はみな目的を持って効率的に動いているので溶け込みにくい。三段階から成る基本計画に沿って行動しなければならないとアーリは言った。
第一段階――観察。ジェンコの嫌いな仕事だ。今後二十四時間は交替でさまざまな角度から施設を観察し、ありとあらゆる事柄を記録する。退屈だが必要な仕事だ。潜入捜査をする場合は一週間以上かけて施設を調査し、潜り込むのに最適な場所を見つけなければならない。だが情報収集が目的ならそれほど時間は必要としない――ありがたいことに。
第二段階――突撃。何時間もじっとしているよりは面白い仕事だ。それにアーリだってうずうずしているはずだった。さまざまな時間に施設に行って観察結果を裏づけるのも突撃の一環だ。たとえば、南西の隅にある細長い長方形の建物ははたして作業員の宿舎か、食堂か、それとも事務所か。人目を避けながら情報を集めたいので、事務所の場所を確かめる必要があった。

アーリの体形では人目を引きやすいので、ジェンコが突撃を引き受けた。アーリはそれを見張る。関係者のふりをしてあちこちの建物に入り、工場をのぞき、確かにテオブロマとキュレアが製造されていることを確認した。そのあと巨大温室を近くで見てみたが、ガラスの内側が結露で曇っており、中身は緑のかたまりにしか見えない。

二番目の温室では輪にしてまとめた長い蔦を作業員が運び出していたので、奥のほうの温室に向かった。誰にも見られていないことを確かめてから七番目の温室に入り、小さな密林に足を踏み入れる。むっとするような熱い湿った空気が肌を圧迫し、植物の匂いがたちこめている。耳のあたりで虫が飛びまわっている。

植物のあいだを細い土の道が延びていて、それをたどりながら、木々にキュレア蔦が伝い、枝から垂れ下がっているのを認めた。見上げれば頭上まで葉が覆い、テオブロマの木の幹からはたっぷり豆が入った重そうな莢(さや)が下がっている。ほかの植物は種類を特定できなかったので、リーフに確認してもらうため葉を何枚かちぎり、ポケットに突っ込んだ。

そろそろアーリがいらいらしているころなので、出口に向かう。すると戸口にたどりつく直前にドアが開き、浅黒い肌の中年男が入ってきた。長い剪定鋏(せんていばさみ)を持っている。

男はぎょっとして詰問してきた。「ここで何してる？」

ジェンコは慌てなかった。「ただの見回りです」

男はこちらをじっと見ている。ジェンコははっとした。どこかでこの男と会ったことがある。だが会った場所も相手の名前も思い出せない。それだけでもまずいのに、こちらの正体に気づかれたりしたらもっとまずい。

ジェンコの内心のあせりをよそに、男は言った。「おまえは園芸班でも収穫班でもない。ここに入るのは禁じられているはずだ」

「申し訳ありません」

「申し訳ありませんでは済まない。ここにある植物の多くはとても繊細なんだ」

「何も触れていません」ジェンコは男の横をすり抜けようとした。

男は鋏を持ち上げるとジェンコの胸に突きつけた。「そう急ぐな。見覚えのある顔だ。名前は？」

ジェンコはためらわずに告げた。「ヤニス・グリーンブレイドです」

「ヤニス、罰として一週間分の報酬を取りあげる。解雇されないだけありがたいと思え」

この男、ここの責任者だ。ジェンコは反省するようにうつむいた。「感謝します」

「いいか、わたしの温室に二度と近づくな」

「承知いたしました」

男が鋏を下ろすと、ジェンコは戸口に急いだ。なんてこった、あれは謎の庭師長だ。あとは名前さえ思い出せれば。

10 イレーナ

　ヴァレクが扉を閉めた音はわたしの骨にまで響いた。ショックで声も出ず、その倉庫で気絶して横たわるカーヒルの部下たちのあいだで呆然と立ち尽くしていた。あんなにわたしに腹を立てたヴァレクを見るのは初めてだった。でも、それも当然だ。彼がオノーラに勝つとも、わたしを救出に来てくれるとも、信じていなかったのだから。

　カーヒルが剣を拾い上げた。「まあ、ひとまずよかった」

　わたしは眉を片方吊り上げた。部下たちはみな眠らされ、ヴァレクに剣を叩き落とされたときに痛々しい傷を負ったというのに。

「最高司令官の新しい暗殺者が来たときには、全員殺されると思った。そのあとヴァレクが現れて……まさか契約を許すとは思ってもみなかったよ。とはいえ、最終的にはヴァレクはわたしよりおまえのほうを殺したがっていたようだがな」

　当然だ。苦労して立てた計画をわたしが台無しにしたのだから。胸のハート形の傷が疼いた。わたしたちが結婚の誓いを交わしてからまだ二カ月しか経っていない。ヴァレクは、かつて最高司令官が胸につけた頭文字の傷痕をハート形に変え、わたしへの永遠の愛を誓った。そのときにわたしも胸にハートを刻みつけ、彼に生涯の愛を誓ったのだ。

「おまえは最高司令官とブルンズが組んでいると言ったが、それは違う」鬱々と考え事をしていたわたしは、カーヒルの今の言葉でわれに返った。

「理由は?」

「オノーラがヴァレクに協力しているのは明らかだ。屋根の上での戦闘は芝居だったんだろう。ブルンズが最高司令官に依頼したからよこされたというオノーラの言葉も、ブルンズに対する疑いをわたしに植えつけるためにほかならない。われわれの契約でおまえがわたしにしようとしていることと同じだ」

ヴァレクとオノーラが協力しているという点については疑う余地はない。ではどうしてヴァレクはわたしに話してくれなかったのか? たぶん時間がなかったのだ。だがそんなことはどうでもいい。ヴァレクはつねにわたしの身の安全を第一に考える。もし許してくれるなら、二度と彼のことを疑ったりしない。でも許してもらえなかったら……。

「来い」カーヒルが言い、階段のほうに向かった。

わたしたちは地下基地に戻った。カーヒルの傷に包帯を巻いたあと、わたしは机のひとつに座った。カーヒルは、急いでそこをあとにしたときのまま乱れた室内を片づけている。鼻歌まじりで、やけに機嫌がいい。

「モスキートのことも嘘だったの？」わたしは尋ねた。

「ヴァレクのことだって嘘じゃない。情報屋がやっとオノーラが戦っているのを目撃し、その後オノーラの姿を街で見かけた。そこから導き出した当然の結論だ。モスキートについては、本当に死んだ。それは確認が取れている」

最悪な一日だったけれど、ひとつはいい知らせがあった。不眠続きだったせいか急に眠くなった。疲れきり、心傷ついたわたしは、机に頭をもたせかけるとたちまち眠りに落ちた。

人の動きや声で目が覚めた。カーヒルの部下たちが意識を取り戻し、おどおどした表情を浮かべて基地に入ってきたのだ。痣ができている者もいて、わたしは無数の切り傷に絆創膏を貼る手伝いをした。もっとひどいことになっていた可能性もあったのだ。

カーヒルは戸口の見張り役としてふたりを送り、残りの全員でこれからどうするか話し合った。そのときブルンズの伝令が現れたので、わたしは机の下に隠れた。一同はカーヒルの執務室に入っていったが、わたしは伝令が去るまでそこから出なかった。

「いい知らせだぞ、イレーナ」カーヒルが微笑んだ。「駐屯地に呼び戻された。ここを発つ口実をこしらえる必要がなくなった」

「なぜ戻るの？」

にやにや笑いが意地悪な笑みに変わる。「十日後に話してやる」

いやなやつ。

「明日の朝、駐屯地に向けて出発する」カーヒルが部下たちに言った。「ハンニ、夕食を取ってきてくれ」

「議事堂の食堂の食事はだめ。テオブロマが入っている」わたしは告げた。ハンニがわたしをまじまじと見た。

「はっきりそう決まったわけじゃない」カーヒルがいらだたしげに言う。

「ではなぜ議員たちは進んで議事堂を《結社》に明け渡したの？」

「ブルンズのすばらしい考えと戦略に感服したからだ」

「じゃあなぜ彼を将軍にして、自分たちも戦争準備に携わらないの？」

「おまえとはこれ以上議論をするつもりはない」

残念。格好の暇つぶしになりそうだったのに。

「ハンニ、市場でミートパイをしこたま買ってこい」カーヒルは彼女に金貨を手渡した。

「承知しました」ハンニは玄関に駆け出した。

「この場所は危険だ。全員ですべての情報を箱に詰めろ。家具はあとで移動させる」

彼らはせわしく動きまわり、紙ばさみや書類を次々に箱や木箱に放り込んだ。わたしは邪魔しないよう隅にいた。

門番のひとりが現れ、カーヒルを手招きした。「玄関に人が来ています。あなたと……客人とどうしても話がしたいと」

カーヒルは眉をひそめて尋ねた。「ヴァレクか？」

とたんに胸が躍った。ヴァレクがここを発つ前にわざわざ戻ってきたの？

「いいえ、違います。若い男です。おふたりに荷物を持ってきたと」

期待は消えた。カーヒルはベルトの片側に剣を、反対側に短剣を挿し、わたしに手を伸ばした。「来い」

ヴァレク本人は来られないので代わりに伝言を託したのでは、とも思い、立ち上がる。

するとカーヒルがわたしの手首を強くつかんだ。

「協力すると約束したでしょう？　逃げないように捕まえておく必要はないわ」

カーヒルは答えもせずにわたしを上の階に導き、薄暗い倉庫の中を進んだ。そういえば、オノーラが現れたときも同じように手をつかんだ。まるで、わたしは彼のものだと見せつけるかのように。たぶん、その若者がわたしを救出しようとすることを心配したのだろう。

開いたドアの横でもうひとりの門番とともに待っていたのはフィスクだった。薄れゆく日の光がフィスクの明るい茶色の目を照らしている。左のこめかみのやけどの痕が痛々しく、頬には生傷が見える。原因を作ったカーヒルを、わたしは睨みつけた。でもフィスクのほうは心配そうにこちらを見ている。すでに十七歳の立派な若者だが、わたしは今も初めて会ったときの少年の面影を、そのすらりとした身体つきに重ねてしまう。

「おやおや、〝物乞いの王様〟だったか」カーヒルが言った。「イレーナが心配でしたら、どうぞこちらに来てご確認ください、陛下」

フィスクはカーヒルを無視し、わたしに尋ねた。「大丈夫?」

「イレーナなら大丈夫だ」カーヒルが答える。

「くれぐれも丁重に扱えよ。さもないと――」

「何だ? ガキどもをここによこすつもりか? 訓練を受けた兵士が相手では歯が立たんぞ」

フィスクが冷ややかに笑った。その笑みで実際に室温が十度は下がったような気がして、わたしは驚いた。

「そんなわかりやすいことはしないよ、将軍。人に惨めな思いをさせる方法ならほかにいくらでもある」フィスクが一本取った。

「わざわざ脅しに来たのか? わたしは忙しい。仕事が山ほどあるんだ」

「これを持ってきた」フィスクはカーヒルとわたしに小さな巾着をひとつずつ渡した。

カーヒルの手が腕から離れたので、わたしは巾着の紐をほどいた。中には木製のコウモリのペンダントが入っていた。カーヒルの手には醜い甲虫。リーフは、ペンダントに零の盾をこめる方法をついに編み出したとき、大喜びしたものだった。ガラスや金属、石ではうまくいかなかったが、木材で試したらできたのだ。急に兄に会いたくなって胸が締めつけられた。

「零の盾さ。ヴァレクからの贈り物だ」フィスクが言った。

ヴァレクはもう怒っていないということ？　わたしはペンダントを首にかけた。たぶん赤ん坊が魔力から守ってくれているとは思うけれど。ブルンズに捕らえられたとき、毎日のように魔術で洗脳されたものの、時間とともに効果が薄れていった。また、リカが幻影魔術でヴァレクに変身したときも、わたしに触れたとたん化けの皮が剥がれた。赤ん坊に魔力を吸い取る力があるのではというのがわたしの推理だが、実際のところ何が起きているのかわからないので、頼りすぎないほうが無難だ。

カーヒルは苦々しい表情を浮かべながらペンダントをチュニックの奥にたくし込み、人から見えないようにした。「何も変わらないぞ」

「テオブロマと魔力が消えるにはしばらくかかるわ」

「どうだかな」彼はフィスクに向き直った。「ほかには？」

「イレーナとふたりきりで話したい」

カーヒルは断るかのように胸で腕組みをしたが、結局緊張を解き、部下たちを追い払った。「見えるところにいろ」そう言って、小声で話せば人に聞こえない程度の距離まで遠ざかった。とはいえ、視線はわたしからはずさない。

「ヴァレクから何か伝言は?」フィスクが口を開く間もなく、わたしは尋ねた。

「ええと……何も」

わたしは失望を呑み込んだ。それは喉をひりひりと焼き、最後にボチャンと不快な音をたてて胃に沈んだ。「ライルやナタリー、斥候たちの容態は?」

「出し抜かれたことを今も気に病んでいる以外は、回復しつつある。僕らは本部を出て計画をすべて見直すつもりだ。それを伝えに来たんだ。数日中に、各駐屯地に潜り込ませた密偵たちも戻ってくる。十日後に将軍がこちらに寝返らなくても、あなたは知っていることを彼やブルンズに話してかまわない。こちらは被害を受けないから」

「でもすでに山ほど被害を与えたわ」

「いや、悪いのはあなたじゃなく僕だ。僕はあなたを守らなければならなかった。なのにあの点灯係の罠にまんまと引っかかってしまった」

わたしは首を横に振ったが、フィスクの表情を見れば、何を言っても無駄だとわかった。

「ヴァレクは協力してくれている?」

フィスクが眉根を寄せた。「それは無理だよ。万が一あなたがカーヒルの味方になったときのことを考えたら」

「ああ……」なぜもっと早く気づかなかったのだろう? ヴァレクの怒りはもっともだと思っていたが、その怒りの深さを今ようやく理解した。「ヴァレクはどこ? ああ、いいの。言わないで」

「僕も知らないんだ。今日の午後に出ていってしまった」フィスクはさらに声を低めた。

「あなたのことをどこかで見守っているんだと思う」

そうだったら嬉しいけれど、フィスクはヴァレクがどんなに腹を立てていたか知らない。

「元気を出して」フィスクはわたしの肩に腕を回した。「たった十日じゃないか。そしたら新たにカーヒルという強い味方ができる。きっとうまくいくよ」

背の高さはヴァレクと変わらないが、麝香(じゃこう)の香りではなく薪(まき)の煙と松材の匂いがした。

「ありがとう」

「いつでも駆けつけるよ。無事を祈ってる、かわいいイレーナ」フィスクはもう一度ぎゅっとわたしの肩を抱き、立ち去った。

フィスクがいなくなったとたん、室温がさらに十度下がったように思えた。身体に両手をまわし、階段のほうに向かう。ついてきたカーヒルも無言だったので、まだありがたかった。地下基地に戻り、空いている席に腰を下ろすと、ヴァレクがわたしのために彫ってくれた蝶(ちょう)のペンダントをもてあそびながらぼんやりする。彼は許してくれるだろうか?

ミートパイの匂いで暗い物思いから現実に引き戻された。ハンニが目の前にひとつ置いていったのだ。胃がむかむかしたけれど食べきった。赤ん坊のためにも体力を維持しなければ。その日の夜のことはあまり覚えていない。兵士たちが戻ってきては、部屋から木箱を運んでいった。ひとりも知った顔がいなかった。二十九歳というカーヒルの年に近い、あるいはもっと若い者ばかりだ。おまえはイクシア王の甥だと嘘をついてカーヒルを育てた、かつての年配の取り巻きたちはもうひとりもいない。駐屯地に配置されているのか、もはやカーヒルは彼らを信頼していないのか。

そう考えたところで、呻き声を漏らしそうになった。ここにいる彼の部下は、はたして信頼できるのだろうか？　彼らはテオブロマ入りの食事をし、洗脳されている。もしカーヒルを覚醒させることができたとして、部下たちが彼の命令に従わなかったら？　契約には、部下が条件に従うかどうかについては何も記さなかった。カーヒルとふたりきりになるときがあれば訊いてみよう。

その夜遅く、カーヒルに起こされた。机に突っ伏して眠ってしまっていたらしい。

「行くぞ」そう言ってわたしを立ち上がらせる。

「どこへ？」

「わたしの住まいだ。ここでは眠れない。おまえを鎖で繋いでもいいなら別だが――」

「冗談じゃない」

「そうだろう」カーヒルはわたしの腕をつかむと階段を上がり、倉庫の外に出た。

またしてもカーヒルの部下たちは奇襲でも恐れるようにわたしたちを囲んだ。借りた外套の頭巾を深くかぶる。わたしがカーヒルと一緒にいることをわざわざブルンズに教える必要はない。通りを歩く者はほとんどいない。月は雲に隠れていたが、たぶん真夜中近くだろう。あたりは静かで、そよ風に吹かれた枯れ葉がカサコソとたてる音ぐらいしか聞こえない。

「まだわたしが逃げるのを警戒しているの？」歩きながら尋ねる。

「いや。だがヴァレクがきっと近くにいる」

「邪魔はしないと彼は約束したわ」

「しかし、おまえを狙う者はほかにもいる」

そのとおりだ。わたしたちは城塞の南東区画に向かい、中央政府地区に入る直前に右に折れると、元は古い工場だった集合住宅に入った。

「政府の居住区に住んでいるんじゃないの？」わたしは尋ねた。

「近所の目があって面倒なんだ」

六階に上がり、わたしがふたりの監視役とともに玄関扉の外の廊下で待つあいだ、残りの部下が室内を調べ、角灯に火を入れた。

安全が確認できると、カーヒルは部下たちを下がらせた。「ハンニ、ファクソン、スレイデンは明日夜明けにここに報告に来い。ほかは陽が昇って一時間後に厩舎に集合」

「それから議事堂の食べ物はいっさい食べないこと」わたしは付け加えた。

カーヒルが乱暴にわたしを中に引き入れる。「おまえに命令を下す資格はない」彼は扉に鍵をかけた。

「わたしが正しいとわかったとき、部下たちがまだブルンズに忠実だったらどうするの？」

「彼らはわたしに忠実だ」

「今はね。あなたとブルンズは味方同士だから。でもそうでなくなったときのことを言ってるの」

「それはありえない」

「じゃあ想像力を働かせて」

カーヒルは口を開けたが、結局閉じた。わたしはたたみかけた。

「彼らはわたしたちの契約には縛られないから、危険な存在になりうる。だから全員がテオブロマを避け、零の盾のペンダントをつける必要があるのよ」

カーヒルは顎の無精髭を撫でた。「考えておこう」

進歩だ。わたしは彼の部屋を見回した。機能的かつ男性的で、紺色のソファと複数の肘掛け椅子が居間の中央に置かれている。壁には馬の絵がいくつか飾られ、トパーズを活写した肖像画に目が留まった。左の壁際に小さな台所があり、その横の扉が浴室に続いている。右側のふたつの扉の向こうは寝室だろう。空気が少し淀んでいるところを見ると、カーヒルはここではあまり過ごさないらしい。

いちばん奥の扉を指さしてカーヒルが言った。「今夜はあの部屋で寝てもらう。念のため、ドアに鍵をかけたほうがいい」

「暗殺者に備えて？」考えるだけでぞっとする。

「そうだ。ないと思うがな。倉庫から尾行する者は誰もいなかった」

「あなたが気づくような相手なら心配ないわ」

「第一、おまえを煩わせるような人間をヴァレクが放っておくわけがない」

もしヴァレクが本当にわたしを見守っているなら、だけど。身体の中がなぜかがらんどうになったような感じがして、そのままふわふわとさまよい出しそうだ。孤独だった。身体を洗ったあと、何の飾り気もない殺風景な客用の寝室に入り、ベッドに倒れ込んだ。

翌朝カーヒルに起こされた。部下たちもすでに姿を見せ、朝食用のチーズとパンを持ってきてくれた。熱いお茶が欲しかった――お茶そのものが飲みたいのではなく、ぬくもりが恋しくて。部屋を出るときには頭巾をかぶった。建物を出るとすぐ、カーヒルがまたわたしの腕をつかんだ。

通りは朝らしく賑（にぎ）わっていた。工場労働者は交替時間に遅れるまいと急ぎ、荷物や備品を運ぶ馬車がその横をガタゴトと進む。誰もわたしたちを気に留めない。空は灰色の雲の毛布で覆われ、冷たく湿った風が頬を撫でた。雨の中を移動するのかと思うと、ますます気分が暗くなった。

議会の厩舎に向かう道すがら、カーヒルが言った。「昨日わたしの部隊について、おまえに指摘されたことを考えてみた。もしおまえが正しくて、ブルンズがわれわれを……洗脳しているなら、わたしに忠実な部下たちもやはり影響を受けないようにしたい。フィスクに頼んで、零の盾のペンダントをもう十二個手に入れてもらえないか？」

よかった。「それだけの数を短時間で揃えられるかどうかわからないけど、誰かを市場に行かせて、助っ人のひとりに頼んでみて。そのとき忘れずにわたしの名前を出すように」

カーヒルはハンニを遣わした。いつも自分ばかり雑用を押しつけられることに不満を持っていたとしても、ハンニは表に出さなかった。わたしたちはそのままのろのろと進み、中央政府地区に入ると、知った顔はないか、こちらに関心を示している者はいないか、見回した。カーヒルをちらりと見たが、わたしが一緒にいても、見咎められる心配をしている様子はない。

何事もなく厩舎に到着し、カーヒルの部下は建物の中で待っていた。カーヒルと相乗りするのは気が進まないけれど、トパーズとの再会は楽しみだった。大きな納屋と馬房の列を目にしたとたん懐かしさがこみ上げ、不安は吹き飛んだ。議会の厩舎は五十頭以上の馬を収容できる。各議員とその部下たちに加え、軍人たちの馬の面倒も見ることになるからだ。厩番（うまやばん）の一団がそうした馬たちに餌を与え、手入れをする。

嬉しそうないななきを耳にしたとたん、胸がどきっとした。キキだ！　とたんに駆け出し、トパーズと同じ馬房にその姿を見つけた。思わず抱きつき、彼女の土の匂いとぬくもりを満喫する。しばらくはされるがままになっていたキキだが、やがてわたしを押しやると、ポケットに鼻面を突っ込んでご褒美を要求した。

「昨日の午後に突然現れたんです」厩番の少年が馬房の横の木製ベンチを示した。

わたしの鞍、鞍嚢、ボウ、馬具一式がそこに積んであった。キキを送ってよこす人間などひとりしかいない。ヴァレクは思ったほどわたしに腹を立てていないのかもしれない。

「すぐにキキだとわかりました。勝手に逃げ出すようなタイプの馬じゃないから、そのうちあなたが来ると思ってました」

「キキがここにいること、誰かに言った？」わたしは尋ねた。

少年はにやりと笑った。「いいえ。いちいち報告するようなことじゃない」

「ありがとう」わたしは少年の手に銀貨を一枚滑り込ませた。「キキとわたしはここには来なかったことにして」そしてもう一枚銀貨を加える。

少年はとまどった表情を作ってみせた。「え、誰ですって？」そしてキキを親指で示した。「世話をしておきましょうか？」

「いいえ、ありがとう」キキと過ごす時間は少しも苦にならない。それに鞍嚢の中身を確認したかった。ヴァレクが何か伝言を残しているかもしれない。

カーヒルもそこに現れた。「ヴァレクが嫉妬深いタイプだとは思わなかったが、さすがにわれわれが同じ鞍に跨るのは勘弁ならなかったらしいな」

いちいち訂正するのも面倒だった。ヴァレクはわたしを信頼している。それに、過保護ではあっても、嫉妬深い人ではない。わたしは鞍嚢を探り、旅行用の服、貴重品、外套、ティーバッグ、本三冊、武器、簡易医療用品一式を見つけたが、伝言はなかった。ひどくがっかりすると同時に、胸に刻んだ誓いの傷がずきずき痛んだ。とにかくあおり革を留め、キキに鞍をつけた。キキはわたしの頬にキスをして涎だらけにした。

「ありがとう」と言って、干草の匂いのする涎を拭う。

全員が馬に鞍をつけ、出発の準備ができたちょうどそのころに、ハンニが包みを持って戻ってきた。

「報告しろ」カーヒルが命じる。

「市場に着くとすぐにフィスクが現れました。ペンダントは七つしか持ってきていませんでしたが、仲間のひとりが途中でわれわれを待ち構え、残りを渡してくれるそうです」ハンニが言った。

「きっとガキどもがわれわれを見張っているんだ」カーヒルは言ったが、わたしをじっと見つめている。「しかも駐屯地までついてくるつもりらしい」彼は肩をすくめた。「だがおまえのおかげで、われわれが到着するころには、潜入していたやつらの密偵はいなくなっているだろう。そのまま潜伏を続ければ、簡単に見つかってしまうからな」

　思わず殴ってやりたくなる。でもそんなことをすれば契約違反になるだろう。

　わたしたちは馬に跨り、厩舎を出た。十四人の騎馬集団はかなり目立つ。新入りの助っ人だって簡単に尾行できるだろうし、暗殺者なら言うまでもない。わたしは顔を伏せ、ほかの馬たちがキキを囲んで隠した。相手がキキだとまわりにわからないといいのだが。わたしの敵の中には、キキに何度も蹴り飛ばされた者がいるのだ。

　北門から城塞を出て、北東に進路を取り、フェザーストーン駐屯地をめざす。到着するまでには二日はかかるだろう。出発直後に雨が降り始め、その後もずっと降り続いた。カーヒルの部下たちはたいていわたしを無視していたが、最初の朝にハンニをお茶に誘うと、二日目からは誘わなくても来るようになった。道中、ほかの旅人とはめったに会わなかった。二日目の午後、助っ人組合のメンバー五、六人が近づいてきて、無言でカーヒルにもう五個ペンダントを渡すと、すぐに南西方向の城塞に引き返した。

　その日の夜には駐屯地の近くまで来た。カーヒルがトパーズの歩調を緩め、わたしの横に並んだ。とたんに胃が重くなった。駐屯地での行動についてあれこれ指示され、今後七日間は監房に軟禁すると言い渡されるに違いない。

「おまえにはスターリングズ・エッグの宿屋にいてもらう」カーヒルが言った。

　驚いて、彼をまじまじと見る。

するとカーヒルは愉快そうに鼻を鳴らした。「ずっと考えていたことだ。どんなにうまく隠しても、駐屯地にいればいずれ誰かがおまえに気づく。牢獄に閉じ込めたって、ぴんとくる看守がいるだろう」それから真面目な顔になった。「それに料理人がテオブロマを使っているなら、誰にも疑われずに汚染されていない食べ物を手に入れるのは至難の業だ。おまえがスターリングズ・エッグにいれば、われわれもそこで一緒に食事ができる。町は駐屯地のすぐ近くだ」

「いい考えね。宿の料理人もテオブロマを使ってさえいなければ」わたしは言った。

「毒見で鍛えられたおまえの舌がそれは教えてくれるだろう。もし使われていたら、市場の屋台で食料を調達すればいい」

とても理性的な考えだった。これは罠？　それとも、われに返りつつあるの？「部下たちは？」

「ほとんどは任務に派遣することにしている。残りはおまえと過ごさせる」

「任務？」

「おまえが情報を明かすなら、こちらも教えよう」

「何もかも知っているはずよ」

「どういうことだ？」

「ブルンズは、魔術師を使ってわたしを徹底的に調べた。一カ月以上前、クリスタル駐屯地を訪れたあなたに、彼が全部伝えたはず」

手綱を握るカーヒルの手に力がこもる。「わたしが来たことをブルンズから聞いたのか」

「いいえ。あのとき、彼の執務室の隣の部屋にいたのよ。それで全部聞こえたの。あなたは、わたしに大きなリボンをつけて最高司令官のもとに送りつけたほうがいいと助言した」

「ブルンズは助言に耳を貸すべきだったな」

「確かに。最高司令官が本当にシティアを攻撃するつもりなら、そのほうが利口だったでしょうね」

「またその話か」カーヒルがつぶやく。

「でも攻撃はないとブルンズは知っていたから、わたしをシティアに置いておいたほうが利用価値があると考えた」

カーヒルはトパーズを駈足させて先に行ってしまったが、キキはその場に留まった。今の話を何度かくり返せば、カーヒルもそのうち納得するだろう。

スターリングズ・エッグは、兵士を訪ねる家族のための食堂や宿が無数に建ち並ぶ典型的な基地町に見えた。市場には、駐屯地にいる兵士が手を伸ばさずにいられないような道具や武器の売店がいくつも並んでいる。カーヒルは部下のほとんどを駐屯地に送ったが、ハンニ、スレイデン、ファクソンはわたしたちに付き添った。

人通りの多い繁華街を避け、遠回りして静かな脇道に入った。カーヒルは《ラッキーダック荘》という宿の前で足を止めた。わたしたちが宿の厩舎に馬を繋ぐあいだ、カーヒルが木造四階建ての建物に入り、戻ってくると隣り合った二部屋の鍵をハンニに渡した。ハンニは鍵のひとつをファクソンに渡す。たぶんわたしはハンニと同室なのだろう。

「人目につかないようにしろ」カーヒルが言った。「必要なものがあれば、部下が調達する。わたしも食事はここでとるか、市場で買ってきたものを食べる。いいな?」

「わかった」軟禁なら、監房に閉じ込められるよりはるかにいい。幸い、読む本も何冊かある。

わたしたちは談話室で夕食を注文した。ほかのテーブルに客はほとんどおらず、その客たちもちらりとこちらを見ただけで、余計な関心を持っている様子はない。自家製の豚肉と麺のキャセロール五人前がテーブルに並ぶと、わたしの毒見を全員が待った。さまざまなスパイスがまじり合う心地よい刺激は感じたが、テオブロマは入っていない。

そうして単調な毎日が始まった。カーヒルと用心棒たちと談話室で食事をする以外は、ハンニもいる部屋で本を読んだり、訓練したり、キキを運動させたり。ときどきハンニに買い物を頼んだが、ほとんどはティーバッグや本だった。何度か会話しようと努めたものの、物静かで生真面目なハンニは自分の話をしようとはしなかった。とはいえ本を読んだり、護身術や戦略を極める方法について話し合ったりするのは楽しんでいた。ハンニとは軽い手合わせもした。茶色い髪を短く刈り込んだハンニは年は二十五歳ぐらいで、ナイフや剣の扱いはお手のものだったが、ボウには慣れておらず、わたしが基本的な動作をいくつか教えた。

ファクソンとスレイデンはわたしにあまり関わろうとせず、近くにいるときは護衛役らしくよそよそしい態度を通した。しかし隣室とのあいだを仕切るドア越しに、何度か笑い声が漏れ聞こえてきた。

軟禁状態が始まって四日目、契約で決めた七日目のこと、カーヒルはやや遅くに夕食の輪に加わった。硬い足取りでこちらに近づいてきた彼の険しい表情を見れば、何かあったのだとわかった。怒鳴られるのを覚悟したが、カーヒルは黙り込んでいる。

注文のあと、もう黙っていられず尋ねた。「何かあったの？」

「別に。おしゃべりはやめてくれ」と追い払うように手を振る。

「わかった」

料理が来て、わたしたちは緊張した沈黙の中、食事をした。

食べ終わると、カーヒルはふんぞり返り、人に聞こえるような大きなため息をついた。疲れているのか、目の下に隈ができている。彼は尋ねた。「フィスクの部下たちがすべての駐屯地に潜り込んでいただけでなく、ほうぼうで仕事をしていたこと、知ってたのか？中には高度な機密を扱う部署もあったらしい」

まずい。「へえ。でも、そんなに深くにまで入り込めたとは驚きね。捕まったの?」

「いや。みんな逃げた。フィスクの連絡網は相当なものらしいな」カーヒルは顔をしかめた。「われわれよりすぐれている」

　わたしは無表情を保ったが、本当は誇らしくてにっこりしたかった。「機嫌が悪いのはそのせい?」

「違う。ほかにも密偵がいないかどうか確かめるため、《結社》が全駐屯地で身体検査の実施を命じた。零の盾を身につけている者を洗い出すつもりらしい」カーヒルはテーブルを力任せに叩いた。空の深皿が音をたてる。「おまえの言いたいことはわかってる」

　だから言葉を呑み込んだ。人を操る魔力を用いていないのなら、零の盾を心配する必要などないはず、ということだ。そこで、代わりに尋ねた。「捕まるのが心配なの?」

　カーヒルは驚いたように背筋を伸ばした。「わたしが検査されるはずがない。わたしはシティア軍将軍だ」

「だから議会の、いえ今は《結社》の命令に従うわけよね。でも駐屯地には人の心を読む魔術師が大勢いる。第二魔術師範アイリス・ジュエルローズも含めて」アイリスは洗脳されておらず、タイミングを待って耐え忍んでいることはあえて言わなかった。魔術師範であるアイリスは、テオブロマを摂取しても抵抗できる力があるのだ。「危険よ。身体検査を逃れるため、今後三日間は駐屯地を離れたほうがいい」

カーヒルはわたしの肩をつかみ、立ち上がらせた。「おまえに命令される覚えはない」

「彼女の言うとおりです」ハンニが言った。「町を出なくては。われわれ全員が」

カーヒルが彼女のほうを見た。「何？」

ハンニは立ち上がった。「一週間前はブルンズと《結社》のことを信じ、命懸けで協力するつもりでした。でも今は違います」ハンニがわたしを見た。「何季節かぶりに頭がはっきりしました」

スレイデンとファクソンも立ち上がり、同意するようにハンニの両側についた。わたしはやったと声をあげたい衝動を懸命に抑えた。

カーヒルはわたしの肩から手を離し、椅子にへたり込んだ。「こんなことを言うのはじつに不本意だが……おまえが正しかった。ブルンズは魔力を使っていた」彼はそこで片手を上げた。「だが、ブルンズはシティアを守ろうとしているのだとわたしは今も信じているし、兵士と魔術師が協力する訓練は実際すばらしい成果をあげている」

顔がほころびそうになるのをこらえ、冷静に言う。「だからこそあなたが必要なのよ、カーヒル。最高司令官が攻撃してくる可能性はわずかながらまだあるのだから、シティアは準備しておかなければならない。でもブルンズのやり方は汚いわ。わたしたちの目的は《結社》を止めて、議会の力を取り戻すこと。シティア軍将軍のあなたが協力してくれれば、こんなに強い味方はいない」

「そしておまえたちのスパイになれと?」

「そう。それから、ほかの兵士たちの目も覚まさせてほしい。そうすればみんな《結社》ではなく議会のほうにつく」

「ブルンズ配下の魔術師たちが零の盾の検査を頻繁にするとすれば、かなり難しい。われわれだって、影響から脱するのに一週間かかったんだ」

「ひとつずつ解決しましょう。今はあなたと部下たちが身体検査から逃れることが大事。たとえば実地訓練に出かけるとか?」

「それならうまくいくかもしれない。ただ……」カーヒルは顔を撫でた。「自分でも信じられない。寝返ることが、あるいはブルンズを裏切ることが、あるいはヴァレクに協力することが」彼は手を振った。「まあ、どれでもかまわない」

「でも正しいことよ。わかってるでしょう?」

大きく息を吸い込んでカーヒルが言った。「ではひとつ話しておこう。おまえの父親と義理の姉のマーラが捕まった。今こちらに移送中だ。ブルンズも一緒に来る」

11
ヴァレク

最高司令官の部屋のドアがいきなり開き、オーエン・ムーンがわが物顔で入ってきた。オーエン同様に強力な魔術師ティエンがそれに続く。退散の時間だ。ヴァレクは窓に向かって後ずさったが、魔力の毛布との繋がりがふいに消えた。オーエンが零の盾でヴァレクを囲んだのだ。盾ではもう捕らえられないとまだ知られたくなかったので、身動きできないふりをする。サイネは消え、最高司令官が戻ってきた。

「こんな大胆な真似をして、どういうつもりだ?」オーエンがヴァレクに尋ねた。暗褐色の短髪に記憶より白いものが増え、まだ四十代のはずだが老けて見える。

ヴァレクは答えなかった。

「大事な最高司令官をいまだに救おうとしてるのか?」オーエンは笑った。「悪あがきはよせ、もう遅すぎる」

そうでもないが、わざわざ指摘して、サイネのことを明かす気はない。

「さて、どうするかな?」オーエンが誰にともなく尋ねた。「反逆罪でお尋ね者になっているおまえだ。逮捕して公開処刑だな」

「だめだ」最高司令官が言う。「ヴァレクなら地下牢を脱け出せる。今すぐ息の根を止めて、遺体を世にさらせばいい。そうすれば、やつの部下たちもボスが誰か思い知るだろう」

最高司令官はオーエンに操られているのだとわかってはいても、今の言葉は熱く焼けた火掻き棒のごとくヴァレクを貫いた。一方オーエンはその提案に眉をひそめた。最高司令官が即座に賛成しなかったことが腑に落ちなかったのだろう。

「ティエン、どう思う？」オーエンが尋ねる。

肩幅のあるその魔術師はオーエンと同い年で、ともに魔術師養成所で学んだ仲だった。

「窓から突き落とすべきだろう。二カ月前の失敗を今度こそ挽回する」

念動力のあるティエンがいるおかげで、オーエンも仕事が楽だろう。こちらは投げ矢を使うこともできない。ティエンなら魔力で全部はたき落とせるからだ。身体の奥で恐怖が渦巻いた。

オーエンがにやりと笑う。「賛成だ。そして今回は助けに来てくれるお友達もいない」手を前に伸ばして大きく指を開き、ヴァレクに向かって手のひらを突き出した。

身体がぐいっと後ろに押され、とうとう窓枠にぶつかった。動悸が激しい。オーエンの勝ち誇ったような目を見る。

「さらばだ、ヴァレク」そう言って、もう一度手を突き出した。

なすすべもなく、ヴァレクは窓の向こうに落ちた。とっさに横桟をつかんで落下を食い止め、身体が壁にぶつかる。ところが指が滑った。胃がぎゅっと締めつけられ、一瞬宙で止まったが重力には抗えなかった。

落ちるにつれて耳元で風が吠える。そのときクロスボウから矢が放たれるビュンという音が聞こえ、次の瞬間すぐ横の石壁に鉄製の矢が勢いよく刺さった。すぐに二本目の矢が反対側に刺さり、ヴァレクは悟った。急いで矢軸をつかむと、がくんと落下速度が落ちた。また一本矢が出現し、今度は両手でつかむ。腕と肩に衝撃と痛みが走り、落下が止まった。地上から二階上のあたりでぶら下がっている。

もう二本、矢が下方に刺さり、それをすばやく使って無事に地上に下りた。壁を監視していた衛兵がヴァレクに気づいたのだろう。感謝の印に手を振ると、オーエンに報復される前に走り去った。衛兵が、矢を放った理由をオーエンにうまく説明できるといいのだが。

蛇の森に繋いでおいたオニキスのもとに戻ったあと、小屋にたどりつくまでの一日がかりの行程は、それまでに比べれば楽なものだった。オニキスの世話をしながら、サイネから得た情報を吟味する。オーエンが隠している切り札を見つけることが、レジスタンスの勝利の鍵だった。魔術師養成所の図書館でエリス・ムーンの手記を確認しなければ。テオブロマより強力な薬について記述があるはずだった。

フェザーストーン駐屯地近くでオノーラと落ち合うまでにあと二日ある。そのあと……ヴァレクも捕らわれるか、あるいは、イレーナとともに自由の身となってフィスクのもとに戻り、レジスタンスに加わるか。最悪の場合、投降する前にエリス・ムーンについての情報をオノーラに託そう。

二晩不眠不休だったせいで疲れ果て、なんとかベッドまでたどりついた。一日休んだら駐屯地に向かい、イレーナの賭けが吉と出たか凶と出たか確かめるとしよう。

イレーナがカーヒルと契約を結んで九日目はよく晴れた涼しい朝を迎えた。オニキスは夜が明けて数時間後にスターリングズ・エッグの繁華街に入り、市場に向かった。おそらくオノーラは屋台の陰に隠れてヴァレクを待っているだろう。小さな町の混みあった中心部にたどりつくと、ヴァレクはオニキスの歩調を常足にした。案の定、数分もするとオノーラが横に現れた。

「報告しろ」と告げる。

オノーラは売り子たちの顔を見渡した。「ここはまずい。チェリー通りの《ラッキーダック荘》で会おう」そして姿を消した。

ヴァレクは周囲に合わせて暗褐色のズボンと明るい黄褐色のチュニックという格好をし

ていた。馬を降りると、地元民にチェリー通りの場所を尋ねた。女性はこちらをほとんど見もせずに北東の方角を指した。歩きながらオニキスの身体のほてりを冷やす。オノーラはイレーナを見守るあいだ、その《ラッキーダック荘》に滞在していたのだろうか。イレーナはこの七日間、牢屋に監禁されていたのか？　そうでないことを祈ったが、そうだったとしても不思議ではない。

チェリー通りにその宿屋を見つけた。あたりは人通りが少なく、外観もありふれていて、いかにも密会にふさわしい場所だ。オニキスはまっすぐに建物の裏にある小さな厩舎に向かった。ヴァレクは厩番の少年に愛馬を託したが、万が一急いで逃げなければならない事態になったときのために鞍ははずすなと指示した。

オノーラは談話室の奥の隅のテーブルで待っていた。一階に酒場があり、上階が部屋になっている典型的な宿屋だ。ほかの客の様子を確かめる——男がふたりと年かさの女がひとり。糖蜜の甘い匂いが漂っている。だが、昨日小屋をあとにしたときからあまり食欲がなかった。カーヒルにすごすご投降することになる可能性を考えると胃がむかついたのだ。オノーラのテーブルに合流すると、まだ食欲はなかったが、現れた若い給仕にとりあえず朝食を注文した。今後のために体力をつけなければならない。給仕が去ると尋ねた。

「イレーナは？」

「まったく問題ない。昨日までここにいたんだ」オノーラが言った。

ヴァレクは背筋を伸ばした。「まさか」

「あたしもまさかと思ったけど、賢いやり方だった」オノーラは経過を報告した。「カーヒルと部下たちがわれに返るまで一週間かかったけど、全員が考えを変えた。イレーナが予言したようにね」

イレーナはやり遂げたのだ。胸を締めつけていた不安がふいに消えた。

「イレーナに謝りなよ」

いや、謝るだけでは足りない。フィスクとオノーラは彼女を信じていたのに、ヴァレクは、例の契約は自分に対する裏切りであり、失敗するに違いないと思っていたのだ。

「あんたがふくれっ面していなくなってから、イレーナがどんなに辛い思いをしていたか。自分を見守っているのがあんたじゃなくあたしだと知ったときの呆然とした顔を見せてやりたかったね」

ヴァレクを徹底的にこらしめようと考えていたなら、オノーラは大成功を収めた。「イレーナと話したのか？」

「ああ。イレーナはいつも宿の小さな裏庭で訓練をしていた。ある日、全部うまくいったからもう出てきても大丈夫と、こちらに合図で伝えてきたんだ。罠かもしれないとは思ったけど、イレーナはひとりだったし、連中はこれまでけっして彼女をひとりにはしなかった。それでもカーヒルの姿が見えなくなってから夜遅くに部屋を訪ねた」オノーラがにやりとした。「同室の女は震え上がってたよ」

「イレーナは今どこに？」

「待ち伏せしに行った」

驚きを押し殺して言う。「説明しろ」

「イレーナの父親と義理の姉が捕まって、ここに移送されてくることになってるんだ。イレーナは、ふたりが駐屯地に連れ込まれる前に救出しようと考えてる」

まずい。「ひとりで？」

「いや。カーヒルの部下三人が同行してる」

「カーヒルは？」

「チームプレーに徹している。駐屯地に残ったんだ。ブルンズが昨日到着したから、もてなし役を務めてる。おまけに零の盾で守られてもいない。ブルンズの部下の魔術師が彼の零の盾に気づいたら、芝居は台無しだから。イレーナに言わせれば、カーヒルは人一倍意志が強いから、二、三日は大丈夫だろうって」

「つまりカーヒルはわれわれに協力することにしたんだな？」

「ああ。渋々だけど」

それは当然だろう。ヴァレクは今の話を検討した。「リーフはどこだ？」

「マーラとイーザウが捕まったとき、リーフだけは逃げたんだ。以来誰も姿を見ていない」

「きっと馬車のあとをつけているんだ」

給仕がヴァレクの注文の品を持ってきた。できたての卵、ベーコン、トーストが目の前に置かれると、腹が鳴りだした。イレーナをカーヒルのもとに残して以来、まともな食事をとっていなかったことに気づいた。口に頬張る合間に待ち伏せについて尋ねる。

「駐屯地から東に約四時間行ったところにある、うってつけの場所を選んだ。そこにたどりつくころには、兵士たちも基地はもうすぐだと思って油断する。一団が夜どこで野営するか予測するよりはるかに楽だし」

「襲撃はいつの予定だ？」

「明日の朝」

「ふたりほど助っ人が加わるのを歓迎してもらえるだろうか」

「ああ、もちろん。あたしは戻ると話してある。でも、正直、あんたのことはわからなかったからね」

くそ、本当に平謝りしなければならないらしい。

食事を終えると代金を払い、オニキスを引き取りに行った。オニキスは馬房を名残惜しそうに見ていたが、キキと合流することになると話すと急に元気になった。その気持ちはわかる。イレーナに会えるかと思うと、ヴァレクも力が湧いた。

　さっそく常足で西に向かう。背にした町並みがしだいに小さくなり、道の両側にトウモロコシ畑が広がった。すぐに背後から蹄の音が近づいてきて、オノーラが追いついた。見かけない、黒いたてがみに黒と白の駁毛（ぶちげ）の雌馬に乗っている。今まで乗っていたマダムを、ビーチバニーをリーマに譲ったジェンコに貸したのだ。

「名前は？」

「馬（ホース）」

「個性的だな」

オノーラがにやりと笑う。「ジェンコがいらつくだろうと思って」

それは間違いない。

　ふたりはしばらく無言で進んだ。二時間後、農業地帯を出て森に入る。ヴァレクは、イレーナに許してもらえるかどうかが心配だった。今回の騒動が起きてよかったことがあるとすれば、それはブルンズに操られていた者も目覚めるとわかったことだ。とはいえ、テオブロマの影響を脱するには一週間かかり、そんな余裕はなかなか望めない。だが少なくともこれでカーヒルが味方になった。彼が軍のほかの幹部を、できればシティア議員たちも、覚醒させてくれればいいのだが。

　小さな谷の底に到達したところで、オノーラがホースの速度を緩めた。最近の氾濫で、前方の道が崩れている。頭上でかすかに音がして、目を上げたそのとき、茂みを模した網が落ちてきた。慌ててオニキスを止めたが間に合わず、降りかかってきた網の重みで地面に倒れた。

左肩を思いきりぶつけたが、こらえて仰向けになり、小刀に手を伸ばす。しかしすぐに馬乗りになってきた誰かに両腕を押さえ込まれ、網を貫いたナイフの細刃で首に切り傷ができた。

すぐにナイフが引っ込められたので、ヴァレクは身体を反転させて上に乗っていた人物を倒した。網を払って立ち上がり、小刀を構える。緑の迷彩柄の服を着た人物がふたり、飛びのいた。オノーラは別のふたりの迷彩服の人間とともにいる。彼女はズボンの泥を拭ったが、怪我もしていないし、ナイフも手にしていない。おかしい。

そのとき周囲の木々がぐるぐる回りだした。圧倒的な睡魔が襲ってきて、身体の力が抜ける。がくりとひざまずき、感覚を失った指から重い小刀が滑り落ちる。ヴァレクは首に触れた。指にわずかな血の痕。刃に眠り薬が塗ってあったに違いない。

ヴァレクは地面に崩れ落ちた。よくぞ先手を取ったと褒めたいところだが、しかし……。

ヴァレクは意識を取り戻したが、目は開けずにいた。襲撃の記憶がおぼろげながら舞い戻ってきた。眠り薬のせいで頭が痛むし、左肩がずきずきと疼く。薪の煙の匂いがあたりに漂い、近くで火の爆ぜる音が聞こえる。

「……効き目が遅すぎる。代わりにキュレアを使うべきよ。そっちのほうが即効性がある」女の声？

「キュレアは効かない。みんな何カ月もテオブロマを摂取してるんだ。本番はナイフじゃなく必ず投げ矢を使って、ハンニ。そのほうが狙いが確実だし、相手に近づかずに済む。ヴァレクがどれだけすばやく網から脱け出したか見ただろう？　眠り薬の効果が出る前にあんたを殺していたかもしれない」

　オノーラ？　今度は《結社》の側についているのか？

「つい慌ててしまって。予行演習に利用したと知ったら、彼は怒ると思う？」女――たぶんハンニ――が尋ねた。

　答えはなかったが、その沈黙が多くを物語っていた。

「明日は慌てるな」オノーラが言う。

「大丈夫。明日はヴァレクに飛びかかるわけじゃないから」ハンニがぼそりとつぶやいた。

「とにかく、今回の目的は、衛兵を殺さずにわたしの義姉と父を救出することだとよく覚えておいて。気絶させるだけにして」イレーナの声だ。

　ほっとして、目を開けた。自分は寝袋に横たわり、毛布が掛けられている。近くでイレーナとオノーラが、ふたりの男とハンニとともに焚き火を囲んで座っていた。あたりは真っ暗だ。ヴァレクは待った。イレーナがこちらに気づくまでにそうかからなかった。まわりの連中もイレーナの様子に気づき、こちらを見た。当然の反応だが、やはりショックだった。ヴァレクが起き上がると、男たちとハンニが弾かれたように立ち上がり、近くの武器を手探りした。ずいぶん怯えているじゃないか。普通なら笑ってしまったかもしれないが、イレーナが警戒を続けているのが気になった。

「オニキスは？」イレーナに尋ねた。

「大丈夫。キキと一緒にいる」

オノーラがコップに水を注ぎ、こちらに差し出した。「ほら」

「ありがとう」一気に飲む。「予行演習だって？」

「ああ。みんな若いから、経験を積む必要があった」オノーラが言う。

「われわれは君より年上だ」男のひとりが反論した。

「ごめん。〝若い〟じゃなくて〝経験不足〟だ」

少しもフォローになっていない。

ヴァレクは首に触れた。投げ矢なら傷はもっと浅かっただろうが、すでに血は止まっていた。「矢にも眠り薬が？」

オノーラがにやりとした。「もちろん。でも、あんたならもっと早く襲撃に気づいて当然だったのに」

　ヴァレクはまたイレーナを見た。「考え事をしていた」

「よくないね、ご老体。ご心配なく、最高司令官に告げ口はしないから」オノーラがコップにまた水を注いだ。

「それはよかった。彼はこの老いぼれが――」と言って自分の胸を叩く。「おまえを殺したと思い込んでいる」

「え？」オノーラの動きが止まる。

　ヴァレクはほかの三人を見た。「その話はあとまわしだ」彼が立ち上がると、カーヒルの部下たちは後ずさりし、武器の柄をつかんだ。

「落ち着け」ヴァレクは言った。「奇襲のことを怒ってはいない。オノーラもイレーナも、わたしが訓練や準備を奨励していることを知っている。むしろ予行演習の成功をおおいに褒めたい」それからイレーナに手を差し出す。「ふたりで話せるか？」

　彼女がためらう姿を見るのは頭痛以上に辛かった。でも結局イレーナはその手をつかみ、ヴァレクは彼女を引っぱり上げた。ふたりは少し離れた場所に移動した。闇に目が慣れるにつれ、小さな空き地で草を食むオニキス、キキ、ホースの姿が浮かび上がる。その体躯は弱々しい月明かりで銀色に縁取られている。

「ヴァレク、わたし――」

　ヴァレクはイレーナを強く抱きしめた。驚いたイレーナは一瞬身を硬くしたが、やがて力を抜いた。彼女の香りを思いきり吸い込む。「本当に悪かった。過剰に反応して、君を信じようとしなかった。おまけに癇癪（かんしゃく）を起こし、子供みたいに地団太を踏んであの場を去った。どうか許してほしい」

「あなたがわたしを許してくれたら」

「許す？　何を？」

イレーナは身体を離した。「カーヒルを信じて、オノーラがあなたを殺したものと思い込んだ。あなたと彼女の計略だとは考えずに。あなたを信じるべきだったのに、お腹の子供を危険にさらすことになった」

「カーヒルについては君が正しかったんだ。今では強力な味方だ」

「でもあなたを信じるべきだった」

「わかった。許すよ」

「じゃあわたしもあなたを許す」

やっと緊張が解けて、ふたりは唇を重ねた。イレーナを抱き寄せて、ふたりきりならよかったのにと思う。このままどこかに――。

「なぜ最高司令官はオノーラが死んだものと思ったの？」イレーナが尋ねてきた。

「わたしが彼に会いに行った」

「どうかしてるわ」イレーナは身体を離し、ヴァレクの痛むほうの肩を殴った。ヴァレクが思わず呻き、肩をさすっても、イレーナに反省の色はない。「説明して」

「君同様、賭けをしたんだ」ヴァレクは最高司令官のもとを訪れたこと、そこでわかったことを話した。「魔術師養成所でエリスの手記が見つかるかもしれない」

「今もそこにあるならね」それからイレーナは眉をひそめた。「そして、わたしたちの救出策が成功したら」

ヴァレクは馬のほうを見た。「明日のことだが、なぜ馬があれしかいないんだ？」

「ハンニとスレイデンは衛兵たちの馬を二頭拝借する予定。ファクソンは馬車の御者を務める」

「リーフから何か連絡は？」

「ない。馬車を追ったんだと思いたいけれど、カーヒルの話では、父たちはフルゴルのすぐ近くで捕まったらしくて」

ヴァレクは思案した。「追う代わりにフルゴルに行ったのかもしれない。先回りするつもりで」

「わたしもそう思ったの。捕まっていなければいいんだけど」声に不安が滲む。

「カーヒルならリーフが今どうしているかわかるんじゃないか？」

「いずれはね」

「《結社》に知られずにどうやってカーヒルと連絡を取るつもりなんだ？」

「彼に忠実な部下がフィスクの助っ人の誰かに伝言を渡す」

あまり効率的とは言えないが、ほかにどうしようもない。「高感度通信器があればな」

「使えばわたしたちの存在が相手にわかってしまう。《結社》には、テオブロマを摂取していない、忠実な魔術師団がいるの。テオブロマには人の集中力を削ぐ効果もあるから。彼らはそうして感覚を研ぎ澄まして魔術を使っている者を見つけ、自分たちは高感度通信器を使って各駐屯地間で連絡を取り合ってる」

これもまたありがたくない知らせだった。もしレジスタンスがどこかの駐屯地で事を起こそうとすれば、ほかの駐屯地にすぐに知れ渡ってしまう。

「ほかにはカーヒルをどう役立てようと考えてたの？」イレーナが尋ねる。

「軍幹部を、そのあと議員たちを覚醒させられればと思っていた」

「それを実行に移せば、《結社》に間違いなく気づかれる」零の盾の検査が頻繁に行われていることをイレーナは説明した。

いらだちで呻き声が漏れた。「テオブロマの解毒剤が必要だ。それも即効性のものが」

「そうね。キュレアと同じくらい速く効けば理想的だわ」

「それは極端だな。一週間が数日に短縮できれば御の字だよ」

しかしイレーナは眉根を寄せて何か考え込んでおり、もはやヴァレクの言葉を聞いていなかった。彼女が何を考えているにしろ、ヴァレクは黙って待った。こうして彼女を抱いているだけで、十日ぶりに緊張がほどけていくのを感じる。許してくれたこともわかったし、もう何も思い煩うことはない。

「オーエンの温室にはさまざまな交配種の植物があったと父は言っていた。たとえば、テオブロマ耐性キュレア。それにわたし、バヴォルの記録を読んだの。彼はオーエンの庭師長と協力して、いろいろな植物の交配を試していた。もしかすると、テオブロマの解毒剤を作るヒントを見つけていたかもしれない」イレーナは、アヴィビアン平原にあるバヴォルの秘密の温室について話した。「フィスクと一緒に、ガラス職人がガラス板を配達した農場の住所を失敬したんだけど、そのあと本部に戻れずにそのままになってる」

「君のお父さんを救出し、リーフを見つけたら、次はその温室を見つけよう。ハーマンの木もそこにあるかもしれない」

「そちらはほかのみんなにお願いする。わたしは城塞に戻って、庭師長が誰かはっきりさせなきゃ」

ヴァレクは彼女の手をぎゅっと握った。「わたしは、じゃなく、われわれだ。君の首にはまだ賞金が懸かってるんだ」

イレーナは口をつぐんだ。「父には特別な護衛が必要ね。オノーラがいいかも。あなたは彼女を信用できると思っているらしいから」

「ああ。カーヒルが話した、屋根の上での戦闘のことを覚えているだろう?」

「その話、やっぱり本当だったのね。オノーラから全部聞いた」

「オノーラが君に打ち明けたとは驚いた」

「わたしもよ。でも、友達なら互いに秘密を作ってはいけないと彼女が言った」

「彼女、成長したな」

「ええ。あなたもね」

「謝ったから？」

「いいえ、自分の傷を魔力で治療したから。魔力をちゃんと制御している。これからは自分に何がどこまでできるのかを確かめて、能力をどう利用するか学ぶ必要がある。それができていれば、今日わたしたちがあなたの先手を取ることはまずできなかったはず」

一理ある。「わかった。城塞に戻ったら先生を見つけよう」

「魔術師範が理想だけど、ベインとアイリスはいないから、次善策はティーガンね。今頃もう海岸地方から戻っていると思う」

「まだ十四歳だぞ」

「あの子は師範級の力を持っているし、アイリスのもとですでに一年間修行してきた」

ヴァレクはため息をついた。「わかったよ」

イレーナは爪先立ちして彼にキスをし、それはしだいに激しさを増した。

やっと身体を離すと、ヴァレクは言った。「ふたりきりになれる場所を探そう」

イレーナが彼の首に両手を回した。「馬に聞かれないように？」

「いや、暗殺者が木の上にいる」

イレーナは慌ててヴァレクから離れた。「オノーラなの？」

「われわれの話が聞こえるほど近くではないが、見守り続けている」

「どうして？」

「オノーラは君を守りたいんだ。君の友人たちみんながそう思っている。それに、わたしがきちんと謝るか見届けたかったんだろう」

「やさしい子ね」

「さあ、彼女にさよならと手を振って。そしたら君を森の奥に引きずり込むから」

朝はあまりに早くやってきた。ヴァレクが謝罪の気持ちを行動で証明したあと、ふたりは暖かな焚き火のそばに戻った。みんなで朝食をとるあいだ、イレーナが計画を再確認した。自分とファクソンは木に登って待機し、ハンニとスレイデンは崩壊箇所のすぐ近くで、ヴァレクとオノーラは道のかなり手前で待って、馬車が止まったらすぐに背後から近づく。馬車に付き添っている兵士はおそらく八人、前方にふたりの斥候がいるものと予想された。六人は、万が一のために、馬車の到着予想時間より数時間前に配置についた。

オノーラと張り込みをするのは初めてだったので、彼女が背景の森になじんでいくのを見て改めて驚いた。しかもそれは服とは関係がなかった。確かに土に近い黒っぽい色の服ではあるが、よそ見をしてまた視線を戻したら、彼女はどこかに移動したものと思っただろう。

魔術を使っているかどうか、今こそ探ってみるか？　イレーナとの会話を思い出し、心の防御壁を下ろす。とたんに魔力の毛布の圧迫感を感じた。糸を一本引き出し、オノーラに向けて探りを入れる。思考の表面では待ち伏せに集中している。計画を振り返り、失敗の可能性をひとつひとつ確認しながら、偶発事についても対処法を考えている。さすがに抜け目がない。

だが、魔術が使われている気配はなかった。自分にそれを感知する力がないのか、今は使われていないのか。最初にカムフラージュするときにだけ使い、維持するには魔力を必要としないのかもしれない。魔力をさらに遠くに飛ばし、イレーナがいる、道に張り出している木の枝を確認する。彼女は身じろぎして楽な姿勢を取り、計画がうまくいくよう祈っていた。イーザウ、マーラ、リーフを心配する気持ちが心を占めている。当然だった。

だがすぐに赤ん坊がヴァレクの魔力をぐいぐいと吸い込み始めた。

いったん繋がりを断ち、別の糸を引き出すと道に飛ばして、斥候を探す。彼らは馬車より十五分から三十分先を移動するのが普通で、待ち伏せしている者や障害を事前に処理するのが仕事だ。だが、結局見つからなかった。

　このあとの戦闘のことを考えて体力を温存するため、心の防御壁を戻して改めて魔力を遮断した。オノーラと目を合わせようとしたが、魔力がないとどこにいるかもわからない。

「どうした？」木がオノーラの声で囁いた。

「意図的にしていることなのか？」ヴァレクは尋ねた。

「しているって、何を？」

　ヴァレクは身ぶりで示す。「周囲に溶け込んで姿を消すこと」

「あたしはここにいる。いったい何の話？」

「おまえの身体はいつも景色にすっかり溶け込んでしまう。今もまったく姿が見えない」

　沈黙。頭がどうかしたと思っているのだろう。

「自分の手を見てみろ」

「ただの手だよ」

　つまり自分では能力の効果は見えないのだ。ヴァレクはやり方を変えた。「自分が人一倍隠れるのがうまいこと、気づいてないのか？」

「ジェンコには言われたけど……」

「あの調子で大言壮語を並べるから、ふざけているのか、真剣なのか、ひょっとして天才なのか、わからない？」

「そのとおり」オノーラが言葉を切った。「あたしが魔力を使ってるかどうか、あんたにもわからないのか?」

オノーラは、ヴァレクが魔力耐性を失った代わりに魔力を得たことを知らない。信用できるとわかった今、打ち明けてもかまわないとは思うが、本当に必要になるまで待つことに決めた。「おまえがもし〝一芸に秀でた天才〟ならわからない」

「一芸に秀でた天才?」

「ひとつだけ何かできる魔術師だ。シティアには大勢いるし、イクシアにもおそらくいると思う。彼らは意識して魔力の毛布から力を引き出すようなことはしない。きっと、元々は魔術だったものが生まれつきの能力として無意識に使われているんだ」

オノーラはしばらく黙り込んだ。「意識してやってることじゃない。ただ任務に集中しているだけだ」

一芸らしく思えるが、師範級の魔術師にしか正確なところはわからないだろう。

オノーラが突然姿を見せた。指を組み合わせたりほどいたりをくり返しながら手を見つめている。「ティメル大尉が来たときには……そんな効果は現れなかった。どんなに頑張っても……隠れられなかった」

「やつを怖がっていたからだ。だから、やつのことを考えたとたん、カムフラージュが消えてしまったんだろう」

オノーラが驚いて顔を上げた。

「もう怖がる必要はない。今は最高司令官の城の地下牢に閉じ込められていて、三カ月後には処刑されることになっている」

「あたしが殺しに行かなくても？」

「そうだ。最高司令官は自由意思を奪われているかもしれないが、性犯罪者を毛嫌いしている点は変わらない」

「オーエンがティメルを解放するかもしれない。あるいは自分で脱走するかも？」

「そうなったら、すべてが片づいたあとにやつを狩り出し、裸に剥(む)いて、あちこち叩いて肉を柔らかくしたあと、雪豹にでもくれてやるさ」

オノーラがにやりとする。「名案だ」

ふたりはそこで口をつぐんだ。一時間後、聞き覚えのある馬の蹄の音が聞こえてきた。ヴァレクが合図の口笛を吹く。すぐに馬に乗ったふたりの斥候が現れ、ヴァレクとオノーラの前を通過した。斥候は道にできた溝に気づいて馬の速度を落とし、左右を見た。そこが待ち伏せにうってつけの場所だと察する知恵はあるようだが、頭上を見上げるだけの経験は持ち合わせていなかった。

イレーナとファクソンが木の葉に偽装した網を落とすと、それはかすかに傾いて斥候たちに覆いかぶさり、ふたりはうっと声を漏らして馬から落ちた。網を使ったのは、相手に致命的な怪我をさせないためだ。眠り薬入りの矢を受けて落馬すれば、命を落とす危険もある。ハンニとスレイデンがもがくふたりの上に馬乗りになり、薬を注射した。三十秒もすると、兵士たちはおとなしくなった。イレーナとファクソンが網を元の位置に戻し、ヴァレクとオノーラが馬を捕まえる。そのあと眠っているふたりの男を木々のあいだに引きずり込んだ。ヴァレクが馬たちをキキのところに連れていき、また配置につく。罠が再設置された。

次はもう少し難しい。約二十分後、さっきよりゆっくりした蹄の音に加え、馬車がたてるきしみ音も聞こえてきた。ふざけ合う声が風に乗って運ばれてくる。ふたたびヴァレクは合図をした。

ふたりの騎手が先導し、別のふたりは馬車の御者台に座っている。さらにもうふたりが隊列のしんがりを務めていた。荷台に幌(ほろ)が掛けられており、ヴァレクはその下にマーラとイーザウがいることを祈った。一行がスピードを落とし、目の前を通り過ぎたところで、ヴァレクは襲撃の準備に入った。両手に眠り薬入りの投げ矢を握る。

一行が溝にさしかかった瞬間、前方のふたりに網が落とされ、同時にオノーラが御者台のふたりに矢を放った。最後尾のふたりは、仲間たちが襲撃されるのを見て固まったが、すぐに忍び寄ったヴァレクとオノーラがそれぞれ兵士の脚に矢を刺したあと、鞍から相手を落とした。兵士はすかさず立ち上がって短剣を抜いたものの、ヴァレクはただ飛びのいて、相手が地面に崩れ落ちるのを待った。

奇襲は大成功だった。兵士たちは道の方々に倒れているが、怪我をした様子はない。イレーナとファクソンが樹上から下りてくるあいだにヴァレクが幌を剥いだ。マーラとイーザウは荷台に縛りつけられ、猿ぐつわを噛まされていた。イーザウが何か言おうとして、顔を真っ赤にしている。

はっとして振り返り、小刀を抜いた。今しがた眠らせたはずの兵士たちがすっくと立ち上がる。木立のあいだから斥候が飛び出してきたのを見て、イレーナが悲鳴をあげた。男は彼女をつかむと首にナイフを押しつけた。すぐさま男に飛びかかりたい衝動を押し殺し、じりじりと近づいていく。

「武器を捨てろ。さもないと女の喉を掻っ切るぞ」斥候が言った。

12

ヘリ

ヘリはフィスクからの伝言を改めて読んだ。ストームダンス駐屯地の人の出入りを監視するというやや退屈な仕事から解放されると思うと嬉しかったが、ここに残るのがなぜ危険なのかはわからなかった。まだ一カ月しか経っていないし、ほかの工作員は……。

〝工作員〟という言葉ににんまりする。フィスクの下で働いている子供たちはみな、十八歳である自分よりはるかに年下だ。それでも、まるで嵐が来る前のカモメのようにあっという間に駐屯地から逃げ出した。どのみち暑い季節が近づけば自分も、嵐からエネルギーを回収するため海岸地方に行かなければいけないのだけれど。

何かが起きたに違いないが、フィスクは過剰反応していると思えた。この伝言を見るとますますそんな気がしてくる。

フィスクは、ジーザン、ゾハヴ、ティーガンに危険が迫っており、もっと安全な場所に配置転換すべきだと感じているようだ。でも、あの断崖ほど安全な場所はほかにない。フィスクは行ったことがないから、部隊が、いや人ひとりでさえ、あそこをこっそり這い上がるのがどんなに難しいかわからないのだ。浜辺にストームダンス族が四人もいれば、断崖下の細道を渡ろうとする者など誰でも海に吹き落とせる。怖がるなんておかしい。

　とにかく、ヘリは肩をすくめて、陣取っていた駐屯地の主要門の脇から立ち去り、滞在先の宿に寄って荷物をまとめると宿泊代を払った。実家に立ち寄ろうかと一瞬思ったが、それでは移動日数が二日延びてしまう。第一、両親は三、四時間の滞在では解放してくれないだろう。山ほど質問を浴びせかけ、ひと晩泊まっていけと言って聞かず、結局合計三日のロスだ。フィスクは慎重になりすぎていると思えたけれど、その手腕はやはり認めざるをえない。とんでもない救出劇を計画し、みごと成功させたのだから。

　あの晩のことを思い出すと誇らしくなる。ジーザンが嵐を呼んでヘリがそれを操り、イレーナとヴァレクほか大勢の仲間をクリスタル駐屯地から救い出したのだ。ストームダンス族の魔術を使ってあれほどのことを成し遂げたのは初めてだったし、怖かったけれどわくわくもした。そして自信にもなった。ジーザンの双子の姉ゾハヴが巨大な水の球を降らせて衛兵を次々に押しつぶすのを見て、三人だけで《結社》を負かせると思えた。もちろん、翌日には現実を突きつけられた。乾燥した穏やかな晴天だったので、誰も助けられなかったからだ。

　ヘリは厩舎に行き、愛馬に鞍をつけた。灰色と白の斑の牡馬サンダーはエネルギーにあふれ、武者震いしている。でもその名のとおり、落雷よろしく初めこそ元気いっぱいだが、進むにつれて歩みが遅くなる。持久力をつけようと訓練を続けてはいるし、もちろん徒歩と比べれば速いが、本当はサンドシード産の馬が欲しかった。サンドシードの馬なら三日で断崖に到着するだろうが、サンダーの場合四日で着ければ御の字だろう。


移動を始めて五日目の朝、ヘリはサンダーに跨った。寝袋で寝ても平原の硬い泥板岩で背中が痛み、大洞窟にある自分の簡易ベッドさえ羽根布団に思える。

その日の午後にようやく断崖にたどりつき、すがすがしい湿った風が出迎えてくれた。はるか下方に見える海の潮の香りを胸いっぱいに吸い込む。リズミカルな波音をときどきカモメの甲高い啼き声が切り裂いた。日差しで海面がダイヤモンドのようにきらめく。わが家だ。


ヘリはつかのま美しい景色を堪能した。風が断崖を波状に削って、岩にはでこぼこの模様ができている。そこに海水がいくつもの穴を穿ち、ストームダンス族はその洞窟を生活空間や寝室にしたり、倉庫として利用したり、ガラス細工用の窯を置いたりしている。白石炭と熔融ガラスの甘い匂いが潮の香りにまじって漂っている。ガラス職人たちが、目前に迫った嵐の季節のためにせっせとガラス球を作っているのだろう。

サンダーに細道を下らせようとしたものの、頑として動こうとしない。何度もここに来ているのに、ヘリが横を歩かない限り絶対に下りないのだ。

「まるで大きな赤ちゃんね」ヘリは馬から降りた。「さあ、急げばライデンお手製のシーフード・チャウダーにありつけるかも」考えただけでお腹がグウグウ鳴る。

　半分まで来たところで、暗い灰色の雲が集まるのが海の彼方に見えた。二、三日もすれば嵐がやってくるだろう。例年より早いけれど、嵐は暦を守らないというのは長年嵐と付き合う中で学んだことのひとつだ。視線を下方に向けると、ケイドが岩の突き出した突端に立っている。打ち寄せる波は、そのケイドのお気に入りの監視地点で二つに分かれて岩に叩きつける。

　ヘリとサンダーが砂浜にたどりつくころには、ケイドは岩を縫うようにしてこちらに近づいてきていた。ヘリは待った。結局のところ、ケイドが一族のボスなのだ。用心深い表情で足早に砂浜を歩いてくる。肩までの長さの茶色の髪が風になびき、ヘリも自分の長い茶色の髪を耳にかけた。日差しと海がふたりの髪をブロンドに輝かせる。

「ずいぶん早いじゃないか。何事だ」近くまで来るとケイドが言った。

　ヘリはため息をこらえた。ケイドはいつだって真面目すぎる。ほんの五日早く着いただけではないか。ヘリが交替するのは暖かい季節が終わる日なのだ。

「フィスクから伝言をもらったの」と答え、フィスクの懸念について話した。

　ケイドは鼻を鳴らした。「シティアでここほど安全な場所はほかにない」

「わかってる。彼らはどこ？」

　ケイドは海岸を示した。「ジーザンは波乗りをしている……というか、挑戦中だ。姉さんのほうは泳いでる」

ヘリはぶるっと身体を震わせた。「あんなに冷たい水で？」

「ふたりにとってはそうでもないらしい。イクシアの海と比べたら温かいそうだ」

「ティーガンは？」

「ライデンを手伝っている」

「フィスクの伝言はどうする？」

「みんなが集まるまで待って、夕食のときに話し合おう」

ヘリはサンダーを海岸の小さな厩舎に導いた。暑い季節の前後に多いのだが、天候が悪化すると、馬たちは退避用の洞窟に避難させる。

サンドシード産のムーンライトがいなないて出迎えた。額に白い月形の星がある黒馬だ。灰色のスモークも首を突き出した。三頭目は初めて見る馬だ。クリーム色の雌馬で、たてがみはブロンド。砂浜の砂の色となじんでいる。サンダーの世話をしたあと、新鮮な餌と水を与えてから、住居として使われている洞窟に向かう。

おなじみのシーフード・チャウダーのおいしそうな匂いが柔らかな毛布のようにヘリを包む。洞窟の中では大きな焚き火が燃えていた。ティーガンが貝の殻を開けている横で、ライデンが石炭の上でぐつぐつ煮える寸胴鍋をかきまわしている。

ライデンはヘリに気づくとにっこりした。駆け寄って抱きついたとたん、疲れが吹っ飛んだ。十二歳になったときから魔術を使い始めたヘリにとって、四十五歳の野営地管理人は代理父のようなものだった。とはいえ、ライデンはどの子に対しても、好むと好まざるとにかかわらず父親役を演じ、喧嘩が始まるとすぐに説教を始めた。ケイドでさえ、経験豊富なライデンにたいていは従った。

「早いご帰還だな」ヘリが離れると言った。

「あなたの料理が恋しくなって」

ライデンが鼻を鳴らす。「これ以上魚を食べたら鱗が生える、とか言ってなかったか？」

ヘリは手を振った。「それは去年、肉がみんな腐っちゃったときの話でしょ。あなただって三十日間、毎日魚介類ばかりだったとき、飽き飽きしてたじゃない」

「すごい量の貝でしょ」ティーガンがまたひとつ貝をこじ開けて中身をすくいながら言った。

ヘリはそちらに近づき、殻の山をまじまじと見た。「もうプロね。ほかに何をしてたの？」

「魔術の練習をして、能力の限界を試し、次の一大バトルのために準備をしてた」ティーガンは何気なくそう言ったものの、こわばった肩に緊張が見えた。わずか十四歳だというのにもう師範級の能力を見せつつあるが、使いこなすにはまだ経験が足りない。ヴァレクとイレーナを救出したとき、ティーガンはびゅんびゅん飛んでくる敵の矢からヘリを守る役目をした。凪ぎの場所をどこに作るか見極めるため、戦闘地帯から遠ざかるわけにいかなかったからだ。

「何か新しい情報はないの？」ティーガンが尋ねる。

「あまり」

「僕の両親や家族については？」

「ないわ、ごめんね」

ティーガンはしゅんとした。家族の様子がわからないのは辛いだろう。ヘリは彼の肩をそっと抱いてから、残りの貝を剥くのを手伝った。

まもなく全員が夕食のために集合した。ジーザンとゾハヴは身体を拭いてから飾り気のない灰色のチュニックとズボンに着替えた。ふたりの黒髪から水が滴っている。ふたりが双子だということは誰が見てもわかるし、兄のヴァレクとも不思議と似ていた。どちらも目の色はサファイアブルーで顔は細面だが、ジーザンのほうがよく笑うので、姉ほど厳しさはない。

ジーザンはヘリに明るくおかえりと言ったが、ゾハヴのほうは不安げに顔を曇らせた。

全員がチャウダーを持って焚き火のまわりに揃うと、ケイドからフィスクの言葉を伝えるように言われた。

「それだけ？」ティーガンが尋ねてきた。「移動しなければならない理由はなし？」

「あなたたちの身の安全のためよ」

「ここのほうが安全だよ」ジーザンが言う。「僕らに助けを求めているのでもない限り、ここを離れる気はない」

「理由として唯一思いつくのは、《結社》がおまえたちの居場所を嗅ぎつけたってことだ」ケイドが言った。

「だから何？　襲撃できるものならしてみればいいさ」ジーザンが勢い込んで言い、姉に睨まれた。

「僕が城塞に行って、もっと情報を集めてこようか」とティーガン。

「それこそ飛んで火に入る夏の虫よ」ゾハヴが言った。「相手がわたしたちの居場所を知っているなら、ここぞというタイミングを見計らっているだけ。でも、隠れるとしても、ほかにどこで？」

　誰も答えない。

「僕はどこにも行かない」ジーザンがくり返した。「ここでケイドから魔力についていろいろ学んでいる最中だし、嵐の季節は――」

「嵐はわれわれストームダンス族の問題だ」ケイドが言った。「でも君たち三人は、《結社》を止めるため不可欠な存在だ。連中はここでは手出しができないかもしれないが、ゾハヴが言ったように、君たちが戦闘要員として呼び出されるのを待ち、《平原》で待ち伏せする可能性はある」

「でも僕らは魔術が使える」ジーザンが言い返す。

「だが相手にはキュレアと零の盾がある」ケイドも反論した。

今度顔をしかめるのはジーザンのほうだった。「だけど僕ならここに嵐を呼べる」

ケイドがにやりとした。「もうたっぷり呼んでくれたよ。必要なエネルギーはすでに手に入ったというのに、嵐の季節はまだ始まってもいない。今は君の兄さんのほうが、そしてシティアが、君を必要としている」ケイドが言った。

「なら、あなたにも来てもらわないと」とジーザン。「味方に危害が及ばないよう嵐を操れるストームダンス族が必要だよ」

ヘリは息を詰めた。ケイドが彼らに同行するなら、この季節のあいだは自分がここで仲間たちを率いなければならない。責任重大だ。でも心のどこかに、一緒に行きたいと思っている自分がいた。だって、あのときみごとなチームワークで救出劇を成功させたではないか。だが、決めるのはケイドだ。

ヘリの心を読んだかのように、ケイドがこちらを見た。「わたしはここを離れるわけにはいかない。すでにエネルギーを詰めたガラス球は充分準備できたから、ヘリさえよければ彼女に行ってもらいたい。もしいやなら――」

「行くわ」不安と興奮が胸で渦巻く。
「いつ出発する？」ティーガンが尋ねた。
「朝いちばんに」ケイドが答える。「君たちがどこに行くかわれわれには教えないでくれ。
だが、フィスクには必ず伝言を送ること」立ち上がって深皿にもう一杯チャウダーを注い
だ。「さあライデン、彼らは計画を練る必要がある。われわれは席をはずそう」
ヘリは、自分たちが身を潜められる場所の候補をあれこれ考えた。それに、今の会話に
いくつか気になる点があった。
ケイドとライデンが立ち去ろうとしたとき、ジーザンが呼び止めた。「リーダーは？」
「少なくとも君じゃないぞ」ケイドはバイバイというように手を振った。
ジーザンが反論する前にヘリは言った。「わたしに任せて」
「なんで？」ティーガンが尋ねる。反対するつもりはなく、単に根拠が知りたいようだ。
「いちばん年上だし、シティアのことをよく知っている。それに経験もある」ヘリは理由
を挙げながら指を三本立てた。
「僕らだってもう十七歳になったところだ」ジーザンが言った。「それに全員クリスタル
駐屯地にいたことがある」
ヘリは、さっきの会話の気になる点が頭の中で稲妻のように繋がっていくのを感じなが
ら、ひらひらと手を振った。「いい考えがあるわ」

13 イレーナ

　喉にナイフを押しつけられていた。でも恐怖よりいらだちのほうが大きい。兵士たちに奇襲したはずが、逆に奇襲し返されたのだ。連中は、わたしたちが武器に塗り、矢尻にこめた眠り薬で気を失ったふりをしていただけだった。

「武器を下ろせ。今すぐ」わたしを羽交い絞めにしている男が命じた。

　本気だということをわからせようとするかのように、肌にひと筋痛みが走った。

　ヴァレクがオノーラのほうに目をやったが、姿はなかった。カーヒルの部下たちはヴァレクに視線を送り、指示を待っている。彼は投げ矢を構えてはいたが、薬に効き目はなさそうだ。理由はわからないけれど、考えている時間はない。

「そう慌てるな」ヴァレクは、兵士たちの気を逸らすためにわざと派手な動作で投げ矢を地面に置き、その隙に別の投げ矢を手に隠した。入っているのがバブバブジュースだといいのだけれど。どうやらほかの薬はどれも効かないらしい。ヴァレクは仲間たちに武器を捨てるように身ぶりで示した。

「話し合いで解決しよう。何が望みだ？」ヴァレクが尋ねる。

「無駄だ」わたしの背後の斥候が言った。「おまえら、全員を拘束しろ」

馬車に乗っていたふたりが飛び降り、席の下から手枷を取り出した。ふたりはまずヴァレクに近づいた。

ヴァレクは彼らが攻撃可能な位置に近づくまで待った。「今だ！」すかさず回し蹴りでふたりの手から手枷を蹴り飛ばした。

誰かに力いっぱい引っぱられて男の腕がわたしから離れ、次の瞬間、男の身体が前に吹っ飛んだ。男はそのまま地面に突っ伏し、動かない。横にオノーラが現れ、にやっと笑った。彼女がナイフを取り出し、カーヒルの部下たちも武器を拾い上げた。振り返ると、木々のあいだからキキの銅色の顔がのぞいている。ほっとして、わたしもボウを手に乱闘に加わった。

いや、加わろうとはしたのだ。でもヴァレクが敵のうちふたりを、オノーラも別のふたりを片づけ、さらにハンニ、ファクソン、スレイデンも腕の立つことを証明した。まもなく八人――男五人、女三人――は八本の木に手枷でくくりつけられた。わたしを羽交い絞めにした斥候はまだ意識を失っている。

「どんな殴り方をしたんだ？」ヴァレクがオノーラに尋ねた。

「あたしじゃない。キキが後ろ足で蹴り飛ばしたんだ。狙いは正確だったよ。あたしはイレーナをよけさせただけ」

ナイフを突きつけられていたことを思い出し、喉に触れると浅い切り傷から血が滲んでいた。ヴァレクがポケットからハンカチを取り出してそれを拭った。「大丈夫か？」

「平気。でも、キキにあとでオート麦入りミルクをあげなきゃね」わたしは拘束した兵士たちに目を向けた。「どうして眠り薬が効かなかったの？」

「話す気はない」ひとりが言った。

ヴァレクがバブバブジュース入りの投げ矢を見せた。「どうせ話す」

でも薬が効けば、の話だ。

「だがまずは……」ヴァレクは馬車に駆け寄り、わたしも続いた。彼がマーラと父の縄を解き、手枷をはずした。

ふたりの顔には痣ができ、手首や足首が擦りむけている。マーラは猿ぐつわをはずされると、わたしの腕に倒れ込んだ。わたしの肩に顔を埋めて泣く彼女を見て驚き、抱きしめる。ああ、まさか。わたしは恐怖で胸が締めつけられた。

父は手をさすった。ぼろぼろの服は泥や血で汚れている。「助けてくれてありがとう」

「大丈夫ですか？」ヴァレクが尋ねる。

「たいしたことはない。わたしは大丈夫だ。だが、かわいそうに、マーラはもっと辛い目に遭った」父は木にくくりつけられた兵士たちを睨んだ。

全身の血が凍りついた。ヴァレクとわたしはぞっとして目を見交わした。まさか連中はマーラを……？　考えたくもなかった。

マーラは身体を起こしてわたしから離れた。頬に流れる涙を乱暴に拭う。「わたし……」大きく息を吸い込んで続けた。「手足を縛られて何もできず、やつらの言いなりになるしかなかった」彼女がぶるっと身体を震わせた。

「乱暴されたのか？」ヴァレクがみんなの頭にある疑問を代弁する。

「いいえ。脅されて、やつらの手が……」またぶるっと震える。「でもレイプはされなかった」

みんながほっと息をついた。マーラがわたしの腕をつかむ。「リーフはどこ？」

「わからないの。あなたのあとを追ったと思っていたんだけど」

「それはない。もしそうなら、そばにいることをなんとかして知らせてくれたはずよ」

同感だった。「だとしたら、フルゴルにいるのかも」

マーラはうなずいた。「探さなきゃ」

「もちろん。だが兵士たちを尋問するのが先だ」ヴァレクが言った。

「なぜ連中に眠り薬が効かなかったのかはわかっている。例の交配種で……」父が馬車のほうに手を振ったが、荷台には干からびた葉がいくつか散っているだけだった。「眠り薬やバブバブジュースみたいな薬物に対する解毒剤を作っていたんだ。今のところ眠り薬の解毒剤しか見つけていないが、テオブロマに耐性を持つキュレアは手に入れた」

「バブバブジュースの解毒剤はどこまでできているんですか？」ヴァレクが尋ねる。

「わからん」

「じゃあ、連中で確かめよう」ヴァレクは兵士たちに薬を注入し、質問を始めた。残念ながら、彼らは命令に従っているだけの歩兵で、知識は限られており、唯一絞り出せた有用な情報は、警邏兵や、士官および囚人の警護担当兵士たちは、任務中は効果が継続する程度の眠り薬解毒剤を持っているということだけだ。

相手を無力化する別の薬物を見つける必要がありそうだった。父に何かアイデアがあるといいのだが。

兵士たちの尋問が終わると、ヴァレクは首を傾け、野営地に戻ろうと身ぶりで示した。

到着後すぐにヴァレクは言った。「全員でリーフを探すのは危険すぎる。イレーナに案内役を頼む。マーラとお父さん、オノーラをオウルズヒルに連れていってくれ。それから《クローバーリーフ荘》でフィスクの部下が接触してくるのを待つこと。本部の新しい場所を教えてくれるはずだ。わたしが戻るまでみんなで一緒にいてくれ」

どうも気に入らなかったので、尋ねた。「あなたはどこに？」

「フルゴルだ。リーフを探しに行く」

一緒に行くとごねるべきか悩んだ。でも、今はマーラのほうがわたしを必要としている。

「わたしたちは？」ハンニが尋ねた。「駐屯地には戻れない。あなたがたを助けたのを、兵士たちに目撃されてしまった」

「《ラッキーダック荘》に行って」わたしは言った。「そこでカーヒルと落ち合うことになっているの。彼がそこであなたに接触する」

ハンニは口を結び、内心の不安は表に出さなかった。

「もたもたしてはいられないよ」オノーラが言った。「今倒れてる連中は道から丸見えだし、連中が現れないとなったらブルンズが人をよこすはずだ」

奇襲のあいだ、キキが全六頭の馬をおとなしくさせておいてくれた。うち三頭にはカーヒルの部下たちが乗り、マーラと父にひとり一頭ずつあてがわれた。馬車と残りの一頭はその場に残すことになった。

「捕らえられてすぐ、連中に草木を全部捨てられてしまった」父が残念そうに言った。

今の言葉でハーマンの木の絵のことを思い出し、父に見せた。「これが何かわかる？」

父が絵をのぞき込んだ。「これはみごとだ。おまえが描いたのか？」

わたしはオノーラを指した。「彼女よ」

たちまち父の機嫌がよくなった。「ぜひわたしと一緒に密林探索に来るべきだ。細かいところまでよく描けている」

褒められてとまどったのか、オノーラがひょこっと会釈した。

「父さん、この植物を知ってる？」改めてわたしは尋ねた。「ハーマンの木と呼ばれてるんだけど、詳しいことは何もわからないの」

「その名前も、この外見も記憶にないな。申し訳ない」父は紙をわたしに返した。残念だけど、尋ねてみる価値はあった。

オニキスに乗る前にヴァレクがわたしを抱き寄せて、じゃあと言った。「もしオウルズヒルで会えなくても、城塞で。必ずリーフを連れていく」

わたしは彼の腕をぎゅっと握った。「もしリーフが捕まっていたら？」

「救出するよ」

「でも……」あなたまで捕まって殺されたら？　その先は口には出さずに唇を噛んだ。でも信じよう。ヴァレクを信じなければ。「気をつけて」

「君もそうしてくれるなら」

「わたしが危険なことをしようとしたとして、オノーラが許すと思う？」

「オノーラの言うことを君が聞くとでも？　騙されないぞ」

わたしは笑った。「わかった、気をつけると約束する」

ヴァレクがわたしに唇を重ねた。早くすべてが解決して、日々のありふれた問題だけを考えていればいい普通の家族になれたらいいのに。身体を離したとき、ヴァレクの燃えるようなまなざしは君を守りたいと訴えていた。

「またわたしを塔にでも閉じ込めたいと考えてる？」わたしは茶化した。

「ふたりで閉じこもりたいよ」

「同感」今度はわたしからキスをした。それからキキに飛び乗り、軽く手を振るとオウズヒルをめざして南に向かった。

　特に何事もなく過ぎた二日間の移動のあいだ、マーラは無言だった。わたしは父に《結社》について、そして自分の身に起きたことについて説明した。父はまもなく生まれる孫と新たな義理の息子のことは喜んだが、正式な書類を政府に提出しない限りシティアでは結婚が認められないし、それは《結社》が国を牛耳っているあいだは無理だろうと言った。

　町にふたつしかない宿屋のひとつ《クローバーリーフ荘》にたどりつくと、みんなで一緒にいられるよう、寝室が四つある最上階の部屋を借りた。宿に入ったとたん、過去の記憶が甦（よみがえ）ってきた。そこは、六年ほど前にローズ・フェザーストーンと《編み機（ワーパー）》たちと戦ったときの作戦本部だったのだ。大きな賭けだったたし、計画どおりにはいかなかった――ムーンマンをはじめとする大勢の犠牲者が出た――が、最終的にはわたしたちが勝利し、シティア議会が復権した。

　そういえば、あのときもわたしは魔力が使えなかった。魔力を引き出せば、ローズに居場所が知れてしまうからだ。今回の問題のほうが規模が大きいが、状況はそう変わらない。

　考えるうちに頭の中で新たな可能性が膨らんできた。魔力なんて必要ない。何年ものあいだ魔力に頼り、多くの人を助けてきたのだから、恋しくないと言ったら嘘になる。でも必ずしも必要はない。わたしには、魔力がなくても問題を解決する力があるのだ。

目覚めて魔力を失っていることを知ったあのとき以来、初めて自分を受け入れることができた。ぐずぐず悩んでいないで一歩踏み出す潮時だ。魔力が戻るかどうかは、赤ん坊が生まれてみればわかる。

急に力が湧いて、部屋から飛び出す。父はソファで植物の本を読み、マーラは肘掛け椅子で膝を抱えてお茶を飲んでいる。わたしはオノーラを呼んだ。

彼女はナイフを手にすかさず飛んできた。

「驚かせてごめん。でも、リーフを待つあいだ、訓練を再開したいの」

オノーラは窓の外に目をやった。「今？　もう暗いよ」

「暗殺者にとっては暗いほうが有利じゃない？」

「暗殺者になりたいのか？」

「いいえ。でもその技術を全部身につけたい」

「わたしも」マーラが言い、カップを勢いよく置くとすっくと立ち上がった。「誰も殺さなくても暗殺者になれるもの？」

オノーラが困ったようにマーラを見た。「さあね……無理じゃないかな」

「暗殺技術を持っている一般人を呼ぶ言葉はないのかしら」とマーラ。

「ある。危険人物よ」わたしは告げた。

マーラは目をきらきらさせて両手を擦り合わせた。「へえ、いいじゃない。わたし、危険人物になりたい」

わたしはオノーラと顔を見合わせた。

「彼女がこれから、あんたやリーフと一緒にあちこち行くことになるなら、護身術を身につける必要はあるね」オノーラが言った。

「わかった。じゃあ始めよう。父さんも闇の中を忍び足で歩く方法を覚えたい？」

「わたしはおまえが生まれる前から闇の中を忍び足で歩きまわってる。そもそも、母さんの香水の原料となる夜間開花する花々をどうやって手に入れていると思う？　ああいう花はほんの少しでも光を感じるとたちまちしぼんでしまうんだ。森豹に食われたり首飾り蛇に絞め殺されたりせずに夜の密林を歩きまわれるなら、暗殺者になる訓練はいらんよ」

「単に〝いや〟と答えればいいだけなのに」わたしはからかった。

「それじゃ面白くも何ともない」

「リーフのユーモアのセンスがどこから来たか、これでわかったよ」オノーラが言った。

フィスクからの伝令を待つあいだ、マーラとわたしはオノーラから役に立ちそうな技術をあれこれ教わった。

「短時間だけ明るい部屋に入るとき、せっかく暗がりに慣れた目を保ちたければ、片目を閉じておくといい。また暗闇に戻ったときにその目を開けると、ある程度は見えるんだ」

オノーラはまた、しぐさの意味や、あまり音をたてずに移動する方法も教示してくれた。

「歩くときになるべくバランスを保ち、脚をちゃんと持ち上げることがコツなんだ。たいていの人は怠けて足をずるずる引きずる。ブーツを履くならゴム底のほうがいい」

「あなたはどうしてブーツを履かないの？」マーラが尋ねた。

「あたしの場合、どんな靴底より裸足のほうが足場を確保しやすい。それに、踏んづける前に枯れ葉だとか小枝だとか音を出しそうなものを感知できる。あたしにとっては、靴を履くのは手に手袋をつけるようなものなんだ。感覚が失われる」

夜遅く、あたりが静まり返ってから、実践練習をした。でもわたしたちはブーツを履いたままにした。オノーラは物心ついてからずっと裸足で過ごしているからこそ、地面のでこぼこや冷気にも耐えられるのだ。

「軍隊時代はブーツを履かなきゃならなかったけど、できるときはいつでも脱いでた」

護身術は、オノーラとわたしでマーラに教えた。訓練をしていれば、ヴァレクやリーフのことを心配せずにいられたし、フィスクからの伝令がなかなか現れない理由をあれこれ想像せずにいられた。二日もすると、マーラはいつものマーラに少し戻った。こんなに短時間ですべてを覚えきれるわけではなかったが、進歩する第一歩を踏み出した。

三日目の朝、みんなで朝食をとっていると、オノーラが尋ねた。「いつまでフィスクを待つ？」

いい質問だ。「いつも約束を守るフィスクが遅れるってことは、城塞で何か起きたのかもしれない。今戻ったら危険かも」

「あたしが斥候役として様子を見てこようか」

「もう一日待ってみよう」ここまでの休息時間はマーラだけでなく、父の回復にも役立った。痣がだいぶ薄くなり、顔に刻まれた皺（しわ）も消えてきた。それに、いったん城塞に戻ればさっそく研究に没頭し、身体をいたわることなど忘れてしまうだろう。

その日の午後、ソファでうたた寝をしていると、大声で叩き起こされた。オノーラが両手にナイフを持ち、戸口に立っている。わたしも飛び出しナイフを出して近づいた。

「どうしたの？」囁き声で尋ねる。

「言い争う声がする。何でもないかもしれない。ここで待ってて」彼女はそっと出ていった。

わたしは三秒ほど待ってからあとを追った。オノーラはきしむ場所を上手に避けながら忍び足で階段を下りていく。わたしが後ろにいるのに気づき、眉をひそめた。

下りるにつれて言い争いの声が大きくなった。二階に到着したとき、声の主が誰かわかった。一階に続く階段の途中で宿屋の主人がふたりの男を通せんぼしている。筋骨隆々の男のほうが上から威嚇し、もうひとりが剣の柄に手を置いて睨みつけていることを考えれば、小柄なのにその主人もたいしたものだ。

「……上にはお通しできません」主人は言い張った。

宿の主人に、わたしたちがここにいることはできるだけ隠してほしいと頼んでおいたのだ。もちろん地元民には到着を見られているし、外に買出しにも行かなければならなかった。だが主人は、見知らぬ人間や兵士には話さないと約束してくれた。フィスクの伝令ならやすやすとすり抜けられただろうが、このふたりはちょっとやり方を間違えている。

「ばかな連中だ」オノーラがつぶやく。

「いいのよ、その人たちは友達だから」わたしは宿の主人に言った。

「友達？」ジェンコが胸に手を当てて言った。「傷つくなあ。俺たち家族だろう？」

会えてあんまり嬉しくて、つい駆け寄った。アーリがわたしを抱き上げる。

ジェンコがにっこりした。「おまえがここにいることはわかってたんだ。アーリのやつ、相変わらず心配性でさ」

オノーラは剣を鞘に収めた。「これでもう半径三十キロ以内にいる人間全員に、あたしたちがここにいるってわかってしまった」

ジェンコが両手を上げる。「俺のせいじゃない。過保護スイッチが入ったときのアーリを知ってるだろう？　このおちびさんをぶっ飛ばさなくてよかったよ」

「言葉に気をつけろ」宿の主人はジェンコに指を突きつけた。「部屋を借りるつもりなら、このおちびさんはお代を二倍にするからな」

「悪かったよ、旦那」ジェンコが言った。「だが、ここにいる相棒と比べたら俺だっておちびさんだ」

主人も渋々認めた。

「とにかく、ふたりには同じ部屋に来てもらうわ。さあどうぞ」アーリにやっと下ろしてもらったわたしは、彼らを五階に案内した。

マーラと父は、わたしたちが部屋に入ろうとしたとき居室の真ん中で武器を構えていたが、アーリとジェンコに気づくと緊張を解いた。

ジェンコはすぐにどさりと椅子に座り込んだ。「夜通し移動してきたんだ」

「何があったの？　二日前に助っ人の誰かが来るはずだったのに」

「その予定だったが、城塞でいろいろ騒動が起きて」

「騒動？」マーラが尋ねた。

「警邏兵が増やされて、東門以外のすべての門が閉鎖され、東門の衛兵の数も二倍になった。今じゃ城塞に出入りする者全員がチェックされている」

それはまずい。「中に入るのは相当難しそうね」

「おまえはまず無理だ」

「変装していても？」

「ああ。頭巾を脱がせて鬘かどうか確かめ、幻影魔術の有無まで魔術師が確認する」

「でもあなたたちは中に入り込んだ」

「いや、試そうともしなかった」アーリが言い、ソファに沈み込んだ。疲労で顔がげっそりしている。「フィスクが城塞に続く道に部下を待たせていた。彼らが僕らを見つけ、この合流場所に送られたんだ」

「いつ厳戒態勢になったかわかるか？」オノーラがアーリに尋ねる。

「四日前だ」

「あたしたちがマーラとイーザウを救出した日だ」とオノーラ。

「救出？」ジェンコが訊き返した。

カーヒルが漏らした情報のこと、襲撃、ヴァレクがリーフを探しに行ったことを話した。

「ヴァレクなら見つけるさ。絶対に」ジェンコが請け合うのを見て、マーラは微笑んだ。

マーラの嬉しそうな顔を見てほっとした。厳戒態勢になったタイミングを考えると、ブルンズの魔術師たちが高感度通信器を使って各駐屯地と城塞のあいだで連絡を取り合っているのは間違いない。

「今は誰も城塞には来ないほうがいいとフィスクは考えている」アーリが言った。「なんとか状況を見極めて、城塞外だが人の出入りが監視できるところに本部を見つけるつもりらしい。それには数週間ほどかかるかもしれない」

「でも――」

「フィスクから預かった荷物が鞍嚢に入っている」アーリは父のほうに首を傾けた。「バヴォル・ザルタナ議員の資料全部と、例のガラス板が配達された農場の場所です」

　完璧だ。さすがフィスク。

「それと、フィスクが言うには、その農場の所有者はザルタナ議員らしい」

なんと。

　ジェンコがすっくと立ち上がった。「俺にも大ニュースがあるぞ！《結社》がテオブロマとキュレアを製造している場所を見つけたんだ。しかも庭師長にも遭遇した！」

　驚いてアーリを見る。「どうして先に言わなかったの？」

「ジェンコは庭師長だと思っているが、確かなところはわからない」

「で、誰なんだ？」父が尋ねた。

　ジェンコは重大報告でもするかのように大きく息を吸い込んでいったん止めたあと、一気に吐き出した。「見覚えはある顔だが、名前が思い出せない。ずっといらいらしてるんだ」

「どんな風貌？」わたしは尋ねた。

「シティアのどこにでもいそうな感じさ」とアーリ。「ジェンコにはまったく芸術的センスがないが、描写力も同じくらいない。ジェンコのごちゃごちゃの頭の中に分け入って問題の人物を探し出してくれる魔術師でも見つかればいいんだが」

「バヴォルじゃないのか?」父が尋ねた。

「違う。バヴォルには会ったことがある」

「その工場に行って当人の顔をじかに見ればいい」わたしは訴えた。「ついでに妨害工作をして、供給ルートを遮断してやるの」

「工場がそこだけならな」ジェンコが言った。「グリーンブレイド族領の森の中にあるんだが、幻影魔術で隠されていた」

リカ・ブラッドグッドのしわざだろうか? 彼女は幻影魔術の強力な使い手で、オーエンの側近のひとりだ。イクシアの最高司令官の城にいたことが確認されている。

「そのうえ敷地が広大で、厳重に監視されている」アーリが続けた。「それだけ大規模なことをするなら、《結社》壊滅作戦の一環として計画する必要があるだろう。フィスクの伝令の話では、計画は大幅に変更されたようだが、どう変わったのか僕らは知るよしもない」

「いずれにしても、もっと情報が必要ね」

ジェンコはポケットに手を突っ込み、木の葉をつかんで出した。「温室のひとつでこれを摘んできた」そう言って父に渡す。

欲しかったプレゼントをもらったかのように、父の緑色の目が輝いた。その温室に父を潜り込ませることさえできれば。

「無理だ」わたしがちらりとそれを口に出すと、ジェンコが即座に却下した。「俺が捕まってから、さらに監視が厳しくなったんだ。それですごすご逃げてきた」

ほかの選択肢について考えるうちに、アヴィビアン平原にあるという温室のことを思い出した。可能性について説明する。「温室を見つけたら、何か役立つ情報が手に入るかもしれない。グリーンブレイド族領の温室に行くのはそれからでも遅くないわ。フィスクが態勢を立て直すあいだ、ただ待つだけじゃもったいない」

「リーフとヴァレクはどうするの？」マーラが尋ねる。「何も知らずに城塞に入ろうとしたら捕まるわ」

「フィスクの仲間たちに途中で事情を伝えてもらえばいい。どこに行けと指示する？」アーリが言った。

「平原を越えてストームダンス族領に入ったあたりに旅小屋がある。リーフなら場所を知っているわ。みんな、そこに集合しよう」

翌朝に出発するよう、計画を立てた。オノーラがジェンコとアーリに部屋を明け渡し、わたしの部屋の余分なベッドに移ってきた。

「賞金稼ぎの暗殺者が連中をつけてきたってことはないかな」オノーラが言う。

「聞こえてるぞ」ジェンコがドアから顔を突き出した。「俺たちの能力をそこまで見くびってもらっちゃ困る」

「宿の主人との騒動を見たあとじゃ、あんたたちの能力とやらを見くびりたくもなるよ。それに、あたしはイレーナの身の安全をヴァレクから任されてるんだ」

ジェンコが笑った。「そいつはご愁傷様」

できるだけ人の注意を引きたくなかったので、翌朝わたしたちは順に出発した。父はジェンコと、マーラはアーリと、オノーラはわたしに付き添った。こちらを気にしている者はいなかったとは思うが、腕のいい密偵なら住民の中にうまく紛れ込んでいるはずだ。

城塞の数キロほど東で集合し、フィスクの歩哨(ほしょう)と接触した。

「城塞はまだ騒がしいの？」少年に尋ねる。

「うん。離れていたほうがいいよ」

「フィスクに伝えてくれる？　わたしたちが向かおうとしてるのは――」

「それはどうかな」オノーラがわたしを遮った。「行き先は伏せておいたほうが安全だ」

「フィスクはもう知ってるよ」ジェンコが言う。

「じゃあ教える必要ないじゃないか」オノーラが答える。

「あなたたちがここを通過したってことだけ報告するよ」少年は言った。

「もしリーフとヴァレクを見かけたら……」アーリは集合場所について説明した。

「ほかの仲間にもそのふたりに注意するように伝える」

「ありがとう」わたしはキキを南西方向に向かわせた。途中で野宿したり旅小屋に泊まったりするより、できるだけ農場に近づいておいたほうが安全だ。キキは速いペースで進み、真夜中過ぎには農場に到着した。敷地の縁に沿って進み、農地と農地に挟まれたような低木林を見つけた。野営するのにぴったりだ。

「本当に人目につかないかな」オノーラがあたりを見回す。「それほど大きな林じゃないし、茂みもまばらだ」

「このあたりの農地には何も植わってない」ジェンコが答えた。「誰も来ないさ」

「どうしてわかる?」アーリが木々の向こうを身ぶりで示す。「あっちは真っ暗だ」

「月明かりで、新たに耕された跡がないのは見える。それに、肥料の臭いを嗅ぎ分けるのに光は必要ない。今は暖かい季節だ。やる気のある農家ならとっくに何か植えてるさ」

ジェンコは周辺を確認してくると言うと立ち去った。

「火を焚くか?」父がわたしに尋ねた。

「いいえ。ひょっとするとまわりに人がいるかもしれない」

「最初の見張り番はあたしがやる」とオノーラ。

「じゃあ僕が二番目だ。そしてしんがりがジェンコ」アーリが言う。

て」
「だめ」わたしは胸を指さした。「わたしがしんがり。ジェンコが戻ってきたらそう伝え
　アーリはこちらをじっと見て言った。「ジェンコに話してくるよ」
　ジェンコとは天気の話でもして、わたしの見張り番のことはうやむやにしようとしてい
る気がする。わたしは寝袋を広げながらジェンコを待とうとしたが、暖かな毛布に潜り込
んだとたん目を開けていられなくなった。
　朝方ジェンコに起こされた。どうしてこんなに待たせたのよと噛みつくと、ジェンコは
目をぱちくりさせてしらばっくれた。
「わたしだって見張り番ぐらいできるわ」
「すごい偶然だ。俺だってできるぞ」ジェンコはにっこり笑うとこちらに身を乗り出し、
声を低めた。「できないことといえば、赤ん坊をお腹の中で育てることだ。それに卵を温
めるのも無理だ。やってみたがズボンの尻を汚しただけだった」
「何が言いたいの」
「わかりきったことだ」ジェンコの表情がやさしくなった。「赤ん坊のために眠れるとき
に眠っておけ。あとで休める保証はないんだ」それから朝日のほうに顎をしゃくる。「そ
うは言っても、短い夜だったけどな」
　そのとおりだ。わたしは小枝を集めて小さな焚き火を熾した。陽が昇れば炎もそれほど

目立たない。ほかの仲間も起き出して伸びをし、わたしはお茶を淹れるためにお湯を沸かした。

「見張り番のときに農家を偵察してきた」ジェンコが言った。「もぬけの殻だったよ」

「どうしてわかる？」と父。「夜だったら、誰かいても寝ていたのかもしれない」

「寝ていたにしろ、何かしていたにしろ、家には誰もいなかった」

　アーリがじろりとジェンコを睨む。

「何だよ？　こそこそするのは飽き飽きなんだ。これでもう抜き足差し足する必要はない」

「何か見つかった？」わたしは尋ねた。

「ずいぶん前から空き家って感じだったな。家具もほとんどなかった。あるのは埃と蜘蛛の巣だけ。もし何かあったとしても、暗くて見えなかった」

　わたしたちは急いで朝食をとると、農地の中心に並ぶ建物群のほうに向かった。茶色くなった去年の刈り株のあいだに、雑草やトウモロコシの芽がいくつか出ている。草についた露が日光で輝いている。気温が上がりだすと、大地から草やタンポポの新鮮な匂いが香り始めた。あと十日もしないうちに暖かい季節が終わり、つまり赤ん坊は約十六週ということだ。チュニックの下の小さなふくらみに触れる。目立ち始めるのはまもなくだろうし、そうなればもう妊娠を隠しておくことはできない。そもそもブルンズに捕まったときに赤ん坊のことは《結社》に知れているはずだ。だからといって、連中がわたしを生かしておくとは思えなかった。

二階建ての石造りの農家の周囲は広いポーチに囲まれていた。その背後には木造の厩舎、納屋、小屋が二棟。どれも修理や壁の塗り直しが必要だ。

わたしたちは三手に分かれ、ガラス板や温室の場所について何か情報はないかと探した。オノーラとわたしは農家を担当した。ジェンコが言ったとおり人気（ひとけ）はない。バヴォルがいないあいだに不法に住む者もいなかったようだ。

わたしは事務所を、オノーラは家の中のほかの部分を調べ始めた。机の引き出しにしまってあった紙ばさみの中身を読んだが、バヴォル・ザルタナ宛ての請求書しか見つからない。でもこれでバヴォルが板ガラスをこの住所に送らせたことが裏づけられた。もっと情報が見つかればよかったのだが、温室が発見されれば何かわかるかもしれない。

何か見つかったかと尋ねたが、オノーラも首を横に振った。外に出てほかの仲間にも確認してみた。やはり情報はなし。

「土地は肥沃だ」わたしが尋ねると、父は答えた。「ミミズがたくさんいる」

「つまり行き詰まったってこと？」マーラが尋ねる。

「いいえ。このあとアヴィビアン平原に移動して、キキに温室のありかを探してもらう」

わたしは馬たちのほうに目をやった。サンドシード産はキキだけだ。ほかの馬たちは平原を守る魔法に惑わされはしないだろうか？　乗り手のほうは？

「わたしが平原を探すから、みんなはここで――」

「だめだ」アーリが言った。「一緒に行動しないと」

ジェンコが胸をぽんと叩いた。「魔法の影響は全員受けずに済むんじゃないのか？　アーリと俺は零の盾を持っているし、マーラとイーザウはわずかながらサンドシード族の血を引いている」

「それで馬たちも平気かどうか、正直わからない」

「馬たちはキキが目配りしてくれるさ」アーリが胸を張って言った。

「オノーラはどうするの？」わたしは尋ねた。

「キキには彼女を乗せよう。キキが守ってくれる」

キキのほうを見ると、こくんとうなずいた。一枚うわてだ。わたしは素直に負けを認めた。革袋に水を満たしてから、それぞれ馬に跨って南の平原をめざした。たどりつくのにたいして時間はかからなかった。低い草の草原が終わり、背の高い草に覆われたなだらかな起伏が目の前に広がる。丘と呼べるほどではないが、ホースの蹄の下に感じる大地はけっして平坦ではない。

キキに追いつくと、頼んだ。「ガラス製の温室を見つけて」キキが読みとってくれるよう温室の外観を思い浮かべ、白石炭の甘い匂いを記憶からたぐり寄せた。

同行している馬たちがいるので疾風走法は使えないため、キキは襲歩に切り替えた。ペースはキキが決め、大きく右に左にカーブしながら平原の奥へと切り込んでいく。そうして二日後に、小山の頂上で足を止めた。遠くでガラスの建造物が日光を反射していた。

ジェンコがマダムから降りた。「俺に任せろ」

「あたしも行く」オノーラが言う。

ジェンコは鼻に皺を寄せたが口はつぐんでいた。わたしはホースに乗ったまま、草原の中、温室へと向かうふたりに目を凝らした。草は風に吹かれて大きく揺れている。じれているせいか、やけに時間がかかっているように思えた。そのとき、かすかに草が擦れる音がした。ジェンコが戻ってきたのだ。

「それで？」わたしは尋ねた。

「俺がグリーンブレイドの工場で見たのと似たような植物でいっぱいだった。そして、その世話をしている者もいた」

父が身を乗り出す。「誰かわかったのか？」

「ああ。聞いたらショックを受けるだろうな」

「教えて」わたしは促した。

「おまえのいとこ、ナッティだ」

14
ヴァレク

服にイレーナの香りがまだ残っている。ヴァレクは道の真ん中に立ち、彼女が角を曲がって見えなくなるまで見送った。別れるたびに辛さが増していく。思わず追いかけたくなったが、気持ちを抑えてオニキスの背に跨った。舌を鳴らして馬を南東方向に向ける。めざすはムーン族領の首都フルゴル。リーフを探すのだ。

四日後に到着したが、途中、リーフに出くわすことはなく、彼や彼の馬の痕跡も見当らなかった。午後の日差しで背中が熱い。あと十一日もすると暖かい季節が終わり、いよいよ暑い季節に近づく。

人通りの多い繁華街は避け、《スイート荘》というみすぼらしい宿で小部屋を取った。厩舎まがいのおんぼろ小屋にオニキスを繋ぐと、目立たない服に着替え、顔に粘土や化粧を施して変装した。

フルゴルに派遣していた密偵は、前の季節に正体を暴かれ、イクシアに送り返されてしまったので、その日はリーフがいそうな場所をしらみつぶしに訪ねた。陽が頭上にさしかかるころには、希望もしぼみ始めた。オパールの工房を監視している衛兵を目にしたとたんぞっとしたが、やすやすと目を盗んで入り込む。中は静かで冷えきっていた。本来ガラス工房が冷えきることなどありえないのだが。もちろん人気もない。悪い予感がした。めぼしい場所を調べ終わると、頭のいい男だから、フルゴルの警備隊が目を光らせているとわかっていたはずだ。では、リーフの馬ルサルカは？ 町の厩舎という厩舎を訪ねたが、見当たらなかった。陽が沈んで何時間も経ち、策も尽きて、腹も減っていた。ヴァレクは《豚小屋亭》に行くことにした。ついでに、お気に入りの食堂で夕食をとるほどリーフが間抜けかどうか確認しよう。

《豚小屋亭》はいつものように混んでいたが、どこか緊張感が漂っている。その原因はすぐにわかった。四人の兵士がカウンターに座っているからだ。オパールの友人の警備官ニックとイヴのいつもの席は空いている。そういえばふたりの部屋ももぬけの殻だったのだ。ヴァレクはカウンターから離れたテーブル席につき、給仕係にビーフシチューとエールを一杯頼んだ。名前からは想像できないが、店内は清潔だ。常連客がこちらをじろじろ見てくるものの、ヴァレクは無視した。

注文の品を持って戻ってきた給仕係が、ヴァレクの手に紙を滑り込ませた。顔を上げて、ニックの双子の兄であるイアンとつかのま目を合わせる。いやな予感がして食欲を失い、とりあえず紙を開く。リーフ、デヴレン、リーマは捕らえられて駐屯地の牢屋に閉じ込められており、ニック、イヴ、オパールは任務で留守だと書かれていた。

くそ。リーフを救出すると約束したからには、わずかな選択肢の中から策を練らなければならない。フィスクの助っ人たちはすでに呼び戻されてしまったし、代わりの密偵を再配置する時間はなかった。警備隊のニックとイヴの同僚の何人かは協力してくれるかもしれないが、ふたりがいないのにこちらの指示どおりに動いてくれるかどうかは疑問だった。しばらくは単独行動するしかないだろう。

それから三日間は駐屯地を監視し、物資の配達スケジュールを確認した。毎晩数人の兵士が町に繰り出し、数時間後に千鳥足で戻る。四日目の夜、ヴァレクは盗んだ制服を着て、酒場から戻るその一団に紛れ込んだ。門のところの衛兵はぞんざいに腕を振って全員を通し、番小屋で待機する魔術師も通り一遍の探りを入れただけでまた眠ってしまった。

今回は偵察するだけなので、なるべく物陰に潜んで敷地内を調べ、施設の全体図をつかもうとした。朝になったところで食堂に入った。テオブロマを含む食べ物は避けてリンゴをかじりながら周囲の会話に耳を澄ます。デヴレンとリーフの顔を探しながらヴァレクは考えた。ここにいるとすれば、ふたりはもう洗脳されてしまったことになる。それともまだ牢屋にいるのか？

少人数の一団と一緒に食堂を出たが、彼らが訓練所に向かったところで離脱し、牢屋のほうにまわった。平屋の建物の周囲をびっくりするほど大勢の衛兵が囲んでいる。誰か重要人物が中にいるということだ。間違いなくリーフだろう。《結社》は、イレーナとヴァレクがリーフを救出しに来るのを待ち伏せするつもりなのだ。だが、こんなに早く現れるとは思っていなかったかもしれない。もっとも、中に忍び込んだはいいが、もしすでに洗脳されていたら、抵抗するリーフとデヴレンを連れ出すのは至難の業だ。もっとじっくり計画を練る必要がある。ヴァレクは夜まで過ごせる隠れ場所を探した。

厩舎の中をうろついていると、使い走りの子供が横で立ち止まった。「その変装、最低。そのうち見つかるよ」少女が囁いた。

相手の顔を見たとたん、安堵と不安が一緒に湧き上がってきた。「リーマ――」

「ここはだめ。ついてきて」

雑然と建ち並ぶ建物のあいだを抜けていくリーマのあとを追う。彼女は中でも小さな建物に入るとドアを閉め、角灯をつけてからこちらを向いて顔をしかめた。「わからないの？　これはあなたを捕まえるための罠なのよ？　すぐに逃げて」

ヴァレクはなだめるように手を振った。「まあ落ち着いて。状況を教えてくれ。どうして君は――」

「わかった。どのみち夜にならないとここを出られないもんね」リーマは小さなテーブルの横にあるふたつの樽を示した。帽子を脱ぐとブロンドの巻き毛がふわっと広がった。

「パパとあたしは、ママが出発して何日かしてから捕まったの。パパは牢屋に閉じ込められてるけど、あたしは無害だと思われたみたい。使い走りをさせるためにフルゴルで捕まえてきたホームレスの子供たちと一緒にされた。フィスクの助っ人たちと友達になって協力してたんだけど、リーフおじさんがここに連れてこられる直前にみんないなくなっちゃった」

「おじさんはどこ？」

「パパと一緒に牢屋にいる。ふたりはあなたとイレーナおばさん、それに町に戻ってきたママをおびき寄せるための餌なの」

「だからこんなに衛兵がいるんだな」

「うん。あなたが見てない二人組の衛兵が牢屋にいる」

「でも君は見たんだね？」

「もちろん。あたしがここでずっと何してたと思うの？」リーマはいらだたしげに言った。とても十一歳とは思えない大人びた口調だ。

「ここをよく知ってるようだね」

「隅から隅まで」リーマの青い瞳がきらりと光った。「パパとおじさんを助ける作戦はある？」

ヴァレクの頭の中ではさまざまな可能性が渦巻いていた。「ママはどこに？」

「ジュエルローズ族領のツァヴォライト」

なぜそんなところに？「どうして？」

「ジトーラ・カーワン魔術師範から助けを求める手紙が来たの」

これはいい知らせと考えていいだろうか？　もうひとり強力な魔術師が味方につくかもしれない？「偽物じゃないだろうな？」

「ママは本物だと思ったみたい。ニックとイヴが一緒に行った」

「いつ出発した？」

「六週間ぐらい前かな。途中、衛兵を避けながら進まなきゃならなかったはずだし、戻るときにはきっと待ち伏せされると思う」リーマはかわいい顔を心配そうに歪ませ、唇を噛んだ。

「わたしが君のお母さんを訓練した。待ち伏せなんてすぐに見抜くさ」

リーマが一瞬ほっとした表情になる。「パパとおじさんはどうする？」

ヴァレクは思案した。「ホームレスの子供たちはまだここにいる？」

「うん」

「われわれを助けてくれるかな？」

「もちろんだよ」

「よし、いいぞ。零の盾のペンダントは持ってる？」

「うん。フィスクの助っ人たちが二個置いていってくれた。でも、身体検査されるから埋めておいたんだ」

「どこに埋めたか覚えてる？」

「うん」

「じゃあ、君がここにいるあいだに知ったことを全部教えてくれ」

「全部？　退屈な決まりきった習慣なんかも？」

「そういうことこそ大事なんだ。最大のチャンスはその中から見つかる」

　夜明け前の薄明かりの中、ヴァレクはムーン駐屯地の門の前で馬車を止めた。門番が訝しげに彼を見た。思わず付け鼻を掻くか、目にかかる汚れたブロンドの髪を払いたい衝動に駆られる。オニキスや、デヴレンの馬サンファイアは、馬車を引く種類の馬ではないと気づかれはしないだろうか？　だが、デヴレンがサンファイアを貸すと言ってくれたと厩舎長を説得するのはそう難しくなかった。

「フィルはどうした？」門番が尋ねる。

「足を怪我しましてね」低いバリトンで答える。「代わりに来たんで。来週には戻りますよ」

「で、おまえは？」

「オリックです」

「身分証明書は？」

ヴァレクは証明書を渡した。「お頭に持たされたものです」魔術に身体を撫でられるあいだも、うんざりした表情を崩さなかった。フィルのこと、血まみれになった足首、おかげで代理を務めるはめになったことを考えた。ヴァレクは心の中で延々とぼやき続け、やがて門番は書類を返して、通れというように手を振った。運搬ルートを引き継ぐためにフィルの〝事故〟を演出したことについては考えないようにした。フィルの上司は、賃金の安い交代要員がすぐに見つかって大喜びだった。

門で待機している魔術師から充分遠ざかったところで心の防御壁を持ち上げた。リーマのペンダントを借りてもよかったが、零の盾を身につけていては門のところで見つかってしまう。それに、自分に魔術が向けられたときに気づくことができるのも利点だった。今のところ、心の防御壁が、魔術師に考えを探られるのをある程度は防いでくれている。

ヴァレクは馬を厨房のほうに向けた。こんなに朝早くに起き出している兵士はそう多くないし、起きている者はだいたい朝食の準備をしている。肉やチーズの入った木箱を下ろし、涼しい地下倉庫に運び込む。それから、回収を待っていた麻のゴミ袋を馬車に積み込んだ。見つかる危険性は高くなるものの、なるべく時間をかけて作業をした。それでもこちらを気にする者はいない。駐屯地を出るとき、門番はゴミ袋を剣でつんつんとつつき、馬車の下を調べた。

予行演習としては悪くなかった。翌日も同じ作業をくり返し、週末になるころには、門番は目も上げずにヴァレクを通すようになった。

四日目、ヴァレクがバナナの箱を下ろしていると、リーマが現れた。

「パパたちの居場所を突き止めたか？」彼女のほうを見もせずに尋ねた。

「まあね」

元気のない返事が気になった。「洗脳されているかもしれないと言っておいたはずだぞ」

「そうじゃないよ」リーマは唇を噛んだ。「パパが……ひどい様子なの。痣や傷だらけで。それに、牢屋の中にも衛兵が隠れてる」

ヴァレクは心の中で毒づいた。鉄格子に魔術警報が仕掛けられているのはまず間違いない。こちらに有利なのは牢の位置ぐらいだ。本部の地下にあるクリスタル駐屯地の牢とは違って、ムーン駐屯地のそれは敷地内にぽつんと建つ平屋の建物だった。

「くっついていなさい。計画を練り直す必要がある」ヴァレクは箱を運びながら、頭の中でさまざまな計画を検討しては、危険すぎる、すぐに捕まってしまう、などの理由で大半を却下した。地下倉庫を四往復ほどしたところで救出計画がまとまった。だがすばやさが鍵だ。

「衛兵は、隠れている連中も含めて全員見つけたか？」ゴミ袋を馬車に積みながらリーマに尋ねる。

「年かさの子供たちのために衛兵の制服を集められるか？」

「うん」

「〝代役〟のため？」

リーマのやつ、どれだけ隠語を知ってるんだ。「そうだ」

リーマは、ジェンコならおおいに褒めそやしそうな笑みを浮かべた。「もちろん」

彼女がこちらの味方でよかった。「よし。ドッペルゲンガー計画はまだ有効だ」

「そのあとは？」

「ジェンコがよく言うように、〝攻撃してさっさとずらかる〟」


夜明け前の空気に馬たちの蹄の音が響く。ヴァレクはいつもより早く門に近づいた。作戦を成功させるには一分一秒も無駄にできない。失敗に終わるいくつものパターンが頭の中にくり返し浮かんだが、不安を抑えて仕事に集中した。門番はあくびをしながら門を開け、ヴァレクは舌打ちの合図で馬たちを駐屯地内に進めた。手の汗で手綱が濡れている。いつものつなぎの作業着の下にシティア軍の制服を着ているのだ。


厨房に到着すると、ヴァレクとほぼ同じ背格好で、同じ服を着た男がリーマと現れた。ドッペルゲンガーが馬車から木箱を下ろし始めた。

「ゆっくり時間をかけて動いてくれ」ヴァレクはそう言って物陰に身を潜め、リーマに続いた。たどりついたのは備品倉庫で、そこでつなぎを脱いだ。

「何人だ？」

「衛兵が十二人。こちらはネズミが九匹と、猫が一匹」

「わたしが猫？」

「うん。大ネズミって呼ぼうかと思ったけど、気を悪くすると思って」

「その程度で怒るほど料簡は狭くない」ヴァレクはリーマに投げ矢を渡した。「気をつけて。毒が入っているから」

　リーマがぎょっとして、矢を身体から遠く離す。「衛兵たちを殺すつもり？」

「それは避けたい。希釈した《マイ・ラブ》だから、相手は気を失うだけだ。キュレアにも眠り薬にも免疫を持っている連中だからどちらも使えないし、代わりの薬を見つける時間はなかった」《マイ・ラブ》を探すのもひと苦労だったのだ。フルゴルの町には戒厳令が布かれているので、密売人もやたらと用心深くなっている。

　リーマがうなずいて姿を消した。ヴァレクは少し待ってから建物のあいだを抜け、牢舎に向かった。リーマとその仲間が隠れている衛兵たちをきっと倒してくれるはずだ。余計な心配をしても仕方がない。

　牢舎の入口からちょうど死角になるあたりに四人の子供がしゃがんでいる。ヴァレクは息を吸い込み、「おい！」と大声を出した。

とたんに子供たちが飛び出し、ヴァレクもそれに続く。角を回ったところで、子供たちを目で追う四人の衛兵に気づいた。

「そいつらを捕まえろ!」ヴァレクが叫ぶと、四人の子供がそれぞれ衛兵に近づいた。衛兵たちは子供を捕まえようとした。乱闘が始まったかと思うと、ふたりの衛兵が痛いと声をあげ、別のふたりは呻き声を漏らした。ヴァレクがたどりついたときには、四人の衛兵は全員気絶して地面に倒れていた。隠れている衛兵たちからも警戒の声は聞こえない。リーマとその仲間がきちんと役割を果たしてくれたらしい。おみごと。

ヴァレクは鍵束をくすねて表のドアを開錠した。各房の錠前にだけ魔術警報が仕掛けられているのではないかと踏んでいた。もし違っていたら……だが迷っている暇はない。子供たちが衛兵を中に引きずり込み、服を脱いで中に着ている制服姿になった。

ヴァレクは彼らの姿を確認した。よくよく見れば、変装はすぐに見破られるだろう。

「胸を張って、なるべく身体を大きく見せろ」子供たちは外に出ていった。

衛兵の詰め所を突っ切ると、またドアが並んでいた。そのひとつを開けようとしたところに四人組が襲いかかってきた。横様に振り払われた剣を、ヴァレクは首をすくめてかわし、相手に矢を刺した。身をかがめたまま別の相手の脚に矢を刺す。薄闇の中、鋼がひらめいたのに気づいて刃を阻んだが、肌にかっと熱い痛みが走った。だが無視した。

毒を注入されたふたりがどさどさと床に倒れる音がした。三人目はヴァレクの喉を突いてきたが、横っ飛びでよけ、相手の首に矢を刺す。四人目は、すでにヴァレクの血で濡れた剣を手に迫ってきた。後ずさりしたヴァレクは床に倒れていた男につまずいて尻餅をついたが、その隙にベルトから矢を抜いた。こちらの肩を狙って身を乗り出してきた相手に矢を投げながら床を転がる。切っ先がヴァレクの背中を裂いた。転がり続けてとうとう壁に突き当たり、もうだめかと思って小刀を抜いたそのとき、男がどうと倒れた。

勝利を祝う時間も、物音を誰かに聞きつけられたかと心配する暇も今はない。すっくと立ち上がって監房を調べた。

全部空っぽだ。恐怖で胃が締めつけられた。リーフたちはすでによそに移されたのだ。やられた。今すぐここを出なくては。

いや、待てよ。彼らをここで見たとリーマは確かに言ったのだ。ヴァレクは深呼吸し、集中して監房のほうに魔力を飛ばしてみた。鉄格子から魔力を感じる。さらにその奥からふたり分の心音が聞こえてきた。リーフとデヴレンは幻影魔術で隠されているのだ。たぶん猿ぐつわを噛まされているのだろう。

入口に近づくと、リーマが顔をのぞかせた。「何を手間取ってるの？」

「衛兵はふたりじゃなく、四人いた」

「うわっ、ごめん」

ヴァレクはリーマを手招きした。「ペンダントを貸してくれ」

リーマは零の盾のペンダントをはずし、ヴァレクに手渡した。「急いで」

ペンダントを首にかけて監房に戻る。零の盾のおかげで幻影が消え、別々の房の金属製の寝台でリーフとデヴレンが眠っているのが見えた。魔術警報も零の盾が無効にしてくれることを願いながらロックピンで開錠する。幸い、警報は聞こえないようだ。しかし、ヴァレクが肩を揺すってもリーフは起きなかった。脈はしっかりしている。眠り薬を与えられているのだろう。デヴレンのほうを見ると、やはり何も知らずに眠っている。これは面倒なことになった。

ヴァレクは入口に走った。「馬車をここに頼む。今すぐ！」

リーマの仲間のひとりが言った。「そんなの聞いてない——」

「計画変更だ。馬車を頼む」

「わかったよ」少年は走り去った。

「どうしたの？」監房へと戻るヴァレクについてきたリーマが尋ねた。

「ふたりとも眠ってるんだ」デヴレンの監房を開けたとたんリーマは父親に駆け寄り、揺さぶったが、やはり相手は動かなかった。

「まさか——」

「大丈夫」だといいが。ふたりの顔の痣や切り傷から察するに、相当抵抗したのだろう。蹄の音と馬具のガチャガチャ鳴る音がして、馬車がやってきたことがわかった。ヴァレクからすれば、甲高い警報音のほうがまだ静かに思えただろう。

「それで?」リーマが尋ねる。

「ふたりを麻袋に入れるのに人手がいる」

「わかった」外に駆け出したリーマは、すぐに衛兵役の数人と五人の子供を連れてきた。子供たちは意識のないリーフとデヴレンの首に零の盾のペンダントをかけたあと、ふたりを麻袋に入れ、そこに並んでいる本物のゴミ袋と一緒に馬車に積み込んだ。作業が終わるころには、すでに陽が昇ろうとしていた。数分もすれば、兵士たちがもっと駐屯地内に姿を現すだろう。

「早く姿を消して」リーマが衛兵役やヴァレクのドッペルゲンガーに言った。彼らはたちまちいなくなった。

ヴァレクからペンダントを返されると、リーマもすぐに馬車に乗り込み、ゴミ袋のひとつに隠れた。ヴァレクが人の入った袋をゴミ袋の山に見えるように整える。それから御者席に座ると、門に向かった。しかし途中でふと衛兵の制服を着たままだということ、しかも左袖と背中が血で濡れていることに気づいた。

慌てて馬を止め、飛び降りる。袋の位置を整えているように見せかけながらデヴレンの袋を開け、チュニックを毟(むし)り取った。まわりを見回すと何人か兵士がいたが、こちらを見てはいない。急いで着替えて、破れた血まみれの制服を袋の下に押し込み、デヴレンの袋を閉じる。

陽が昇り、あたりが一気に色彩と光であふれた。ヴァレクは御者台に戻ってふたたび門に向かった。汗が沁みて傷口が痛む。緑色のチュニックに血が滲みだすのはまもなくだろう。背中で血がだらだらと川のように流れているのがわかる。そのうえ心臓がいつも以上に力強く血を押し出しているようだ。

門番はこの数日と違ってすぐには門を開けず、馬車の前に立ちはだかった。ヴァレクは無表情を崩さなかった。「ずいぶん時間がかかったじゃないか」門番が言う。

「木箱を落としちまってね」ヴァレクはいかにも不服そうに首を振った。「いまいましいリンゴがあっちこっちに転がっちまって。すると料理人が、傷のついたやつには金を払わないと言いだしやがってさ。だから傷ができたリンゴの数を数えて書き留めたんだ」

「そいつは災難だったな」

「まあな。しかも、みんな俺の給料から引かれることになる」ヴァレクは唾を吐いた。

門番は馬車の後ろに回り、下をのぞき込んだ。彼がおもむろに剣を抜いたとき、ヴァレクはぎくっとした。門番が袋を剣で刺そうとしたので、慌てて訴えた。

「おいおい、あんまり深く刺さないでくれよな。このあいだ下ろそうと思って持ち上げたら、真っ二つに裂けちまったんだ。全身にゴミを浴びたせいで、一日中腐った魚の臭いが取れなかった。そうでなくても、次の配達にもう遅刻してるんだ」

門番はくすくす笑って剣を鞘に収めた。「ついてない日ってのはあるもんだ」そして門を開けた。「また明日」

「ありがとう」ヴァレクは言い、馬車を先に進めた。背中をクロスボウで狙われているかのようにじりじりし、その感覚は門番の視界から遠く離れるまで消えなかった。馬を速め、借りている古い倉庫に急ぐ。そこにいるのはルサルカだけだ。ある朝、オニキスの隣の馬房に突然姿を現したので、救出作戦の準備をするあいだにここに連れてきた。

「到着したぞ」ヴァレクは言った。

リーマが袋からもぞもぞと出てきて馬車から飛び降り、荷物の積み降ろし用のドアを開けた。ヴァレクは馬車を倉庫に入れ、ドアを閉めて鍵をかけた。それでやっと緊張を解いた。

リーマも喜んでいるものとばかり思ったが、馬車を見ながら顔をしかめ、腰に手を当てている。

「どうした?」ヴァレクは尋ねた。

「簡単すぎる」

簡単? こっちは傷だらけなのに。しかしヴァレクもはたと考えた。「尾行者はいなかったぞ」

「ほんとに? あたしは――」

「わたしは尾行者を見つける訓練を受けている」

「幻影魔術で身を隠していても？」そこでどっと疲れたかのように両手で顔を覆った。

「ああ、忘れてた。魔力耐性があるから幻影に惑わされたりしないんだよね」そのときはっとしてこちらを鋭く見据えた。「でも救出作戦のあいだ零の盾のペンダントをつけてたよね。どうして？」

頭のいい子だ。リーマの兄ティーガンは次の魔術師範候補だが、彼女は師範級の密偵になれそうだ。リーマを信じることに決め、魔力が使えるようになったことを打ち明けた。知らないほうがリーマのためだし、そもそも知っている者をなるべく限定したほうがいい。だがリーフが捕まった以上、《結社》に情報を自白させられたおそれがある。だとすれば、今さら隠しても無駄だ。

説明し終わると、リーマは腿をぽんと叩いた。「どうもおかしいと思ったんだ！　駐屯地にいたとき、ヴァレクおじさんは光らなかったもん。でもよく考える暇がなかった」

「光る？」

「うん。魔力が零の盾にぶつかると、ぱっと光るの」

それは面白い。「便利だな」

リーマは肩をすくめた。「誰が零の盾を身につけているかわかっていればね。たいして役には立たないよ」

「だが、ティーガンやリーフ、わたしにとっても、それがわかると役に立つ」

リーマは元気を取り戻した。「よかった。魔力が使えるようになって嬉しい？　それとも耐性があったほうがよかった？」

「今は魔力が使えてありがたい。耐性があったときはたやすく捕まってしまったからね」

「そうだね。ママも耐性があるから、それを心配してるんだと思う」リーマは真顔になり、馬車の荷台に上がって父とおじを袋から出した。

尾行についてリーマに注意されたことを思い出し、心の防御壁を下ろすと魔力の糸を少し引き出して周囲を捜索した。案の定、幻影魔術に身を隠した監視役がふたりいた。くそっ。

たとえ魔力耐性があっても、距離が離れていれば魔力を感知できなかっただろう。あのべたべたした感触は魔術師が比較的近くにいないと感じないのだ。とはいえ、ヴァレクにはもう魔力耐性がないと敵に知られているのなら、もっと魔術に頼るべきだろう。だが〝燃え尽き〟を起こすのが怖くてどうしてもおよび腰になってしまう。ヴァレクは監視者の場所を確認してから心の防御壁を戻した。

「いつになったら目が覚めるの？」リーマはデヴレンの横で胡坐(あぐら)をかき、父親のだらりとした手を握っている。

「どれだけ眠り薬を摂取したかによる」

「人を目覚めさせる薬はないの？」

「薬を効かなくする薬はある」イーザウとマーラを救出したときのことを話す。

「その薬をあたしたちが持ってないのは不利だね」肩を抱いて大丈夫と言ってもらいたい、そんなふうに聞こえた。

ヴァレクが隣に腰を下ろすと、リーマが身を寄せてきた。その小さな肩に腕を回し、ぎゅっとつかむ。リーマは身体をもたせかけてきた。

外にいる監視者のことを考える。「その薬についてもっとわかるかもしれない」

「どうやって？」

「君の言うとおりだった。尾行者がいた」

リーマが弾かれたように立ち上がったので、馬車が揺れた。「やっぱり！」と言って顔をしかめる。「魔術を使ったの？」

「ああ。手伝ってほしいことがある」

もちろんリーマは計画に乗ってくれた。リーマが正面玄関から出ていくと、ヴァレクは裏口からこっそり滑り出た。監視者たちとは軽く魔力で繋がっていた。連中の姿は見えないからだ。どちらかが魔術師の可能性もあるので、零の盾を使うのは危険だった。ふたりは道の向こう側で待機していた。

予想どおり、ひとりはリーマを追跡し、ひとりはその場に残った。リーマと見えない影が立ち去ると、ヴァレクは今は樽に化けているもうひとりの背後に回り、武器を出す暇も与えずに相手の喉に小刀を突きつけた。激しく動いたせいで背中と腕の傷が痛みだした。

「おとなしくしろ」ヴァレクは相手の耳元で囁き、そのまま建物の中に連れ込むと、男のこめかみを小刀の柄で殴り、失神させた。外套を剥ぐと、若い男がそこに現れた。一方、外套は床に溶け込むように見えなくなった。面白い。これほどの力があるのは誰だろう？ リカ・ブラッドグッドはオーエンとともにイクシアにいるはずだ。いや、違うのか？ 今日一日だけで、巧妙な幻影魔術に二度もお目にかかった。

考えるのは後回しにして、その外套にみずからくるまると外に駆け出し、監視者がいた場所にしゃがみ込んだ。数分後、リーマは紙袋を持って戻ってきた。尾行はいないか確かめるかのように通りを見渡してから建物に入る。

リーマをつけていた男もヴァレクの横に戻ってきた。「おやつを買いに行ったらしい」つまらなそうに言う。「あんな子供まで使うとは、レジスタンスも相当切羽詰まっているらしい。俺が尾行していたこと、これっぽっちも気づいていなかった」

ヴァレクは声が聞こえてきた場所をめがけて飛びかかった。男がうっと声を漏らして倒れる。その胸の上に馬乗りになり、首に小刀を突きつけた。

「おまえが思う以上にあの子はわかっている。ご愁傷様」男を立たせ、建物まで歩かせた。

リーマは床に倒れている男の脇で身をかがめ、所持品を並べていた。特に武器コレクシヨンはみごとなものだった。

「おい！」ヴァレクが連れてきた監視者がわめく。

リーマはナイフを出して、声のしたほうに振り向いた。「誰？」

外套を着ていたことを忘れていた。捕虜のを剥ぎ取り、自分も脱ぎ捨てる。リーマが緊張を緩め、さっとナイフを隠した。袖の中にしまうとはなかなかやるじゃないか。

「役に立ちそうなものは見つかったか？」ヴァレクは尋ねた。

リーマは手を開き、十本ほどの投げ矢を見せた。「何が入っているかはわからないけど。なじみのない匂いがする」

「そいつの友達に訊いてみよう」

「ひと言もしゃべるつもりはない」男は唇を結んだ。

「しゃべらないなら拘束しておく意味もないな。解放してもいい」ヴァレクは言った。

「本当か？」

ヴァレクはにやりと笑ったが、目は笑っていない。「嘘だ。だがさっそくひと言しゃべったな。これからもっとしゃべってもらう」男にバブバブジュースを注射し、効果が出ることを祈った。

まもなく男の身体が弛緩した。少なくとも《結社》はバブバブジュースの解毒剤はまだ発見していないらしい。小さな勝利だ。ヴァレクは男が倒れないように座らせた。

「任務は？」

「おまえたちを尾行すること……」男は、わかるだろうと言わんばかりに大きく腕を広げた。

「いつまで？」ヴァレクは促した。バブバブジュースの影響下にある容疑者の尋問はそう簡単ではない。それに、人によって反応が異なる。

「おまえたちが地下に潜るまで」男は両手で地面を掘るしぐさをした。「ほかのネズミどもみんなが隠れてる場所」

なるほど、《結社》がこちらの本部の場所を知りたがるのは当然だ。「それから？」

「うちに帰ってボスに報告し、たっぷり褒美をもらう」そこでにんまりしたが笑みはすぐに消え、とまどった様子であたりを見回した。

「駐屯地にいる兵士たちはわれわれを追うつもりなのか？」ヴァレクは尋ねた。

「ああ。だがネズミたちは逃がしてやる」男は身を乗り出して唇に人さし指を押し当てた。

「しー……連中も俺たちがそういうつもりだとは知らないからな」

つまりこちらがフルゴルを脱出するまでこの男たちを拘束しておかなければならないということだ。そこで話題を変えた。「眠り薬がどうして効かないんだ？」

男は肩をすくめたが、目はリーマの手にある投げ矢を見ている。

「解毒剤なのか？」ヴァレクは尋ねた。

「ああ、だが前もって飲んでおく」

「前もって？」

「解毒剤が必要になる前ってことだ」

「じゃあ、眠り薬を注射されて、まだ解毒剤を飲んでいなかったら……」

「あとから飲んでも効かない。それに飲んでから時間が経ちすぎてもやっぱり効かない」

「どれぐらいの時間？」

「約一日。特殊任務につく連中は任務中はもつようにたっぷり持参する」

だからこの男の相棒は解毒剤をこんなにたくさん持っているのだ。「おまえたちの任務は特に重要だから、この幻影魔術のかかった外套を与えられたわけか」

「まあな。すごいだろ、すぐにまわりに溶け込んじまう」

「誰にもらった？」

「ボスだよ。俺たちふたりはボスの密偵の中でも最優秀なんだ」男は胸をぽんと叩いた。

「最優秀？　十一歳の子供に見つかったのよ？」リーマが言った。

男は少女を睨みつけ、立ち上がろうとしたが、ヴァレクに押し戻された。「そのボスは外套をどこで手に入れた？」

「ボスのボスから。そのボスはそのまたボスから……そうやっててっぺんのボスから下りてきた」

「てっぺんのボスって誰だ？」

「名前は……てっぺんのボス」

つまりこの男は知らないのだ。あらゆる情報を搾り取ったあと、ヴァレクは小刀の柄で男のこめかみを殴り、失神させた。

リーマは投げ矢を革袋に入れた。「で、これからどうする？」

「こいつらを二、三日拘束しておける場所を見つけないと。フルゴルで協力してくれそうな者を知らないか？」

「知ってるかも」リーマは言葉を濁した。「でもパパとママには言わないで。お願い」

「何を？」

リーマは鼻を鳴らした。「友達が何人かいるんだ」

「町のホームレスたち？」

「うん」

「なぜ秘密にしなきゃならない？」

「パパとママは学校で友達を作らせたいんだ」

「なるほど。普通ならそのほうがいい」

「うん。でもあたしが普通に暮らすことなんてあると思う？」

確かに。陰謀だの策略だのに目がないリーマが、家でじっとしていることなどありえないだろう。

「それにそういう普通の友達は、パパを救出するのに何の役にも立たなかったはずだよ」

「そうだな。だが、普通の友達だって、ときには役に立つ」

リーマは首を傾げた。「たとえばどんなとき?」

「代役や情報が欲しいとき。彼らの家族が君に必要な技術とか情報源を持っているかもしれない。できるだけたくさんの友達を作っておくことだ。いつどんな人間が任務に必要になるかわからないからな」

リーマの青い目がきらきら光った。「それなら納得」

「この連中のお守り役を何人か探してきてくれるか?」

「任しといて」リーマは裏口に向かったが、武器を剥ぎ取った男の横で足を止めた。「このふたりを野生のヴァルマーのいけにえにできないなんて残念だね」

「ああ、残念だ。次回に乞うご期待だな」

「うん、楽しみ!」

ああ、この子は本気で危険に取り憑かれてる。

ヴァレクはオニキスとサンファイアの馬具をはずし、ブラシをかけてから、間に合わせの厩舎のルサルカの隣に導いた。まもなくリーマが三人の薄汚れた子供たちを連れて戻ってきた。女の子がふたり、男の子がひとり。何をしてほしいか説明し、先に礼金を払った。年かさの少年が手のひらの上の硬貨を見て狡猾そうに目を細めた。

「そういうこと、考えるだけでもだめだからね」リーマが言った。「あんたの居場所ならちゃんと知ってるんだから」

「へえ？　俺は何にもしやしないよ」

「ならいいけど。あたしだって〝ボス〟に告げ口するのはいやだし――」

「わかったわかった。ちゃんと毎日ここに来るよ」

ヴァレクは、三人がリーマのほうをちらちら振り返りながら立ち去るのをほくそ笑みながら眺めた。

「リーマのことを誇りに思っていいのか、あきれるべきなのかわからないよ」馬車からデヴレンのかすれ声が聞こえた。

「パパ！」リーマがたちまち年相応の女の子に戻って、父親の腕に飛び込んだ。

デヴレンは娘をぎゅっと抱きしめた。薬で眠らされて目覚めると喉がからからになるのを知っていたから、ヴァレクは水を一杯注いでデヴレンに渡した。

大男は一気に飲み干したあと室内を見回し、最後にその目がヴァレクで止まった。「助けてくれてありがとう。でもどうやって――？」

「リーマが説明してくれるだろう。わたしは脱出ルートを確認して、待ち伏せされていないかどうか確かめてくる」

リーマは眠っているふたりの男を足先でつついた。「あたしたちをわざと逃がしたのよ。でも、なんで待ち伏せしようとしたのかな？」

「体裁を繕うためさ。あるいは、もっと監視者が待っているかもしれない」

「どうして？　ああそうか」

「何だい？」デヴレンが尋ねる。

「あたしたちがあのふたりを見つけたときのための保険だよ」当たり前でしょと言わんばかりの口調だ。

「やっぱりあきれるべきらしい」デヴレンが言った。

ヴァレクは笑い、その動きで背中の傷の痛みがまたぶり返した。傷のことを忘れていた。右袖に血が染み出し、生地の破れ目から深手が見えている。

「あんたの……というか僕のチュニックは着替えたほうがよさそうだ」デヴレンが言った。

ヴァレクはおそるおそるチュニックを脱いだ。肘のあたりが燃えるように痛い。デヴレンに背中を見せて尋ねた。「傷はどの程度だ？」

「深いな。糊(のり)で塞ぐか、縫う必要がある。糊か糸を持ってるか？」

「いや」だが魔術というもっといいものがある。問題は自分では背中が見えないことだ。デヴレンに助けてもらわなければならない。「リーマ、逃亡ルートを確認してきてもらえるか?」ヴァレクは、父親が反対する前に手を上げてそれを止めた。「リーマはわたしより先に尾行に気づいたし、あの幻影魔術のかかった外套を着ていけばいい。たとえ見つかっても、相手も気にしないだろう」

リーマはふくれっ面をしている。「見つかったりしないよ。外套も必要ない」

「着ていけ。さもなきゃ行かせない」デヴレンが命じる。

リーマは不服そうな顔をしながらも駄々をこねたりせず、床の上の外套を手に取った。

「どこに行くんだ?」リーフがしわがれ声で尋ねた。起き上がってうなじをさすっている。

「任務だよ」リーマはおじを軽くハグするとドアから出ていった。

「任務を任せるにはちょっと……幼すぎやしないか?」

「あの子がいなかったら君もデヴレンもここにはいない」ヴァレクはもう一杯水を注いでリーフに渡した。

「ありがとう」リーフは水を飲みながら周囲を見回した。「ゴミと一緒に持ち出したわけか。ありがたいね」それから急に身体を起こして心配そうに尋ねた。「マーラと父さんは――」

「無事だ。イレーナと一緒にいる」ヴァレクは告げた。「あとでゆっくり説明する。まずはわたしの怪我の治療だ」

「治療?」デヴレンが怪訝そうに尋ねた。

ヴァレクはリーフを見た。

「僕は話してない」とリーフが言う。

「《結社》には？」ヴァレクは尋ねた。

「話してないよ。連中は僕らの計画と隠れ家を知りたがっただけだ」

なるほど。「で、どう話した？」

リーフは頬の紫色の痣に触れた。「得意のありとあらゆるジョークを並べてやったが、連中には笑いのツボがわからなかったらしくてね」

「初めて《結社》との共通点ができたよ」デヴレンが言う。

「体力は大丈夫か？　協力してほしいんだ」ヴァレクはリーフに言った。

「もちろん」

ヴァレクはリーフに背中を向け、心の防御壁を下ろした。魔力の糸を引き出し、義理の兄と繋がる。「君の目を通して見させてほしい」

リーフはヴァレクの傷を見つめた。傷は左の肩甲骨から右へと背中を横切り、ズボンのウエストまで続いている。別の糸を引き出し、それで筋肉と皮膚を縫い合わせた。次に右腕の小さいが深い傷を治療する。終わると疲労困憊し、ヴァレクは馬車に寄りかかった。

「驚いたな」デヴレンがつぶやいた。

「リーフ――」ヴァレクが口を開く。

「ああ、僕が話しておくよ。あんたは少し横になったほうがいい。このままじゃ倒れるぞ」

ヴァレクは背嚢のほうに這っていき、寝袋を広げるとどさっと倒れ込んだ。リーフの声を子守唄代わりにして眠りに落ちる。

数時間後に目覚めたときにはもうリーマは戻ってきていた。三人は倉庫の床で野営の準備をしていた。

「待ち伏せの気配はなかったよ」逃亡ルートについてヴァレクが尋ねると、リーマは答えた。

「で、どうする？」リーフが尋ねる。

リーフもデヴレンも顔の血色がよくなり、意識もだいぶはっきりしたようだ。「仕事帰りの人が増える時間帯にフルゴルを出発する。通りを行き交う者が多ければ、それだけ目立たない。その後はイレーナたちと合流する」

「オパールはまもなく帰宅する。妻が帰ってこない限り、僕はここを動かない」デヴレンが言った。

「まもなくって、どれぐらい？」

デヴレンは喧嘩を始める構えを見せるかのように、大きな身体をこわばらせた。「いつ帰ってきてもおかしくない」

つまり予定より遅れているのだ。ヴァレクは選択肢を検討した。全員でここに残ってオパールを待てば、一気に捕まるおそれがある。行き先を記した手紙を残すことも考えてはみた。だが、《結社》の兵士に見つかって暗号を解読されかねない。そのとき第三の選択肢を思いついた。イレーナは気に入らないかもしれないが、いちばん安全だ。

「君たち三人は城塞に向け出発し、仲間たちと合流してくれ。わたしがここに残ってオパールを待つ」

デヴレンが反対しようとしたが、娘を守ることが今は最優先だった。一方リーマは、ひとりで大丈夫、みんながママを待つあいだに情報を集める、と言い張ったものの、リーフはすぐにでも出発したがった。

結局ヴァレクの言い分が勝利を収めた。ヴァレクは幻影外套の一着を身につけて、出発した一行のあとを追い、尾行がいないことを確認した。もう一着はリーマが着ている。

その後の数日、外套はとても役に立った。ガラス工房では衛兵が、オパールが戻ってくるのを待ち構えていた。オパールは衛兵を避け、中を確認したらすぐに立ち去るだろうとヴァレクは踏んでいた。案の定そのとおりになり、ヴァレクは暖かい季節が終わった翌日にオパールを見つけた。

慌てた表情のオパールを見たとき思わず追いかけたくなったが、誰も見ていないことがわかるまで待ち、やっとニックの部屋の近くで呼び止めた。

「ああ、よかった!」オパールはヴァレクの腕をつかんだ。「デヴレンとリーマがどこにいるか知ってる? ふたりは無事?」

「ああ」

「どこに――」

「ここではまずい」

オパールは、倉庫をめざすヴァレクに続くあいだ沈黙を通したが、彼がドアを閉めたとたん口から質問がほとばしり出た。彼女がいないあいだ家族に何があったか、そしてその理由を説明した。オパールの顔に罪悪感と安堵、不安が次々によぎった。

「つまりその《結社》とやらが城塞を支配しているの?」彼女は目を丸くした。「ティーガンは?」

「あの子も無事だ」《結社》の企(たくら)みを阻んだ作戦、そこでティーガンがどんなに活躍したか説明するのに、さらにもうしばらくかかった。「もう少し調べなければならないことがあるが、連中がシティア全土を制圧する前にきっと食い止められると信じている」

「ニックとイヴに警告しなきゃ――」オパールがそこではっとした。「ジトーラ!」

ヴァレクの鼓動が速くなる。「ジトーラを見つけたのか?」

「ええ。今城塞に向かっているところなの。城塞がそんなことになっているとは知らなかったから。途中で止めないと、敵に捕まってしまう!」

15

ジェンコ

イレーナは頬を平手打ちされたかのようにびくっとした。「ナッティ？　確かなの？」

ジェンコは、悪い知らせはできれば胸にしまっておきたかった。だがそうもいかない。口の中にこみ上げた苦味をごくりと飲み下す。「ああ。俺は一度見た顔は忘れない」

「グリーンブレイドの森で見た男以外はな」アーリがつぶやく。

イーザウが鞍の上で身を乗り出した。「それがなぜ悪い？　植物の世話をするのにナッティほどの適役はいない」

「だって、ナッティが《結社》か庭師長のために働いてるってことになるのよ？」イレーナが言った。

「それは違う」イーザウはきっぱり言った。

「本人に直接訊けばいい」オノーラが口を挟んだ。「向こうはひとり。こっちは六人だ」

「幻影魔術で敵が隠れていたら？」アーリが尋ねた。

ジェンコは零の盾のペンダントをぐいっと見せた。「それはありえない」

「温室の中に隠れている可能性は？」

「あんなに小さい温室なら、隠れているとしてもせいぜいふたりだ。俺たちならふたりぐらい何でもない」

「そんなに小さいのか？」イーザウががっかりした口調で尋ねた。

ジェンコが答えようとしたところでイレーナが遮った。「よし、じゃあ行こう」

ジェンコはマダムに跨り、平原の開けた場所に向かった。温室の隣に小さな小屋があり、そのドアがきしみながら開いた。ジェンコは剣の柄に手を置いた。オノーラとアーリも構えている。

ナッティが顔を出した。糖蜜色の髪を後ろでひとつにまとめている。馬に乗っている面々を見ると、わっと嬉しそうに声をあげ、裸足で駆け寄ってきた。

「イレーナ！　イーザウおじさん！　こんなところで会えるなんて」ナッティはにっこり笑い、イレーナの前まで来ると飛び跳ねた。「家が恋しくて、恋しくて」

「ここで何してるの？」イレーナが尋ねた。

笑顔がとまどいの表情に変わる。「バヴォルを手伝ってるの。聞いてない？」

「ええ」

「バヴォルから使いが来てないの？　誰か送るって言ってたのに……ずいぶん前の話よ」

「誰も来てないわ。忙しかったのかも……今説明してもらえない？」

ナッティは唇を噛み、オノーラを、それからアーリとジェンコを見た。そばかすの散った鼻にくしゃっと皺を寄せると、イレーナを上目遣いに見た。「でも……この人たちイクシア人だよね」

自分もアーリもここ南国シティアにしばらくいてだいぶ日焼けしたのに、なかなか観察眼が鋭い。ジェンコは感心した。

「この人たちは信用できる」イレーナは言った。

それでもナッティは迷っていた。当然だろう。こちらはみな馬に乗り、彼女を威圧するように見下ろしているのだ。自分だったら、今頃小屋にたてこもっているだろう。

ジェンコの心を読んだかのように、イーザウが馬から降りた。「なあナッティ、おまえのすばらしい温室で何を育てているのか見せてくれ」

たちまちナッティは微笑んだ。「これ、すごいでしょ?」

「ガラスで小屋を作るなんて、誰が考えたんだ?」

「バヴォルだと思うけど」ナッティは肩をすくめた。「ここに手伝いに来たときにはもう建ってたの」ナッティはイーザウを温室に導き、ふたりは中に消えた。

「ついていったほうがいいか?」オノーラがイレーナに尋ねる。

「大丈夫。父さんが最大限調べあげてくれると思う。わたしたちは馬の世話をしよう」

イーザウとナッティが温室にこもるあいだ、こちらでは馬の世話をし、野営の準備をした。遅い午後の日差しがガラスに反射し、目を凝らさないと中の動きが見えない。

「あの娘がイーザウを襲ったとは思わないか?」ジェンコはオノーラに囁いた。「中に入って確かめたほうがいいんじゃないかな?」

「それで夕食の準備をサボるつもりだね?」オノーラが告げる。

ジェンコはあんまり退屈なので、ため息をつきそうになってこらえた。イレーナのお茶のために鍋に水を満たして熾き火にかける。作れる料理はただひとつ、ウサギのシチューだけだ。乏しい旅用食料の内容を確認したが、肉に近いものさえない。考えただけでお腹が鳴った——汁気たっぷりの新鮮な……。

「ほら」アーリから弓と、小さな矢が詰まった矢筒を渡された。「少しは役に立ってこい」

ジェンコは弾かれたように立ち上がった。「さすが、俺という人間をよくわかってる」

「手伝うよ」オノーラがついてきた。

「狩りならひとりでできる」ジェンコは矢筒を背負った。

「あたしが獲物を開けた場所に追いたてる。そのほうが早い」

「今回の獲物は人間じゃない、ウサギだぞ。そもそも狩猟の仕方を知ってるのか?」

オノーラが真顔になる。「雪豹を殺したことがある人間は最高司令官だけじゃない。ウサギ数羽ぐらいどうにでもなる」そして、すたすたと背の高い草の奥に入っていった。

ジェンコはアーリと目を見交わした。「今の冗談だよな?」

アーリはその広い肩をすくめた。「おまえ、失礼だったぞ。謝ってこい」

しかしジェンコがあとを追ったとき、オノーラの姿はもうなかった。たぶん、すぐ横に座っているが、四方に広がって輝く金色の草原の中に溶け込んでいるのだろう。彼女がそうして身を隠すと、零の盾を身につけていても見つけられない。

「悪かった」間抜けに思えたが、左側にある茂みに向かって告げる。「狩りをするとき、お供を連れていくことに慣れてないんだ」そこで息を吸い込む。「めったにないひとりになる機会なんだよ。協力してくれるのはありがたいが、もしおまえが――」

「狩りをするときいつもそんなにうるさいの?」右側から声が聞こえた。「夕食が逃げるよ」

謝罪は受け入れられた。自分でもほっとしていることに驚いた。「おまえ本当に――」

「しっ」オノーラが制した。

その直後、一羽目のウサギが飛び出してきた。オノーラの協力もあって、暗くなるまでに四羽のウサギを獲(と)った。ひとりでやるよりずっと早い。だがそれをあえてオノーラの前で認める気はなかった。すでに一度謝罪をした今、これ以上負い目を作るのは男の沽券(こけん)に関わる。

野営地に戻ると、アーリが焼き串を二本用意していた。ジェンコはオノーラとウサギの皮を剥ぎ、まもなく肉を焼くおいしそうな匂いがあたりにたちこめた。イーザウとナッテイもようやく温室から姿を現した。イーザウの肘と膝は土で汚れ、爪に土が詰まっている。

全員腹ぺこだったので、まずは腹ごしらえをした。それからイレーナが父親のほうに向き直り、温室を調べた結果について尋ねた。

イーザウは豊かな白髪をかき上げた。「植物は、オーエンの温室で育てられていたものとどれも同じだった。テオブロマ、キュレア、複数の薬草。テオブロマの効かないキュレアを作る交配が行われていた形跡はないが、テオブロマの実験的な交配は見つかった。どうやらバヴォルはテオブロマの効果を消す方法を探っていたらしい」

イレーナが目を輝かせて身を乗り出した。「で、成功したの？」

「まだ何とも言えない。木が育つまでに何年もかかるからな」

「挿し木で生長を速められないんですか？」マーラが尋ねる。

「すでに生育した木があって初めてできることなんです」ナッティが言った。「まだどれも充分に育っていないから、うまくいくかどうかはっきりしない。それが確認できたらほかにももっと育てられます」

いい知らせとは言えないが、悪い知らせでもない。

「生長するまでにどれくらいかかるんです？」アーリが尋ねた。

「二年ぐらいです」

ジェンコは呻いた。そのころにはもうオーエンが最高司令官になっているだろう。

イレーナがハーマンの木の絵を取り出し、ナッティに見せた。「これ、わかる？」

ナッティは絵をしげしげと見た。「ううん、ごめんね」

イレーナは失望を隠した。なぜこのハーマンの木がオーエンや《結社》にとってそんなに重要なのか、それを解明することがこちらの勝利の鍵なのだ。

「いつからこの温室に？」イレーナが尋ねた。

「何年か前に植物の交配実験を手伝ってくれとバヴォルに頼まれたの。でも、最高機密だから人に話したら反逆罪に問われると言われて」ナッティは周囲を見回した。まるで、近くの草叢からバヴォルが飛び出してきて、しゃべったなとなじられるのを恐れるかのように。「そして半年ほど前、平原に来てほしいと頼まれた。この温室を試作品として建てたからって。ほかにもふたり協力者がいたけど、誰か教えてくれなかった。知らないほうが身のためだ、と。最後にバヴォルと会ったとき、今自分の身に危険が迫っているから、わたしはここにいろと命じられたの。必ず誰かをよこすと約束してくれた」

「ほら見ろ、庭師長の下で働いていたわけじゃなかった」イーザウが得意げに言った。

ナッティは自分のポニーテールを引っぱった。「バヴォルは無事？」

「わたしたちが知る限りは」イレーナが答えた。「《結社》は議員を全員グリーンブレイド駐屯地に移してしまったのよ」

「《結社》？」

「あとで説明する。でもまずは、バヴォルの協力者が誰か、いまもわからない?」

「顔は見たわ。わたしがここに来た直後にちらりと現れたの。温室に隠れろとバヴォルに言われていたから、こっそりのぞいたのよ。ひとりはわかった」見つかるのを恐れるように身をかがめ、唇を噛む。

「誰?」イレーナが辛抱強く尋ねる。「教えてもらう必要があるの」

ジェンコは少女をゆさゆさ揺すって名前を振り出したい衝動に駆られた。

「その人、困ったことになる?」ナッティは尋ねた。

「《結社》に協力していることをわかったうえでの行動か、騙されているのかによる」

「部族の長老のひとり、オランよ」

イレーナがいらだたしげにチュニックの生地をつかんだ。部族内にほかにも庭師長と関わっている者がいるかもしれない。そうなると、一族全員を疑わなければならないからだ。

「驚くことではない」イーザウが言った。「彼は博識だし、植物の輸送の手配もできる。くそ、これらの植物についてオランに何度か相談しさえした」

ナッティは両手を胸に押しつけた。「わたし、悪いことをしちゃったの?」

「いいえ」イレーナが言った。「あなたはバヴォルを手伝っていただけ。バヴォルが情報を何に使っていたのか知らなかったんだもの」

ナッティはまだ安心していない。「オランは?　報告すべきだった?」

「誰に?」ジェンコは尋ねておいて自分で答えた。「バヴォルはあんたの部族の族長だ。そして議会は《結社》の支配下にある。もし連中に何か漏らしたら、あんたは逮捕されたか、仲間にされていたか、殺されていただろう」

「それにオランだって、ただバヴォルを手伝っていただけかも」マーラが示唆する。「イーザウ、庭師長はグリーンブレイド族の誰かだという可能性はない?」

「そうだな。グリーンブレイド族にも植物の知識や育成の技術に長けた者がいる」

「オラン・シンチョナ・ザルタナには会ったことがある?」イレーナはジェンコに尋ねた。

「記憶にないな」

「ちょっと待て」イーザウは背嚢から帳面と細い消し炭を取り出し、年老いた男の顔をすばやくスケッチした。「あんたがグリーンブレイド族領の温室で見たのはこの男か?」

「こいつだ! だが、どうして見覚えがあったんだろう?」

「バヴォルには会ったことがあるんだな?」

「ああ……」ジェンコはとまどって答えた。

イーザウはバヴォルの絵を描き、オランの絵の隣に置いた。「ふたりは腹違いの兄弟だ」

なるほど! とうとう庭師長の顔と名前が一致した。ただし、喜んでいるのはイクシア人だけだった。ナッティはしょげ、イレーナは困ったようにチュニックをいじっている。

「オランと一緒にいたもうひとりの男は?」オノーラがナッティに尋ねる。

「特徴を話せるか？」イーザウが尋ねる。

「男じゃなくて女よ」そう訂正してから、自信なさそうに言う。「やってみるけど……」

「大丈夫。顔の各部分がどんなか話してくれれば、わたしがそれをひとつにまとめる」

「わかった」

ふたりは作業を終えると、絵を全員に見せた。ブロンドの髪、大きな楕円形の目。美人で、イクシア人のように色白だ。三十代後半に見える。だがジェンコの知らない顔だった。

イレーナが毒づいた。「セレーヌ・ムーンだ」

「セレーヌって誰だ？」ジェンコが尋ねた。

「オーエンの妻よ。生まれはグリーンブレイド族だけど、結婚してオーエンの部族の苗字に変わった。彼女の経歴書に植物に詳しいなんて書いてなかったと思うけど」イレーナが首を傾げる。

ああそうか。「何年か前、リーフの誘拐に関わってドーンウッド監獄に入れられたんじゃなかったっけ？」

「どうやらもう入っていないようね」イレーナは両手を拳に握った。「強力な魔術師よ。それだけでも大変だけど、オーエンのやつ、ほかにも誰を監獄から逃がしたのか……」

今や何人もの殺人者や犯罪者がブルンズたちに協力しているということか。魔術師があっちの味方だというだけでも面倒なのに。まったく、事態は悪くなる一方だ。

16

イレーナ

オーエンが妻のセレーヌら大勢の犯罪者たちをシティアの監獄から脱獄させたかと思うと、胃が締めつけられた。四年近くにわたって誰を脱獄させるか慎重に検討し、魔術で看守に偽の記憶を植えつけてしまえば、プロの犯罪者集団を作ることだってできる。もしオーエンがウィラル監獄の最厳重警備棟から弟を脱獄させなければ、わたしたちはオーエンがまだ生きていることすら知らずじまいだったのだ。オーエンだって過ちを犯すということだ。小さな過失が敗北に繋がるかもしれない。

わたしたちは焚き火を囲んで物思いに沈んでいた。炎がそのオレンジ色の舌で薪を貪欲に舐めるにつれ、パチパチとはぜる音が響いた。

「これでオランかセレーヌが庭師長だとわかったわけだ。で、どうする？」ジェンコが尋ねた。

わたしは考えた。「オランを拉致して、ほかの温室の場所を聞き出すことはできる。《結社》へのテオブロマ供給路を遮断すれば、相手に大打撃を与えられる」

「白状するかな？」とオノーラ。

「バブバブジュースの免疫を持っていなければ」

その薬の名を耳にしたとたん、オノーラが鼻に皺を寄せた。

ジェンコは、かつて右耳の下半分があった場所を撫でた。「そんなことをしたら、こちらの意図が相手に丸わかりじゃないか？　俺だったら、園芸名人のひとりが行方不明になった時点で、温室やテオブロマ工場の衛兵を三倍に増やす」

そのとおりだ。わたしはヴァレクの戦術を真似てみることにした。「じゃあ、あなたの提案は？」

「駐屯地を出発した配送用の馬車を尾行させる。全駐屯地に仲間を送り込めば、温室や工場も全部見つかる」

グリーンブレイド駐屯地へのテオブロマ供給ルートはすでに突き止めたから、残るは十駐屯地。つまり二十人の人員が必要だ。フィスクならそれぐらい揃えられるだろう。はたして時間内に供給源をすべて発見し、破壊できるだろうか？　このままいけば《結社》と最高司令官は暑い季節の半ばにはシティア侵略を終えるだろう。テオブロマの効果が消えるまでには少なくとも七日は必要だ。余裕を持って計算すると、すべてのテオブロマを暑い季節の初めには破棄しなければならず、それは今から六十六日後だ。時間は充分ありそうだが、もしひとつでも工場を見逃していたら？　わたしは懸念をみんなに伝えた。

「フィスクの仲間たちは情報集めは得意だが、プロの兵士を襲撃させるわけにはいかない」アーリが言った。「それに、一カ所が襲われたら、ほかはすぐに警戒を高めるだろう。われわれには全温室を一度に襲撃する人数はとても揃えられない」

父が座ったまま身をよじり、しきりに白髪をかき上げている。顔に浮かんでいるのは苦渋の表情だとわたしにはわかった。「何か提案があるの、父さん？」

父は渋々わたしを見た。「《結社》に知られずにテオブロマの木を枯れさせる方法があるにはある」

ジェンコが驚いた顔で父を見た。「なんでそんなに浮かない顔をしてるんだ？　最高じゃないか」

「シティア中のテオブロマが全滅する可能性が高いからだ。ひとつ残らず」

父が気乗りしないのもよくわかる。父にとって植物は人間と同じくらい大切なのだ。

「いい厄介払いだ」ジェンコは言った。「テオブロマは問題の種でしかない。俺に言わせれば、魔術と同じくらい虫唾（むしず）が走る」

「キュレアの効果を消してくれるぞ」父が言い返す。

「テオブロマが効かないキュレアができるまでの話だ」ジェンコも負けていない。

「それには三、四年はかかる」

「ブロークンブリッジやここの温室の植物から推測したらそうかもしれないけど、オーエンの部下たちはもっと前から研究に取り組んでいた。今頃もう完成しているかもしれない」わたしが言うと、父もジェンコも黙り込んだ。「それで、父さんの考えは？」

父は自分の両手を見つめ、地面に落ちていた小枝を拾った。割れている端を使って爪の泥を掃除し始める。

「父さん？」

父はため息をついた。「イリアイス密林に生育する黴がある。雪に似ているから《霜の実》と呼ばれているんだが、テオブロマの木について実を腐らせてしまうんだ。わたしはそれを密林のある場所に隔離して、防黴剤を作ろうと研究を続けてきた。だが、胞子を増殖させて散布すればあらゆるテオブロマの実に被害を与え、しかもあくまで自然に見える」

「どうやって散布する？」アーリが尋ねる。

「風を使う。風の強い日に上昇気流に乗せるんだ」

「最適の場所を選定しないとな」ジェンコが言った。「しかも、シティア中に胞子が飛ぶように、相当強い風が吹いてくれないと」

父がすかさず言う。「町から町へ移動すればいい。イリアイス市場から始めてブールビーに向かい、さらに北へ」

「でも温室のガラスの壁の内側に、どうやって流し込むんだ？」ジェンコの元気がなくなり、焚き火を枝でつついている。「そもそも俺たちには天気を操ることなんかできないし」とたんに胸が躍った。「そんなことない。ジーザンやストームダンス族ならできるわ。雨雲に胞子を仕込むのはどう？」わたしは父に尋ねた。

「黴は湿気が大好きだ」

「胞子は温室の中に侵入できるんですか？」アーリが訊いた。

「天井のガラス板には小さな穴がいくつも開いていて、石炭を燃やした煙を逃がせるようになっている」イーザウが言った。「それに胞子は靴や服にくっつくから、作業員が温室の中に入るときに一緒に持ち込むことにもなる」

「実が腐るまでにどれくらいかかるんです？」アーリが身を乗り出した。

「胞子がついた瞬間に立ち会ったことがないから正確なところはわからないが、胞子はとても攻撃的だ。十日ともたないだろうな。最終的には木そのものも枯らしてしまうが、それにはもっと時間がかかる。とはいえ、胞子に汚染された木は二度と実をつけない」

わたしはアーリのほうを見た。目を輝かせているところを見ると、わたしと同じことを考えているようだ。黴作戦はうまくいくかもしれない。スケジュールを計算してみる。実が腐るのに十日かかるとすると、《結社》のテオブロマが底をつくのにもう二十日はかかるだろう。そこからテオブロマの効果が消えるまでに十日見たとして、合計四十日。暑い季節の半ばに駐屯地を襲撃したければ、移動にかかる日にちも計算に入れて、散布開始は今から四十六日後となる。もちろん早く始められればそれに越したことはない。わたしは計算結果をみんなに伝えた。

「父さん、充分な量の胞子をそれまでに集められる？」

「その計画を成功させるだけの量は今はない。《霜の実》の胞子が育てられる暗くて湿った場所を見つける時間が欲しい。適切な栄養と熱と湿気さえ与えれば、《霜の実》はウサギみたいにどんどん増える」

「じゃあすぐにでも始めよう」アーリが言った。

わたしも同意した。「ヴァレクとリーフが合流したら、二手に分かれよう。片方は父と一緒に黴を育てるチーム、もう片方は、四十六日後にイリアイス市場で父と接触するよう、ジーザンとストームダンス族と連絡をつけるチーム」

翌朝、荷物をまとめた。まずはストームダンス族領の旅小屋へと向かう。リーフとヴァレクがそこにいない可能性については考えないようにして、頑固な父の説得に集中した。

「家に戻ってすぐに作業を始めないと」父は訴えた。「時間があまりないんだ」

父の言うことはもっともだが……。「ひとりで移動するのは危険よ。《結社》は父さんを探している」

「わたしが付き添うわ」ナッティが言った。「ここにひとりでいるつもりはない」

イーザウがびっくりして言った。「だが、植物はどうするんだ?」

「いくつか持っていく。でも、密林にはあんなにたくさん植物があるじゃない」

父はナッティの鋭い指摘を無視した。「温室を移動させられないのは本当に残念だ」

わたしは父の未練を断ち切るように言った。「なるべく平原を通っていくと約束して」

「もちろんだ」イーザウが答える。

「マーラ、ふたりと一緒に帰ったらどう? リーフが到着したらすぐに行かせるから」

「いいえ、ただ待っているのはもういや。それに、まだ訓練中だもの」そう言ってオノーラを見た。

「わかった。そろそろ馬に鞍をつけて」

準備ができると、わたしは父にさよならのキスをした。目的地の旅小屋には二日後、日没間近に到着した。小さな木造の旅小屋はストームダンス族領にあり、南北を縦断する主要街道のすぐ西に位置する。平原の西端沿いを延びるその街道は、城塞から南下して、カーワン族領の首都ブールビーに続く。

小屋にリーフもヴァレクもいないのを知ったとき、失望と不安が全員に広がった。わたしたちを迎えたのは、がらんとした二列の二段ベッドと冷えきった石造りの暖炉、空っぽの厩舎だけだった。フルゴルで万事順調に事が進んでいれば、彼らのほうが二、三日早くここに到着したはずだ。ヴァレクはリーフを見つけるのに思ったより手間取ったのだろう。

不安で胸がつぶれそうだったけれど、平原にいたほうが安全なので、街道から見えない場所で野営し、ときどき旅小屋を確認しに行くことに決めた。

　わたしは平原のほうに引き返し、暗くなる前に野営によさそうな場所を見つけてほしいとキキに頼んだ。野営地を決めると、夕食をとり、旅小屋を確認しに行く順番を決めた。四人で交替するつもりでいたが、自分も加えてほしいとマーラが言い張った。

「危険に慣れておきたいの」

「わかった。でも最初の何回かはオノーラと一緒に行って、人に見られないように建物に近づく方法を覚えてからにして」わたしは言った。

「了解」

「サンドシード族の防御魔術はどうなんだ？」アーリが尋ねた。「オノーラの方向感覚が狂わされるようなことはないのか？」

「平原の境界に近いからそれほど問題ではないと思う。もしなかなか戻ってこなかったら、キキに探しに行ってもらう」

「馬に救出してもらうのか」ジェンコがこぼした。「悔しがるべきなのか、悲しむべきなのか」

　キキが鼻を鳴らし、ジェンコの頭を尻尾ではたいた。

「うわ、ちくちくする！」

「蹴られなかっただけありがたいと思うんだね」とオノーラ。

それからはみんな、決まった手順で作業をこなした。交替で料理、狩り、小屋の確認に勤しむ。一日が二日になった。

三日目の朝はよく晴れて、空には雲ひとつなく、芽吹いた草木の匂いがあたりに漂っていた。残念ながら、野営地の雰囲気はそういうすがすがしさとは正反対だった。わたしたちの行動や数少ない会話には心配の靄がかかっていた。

四日経ってもヴァレクとリーフは現れなかった。恐怖とパニックがまじり合って胃を焼いた。リーフを見つけるのにヴァレクが二日以上かかるわけがない。だとすると、兄は《結社》に捕まっているということだ。マーラを忙しくさせるため、そして正直なところ自分も気を紛らせるため、オノーラとの訓練を続けた。アーリとジェンコがかわりばんこにマーラに護身術を教え、わたしは九年以上前に教わった技を練習した。

すると、いつまで待つのかとオノーラに訊かれた。

ふたりが現れるまで待つと言い放つこともできたが、こらえた。「フィスクはわたしたちがここにいると知っている。何か耳にしたら伝言を送ってくれるはずよ」

オノーラは柔らかい土に棒切れで絵を描いている。

息を吸い込んで気持ちを落ち着かせようとする。どだい無理な話だが、少なくとも落ち着く努力はした。「もし明日の夜までにヴァレクたちが姿を見せなかったら、アーリ、ジエンコ、マーラを父とナッティのもとに向かわせる」

オノーラはわたしと目を合わせた。「あたしたちは？」

「フルゴルに行く」

「アーリとジェンコは気に入らないだろうね」

「そうね。でも父が胞子を増やすには協力者が必要。それに護衛も」わたしは顔をしかめた。故郷のザルタナの土地にいても安全ではないと認めるのは不本意だった。「ザルタナ族の中にも《結社》の味方がいて、父の作業を妨害しようとするかもしれない」

五日目、もうじっとしていられなくなった。身体が勝手に動いて、その日は何度もキキの様子を確認しに行った。するとキキのほうがわたしを慰めるように首に鼻を擦りつけ、自分の背中に目をやった。

「散歩がしたいの？」尋ねるとキキがうなずいたので、わたしはオノーラを呼んだ。「ひとまわりしてくる。すぐに戻るから」キキのたてがみをつかみ、背中に跨る。鞍をつけずに乗るのは久しぶりだった。

オノーラがキキの横に現れた。「あんまり賢明とは思えないけど」

「平原からは出ない。平原にいる限り、誰もサンドシードの馬を捕まえられないし」

「相手もサンドシードの馬に乗っていない限りはね」

キキがむっとしたように鼻を鳴らす。

「サンドシードの馬は人の性格を鋭く見抜くの」わたしはキキの首を軽く叩いた。「不誠実な人間はけっして背中に乗せない」

オノーラは緊張を解かない。

「キキがわたしを襲うような連中を許すと思う？」わたしは尋ねた。

オノーラが息を吐いた。「わかったよ。でも早めに戻って。あんたが怪我をしたりしたら、困るのはあたしなんだ」

わたしはオノーラを見た。

「ああ、わかってるよ。誰もあたしを責めたりしないだろう。アーリとジェンコだって、あんたの用心棒をするくらいなら、雪豹の群れを飼うほうがましだって何度も言っていた。だからって、用心棒をしないわけにはいかない」

オノーラのやさしさに胸を打たれた。キキもオノーラの頬に馬流のキスをし、オノーラが驚いて、涎で濡れた頬に触る。

「ありがとう。そんなに遠くには行かないから」わたしはキキに膝で合図した。

キキが襲歩を始めた。わたしは赤銅色のたてがみをつかみながら、顔に吹きつける新鮮な風を楽しんだ。キキがいきなり疾風走法に入り、走りが滑らかになるにつれ、起伏のある地面が霞（かす）み始めた。わたしたちは風に乗っていた。

ひょっとしてキキは危険を察知したのだろうか？　いや、きっとスピードが恋しかったのだ。ほかの馬と一緒に移動するときは疾風走法は使えないし、平原にいるときしか飛べない。やがてキキは駈足に戻り、しまいには歩き始めた。脇腹が上下し、毛並みが汗で濡れている。そこはまだ平原だったが、平原のどこかはわからなかった。やがて見覚えのある幹や枝の曲がった松の茂みが見えた。不安になり、キキを止めると背中から降りた。

「なぜこんなに遠くまで来たの？　誰かが追ってきた？」

　キキが右方に首を向けたので、日差しに目をすがめると、遠くに土埃が立っているのが見えた。馬に乗って誰かがやってくる。とっさに身の危険を感じ、隠れ場所を探した。でも、もし彼らが追っ手なら、なぜキキはここで足を止めたのか？　キキはわたしの逡巡（しゅんじゅん）をものともせずにそちらに歩き出した。わたしも急いであとを追う。

　小高いこぶを上がったところで不安は消えた。二頭の馬がこちらに近づいてくる。前方にいるのがルサルカとリーフだということはすぐにわかったが、見覚えのない二頭目の馬に目を凝らしたとき、ふたたび不安が頭をもたげた。ヴァレクではなく、デヴレンとリーマだ。ヴァレクが一緒にいない理由について、何千通りもの恐ろしいシナリオが頭の中をよぎった。一行がそこに到着するころには、ヴァレクは捕まったのだと確信していた。あるいは殺されたのか。

　キキの横でルサルカを止めると、リーフはわたしににっこり笑った。顔にうっすらと痣が残り、旅装束は土と血で汚れている。疲れが顔に見えた。

「ここで会えてよかった」リーフは馬から飛び降り、わたしをぎゅっと抱きしめた。「おまえたちは十日前に通ったとフィスクの助っ人に言われたときは、もういないんじゃないかと心配してたんだ」兄はわたしから身体を離し、あたりを見回した。「だがここは旅小屋からずいぶん離れてるぞ。何があった？　マーラは？」

「マーラは無事よ。ほかの仲間と一緒に野営地にいる」わたしはキキを身ぶりで示した。「わたしたちは周辺をひとっ走りしてたの。途中でキキがルサルカの気配に気づいて、呼び止めることにしたんだと思う」

「野営地はどこだ？」

もう黙っていられず、尋ねた。「その前に、ヴァレクはどこ？」

「ヴァレクは大丈夫。残ってオパールを待っている」

「どうして？」わたしはデヴレンとリーマのほうを見た。どちらも疲労困憊しているが、リーマはわたしに手を振って微笑んだ。

「話せば長い。それはあとにしよう。野営地はここからどれくらい？」

「少なくとも一日はかかる」

リーフは眉をひそめた。「ひとっ走りにしてはずいぶん遠出したな」

「みんな、あなたたちのことを心配してたのよ。付き添って帰りたいけど、わたしが戻らないとオノーラが大騒ぎしそう」もう遅すぎるかもしれないけれど。すでに午後中留守にしてしまった。

「オノーラだって？」

「カーヒルのことはヴァレクから聞いてないの？」

「いや。ヴァレクとは数時間しか一緒にいなかったから」

「これも話せば長いの。ヴァレクとオパールを待つあいだ、話すことが山ほどありそうね」それでマーラのことを思い出した。彼女にはリーフが必要だ。「考えてみたら、あなたが先に行って、わたしがリーマとデヴレンに付き添えばいいんだわ」

リーフが真顔になる。「どうして？」

リーマの耳に入らないようリーフを脇に連れていき、マーラが恐ろしい目に遭ったことを話した。

リーフの目に冷たい怒りの炎が燃えあがった。「やつら、殺してやる」

「先に彼女が殺すかも」わたしはマーラが〝危険人物〟になるべく訓練中だということを話した。

「なんでまた！　マーラを危険に巻き込むような真似は僕が許さない」

リーフが行くところにはわたしも行くというマーラの宣言を思い出し、尋ねた。「つまり、あなたも危険には近づかないってこと？」

リーフはわたしを睨んだ。「近づかないわけにいかないだろ」

「じゃあ、あなたの思いどおりにいくかしらね」

リーフはいらだたしげに鼻を鳴らし、ルサルカに近づいた。「野営地はどこだ？」

「キキがルサルカに教えたと思う。オノーラにわたしがどこにいるか伝えて」

「わかった」リーフはルサルカに跨り、すぐに襲歩させた。その姿はたちまち見えなくなった。

「僕らも野宿するのかい？」デヴレンが尋ねた。

キキは近くで草を食んでいる。回復するまでにもう少し休息する必要があるだろう。

「そうね。ふたりとも休みたいっていう顔をしているし」

「リーフがやけに急いでね」デヴレンがぎこちなく馬から降り、それからリーマが降りるのを手伝った。「リーマ、火を熾すから小枝を探してきてくれ」

少女が巻き毛に手を走らせると、乾いた泥がぼろぼろと落ちた。「マーラおばさんに何があったかきっと突き止めるからね。大人の話が聞こえないように遠ざけたって無駄」

「リーマ」デヴレンがたしなめるように言ったが、リーマは平気な顔だった。肩をすくめてみせたものの、父親の言いつけどおり立ち去った。

「あの子は勘が鋭くてね」デヴレンが言った。「もっとも、今回については、リーフが動揺した理由はマーラだと誰が見てもわかっただろうけど」

わたしは、サンファイアという名だと聞かされた彼の馬の世話を手伝いながら、マーラの身に起きたことを話した。

デヴレンの反応はリーフのそれとほとんど変わらなかった。「連中を罰するためなら、喜んで手を貸すよ」

その晩、焚き火を囲みながら、リーマが父とリーフを救出するためどんなふうにヴァレクに協力したか、詳しく話してくれた。わたしは途中でいっさい遮らずに熱心に耳を傾けた。そして、話が終わるころには、リーマについていろいろなことがわかった。この子は将来有望な戦力になる。それも、近い将来に。

「なぜヴァレクはオパールを待っているの？」デヴレンに尋ねる。

彼の顔に心配そうな皺が刻まれたが、なるべく軽い口調で、オパールがジトーラ魔術師範を探しに行ったことを説明した。デヴレンが話すあいだ、リーマが父親にすり寄った。

わたしは座っていたものの、ジトーラのことでいい知らせが聞けそうな気がして飛び跳ねたいくらいだった。期待しすぎないように自分を抑えながら尋ねる。「オパールは彼女を見つけられたの？」

「オパールからの知らせを僕は受け取っていないんだ。でも、彼女がいないあいだ、ずっと軟禁されていたからね。《結社》が伝言を途中で横取りした可能性もある」

それはとてもまずい。《結社》ならジトーラを捕らえる策がいくらでもあるし、テオブロマが彼女に効かないとわかれば、ベインやアイリスにも効いていなかったと気づくだろう。オパールは、ヴァレクとわたしがブルンズのもとでまだ牢に繋がれていたときに出発したという。脱出した直後に警告の伝言を送ったのだが、すでに彼女はいなかったのだ。

願わくは、オパールの説得で、ジトーラが魔術師範として戻ってきてくれればいいのだが。ただ、オパールが《結社》の存在を知らないとなると、ジトーラは城塞に向かった可能性が高い。その場合、ジトーラを途中で止めなければならないだろう。でも今のわたしには何もできない。駆け出したいのはやまやまだったけれど、話を続け、しまいにふたりも疲労を隠しきれなくなった。ふたりには先に寝てもらった。明け方に出発すれば、夜になる前に野営地に到着するだろう。

火の勢いもだんだん弱くなり、わたしは暗くなっていく空を眺めていた。星も瞬き始めた。星はしだいに増えていき、とうとう白い炎はぎっしり空を埋め尽くした。ところがそのときお腹で変な感じがして、星空のスペクタクルのことも頭から消えた。軽く誰かに撫でられたような感じ。まるで誰かの人さし指が肌をすっと滑ったかのような。でもその感触は身体の内側から来る。もう一度同じことが起きたとき、うっすらと気づいた。確かめるためにチュニックの下に手を入れ、下腹部に手を置く。また同じ感触があり、両脇腹がやさしく震えた。

赤ん坊が大きくなり、動きが感じられるようになったのだ。下腹部に手をあてがい続けながら、その特別な体験に驚き、わくわくしていた。赤ん坊は今十八週くらいだけれど、お腹のふくらみが隠しきれなくなるのはいつだろう?

　ささやかな触れ合いは続き、ヴァレクの手が今ここにあればと願う。寂しさと不安が胸を締めつけた。きっともうすぐ会える、わたしは強く祈った。

　翌日遅くにわたしたちは野営地に到着した。オノーラ以外全員眠っていた。キキが足を止めると、すぐに闇の中からオノーラが姿を現した。

「あたしたち、意思の疎通ができてないらしいね」

「え?」わたしは馬から降り、身体を伸ばした。「リーフに伝えてあったはず――」

「〝すぐに〟という言葉について、あんたとあたしでは認識がまったく違うらしい」

「文句ならキキに言って。計画を変えたのはキキなんだから」ただし、キキは出発前からルサルカのことを察知していたのかもしれない。もし魔力が回復するようなことがあったら、忘れずに訊いてみよう。不思議なことに、魔力が戻るか戻らないかわからない今の状況が以前ほど不安ではなくなっていた。

　オノーラが眉をひそめるのを見て、わたしは思わず笑った。「アーリとジェンコが警告したように、わたしの用心棒より〝雪豹の群れを飼うほうがましだ〟ってこと、そのうちあなたも慣れる」

「どうかな」オノーラはつぶやいたが、馬の世話を手伝ってくれた。

リーマがあくびをしながらオノーラの顔をのぞき込んだ。「あなたがヴァレクおじさんの仕事を奪おうとしている殺し屋さん？」

「いずれはね」オノーラは思案した。「もしかして、あたしに挑戦するつもり？」

「まさか。まだ全然かなわないよ」リーマが否定する。

しかしオノーラもそれで納得するほどおめでたくはなかった。「その言い方だと、やる気満々って感じだね」

しらばっくれていたリーマも、にやりと笑って本性を剥き出しにした。「でも心配しないで、最高司令官の部下になったりして自分の可能性を狭める気はないから」

「一匹狼（いっぴきおおかみ）になるつもり？」

「まあ、そんなところ」

「リーマ、そろそろ寝る時間だ」デヴレンが口を挟んだ。「話の続きはあとにしなさい。たとえば十年後に」

次の日の朝、わたしたちは焚き火のまわりに集まり、情報交換した。

「時間がない」わたしはみんなに言った。「リーフとマーラは密林に行き、父とナッティに合流して。父が《霜の実》を増やすあいだ、守ってほしい。もし《結社》が父が何をしているか知ったら、必ず狙うはず。集合するのは暑い季節が始まる二十日前、イリアイス市場で」

リーフがうなずいた。「ヴァレクの眠り薬はもう使えないから、自分の調合で抽出するつもりだ。効果が出るのに時間がかかるし、効き目もあれほど長くはないが、ないよりましだろう」

「ありがとう」わたしは仲間たちを見回した。「アーリとジェンコは、ティーガンと双子の移動場所がわかったらすぐにそこに行って、ストームダンス族の誰かと一緒にイリアイス市場に連れてきて。ストームダンス族なら誰でもいい」

「あいつらの移動先はどうやって突き止める？」ジェンコが尋ねる。

「フィスクの助っ人に頼む」

「君は？」アーリが尋ねた。

「オノーラとわたしは城塞で、あるいは城塞の外で待機し、ジトーラ、ヴァレク、オパールが現れるのを待つ」

アーリが腕組みをする。「君がそんなに城塞に近づくのは危険だ。そっちはフィスクの助っ人に任せて、僕たちと来ればいい」

「ジトーラは見ず知らずの子供の言うことなど聞かない。わたしが話さないと」

「もしヴァレクと行き違いになったら？　ここに君がいなかったら怒るぞ」

「サンドシードの馬が来たらキキが察知する」オパールの馬クウォーツはキキと同じくサンドシード産なのだ。「ヴァレクひとりなら平原には入ってこない。彼やジトーラを見逃さないように、わたしたちは平原の西の境界近くまで移動する」

「それはリスクが大きすぎる」アーリが反対した。「オパールがジトーラを探しに行ったことが裏目になりかねない」それからデヴレンに目をやった。「悪いな、気を悪くしないでくれ」

「いや、いいんだ。あんたの言うとおりになる恐れはある」

わたしは有無を言わせない口調で告げた。「いずれにせよ、フィスクに状況を伝え、作戦がどこまで進行したか確かめなければ」今度は誰も反対しなかった。「デヴレン、あなたはここでオパールを待ってもいいし、一緒に城塞に来てもいい」

デヴレンはリーマに目をやってから口を開いた。「リーフは《結社》のお尋ね者リストの筆頭だ。あらゆる道に監視者が置かれていて、リーフとマーラだけでは密林にたどりつく前に阻止されてしまうかもしれない」

「僕はそんなに簡単に捕まったりしない」リーフが抗議する。

「へえ、じゃあフルゴルではどうして?」

「それは……」リーフは口をつぐんだ。

「デヴレン、わたしたちにもうあまり手がないのよ」わたしは言った。「黴の胞子はやつらのテオブロマ供給を遮断する最後のチャンスなの」

「わかってる。だからこそ僕らはリーフとマーラに同行したほうがいい。リーマはブールビーにいる祖父母に預け、僕はイーザウを守るのを手伝う」

「やだよ」リーマはすっくと立ち上がった。「あたしはイレーナおばさんとオノーラと一緒に行く」

　わたしは首を振った。「だめ、それは――」

「きっとあたしが必要になるよ。いつかは城塞の中に忍び込まなきゃならない。あたしなら中に入れてあげられる」

「フィスクの助っ人組合のネットワークがあれば充分」わたしは告げた。「彼らは城塞を隅々まで知っている」

「うん、でもあたしみたいには〝人間〟ってものを知らない。それに、助っ人たちと話をした限り、彼らでさえ門の出入りに苦労しているみたい」

「あたしはいいけど」とオノーラ。

「僕は反対だ」デヴレンが強い口調で言った。「リーマ、おまえはパパと来なさい」

　リーマはすねたが、それが正しい選択だ。デヴレンも、いやここにいる誰もが、いつ命を落としても不思議ではない状況なのだ。もしリーマの身に何かあったら、わたしはとても生きてはいけない。

　今後の任務が決まったことで活気づき、誰もが出発の準備を始めた。リーフは眠り薬を煎じるために沸騰した湯に茶葉を入れ、わたしはデヴレンに、彼の予定は必ずオパールに伝えると約束した。

「ヴァレクはいつまでオパールを待つつもりだろう」小声でわたしに尋ねた。

「たぶん、彼女が戻ってくるまでずっと」

「でももしオパールが……」デヴレンはごくりと唾を呑み込んだ。その先はとても口に出せそうもないというように。

わたしは彼の腕に触れた。「ヴァレクはオパールがどこに向かったか知っているのよね？」

「ああ」

「それならきっと彼女を見つけて連れ帰る」

「だが《結社》が――」

「問題は一度にひとつずつ解決しましょう。今はできるだけ身を潜め、どうやって相手を叩くか決めるのが先決。それまでにはヴァレクも戻るはず」

デヴレンは感謝の印に微笑み、サンファイアに鞍をつけようとしているリーマを手伝いに行った。わたしはヴァレクの蝶のペンダントにそっと触れた。自信たっぷりにデヴレンには告げたが、口に苦々しさが残った。誰もがわたしを頼りにするけれど、この計画がうまくいくかどうかさえわからない。わかっているのは、最後まであきらめるわけにはいかないということだけだ。

リーフは眠り薬を煎じ終わり、効き目に限界があることを説明しながら全員に小瓶を配った。

「効果が出るまでにどれくらいかかる?」わたしは尋ねた。

「一、二分だと思うけど、相手の体格による。アーリやデヴレンならもっとかかるだろう。それに人によってはまったく効かないことがある。だから重要な場面では僕らも使わない」

すばらしい。「効くか効かないか、事前に知る方法はある?」

「ない」

わたしは額を撫でた。今はいい面だけを見るようにしよう。

リーフの一行が出発する直前、リーマが駆け寄ってきて、たたんだ外套をわたしに押しつけた。「おばさんにはこれが必要だと思う」

「何?」

「幻影魔術が生地に織り込まれてるの。これを着ると周囲に溶け込むのよ」

驚いて、どう反応していいかとっさにわからなかった。「どうやって——?」

「あたしたちを尾行してきた連中が着てたの。言うの忘れてた、ごめん!」

《結社》側がこんなものを装備しているかと思うとぞっとした。とりあえずリーマをじっと見る。「あなたが持っていて。これを着ていれば安全だわ」

リーマは手を振った。「ジイジとバァバのところでかくれんぼするなら必要ない。それにもし使ったって、バァバは結局あたしを見つけるの。何でもお見通しなんだよ。あ、もう行かなきゃ、じゃあね！」リーマはサンファイアのところに駆け戻った。

ルサルカに跨ったリーフが笑った。「ひとつ忠告していいか？」

「もちろん」わたしが答える。

「あの子を子守りに雇うのはやめておけ」

二日後、わたしはアーリと馬たちとともに、野営地にふさわしい場所を探しに行ったジェンコとオノーラが戻るのを待っていた。町に出入りする者を見張れる程度に城塞に近く、《結社》の警邏兵に見つからない程度に離れた場所が理想だった。

アーリはあり余ったエネルギーをウィスキーの世話に注ぎ込んだ。馬が特別強いブラッシングにうっとりと呻き声を漏らす。本当はアーリもわたしのお守りをするより偵察に出かけたかったのでは？

「どうした？」アーリが尋ねた。

「ちょっと考え事。どうして自分じゃなくオノーラを偵察に行かせたの？」

「オノーラのほうが優秀だ」当然のように答える。

「平気なの？」

「自分よりすばやく、強く、賢い若い兵士が入ってくると多少なりとも嫉妬を覚えるものだが、オノーラは仲間だからな。それに……」アーリは毛梳き櫛を振った。「適材適所さ」

「プライドが傷つかない？」

アーリが笑った。「僕にプライドなんてない。ジェンコが僕の分も持っている」

確かに。馬たちにペパーミントを与えると、キキが感謝の印にべたつく舌で顔を舐めてきた。一時間後、ジェンコとオノーラが戻った。

「丘の麓にちょうどいい場所があった」ジェンコが言った。「丘に登ると城塞の東門がよく見える」

「なのに、どうしてそんな暗い顔をしてるの？」わたしは尋ねた。

ジェンコは右耳を撫でた。「フィスクの助っ人たちのことなんだ。連中が道を監視してたんだよな？」

急に不安がこみあげる。「ええ」

「ひとりもいなくなっちまった。警邏兵にとっ捕まったって噂を耳にした住人がいる」

「たまたまか、それとも連中を狙ったものか？」アーリが尋ねる。

「垂れ込みがなければ、子供を捕まえたりしないよ」オノーラが指摘する。「住民なら、自分の子が連れ去られたら黙ってない。でも助っ人たちには家族がいない」

あの子たちには親や親戚はいないが、フィスクがいる。つまり……。今の恐ろしい知らせの意味を理解すると、ぞっとして目を閉じた。「フィスクが《結社》に捕まったってことね」声にならない声だった。異論を唱える者は誰もいなかった。

「それで、どうする?」ジェンコが尋ねる。

「まずは城塞内に入らなきゃ」目を開いて言った。あたしが必要になるというリーマの言葉が頭の中に鳴り響いたが、抑え込んだ。少なくとも幻影魔術の外套がある。「そのあと何が起きているのか突き止め、フィスクを救出する」

「そいつは無理な注文だ」ジェンコが言った。

「わかってる、そんなこと」そうはねつけて、きつい言い方をたちまち後悔した。口調をやわらげて、野営地の候補がどこかジェンコに尋ねる。案内されたのは、フルゴル方面の道とオウルズヒル方面の道のあいだに位置する森の中の小さな空き地で、城塞は南西方向にある。丘の麓のあたりは寝袋を敷くには湿気が多すぎたが、ジェンコが言ったとおり、丘の上からの眺めは、寒い夜と燃えにくい火を我慢するだけの価値があった。

すぐに火を熾して夕食の準備をした。枝がしけているせいでシューシューと音が漏れる炎を囲みながら、計画の概要をみんなに話した。「二手に分かれて、門とオウルズヒル方面の道を交互に監視する。城塞に向かう前に《クローバーリーフ荘》に寄るとヴァレクは言っていた。彼とオパールが門に着く前に阻むのが肝心よ。ジトーラについても同じ」その道はフェザーストーン駐屯地にも続いている。もしブルンズがフィスクをよそに移動させるつもりなら、そこが最も近い駐屯地だ。「護衛の隙をついて、人知れず城塞内に入るのが理想だけど」

「ヴァレクとオパールがすでに城塞内に入っていたら？」アーリが尋ねた。

「そのときはそこで合流する」

「あるいはフィスクと一緒に地下牢から救出することになるか」ジェンコがつぶやく。すかさずアーリに腕を殴りつけられた。「痛っ！　おいおい、全員頭の中では考えてたくせに」

わたしたちは男女に分かれることにした。「僕らが先に行く」アーリが言った。

わたしはうなずいた。「一日三交替で、チームもその都度変えよう。交替するごとに監視場所も変える。そうすればそれぞれが、違う時間帯に違う場所から門を観察できる」

「名案だ。野営地はどうする？　誰かひとりは残るべきでは？」とアーリ。

「いいえ、不審者が来たらキキが教えてくれる。眠っていても音や匂いで察知するわ。それに丘の上にいる者には、下で何か問題が起きれば聞こえるはずだし、逆もしかり」

「街道を監視している者については？」オノーラが尋ねる。

いい質問だ。「幻影魔術の外套を着て身を隠せばいい」

「でも、その人に何か問題が起きたときに、あたしたちがそれをどうやって知る？」

「昔ながらの方法を使うんだよ」ジェンコが言った。「口笛を吹くか、女子の場合なら、キャーッと金切り声をあげる」

今度はオノーラがジェンコの肩を小突いた。

朝方、アーリに起こされた。オノーラはすでに起き出して朝食の準備をし、お茶を淹れるためお湯を沸かしていた。ああ、日常の中のささやかな幸せ。

猫のように伸びをして身体を起こす。「何かあった？」

「いや。街道を行き交う人間はほとんどいない」アーリは肩や首を回した。

「ジェンコのほうは？」

「夜のあいだは門が閉まる。誰も出入りできないんだ」ジェンコは寝袋の上にどすんと腰を下ろした。「で、眠気覚ましにちょっと探検してきた」余計なことをすれば危険が増すと抗議しようとしたわたしたちをジェンコが諫める。「門に魔術がかけられていた」

驚くことではないが、それを突破できる道具を持っていてよかった。「こっちには零の盾のペンダントがあるわ」

「効果があるかどうかわからない」ジェンコが言った。「もし詰所に魔術師がいて、零の盾のせいでこっちの心が読めないとなれば、俺たちは捕まる。魔術師じゃなく魔術警報が仕掛けられていたとしても、零の盾でそれが発動せずに済むかどうかははっきりしない」

「ほかの門はどうなんだ？」オノーラが尋ねる。「助っ人たちは閉鎖されていると言ってたけど、でも――」

「バリケードが張られていて、とても破れない」ジェンコが答えた。「しかも、いかにも恐ろしげな鉄条網が巻きつけられていた」

急いで朝食を済ませ、オノーラとわたしが次の見張り番に向かった。オノーラが街道の監視を買って出た。「ジトーラは二十八歳で、髪は蜂蜜色、目は淡い黄色。美人で、頬がふっくらしている」と伝える。でも、ジトーラと最後に会ったのは四年近く前なので、見た目が変わっていないことを祈るばかりだった。

アーリがオノーラに幻影外套を渡そうとすると、彼女は手を振った。「あたしは風景に溶け込めるんだ。忘れた？　イレーナにあげて」

ところがわたしが着ても何も起こらない。

「赤ん坊が原因かな？」アーリが言った。

「かもね」魔力がわたしに触れたり、直接向けられていたりするとき、赤ん坊が魔力を吸い取っているのではという説が今は有力だ。わからないのは、赤ん坊がその魔力で何をしている、、、のかということだ。わたしは代わりに自分の外套を羽織った。仕掛けが入った隠しポケットが無数にあり、安心感がある。気のせいだろうが、完全に丸腰でいるよりはましだ。

オノーラはわたしと一緒に丘をよじ登り、街道のほうに向かった。わたしは門を監視できる快適な場所を見つけた。すでに数人が門の前で列を作っている。門番は一度にひとりずつしか通さない。ひとりが城塞の中に入ると、ひとりが出る。門口にいる人物は、ひとりに数分ずつかけて吟味している。時間が経つにつれて列が長くなっていったが、作業の内容は変わらなかった。

　割当ての時間が半分過ぎたころ、門のところでひと騒動持ち上がった。男をふたりの衛兵がつかみ、怒号がこちらまで聞こえてきた。衛兵が男の外套を剥いで、首から下がっていたペンダントを引きちぎる。男は組み伏せられ、手枷をかけられたあと連れ去られた。

　つまり、零の盾のペンダントをつけていくのは名案とは言えないということだ。

　交替時間が近づくころになっても、警備態勢に穴はなかったし、忍び込む方法も見つからなかった。午後三時ごろ、がっかりして野営地に戻る。あとから戻ってきたオノーラからも特に報告はなかった。アーリとジェンコは直後に夜の当番のために出発した。眠ろうとしたが、ついあれこれ考えてしまう。

　城塞の中に入れなかったらどうしよう？　突入しようと思えばできるだろうが、わたしたちが城塞内にいることが周知の事実となり、フィスクの警備がさらに厳しくなるだけだろう。その場合、フィスク救出計画はひとまず棚上げにするしかない。代わりにアーリたちと一緒にストームダンス族を仲間に加え、ティーガンとヴァレクのきょうだいの居所を突き止めよう。それから？　とにかく人も資源も不足しすぎている。

　テオブロマの実を枯らす計画がうまくいけば、《結社》に味方している兵士たちも薬の効果から解放されるだろう。そのとき、信頼できるリーダーが必要となる。

シティア議会の出番だ。つまり、兵士が覚醒する前にシティア議員たちをグリーンブレイド駐屯地から救出し、指揮を執る準備を整えておかなければならない。名案だが、アーリとジェンコがティーガンたちを迎えに行くとすれば、本陣を襲撃できる人員はオノーラとわたしだけだろう。ヴァレクがオパールとジトーラを連れて魔法みたいにどこからともなく姿を現さない限り。まるでおとぎ話だ。

その後も監視当番が二回……四回……六回と続いたが、結果は同じだった。門をくぐり抜ける方法も見つからなければ、街道を見知った顔が通ることもなかった。でも考えてみれば、ヴァレクは変装しているのでは？　彼だって《結社》のお尋ね者の筆頭だ。

何の成果もあがらない監視が続く三日目の朝、わたしは街道を見張る番だった。茂みの下でうずくまりながら、今後の計画を考える。断崖に向かってはどうだろう。ケイドがティーガンたちの隠れ場所を知っているかもしれない。最善の策とは言えないが、時間を無駄にするよりましだろう。実際、考えれば考えるほど、じっとしていられなくなる。すでに三時過ぎだった。わたしは立ち上がり、そこで動きを止めた。

見覚えのある人物がふたり、道を歩いてくる。カーヒルの部隊の斥候、ハンニとファクソンだ。つまり、カーヒルの部隊はそう遠くない後方にいるということだ。

彼らを利用すれば、城塞に入れるかもしれない。ふたりがまだテオブロマの効果から脱したままだとしたら、だが。確かめる方法はただひとつ。危険を承知で森を出ると、ふたりに挨拶した。

「だめだ」わたしが計画を説明するとアーリが言った。「ばかげてる」

「今回についてはこの大男に賛成だ」とジェンコ。

「名案だよ」オノーラはわたしに賛成した。「あたしは乗る」

アーリは手を拳に握ったが、両脇に押しつけていた。「だめだ。君たちふたりじゃフィスクを救出できない。捕まってしまうよ」

オノーラが鼻を鳴らす。わたしは彼女の肩に手を置き、いがみ合いを諫めようとした。

「情報を集めに行くだけよ」

「それでもだめだ」今やアーリは腕組みをし、いつも以上に身体を大きく見せて威嚇しようとしている。

ハンニには脅しの効果があり、彼女はわたしのほうを心配そうに見た。「実行するつもりなら、今すぐ出発しないと。カーヒル将軍の一行は今朝オウルズヒルを出発している」

「じゃあ全員で行こう」アーリが言った。

「だめ。見かけない顔が多すぎると疑いを招く。あなたとジェンコは断崖に行き、ストームダンス族を連れ戻って。集合場所に集まるまでにあと三十日しかないのよ」わたしは寝袋を丸めながらふたりに頼みたいことを伝えた。

「いやだ」

ため息をつく。「アーリ、あなたの許可は必要ない」

「もし運よく城塞に入れたとして、どうやって出る？」

「行きと同じように、カーヒルに書類を出してもらう」

「門の詰所にいる魔術師はどうする？」ジェンコが尋ねた。

「将軍に頼まれた任務か何かのことを考えていれば平気」

「悪くない計画だ」木陰からずっと聞きたかった声が聞こえてきた。

わたし以外の全員がさっと武器をつかんで声のほうを向いた。言い争いをしていたせいで、全員ぴりぴりしていたのだ。

空き地の縁に、両手を大きく開いたヴァレクが立っていた。「だが一点だけ変更する。イレーナと城塞に行くのはわたしだ」

17

ヴァレク

すぐさま腕の中に飛び込んできたイレーナを抱き寄せた。胸が締めつけられるような痛みは不安のせいだったのだと改めて気づく。こうしてイレーナがそばにいるだけで、身体の奥に開いていた大きな穴が埋まっていく。

イレーナの肩越しに、その小さな空き地に集まっている面々の表情を観察する。アーリは口を固く結び、ジェンコは身体をこわばらせ、イレーナの計画にまだ反対しようとしている。オノーラも計画の急な変更に機嫌を悪くしているようだ。この五日間、オパールとともに城塞内に入る方法をずっと探していた。やっとチャンスが来たのだ。

ヴァレクはイレーナから身体を離すとその腰に腕を回した。「ジトーラとフィスクがどこに捕らわれているか突き止めて、救出できる可能性があるか検討しなければ」

「オパールならジトーラを見つけられるとわかってた」イレーナが言った。

「でも結局また敵に奪われた」オパールが森の中から出てきた。

イレーナ、アーリ、ジェンコは旧友との再会を喜んだが、説明の時間はなかった。

「ジトーラが城塞に入ったちょうどそのときに、わたしたちが到着したの」オパールが言った。

「ジトーラは逮捕されたの?」イレーナが尋ねる。

「いや、でも衛兵があとをつけた。ブルンズは利口だから、手荒な手段を使う前に自分の味方につけようとするだろう」ヴァレクが言った。

「それで、どうやって彼らを救出するんです?」アーリが尋ねた。

「救出するとすれば、考慮しなければならないことが山ほどある」ヴァレクはあえて抑揚のない口調を使ってアーリに落ち着けと警告した。

しかしアーリは過保護スイッチが入ってしまっていた。こうなると、何をもってしてもアーリを止めることはできない。

「それにどうやって城塞から脱出するんですか? 城門の衛兵は増強されるはずです」

「わたしは不要に危険な計画を立てたりはしない。おまえならよくわかっているだろう」ヴァレクはアーリを見た。「それに、オノーラも役に立ってくれるはずだ」

「あたしが?」

「オノーラがどうやって中に?」ジェンコがそう尋ねたのは、議論を吹っかけるというより、単純にその答えが知りたいかららしい。

「背景に溶け込むという得意技を使って」

オノーラは思案するように遠くを見た。〝最強の双子〟の顔に似たような渋い表情が浮かんだ。渋々受け入れたということだ。

「ねえイレーナ、デヴレンとリーマはどこ？」オパールが尋ねた。本来なら一番に訊きたかった質問だろう。

「ブールビーに向かってる」イレーナが荷物をまとめ、キキに鞍をつけながら、平原の温室、ナッティ、テオブロマを枯らす黴について伝えた。そしてアーリとジェンコは、その黴の散布のためにヴァレクのきょうだい、ティーガン、ストームダンス族を探しに行くのだということも話した。

オパールは指輪をいじりながら聞いていた。話が終わると、アーリとジェンコのほうを見た。「ケイドが安全な《断崖》から彼らだけで出発させるはずがないわ。ケイドもついていったか、ヘリを同行させたと思う」

「それを聞いて安心した」アーリが言った。「行き先の見当はつくか？」

「ええ。ブールビーのわたしの実家よ」

「確かか？　違っていたら作戦に間に合わなくなる」

「ええ。そこは安全だとティーガンは知っている。両親のガラス工房はアヴィビアン平原のすぐそばにあるの。サンドシード族の防御魔術はわたしの家族のことを認識するから、何か起きたら隠してくれる。そしてたぶん何か起きるのは確実だと思う。彼らが新しい居所についてフィスクに伝言を送ったとしたら、すでに《結社》はそれを途中で手に入れた可能性がある」

弟と妹の存在を知ったのはごく最近のことだが、ふたりが危険にさらされているかと思うと気が気ではなくなる。それに、もしふたりの身に何かあったら、母に殺されるだろう。ふいに、ジェンコがなぜあんなに母親を怖がるのか腑に落ちた。

「じゃあ、さっそく行動に移ろう」アーリが言った。

全員が記録的な速さで荷物をまとめ、オパールが口笛を吹いてクウォーツを呼んだ。万が一を想定して、オニキスとクウォーツは五百メートルほど離れた場所に置いてきたのだ。

「黴の胞子が散布されたあと、どこに集合する？」アーリが尋ねた。

「ロングリーフに。グリーンブレイド駐屯地の近くの町よ」イレーナが答えた。

「どうして？」ヴァレクはイレーナに尋ねた。

イレーナは、議員たちがすぐに指揮を執れるようにするべきだという考えを伝えた。

「まずは彼らを解放しないと」ヴァレクも賛成だった。

「もし君たちとそこで会えなかったら……」とアーリ。

「わたしたちがそこに暑い季節の最初の日までに現れなかったら、あ、あ、あなたたちがシティア乗っ取りを阻止して。ヴァレクとわたしから計画すべてを《結社》が聞きだすあいだに、あなたたちで計画を練り直すの」

ジェンコはイレーナに、次にヴァレクに、最後にアーリに目を向けた。「くそ、イレーナのやつ本気だぞ！」

「もちろんだ」アーリが言う。「もしふたりが捕まったら、ブルンズは厳重に拘束するだろう。そして魔術師たちに心を読ませる」

あるいは、ことヴァレクに関しては、イレーナや赤ん坊を使って脅されればすぐに従うだろう。

そのあと手短かに別れの挨拶をしたが、アーリとジェンコは、けっして早まったことはしないとイレーナが約束するまで粘った。

クウォーツとオニキスが空き地に到着した。馬たちが頭を擦り合わせて挨拶を交わしたあと、オパール、アーリ、ジェンコは南に向かった。人に見つからないよう、平原を通っていく予定だった。ハンニとファクソンは街道に戻った。ふたりはカーヒルの部隊と合流し、明日城塞に入る予定だ。

「門から中に入るのに、何にどう溶け込めばいいのさ？」オノーラがヴァレクに尋ねる。

「夜が明ける一時間前に城壁に張りつくんだ。そうすれば、緑の模様入りの白い大理石に擬態できるだろう。それから門に近づいて待機する。何人か人が通ったあと、頭を空っぽにして次の人間と一緒に中に滑り込むんだ。門の詰所にいる魔術師もおまえに気づかないと思う」

「どうしてわかる？」

「おまえの心はとても読みにくい」ヴァレクは何か言おうとしたオノーラを手ぶりで止めた。「さっきイレーナを見つけたとき、魔術で周囲を確認したんだ。アーリとジェンコ、馬たちは察知できたが、おまえはわからなかった。おまえに意識を集中して初めて考えが読めた」

オノーラがこちらをまじまじと見た。「あんた、魔力があるのか？」

ヴァレクはイレーナを見た。「言ってなかったのか？」

「い、いいえ、あなたの秘密だもの」

ヴァレクはオノーラのほうを見た。「手短に話そう。わたしは魔力耐性を失い、代わりに魔力を得た。傷を癒すことができ、他人の心が読める。もっと何かできるかもしれないが、探す時間がなかったし、指導者もいなかった。だが、おまえなら城塞内に入れるとわたしが言うんだから信じろ」

オノーラはいつものように淡々と話を受け入れた。「わかった。中に入ったらどこで落ち合う？」

「《統一の泉》で。どこにあるか知ってる？」イレーナが言った。

「いや。でも探すよ。もしあんたたちが門を通れなかったら？」

「城塞内で起きていることについてできるだけ情報を集め、入ったときと同じ方法で出ろ」ヴァレクは告げた。「そのときは二日後にここで会おう。もしわれわれが捕まったら、アーリとジェンコに合流しろ。おまえがいればあいつらも助かる」

「了解」

「ホースはどうする？」イレーナが尋ねる。

オノーラは微笑んだ。「近くの厩舎に繋いでおく」

「気をつけて。あとで会おう」イレーナはオノーラをすばやくハグした。

ヴァレクは笑いを押し殺した。ヴァレクの魔力の話はすんなり受け入れたくせに、友人のハグにはどぎまぎしている。顔に落ちてきた髪を払ったとき、オノーラの手がかすかに震えていた。

イレーナとヴァレクはそれぞれの馬に乗り、オウルズヒルに向かった。森から出ないようにしながら、馬たちに最善のルートを選ばせた。日没まではあと数時間しかない。空気にわずかな湿気が感じられた。

「どうやってわたしたちを見つけたの？」イレーナが訊いてきた。

ヴァレクは低い木の枝にぶつからないように首をすくめた。「君と同じことをしただけだ。オウルズヒルに続く街道を見張っていた」カーヒルの斥候たちを呼び止めるためイレーナが森から現れたとき、幻覚ではないかと思ったのだ。城塞の厳重な警備を目にして以来ほとんど眠っていなかった。門に近づいてよくよく確かめたが、捕まらずに突破できる方法はついぞ見つからず、最悪の事態を覚悟していたのだ。

そう、あのときは。だが、もしカーヒルがまだテオブロマの影響を受けておらず、こちらに協力するつもりがあるなら、明日の今頃は城塞内にいるだろう。だが、そうでなければ……まあ、今心配しても仕方がない。


カーヒルは《クローバーリーフ荘》の最上階を借りていた。ヴァレクは厩舎近くの物陰に隠れ、宿の窓を見張っていた。イレーナは町の外で馬たちとともに待機している。不満げだったが、妻子を危険にさらす前に、カーヒルがまだ味方かどうか確認する必要がある。それに、夜中に壁を這い登って部屋に忍び込むのはお手のものだ。

すべての角灯が消えて数時間後、ヴァレクは建物の脇を登って寝室の窓にたどりついた。鍵をはずしてそっと開け、中に入る。薄雲のあいだからのぞく半月の光で、そこで眠るふたりはどちらもカーヒルではないとわかった。居間のソファでもうふたり眠っている。誰も見張りに立っておらず、ヴァレクにとっては幸運だが、カーヒルとしては失策だ。隣の部屋を確認するとカーヒルがいた。失策その二。今は味方なのが残念でならない。そうでなければ、カーヒルという名の厄介の種を永遠に葬り去ることもできたのに。

とにかく、ベッドの横に立ち、咳払いをした。カーヒルがとっさにナイフを手に起き上がった。やるじゃないか。

「落ち着け」よろよろと立ち上がったカーヒルに囁く。

「誰だ？」カーヒルがナイフをすばやく突き出しながら言った。

ヴァレクは横っ飛びになって、忍び用のぴったりした服の頭巾を下ろした。それでも、いざというときのために警戒は怠らない。もしカーヒルがブルンズのしもべに逆戻りしていたら、今すぐ大声で助けを求めるはずだからだ。

カーヒルも警戒を緩めない。「ここで何をしている？」

「同志に挨拶もなしか？」

「仲良しのふりはやめよう。何の用だ？」

「なぜ城塞に戻ろうとしている？」ヴァレクが尋ねた。

「ブルンズの命令だ。理由は聞かされていない」

「おまえがわれわれに加担していることに気づいたのか？」

「わからない。だが、ブルンズの本心はいつだってはっきりしない」カーヒルは肩をすくめ、ブルンズに疑われようが平気だというふりをしようとしたが、肩の緊張が内心の不安を物語っていた。

「明日、城門に到着したとき、衛兵たちは部隊の兵士ひとりひとりを調べるのか？　それともひとまとめにして通すのか？」

カーヒルは武器を下ろした。「疑われる理由がない限り、お咎めなしで通れる」

「兵士がふたり増えていたら気づくか？」

「ふたり？　あんたと……」

「イレーナだ」

カーヒルは毒づいた。「あんたたちのどちらかが気づかれたら――」

「気づかれない」

「なぜ中に入ろうとする？　城塞内に味方はいないぞ。〝物乞いの王様〟とその子分たちは捕まった。あんたでも解放するのは無理だ」

「無理だって？」ヴァレクは無表情を装った。フィスクが捕らえられていることがこれではっきりした。それにしても、誰が《結社》に情報を漏らしたのか？

「わかったよ、あんたとイレーナならできるかもしれない。実際、そっちの計画については知らないほうがいいだろう。だが、あんたたちが捕まれば、わたしが協力していたことが明るみに出て、ふたりのことも自分のことももはや救えない」

「そのリスクは承知のうえだ」

「いいだろう。何を用意すればいい？」

「わたしとイレーナのために制服を。それから、われわれが加わることを部下たちに伝えておいてほしい」

「了解」カーヒルは居間に行き、部下たちを無理やり起こした。

ヴァレクは恨めしげな視線と低い呻き声に耐えなければならなかった。だが、夜中に部屋に忍び込んできた暗殺者に気づけなかったのは、連中の落ち度だ。みんな機嫌が悪かったが、それでも背嚢の中をかき回して、ヴァレクとイレーナにちょうどよさそうなチュニックとズボンを探し出した。

ヴァレクはまとめた服を窓の外に投げ落としてから窓枠を跨いだ。「カーヒル、ひとつ助言してもいいか?」

水色の瞳に警戒がよぎる。「何だ」

「見張りを立てろ。つねに二人組で交替で番をし、おまえもひとりで寝るのはよせ」

「なぜだ? 《結社》とあんたたち、どっちの味方でもあるから襲われる危険はない」

「だが、最高司令官はまた別だ。最高司令官は独自の暗殺者部隊を持っている」

「乗っ取りは静かに行われると言ったじゃないか。戦争にはならないと」

「最高司令官は、かつて権力者を暗殺してイクシアでクーデターを起こした。権力者とはつまり、新体制に反対し、問題を起こすだけの資力や権力の持ち主ということだ。たとえばシティア議員やシティア軍将軍のような。そうでなくても用心するに越したことはない」

「わかった」

ヴァレクはわざとらしく別れの挨拶をすると、窓から外に出た。プロの暗殺者が現れたとして、カーヒルの護衛たちが止められるかどうか疑問だが、少なくとも時間稼ぎはできるだろう。ヴァレクは服の束を抱えて、イレーナが待つ場所へ急いだ。

イレーナは小さな焚き火を熾してくれていた。もっと用心すべきなのはカーヒルだけではない。とはいえ、キキを出し抜ける殺し屋はそうそういないだろう。ヴァレクはイレーナがこちらに気づく前につかのま足を止めた。一カ月以上離れ離れだったわけだが、美しい顔が少しふっくらとして、肌も髪も輝いている。お腹に赤ん坊がいるからだ。まだ目立ってはいないが、観察眼の鋭い者なら兆候に気づくだろう。

「そんなところでこそこそするのはやめて、カーヒルが何と言っていたか教えて」イレーナが呼びかけてきた。

ヴァレクは火に近づいた。「どうしてわかった？」

「キキよ。何か聞こえたみたいに頭を上げたけれど、すぐに警戒を解いた」イレーナが服の束を指さした。「どうやらうまくいったみたいね」

ヴァレクは一部始終を話した。「準備する時間は二、三時間しかない。君の変装を先に整えるから、そのあとひと眠りするんだ。そのあいだに自分の装備をする」そう言って鞍嚢から道具を取り出した。まず鋏を持ち、切れ味を確かめる。ふいにイレーナが小さく声を漏らし、鼻に皺を寄せた。

「すまない。カーヒルの部隊の女兵士はみんな短髪なんだ。だが、うまく三つ編みをすれば、あまり切らなくても短く見せることができる」

「そうじゃないの」イレーナはヴァレクの手をつかんで自分のお腹に押し当てた。

「何――」

「ちょっと待ってて」

そのとき、突然指に動きを感じた。思わず手を引っ込めてイレーナと顔を見合わせる。彼女の目が嬉しそうに輝いている。また軽い動きを感じ、やっと理解した。腹を思いきり殴られたかのように息ができなくなった。

「赤ん坊か」わかりきったことを囁く。今のヴァレクにはそれが精一杯だった。

急に足元が不安定になり、周囲の世界が回りだす。赤ん坊に触れたことが驚きだった。頭の中で想像するだけではなく、今や現実の存在になった。興奮に不安がまじり、守りたいという思いが熱波のように押し寄せてきた。その重みで思わず膝をついた。

イレーナがとまどってヴァレクの手を握った。「どうしたの?」

「君は行かせられない」

イレーナの動きが止まる。「どういう意味?」

「明日のことだ。危険すぎる。わたしとオノーラで――」

イレーナがヴァレクの横にひざまずいた。「大げさに受け取らないで。第一、あなたが決めたことよ。覚えてる?」

「赤ん坊に触れて気が変わった」

イレーナはヴァレクの手を両手で包んだ。「わたしがいないとだめ。もしフィスクの助っ人の誰かが逃れていたとしても、あなたやオノーラには何も話さない。ジトーラもあなたたちを信用しない。それに、魔術師養成所の図書館だって、エリス・ムーン魔術師範の手記の閲覧許可を出さないと思う」

イレーナの言葉はどれも理にかなっていた。いったん城塞内に入ってしまえば捕まる危険は低くなる。それでも強烈な不安がその鋭い鉤爪(かぎづめ)でヴァレクをつかんで離さなかった。

さっきより柔らかい口調でイレーナが言う。「もしブルンズが勝利したら、わたしたちは家族なんて持てない」

それも事実だった。

「もしかしたら幸運の女神が微笑んでくれるかもよ？　相手の何か弱点をつかみ、それを利用してブルンズを暗殺できるかも」

冷静で客観的な自分が戻ってきて、動揺を静め、厳しい結末までしかと見つめる決意を固めた。「ブルンズを暗殺してもかまわないというのか？」

「ええ」

「《結社》のほかのメンバーは？」

「それはだめ。彼らはブルンズに操られているだけ」

って泥を落とし、こちらに手渡した。「さあ、仕事の時間よ」

「だめ」そのきつい口調は有無を言わせなかった。イレーナはヴァレクが落とした鋏を拾
できればこちらもお願いしたい。「カーヒルはどうだ？」

「もちろん構わない」

残念。「オーエンは？」


まだ夜も明けきらないうちに、ふたりは城塞に続く道沿いの森で待ち構えていた。どちらもカーヒルが調達してくれた制服に身を包んでいた。ヴァレクは、貼りつけた粘土がまだ完全に乾いていないせいで鼻が痒かった。イレーナの仕度を終わらせてから自分も変装し、そのあと馬たちにも化粧を施した。キキの白い模様を地の色と同じ赤銅色で隠し、たてがみと尻尾の色ももう少し濃くした。オニキスのほうは脚の黒い染色を落とし、靴下のような白い部分をあらわにした。

カーヒルの部隊が現れたとき、イレーナとヴァレクは何食わぬ顔でそこに加わった。ヴァレクは先頭近くに、イレーナは後方で列にまざった。カーヒルはうなずいたが、無言だった。移動のあいだ、誰も余計なことは口にしなかった。

城塞から数キロのところでハンニとファクソンが待っていた。

カーヒルがトパーズを止めた。「何かあったのか？」

「いいえ、静まり返っています」ハンニが言い、兵士たちを見回して最初はヴァレクを素通りした。「イレーナが来なかったですか……ああ！」

「ここに乗れ」カーヒルは自分の後方を親指で示した。「ファクソン、イレーナに同乗しろ」ヴァレクが尋ねるように見たので、カーヒルは言った。「門の衛兵たちはふたり乗りを見慣れている。わたしは斥候を徒歩で先に行かせるようにしているのでね」

ヴァレクはうなずいた。いい作戦だ。

カーヒルはトパーズを襲歩させ、全員がそのすぐ後ろに従った。城門に近づくと、ヴァレクは平常心を保つよう心がけた。心の防御壁を下ろして、城塞に戻れたことを喜び、できれば家族を訪ねたいとひたすら考えた。

入城を待つ長い列を横目に、カーヒルは馬の速度を落とし、まもなく部隊は城塞内へと進んだ。心を軽く魔力が撫でるのを感じる。ヴァレクは軍の任務や市場での買い物に気持ちを集中させた。門から充分離れてやっとまともに呼吸ができるようになった。魔力で考えを読まれないよう、心の防御壁をふたたび引き上げる。

全員いったん止まり、ファクソンが別の馬に移動した。別れる前にヴァレクはカーヒルに、いつまで町にいるつもりか尋ねた。

「わからない。ブルンズ次第だ」

「滞在中は基地を使うのか？」

「できれば。なぜだ？」

「お互いに情報交換したい」

「連中がわれわれの取り調べを始める前に、おまえたちはここを立ち去ったほうがいい」カーヒルが顔をしかめる。「もしあんたたちが捕まったら？」

ヴァレクは抑揚のない口調で話したが、イレーナがブルンズの虜囚になると考えただけで胸が締めつけられた。

「そのときはどこに行けばいい？」

「南のブールビーへ」イレーナが提案した。

カーヒルは口を開きかけたが結局何も言わず、部下たちを引き連れて去った。イレーナとヴァレクは人気のない路地に入り、目立たないシティア人の服に着替えてから《統一の泉》に向かった。

「人前に出るときは変装を続けたほうがいい」ヴァレクは言った。

「宿は？」

ヴァレクは意味深にちらりと横目使いをした。

「冗談でしょう？」イレーナの口調からちっとも面白がっていないことがわかる。

「安全だ」少なくとも、以前は。

「問題はそこじゃない。まさか城塞の中に、イクシアの密偵の隠れ家があるなんて……」

イレーナはため息をついた。「まあいいわ。わたしはもう連絡官じゃない。イクシアがシティアをスパイしているからって、どうして気にしなくちゃいけないの？」

「両国に平和をもたらしたいと考えているからだろう。わたしとしては、隠れ家があったほうが両国の平和に貢献すると思うがね」

「どうしてオノーラにそこで落ち合おうと言わなかったの？」

「門から尾行されているおそれがあるから、たどりつくまでできるだけ遠回りしたほうがいい」

「でも衛兵たちはまったく――」

「君を狙う暗殺者がまだいる。金目当ての連中はわざわざ騒ぎを起こしたりしない」

やがて《統一の泉》に到着した。噴水の中心に置かれた巨大な翡翠(ひすい)の球体には大きな穴がいくつか開いており、そこから中のひとまわり小さめの球体が見えている。この球体にも穴が開いていて、そこから三つ目の球体が見え、さらに四つ目の球体……と続いていく。ひとつの石から全部で十一の球体が彫られ、それぞれがシティアの部族を表している。

周囲には数えるほどしか人はおらず、ふたりの子供が水飛沫(みずしぶき)の中、歓声をあげながら走り抜けた。イレーナが馬から降り、外套を脱いだ。太陽はちょうど真上にあり、襟元が汗で濡れている。イレーナは泉に近づき、革袋に水を満たして顔にあてた。ヴァレクもそれに倣う。噴水の水飛沫が額を冷やしてくれる。もう来ているころだから、周囲を見回してオノーラを探した。魔術を使ってみようか？　人の多い城塞内でも魔術で感知できるだろうか？　だが、それでほかの魔術師に感知されないか？

翡翠の球体が笑った。「こんな真っ昼間なのに、気づかないなんてね」

オノーラが外に開いている穴のひとつからひょいと飛び降りてきた。チュニックが水飛沫で濡れている。

「へえ、ほんとに溶け込むのがうまいのね」イレーナが驚いたようにヴァレクに言った。

「城門はすんなりくぐり抜けられたらしいな」ヴァレクはオノーラに言った。

「『壁に張りついているあの妙なイクシア娘を見ろ』と誰かが衛兵に告げ口するんじゃないかとひやひやしてたよ。でも何も言われなかった」オノーラは肩をすくめた。「暗殺者の技術を死に物狂いで身につけたおかげで身を隠すのがうまいんだとばかり思ってたよ」

ヴァレクはなんとか笑いをこらえた。オノーラがこちらに気を許し、冗談を言うのが嬉しかった。「誰にもつけられてないだろうな」

「もちろん。だけど、あんたのファンがいるよ」

「茶色い髪の少年か？」そこに到着したときから気づいていた。

「うん。あんたの友達？」オノーラがイレーナに尋ねた。

「助っ人のひとりだと思う」

「われわれのことがどうしてわかったんだ？」こんな子供に気づかれたとしたら、かなりまずい。

「フィスクは子供たちを訓練してたから」イレーナが言った。「そうでなくても、馬に乗った男女を探していたとしたら、わたしたちはまさにそれだし」

なるほど。「馬は厩舎に連れていき、そのお友達がついてくるかどうか確かめよう。オノーラ、九番通りの厩舎で落ち合おう」

ふたりはかなり遠回りをして、市場と隠れ家に近い厩舎に向かった。少年は距離を取りながらもふたりから目を離さなかった。厩舎に着くと、キキの顔を濡らさないようにと厩番に頼んだ。キキも顔に化粧をしているからだ。

「水が大嫌いだから、もし濡らしたら蹴り飛ばされるから注意して」イレーナが忠告した。

「わかりました」若い娘は言った。「鞍嚢はどこに運んでおきますか?」

「自分で持っていくから大丈夫だ」ヴァレクは言った。「そう遠くないから」

厩番が鞍をはずすとキキがヴァレクに目を向けた。ヴァレクは心を開く。

〝おうち?〟キキがうっとりと考えると、魔術師養成所のイメージがヴァレクの頭の中にあふれた。

〝まだだ〟と答える。

馬を預け終えるとオノーラが現れた。

「ほかに誰かわれわれに関心を示した者は?」オノーラに尋ねる。

「いなかった」

「よし。じゃあさっきの少年とおしゃべりするとしよう。数区画先に狭い脇道がある。われわれがそこに入ったら、どこかに身体を溶け込ませてくれ。挟み撃ちにする」

「了解」

ヴァレクがふたり分の鞍嚢を持ち上げたが、背嚢はイレーナが肩にかけた。三人は歩道をぶらぶらと歩いていたが、いきなり右に曲がった。すぐにヴァレクとイレーナは道の出口まで走り、オノーラは身を隠した。走り去ったふたりに気を取られ、少年はオノーラがいなくなったことに気づいていない。ヴァレクたちは出口にたどりつくと引き返した。戻ってきたふたりを見て、少年は一瞬凍りついたが、すぐに踵を返した。ところが今度はオノーラが待ち構えていた。横をすり抜けようとしたものの、オノーラは通さず、その首にナイフを突きつけて押さえ込む。

少年はすぐに抵抗をやめた。

「どうしてつけまわす?」オノーラが尋ねた。

「人違い……したみたい」

「見え透いた嘘だな。もう一度チャンスをやろう」

少年は降参したように身体の力を抜いた。「手伝いが必要なんじゃないかと思ってね」

イレーナが近づいた。「こんなところで協力を申し出るなんておかしい」

少年は首だけそちらに動かした。「手を貸すのにそこがどこかなんて関係ない」

イレーナが微笑んだ。「フィスクの助っ人よ。立たせてあげて」

オノーラが手を引っぱると、少年はおぼつかない脚で立ち上がった。「なんであんな言い訳した？」

少年はズボンの埃を払った。「捕まるかもしれないと思ったんだ」

「じゃあどうしてつけてきたの？」

肩をすくめる。「直感だよ。レジスタンスの仲間って気がしたけど、知らない顔だったから確信が持てなかった」

「今はどうだ？」ヴァレクが尋ねる。「われわれが誰かわかるか？」

「うーん……でも、フィスクさんはいろんな大人に協力しているし、それに……昼間に子供も連れずに《統一の泉》に来る大人はあんまりいないからね」

もう充分だった。これ以上ぐずぐずしていると、いらない関心を集めてしまう。「話の続きは隠れ家でしよう。アレサ書店の上の部屋なんだ。オノーラ、この子を……」

「僕はフェラン」

「フェランを一緒に連れてきてくれ。部屋で会おう」

「了解」

「どうしようかな……」フェランが両手をポケットに突っ込んだ。「あんたたちが誰かも知らないし」

「そこにいたほうが安全よ」イレーナは説明した。「わたしたちはフィスクの友達なの。できればフィスクを救出したいと思ってる」

「ほんと?」フェランはあたりを見回した。「部下の兵士たちはどこ?」

皮肉か、それとも茶化したのか? そのうちわかるだろう。オノーラは少年と一緒に引き返し、ヴァレクはイレーナと腕を組んで反対側の出口に向かった。

「隠れ家に食べ物はある?」イレーナが尋ねた。

「たぶんない」

「じゃあ途中で市場に寄って何か買わないと」

「空腹なのか?」

イレーナは笑った。「いつだってぺこぺこ。というか、そんな気がする。最近は食べ物のことしか考えられないの。《豚小屋亭》のビーフシチュー、オパールが焼くラズベリーパイ、サミーが作るパンケーキ……」

「わかったよ、君はお腹が空いている」

「餓死寸前」

「先に隠れ家に行こう。市場に行っても安全か、フェランに確かめたい」

アレサ書店の二階にある、寝室がふたつの狭い住居では、家具がうっすらと埃をかぶっていた。この隠れ家を使っていた密偵は、クリスタル駐屯地からヴァレクを救出する作戦に加わり、その後イクシアに戻った。狭いとはいえ、ヴァレクの好きな隠れ家のひとつで、窓から忙しい市場の様子がよく見える。じつはもうひとつ隠れ家があるのだが、それはイレーナには黙っておいた。議事堂の近くなので出入りするブルンズやその部下を監視するにはうってつけの場所だが、それだけ近いと危険も伴う。

食器棚に食料がないかとイレーナが漁るあいだに、ヴァレクは暖炉に火を熾した。お茶でも飲めば少しは落ち着くだろう。イレーナの好きな茶葉を大きめのカップに入れた直後にオノーラとフェランが現れた。イレーナは鞍嚢で見つけた干し肉を噛んでいる。アーリとジェンコが食料のほとんどをブールビーに持っていってしまったのだろう。

フェランは肘掛け椅子に浅く腰かけ、オノーラはまた別の肘掛け椅子に、ヴァレクとイレーナはソファに落ち着いた。三人の中ではいちばん怖くなさそうなイレーナに尋問役を任せた。

「フィスクはどうやって捕まったの？」

少年が肘掛けをつかむ。「ギャング団のことは知ってる？」

「フィスクたちの邪魔をしている連中ね？」

「フィスクさんが助っ人組合を作って二年後に結成された一団なんだけど、人助けじゃなく、人に賄賂をつかませたり、騙したり、物を盗んだりするのが仕事なんだ。違法な品物を売ったりサービスをしたりもする」少年は脚に手を擦りつけた。「連中は僕らの組合にスパイを潜り込ませて、僕らがただ人助けをしているだけじゃないことを突き止め、《結社》にちくった」そしてふんと鼻で笑う。「もちろん報酬と引き換えに」

イレーナはカップをぎゅっと握りしめたが、声は冷静さを保っていた。「怪我をしたり……殺されたりした子はいるの？」

「本部に兵士たちが襲来する直前、フィスクさんが僕ら全員に逃げろと指示した。抵抗した助っ人が何人か怪我をしたけど、殺されたやつはいない。結構逃げ延びたんだけど、フィスクさんが捕まって数日後、兵士たちが方々にある隠れ家に現れて、城塞外にいた助っ人をみんな連行してきた」

《結社》はフィスクにバブバブジュースを使ったと思いたかったが、イレーナのこわばった表情からすると、拷問を受けている場面を想像しているに違いなかった。

「君はどうやって逃げたんだ？」イレーナに恐ろしい想像をさせたくなくて、ヴァレクが直接フェランに尋ねた。

「運がよかっただけさ。兵士たちが僕らの隠れ家に現れたとき、たまたま食料の買出しに出てたんだ。それ以来ずっと通りで寝起きしてる」

「みんなどこに拘束されているの？」イレーナが尋ねた。

「ほとんどは駐屯地に送られた。ブルンズ・ジュエルローズは人々に、自分は通りを掃除している、城塞内の善人から物乞いしたり盗みを働いたりしていた犯罪者たちを更生させ、イクシアからシティアを守るために役に立ってもらうつもりだと説明している」

うまい作戦だ。そう言われれば、誰も反対できまい。「ギャングたちは？」

「身を隠してる。《結社》は連中に金を払ってスパイ活動を続けさせてると思う」

「フィスクは？」イレーナが尋ねた。

「議事堂の地下牢に閉じ込められてる。接触しようとしたけど、議事堂に入る人間は必ず尋問されるんだ。厨房の下働きや清掃員さえいちいち身体検査を受ける。警備の目をかいくぐるいつもの僕らのやり方は通用しないんだ」

オノーラがヴァレクと目を合わせた。やりがいがありそうだというように、彼女が眉を吊り上げた。

「ジトーラ・カーワン魔術師範がどこにいるか知ってる？」イレーナが尋ねた。

「ジトーラが戻ってきたという噂は流れてるけど、見かけてはいない。そもそも、ジトーラの顔を知っている者がそう多くない」

「ブルンズと一緒にいるはずだ」ヴァレクは言った。「ジトーラは最初は魔術師養成所に直行したかもしれないが、閉鎖されているのを見たら、次は議事堂に行くだろう」そこで思案する。「養成所を監視している連中はまだいるのか？」

「何人かは。ほかの門が閉鎖される以前ほど多くない」

それはよかった。「今もまだ捕まっていない助っ人は何人いる？」

「だめよ。これ以上この子たちを危険な目に遭わせることはできない」イレーナが言った。

「わたしたちのためにすでに命懸けで働いてくれた。フェラン、すべてが終わるまでみんなで身を潜めていられる隠れ家を見つけて」

フェランはヴァレクを見てからイレーナに目を向け、それから決意で目をらんらんと輝かせた。「かわいいイレーナ、僕らは隠れる気はないよ。十数人しか残っていないけど、城門、市場、議事堂を交替で見張ってる。何か協力できることはない？」

イレーナがいらだたしげに鼻を鳴らした。イレーナが子供たちを守りたがるのはわかるが、彼らが協力する覚悟でいるなら、せっかくの好意を無下にする気はなかった。

ヴァレクはじっとしていられず、立ち上がった。「市場の様子はどうだ？　食料が必要なんだ」

「僕らが買ってくるよ。市場には兵士が大勢いて、見かけない顔をずっと探してる」

「わかった」ヴァレクは部屋の中を行ったり来たりした。そのほうが考えがまとまる。

「議事堂は？」

「あらゆる出入り口の内側と外側に衛兵がいる。一日中、四時間ごとに交替する」

「ブルンズが夜寝る場所は？」

「今は議事堂」

ヴァレクは悪態を呑み込んだ。あちこち移動する相手を狙うのは難しい。フェランの情報をもとに今後数日の計画を立てる。少年に硬貨を数枚与え、必要な物品や食品のリストを示した。

フェランが去ったあと、ヴァレクはオノーラに議事堂の偵察を頼んだ。「今夜あとでわたしと交替しよう。それまではジトーラを探してくれ」

「了解」オノーラが立ち去ろうとする。

「食べてから行けば？」とイレーナ。

「途中で何か食べるよ」

「でもフェランの話では監視が――」

「誰にもあたしの姿は見えない。カメレオンの女王なんだよ、忘れた？」オノーラは芝居がかったしぐさで両手を大きく振った。

イレーナは笑った。ヴァレクの大好きな声だ。オノーラがいなくなると、イレーナが尋ねた。「わたしの仕事は？」

ヴァレクはためらった。もし食事をして休めと命じたら、たぶん一発お見舞いされるだろう。「養成所の図書館に行ってハーマンの木について調べ、エリス・ムーンの手記を探してほしい。ただし……」

イレーナが身を乗り出した。「ただし、何？」尖った声だ。

「わたしが養成所の警備を確認するのが先だ」答えがない。「頼むよ、明日の朝行けばいい」

イレーナは緊張を解き、ソファにまた身をもたせかけた。「条件がひとつある。今夜はわたしをちゃんとベッドに寝かしつけてから出かけて」彼女の瞳が熱く輝いた。

その日の午後遅くにフェランが買い物した品を持って戻ったとき、イレーナはソファで丸くなって眠っていた。とはいえ、まだ温かいミートパイの刺激的な匂いが彼女を揺さぶり起こした。

イレーナがたちまち二個たいらげるあいだに、ヴァレクは少年に質問した。「カーヒル将軍の基地の場所を知っているか？」

「いや。どうして？」

「君の仲間たち数人に見張ってもらい、将軍がいつそこにいるか教えてほしい」

「わかった」

ヴァレクはフェランにカーヒルの基地の住所を告げた。フェランが去るとヴァレクも食事をし、それからイレーナをベッドに寝かしつけた。寝不足だったので、自分も隣に横たわり、数時間眠った。

議事堂に到着したとき、あたりはもう真っ暗だった。オノーラがかすかに口笛を吹き、合図した。物陰に溶け込んでいるので、姿はさっぱり見えない。点灯係はすでに仕事を終え、角灯油の匂いが漂っている。外気が冷たくなるにつれ、建物から熱が染み出してくる。

「警備態勢をどう思う？」ヴァレクは議事堂の正面玄関を見ながらオノーラに尋ねた。多層構造のその巨大な建築物は、城壁と同じ緑の筋の入った白大理石製で、二階の表玄関には翡翠の柱もそびえている。一階には窓も扉もなく、階段は衛兵がずらりと並ぶ両開きの扉へと続いている。

「厳重だ」

「おまえなら入れるか？」

「うん。でも、人を連れて出るのは無理だと思う」

「誰か目立つ人間は見なかったか？」

「人の出入りはかなりあるけど、知った顔はなかった」

「よし。戻って少し眠っておけ。明日の夜、一緒に中をのぞいてみよう」

オノーラはにやりとした。「あんたが自分でイレーナに話しなよ」

「臆病者」

オノーラは手を振ってから姿を消した。ヴァレクはもう一時間そこでじっとしていたが、議事堂は夜間は閉鎖されているようだった。魔術師養成所に向かってそっと北進し、監視者がいるかどうか確認したところ、表玄関の近くにふたりいた。地下通路の存在を知らなければ、そこが唯一の出入り口なのだ。魔術師養成所の周囲も塀で囲まれており、四隅にひとつずつ塔が高々とそびえている。

近くに誰もいないことがわかると、養成所の西側に回った。細い脇道に入り、ドアを数える。目立たない左側の三つ目のドアの前で隠しポケットから開錠道具を取り出して、そのドアを開けた。攻撃を想定して身構えつつ闇の中に忍び込む。

何事もなく静まり返っている。息を吸い込むと、乾燥した埃の匂いが鼻をくすぐった。ドアを閉め、近くのテーブルに置かれた角灯と火打石を手探りする。すばやく打つと火花が散り、角灯に火が灯った。火明かりで一瞬目がくらんだが、やがて慣れると、階段を下りて養成所の塀の下をくぐるトンネルに進む。突き当たったところはアイリス・ジュエルローズ第二魔術師範の塔の地下室だ。

塔に誰もいないことを確認したのち、トンネル近くに角灯を置き、校内をひと通り調べた。ここから人がいなくなったのはわずか三カ月ほど前だが、あたりは冷え冷えとして生気が感じられない。《結社》は養成所の食堂に自分たちの息のかかった料理人を配置し、食事のほとんどにテオブロマを入れたのだ。学生、職員、魔術師たちがたっぷり薬を身体に摂り込んだところで、ブルンズに忠実な魔術師たちが全員を洗脳し、イクシアがシティアを侵略すると信じ込ませた。養成所内の人々は最高司令官を食い止めるべく、各地の駐屯地に散り、《結社》に加わった。さすがのヴァレクも舌を巻くみごとな計画だ。

ヴァレクは図書館で足を止めた。ほかと同じく人気がないように見えるが、いちおう待ち伏せの気配はないか確認する。やはり誰もいないとわかって安堵し、急いでトンネルを通って外に出た。

　静かな議事堂に戻ると、これからどうするか思案する。この建物には侵入者のつけいる隙がほとんどない。大広間の細長い窓ガラスは三階まで続いているが、開かない。すべすべした大理石の壁にも魔術警報が仕掛けてあるのだろうか？　確かめる方法はひとつしかない。

　裏に回って大広間の近くに立ち、心の防御壁を下ろす。周囲に広がる魔力の毛布以外に魔術の気配はない。思いきって冷たい大理石に触れてみた。

　何も起きない。いや、そう思ったのだ。そのときヴァレクの魔力に引き寄せられたかのように、誰かの意識が彼を探った。慌てて防御壁を引き上げたが、遠くから聞こえる叫び声が夜のしじまを切り裂いた。そして近づいてくるブーツの音。ヴァレクは毒づいた。

18

ヘリ

門の前に到着すると、ヘリは愛馬のサンダーを止めた。「本当にあなたのお祖父様とお祖母様の迷惑にならない？」横で止まったティーガンに尋ねる。「四人もいるのよ？」

「答えるのはこれで二十三回目になるけど、ならないって。祖父母はむしろ大歓迎だよ」

ティーガンは馬から降りて門の錠を開けた。

「わたしたちが《結社》に追われてるってことを知らないあいだはね」ゾハヴがぼそりと言う。

誰も取り合わなかった。ゾハヴは何事も悪いほうに考える癖があり、暑くてうんざりしていたヘリとしては言い返す気にもなれなかった。確かに《結社》はわたしたちを探しているけれど、こちらの居所については何ひとつ知らないのだ。新しい隠れ家について知らせるフィスクへの伝言が途中で奪われたりしない限り。でも、それはまずないだろう。フィスクの部下みたいなホームレスの子供を気にする大人はいない。伝言は今頃もうフィスクの手元に届いているはず。

ブールビーにあるティーガンの祖父母の家に着くまでにはずいぶんとかかった。尾行がいないことを確認するため遠回りしたので余計に時間を食い、おまけにサンダーはシティア一のろい馬だということがはっきりした。ストームダンス族の厩舎にいた、キャラメルというやさしい性格のクリーム色の牝馬(ひんば)にはティーガンが乗ることになった。それにスモークは、双子を乗せているというのにまったく疲れを見せない。一方、ヘリはといえば、馬の後ろに回って押してやったほうが速かったかもと思うほどだった。

ティーガンが門を開けると、蝶番(ちょうつがい)がきしんだ。彼の案内で大きな石造りの母屋に向かう。そこは農場ではなくガラス工房で、小屋がいくつかと新築に見える小さな厩舎を備えている。ガラス工房の煙突からは薄い灰色の煙が立ちのぼっていた。敷地の三方はアヴィビアン平原に囲まれており、攻撃されるとしても一方だけを警戒すればいい。これは好都合だとヘリは思った。

母屋のドアを開けたのは白髪の小柄な老婦人だった。日差しを遮るため、手で目の上に庇(ひさし)を作っている。

「やあ、バアバ！」ティーガンがさっと彼女をハグした。ティーガンの肩越しに全員をまじまじと見たその老婦人は、驚いたとしても上手にそれを隠した。

「ここでいったい何してるの？」老婦人が尋ねる。「学校じゃないのかい？」

「ほら、大歓迎してる声だ」ゾハヴが小声で囁いた。

「しーっ」ジーザンは姉を睨みつけた。

「魔術師養成所は閉鎖されたんだ。聞いてない？」ティーガンが言う。

「でもそれならなぜ家に帰らないんだい？」

「ええと、それについては中で話さない？」

老婦人の様子がそこでがらりと変わった。「ああ、そうだね！　わたしとしたことが、とんだ失礼を。お友達はみんな喉が渇いているだろう」彼女は厩舎のほうを示した。「どうぞうちの厩舎を自由に使ってちょうだい。穀物や干草はあると思うけど、新鮮かどうか心もとないわ。お馬さんのお客を迎えるのは久しぶりだから」

ティーガンがキャラメルのほうに駆け寄ったが、ヘリが追い払った。「お祖母様に事情を説明してきなよ。馬の面倒はわたしたちに任せて」

邪魔をしたくなかったので、三人は時間をかけて馬の世話をした。終えると、ヘリは鞍嚢を持って双子とともに母屋に向かった。たどりついてもいないのにドアが開いた。ティーガンが脇によけて、三人を広々とした気持ちのいい台所に通した。大きな暖炉で炎が燃えている。石炭の上で何かいい匂いのする食べ物がことことと煮えていた。ヘリはお腹が鳴っていたが、迎え入れてもらえるかどうかまだわからなかったので、戸口で所在なく立っていた。老婦人は鍋のひとつをかきまぜ終えると、エプロンで手を拭いた。

「バアバ、こちらがヘリ、ジーザンとその双子の姉のゾハヴだ」ティーガンが紹介した。

「好きなだけここにいてもらってかまわないよ」老婦人は染みのついたスカートの生地をぎゅっと握っている。

「ありがとうございます、ミセス・カーワン」ヘリは礼儀正しく言った。

「ヴィンチェンツァと呼んで。ティーガンに部屋を案内させるわ。夕食はまもなくだよ」

ティーガンは居間の奥の階段を上がり始めた。室内にはアニスとシナモンの匂いがたちこめている。

「どう話したの？」ジーザンが尋ねる。

「《結社》の噂はすでに耳に入っていたらしい。でもこの国が今実際にどういう状況かはわかっていなかった」

「違うよ、僕たちのことについてだ」

「ああ、それね」ティーガンは肩をすくめた。「僕らはイレーナおばさんとヴァレクおじさんに協力していて、必要になるまで潜伏していろと命じられたと話した」

ヴィンチェンツァがスカートを引き絞っていた理由がそれでわかった。確かにティーガンは強力な魔術師だが、まだ十四歳のかわいい孫なのだ。

「お祖母さんに伝えたのかい、ほら、僕らがヴァレクの……」ジーザンが言った。

ティーガンはにやりとした。「言うまでもなかったよ。バアバは頭の回転が速いけど、君たちは彼の隠し子だと勘違いしたらしい。だからイレーナおばさんの反応を心配してた」

ゾハヴが喉を詰まらせる。「妹だってだけでも最悪なのに、まさか――」

「わたしも姉妹が欲しかったわ」ヘリはゾハヴをとりなそうとした。「一人っ子だから、一緒に遊ぶ相手がいなかったし、両親の目がずっとわたしに集中してきつかった。きょうだいがいれば、親の目が逸れているあいだ気が休まったのに」

「僕は兄さんが欲しかったな」ティーガンが静かに言った。「特に通りで暮らしていたとき、僕が妹の面倒を見なきゃならなかったから」

ヘリはくだらない愚痴をこぼした自分がばかみたいに思えた。ゾハヴさえ黙り込んだ。

二階に上がると、ティーガンが廊下の奥の部屋を指さした。「あれは母さんの昔の部屋。ヘリとゾハヴはそこで寝て。ジーザンと僕はアヒーアおじさんの部屋を一緒に使おう」と言って背後のドアにぐいっと親指を向けた。

「怒られない？」ジーザンが尋ねる。

「大丈夫。アヒーアおじさんは三人の姉の下で育ったからね」

ジーザンが同情するように声を漏らすと、ゾハヴがその腕を小突いた。

ティーガンはにやりと笑った。「僕が訪ねると、〝男同士の時間〟ってやつが必要だよなといつもこぼすよ」

雑談を聞くのはそのへんにして、ヘリは鞍嚢を持ち上げると、オパールが子供のころ使っていた部屋に入った。ふたつのツインベッドのひとつに荷物を放り投げる。壁には色鮮やかな絵がいくつか掛かっていたが、ヘリが目を奪われたのは棚の上のガラスの動物たちだった。中には体内に宿した炎が光っているものもあり、美しかった。

全員が荷解(にほど)きを始めた直後、ヴィンチェンツァが階下から食事の用意ができたと呼んだ。祖母の料理の腕前については、移動中にティーガンから散々聞かされた。空腹のときに聞くとまるで拷問だと思えたが、今ついにそれが……あんまり楽しみで涎さえ出てきた。ローストした牛肉とニンニクのうっとりするような匂いで、今にも気が遠くなりそうだ。

長テーブルには、短く刈り込んだ白髪と暗褐色の瞳の老人がすでに座っていた。老人はティーガンの祖父のジェイムズだと自己紹介した。細身で背が高いところはオパールと似ている。一方、母親のふっくらした顔はオパールの姉マーラに受け継がれている。

おしゃべりは、部屋にアヒーアと思われる若者が入ってきたとたんにやんだ。ヘリと同年代で、父親と同じ目の色、同じくらいの背格好だが、もじゃもじゃの黒い巻き毛が肩にまでかかっている。彼はティーガンに気づくと歓声をあげた。「僕のかわいい甥っ子はご機嫌いかがかな?」ティーガンとぱんと手を打ち合わせ、にっこり笑う。「魔術師養成所から来たティーガンのお友達?」アヒーアは甥の隣に座った。

「まあ、そんなもの」ティーガンはこの二カ月間の冒険譚(ぼうけんたん)を話して聞かせた。

ヴィンチェンツァの顔がどんどん蒼白になっていくのを見ると、さっきのティーガンの説明は短縮版だったらしい。彼女が、平原に隠れていなさいと命じるか、用心棒を雇うと言い張るのではないかとヘリは心配になった。

クリスタル駐屯地での一大救出劇に話が及ぶと、ヴィンチェンツァの顔からすべての血の気が引いた。一方アピーアは口を結んだまま、ヘリをじっと見ている。

「父さんと母さんは、あなたたちがしていることを知っているの？」ヴィンチェンツァが硬い声で言った。

ティーガンは口ごもった。「イレーナおばさんかヴァレクおじさんが伝言を送ったはずだよ」

「はっきりしないんだね？」祖母の顔に色みが戻ったと思ったら、今度は真っ赤になった。

これはまずい。ヘリはティーガンに助け舟を出した。「じつはティーガンはずっと安全な《断崖》にいたので、情報があまり入ってこなかったんです」

「それにリーマはイクシアにいるから安全だよ」ティーガンが付け加えた。

ヘリでさえ、今のひと言は余計だとわかった。ヴィンチェンツァはついに爆発した。その気持ちはよくわかる。愛する者たちが危険にさらされているのに、今まで何も知らずにいたなんて、誰だって面白くない。

母親が憤慨してまくしたてるのを、アピーアが遮った。「母さん、落ち着いて。この子たちは有能だ。それにティーガンは彼らより年下だけど、魔力はもっと強力だと思う。そうだよな、ティーガン？」

ティーガンは、依然としてかっかしている祖母を見やり、それからまだひと言も発していない祖父に目を移した。「確かにジュエルローズ魔術師範は、僕なら師範級の試験も受かるだろうと言ったけど、でも――」

「――今はほかの魔術師範たちとともに、《結社》を止める手伝いをしているんです」ヘリが言葉を引き取った。そう言っても好意的には受け止められないかもしれないが、ティーガンがまだ魔力の使い方や制御の仕方を学んでいる最中だということを祖父母にわざわざ教えるよりはましだ。

少し時間はかかったが、ティーガンの祖母も落ち着き、全員が夕食を終えた。双子は頼まれる前にテーブルを片づけた。自宅ではそれがふたりの仕事だったのだろう。両親が恋しくないのだろうか、とヘリは思う。彼女自身は、十二歳のときにストームダンス族ならではの魔力が芽生えて以来、一度に何カ月も家を留守にすることにもう慣れていた。とはいえ、同じ部族のほかのメンバーがヘリの代わりに家族の面倒を見てくれている。

皿拭きを手伝ってから居間に行くと、ジーザンがソファにぐったり横たわってお腹に手をのせ、呻いていた。「こんなにおいしい食事は初めてだよ。お腹がぱんぱんで、一生何も食べなくてもいいくらいだ」

ヴィンチェンツァが身を乗り出して言った。「チェリーパイがひと切れ残ってるけど」

ジーザンがすっくと立ち上がった。「僕がもらいます」

三日間、食べ、休み、また食べてといった生活を続けると、ヘリはだんだん飽きてきた。ティーガンにはすでにガラス工房を案内してもらっていた。八台もの窯を稼動させるのに必要な巨大な機器や道具の量と比べると、海岸にある小さな窯はまるで玩具だ。忙しく行き来する大勢の職人の数については言うまでもない。

四日目の朝は強い風が吹き、空を覆う黒雲から今にも雨が落ちてきそうだった。ジェイムズが朝食の席で天気についてこぼした。

「風が強いとどうして困るんですか？」ジーザンはベーコンの山にフォークを突き刺しながら尋ねた。

「まわりで砂が舞って、ガラスが砂だらけになっちまうんだ」

「それに釜が冷えてしまうから、温度を保つのに石炭が余計にいる」アヒーアが加えた。

「嵐をよそに移動させましょうか」ジーザンが提案した。「難しいことじゃない」

「そんなことしたら敵に見つかっちゃうわ」ゾハヴが諫めた。

ヘリもジーザンに加勢した。「工房のまわりを嵐から守る泡で覆ってあげますよ、ジェイムズ」

「わざわざ骨を折ってもらうほどでもない。たいしたことじゃないんだ」

「そんなにエネルギーも使いませんし」

アヒーアが顎を撫でた。「やっぱりな、ストームダンス族がひとりでもいればとても役に立つ。《結社》の問題がすべて解決したら、商売を始めるといい」

ヘリが驚いて尋ねた。「商売？」

「天気を扱うんだよ。カップルは、結婚式の日が必ずいい天気になるように君たちを雇うだろう。農民なら、旱魃が来そうになったら、君たちと契約して畑に雨を降らしてもらう」アヒーアは背筋を伸ばした。「君とジーザンで組んで、海岸地方の仕事がないときに注文を取るんだ。すぐに大金持ちになれる」

「そんなの考えたこともなかった」ヘリは言った。

ヴィンチェンツァがにっこり笑う。「ほんとにおまえはよく頭が回るね。いつも何かしら考えている」彼女は額を人さし指でこんこんと叩いた。

「そうとも、楽をする方法ばかり考えている」ジェイムズが立ち上がった。「さあ来い、モップ頭。ガラスはひとりでに集まってはくれない」

やがて毎日が同じことのくり返しとなった。日中はヘリが工房を手伝い、ジーザンとティーガンは魔術の練習をした。ゾハヴはヴィンチェンツァと過ごすのを好み、パイの焼き方やかぎ針編み、料理を習った。彼女にそんな家庭的なところがあるなんて、本人を含む全員が驚いた。夜になるとジーザンはソファで横になって食べすぎたと呻き、ゾハヴは角灯のそばで本を読み、ヘリ、アヒーア、ティーガンはカードやサイコロで遊んだ。

それは嵐の前の静けさなのだとわかっていたはずなのに、あんまり楽しくてつい油断してしまったのだ。九日目の朝、夜が明ける数時間前にアヒーアに起こされたときにも、本来なら冷静に対処すべきところだった。

「どうしたの?」ベッドに横たわっていたヘリは上体を起こした。

「客が来たと父さんが言ってる。残念ながら、僕らの遠縁の親戚でも何でもない」

ぎょっとして、慌てて立ち上がった。「家の中にもういるの?」

「いや。門の外にいる連中に父さんが気づいた。彼らは何かを……あるいは誰かを待っている様子だ」

とっさに駆け出して、平原に隠れたくなった。

ゾハヴがベッドカバーを押しやった。「何人いる?」

「六、七人と父さんは言ってた。もっといるかもしれない」

「連中の目的は?」ヘリが尋ねる。

アヒーアは肩をすくめた。「さあ。でもティーガンは知ってるかも。あいつはもう下にいる」

それはそうだ。急いで階下に下り、暗い居間に集まっていたジーザン、ティーガン、ジエイムズに合流した。

「母さんはまだ寝てる。ぎりぎりまで起こさないようにしよう」アヒーアが囁いた。

ティーガンが闇の奥を見透かそうとする。「強盗とか？」そうだったらいいのにとヘリは思った。

「違う」ティーガンが言った。「《結社》だ。やつらは僕らがここにいることを知ってる」

まずい。城塞で何かあったのだ。「包囲されてるの？ 裏からそっと逃げられない？」

ジーザンがこちらを向いた。「たった七人なら――」

「十人だ」ティーガンが訂正する。

「ええ、十人程度なら、僕ら四人で簡単に吹き飛ばせる」

「ええ、できるでしょうね。でも、援軍を連れてまた戻ってくるだけよ」ヘリは思案した。

「彼らは何をしようとしているんだろう」

「寝込みを襲おうって魂胆だろう」ティーガンがにやりとした。「ただし、ジイジが夜に窯を確認するってことをやつらは知らなかった」そして真顔になった。「やつらはキュレアと零の盾を編み込んだ網を持っている。ただし魔術師はいない」

「吹き飛ばされてるあいだは、連中も武器を使う暇はない。援軍だって同じ目に遭わせてやる」ジーザンが言った。

ヘリは彼の腕に触れた。「それでもここにはいられないわ。ティーガンの家族を危険にさらすことになる。ここを発たなきゃ。ジェイムズ、あなたと家族もどこか安全な場所を見つけて。わたしたちが逃げたら、《結社》は腹を立ててあなたたちを尋問するでしょう。あるいはあなたがたを使ってティーガンをおびき寄せようとする」

「わたしたちが逃げたら？」ゾハヴが聞き咎めた。「はたして逃げられるものかしらね？」

ヘリはぴしゃりと言い返したいところをこらえ、ジーザンとティーガンのほうを向いた。

「逃げるのはそう難しくないと思う」

「じゃあ、難しいのは？」ティーガンが尋ねる。

「わたしたちを捕まえようと思えば捕まえられると、相手に思わせること」

ゾハヴを除いて全員がわかったというようににやりと笑った。ヘリは計画を説明し、四人は裏口から出て配置についた。ほとんど明かりがなかったので、慎重に移動する。双子は井戸の後ろに隠れ、ヘリとティーガンは厩舎の脇に張りついた。馬は三頭とも目覚めていて、耳を立て、鼻の穴を広げている。

兵士たちがどこにいるか知りたかったので、ティーガンに今の状況を教えてもらった。

「今は十二人だ」と囁く。「門をよじ登ってる。ふん、門はきしむと誰かが教えたに違いない」長い数秒が経過した。「家を囲むように移動している。連中のうちふたりは鍵の開け方を知っているようだ」

ヘリは魔力を集めた。「近くに来たら教えて」強風をある一点に向けて吹かせるには相当な集中力とエネルギーが必要だった。風が家をぐるっと一周して、連中を一気に倒せるといいのだが。

「もうそこまで来てる……」

門がきしみながら開いた。

ティーガンが息を呑んだ。「父さん、リーマ」

19

イレーナ

夢も見ずに眠り続け、午前も半ばになってやっとまぶしい日差しで起こされた。わたしはあくびをしてヴァレクのほうに手を伸ばしたが、ベッドのそちら側はすでに空っぽだった。慌てて起き上がる。夜が明けて数時間は経っている。もう戻ってきてもいいころだ。毛布を押しのけると、急いで小さな居間に向かった。

オノーラが窓辺に立ち、人通りの多い市場を見下ろしている。石造りの暖炉でお湯が湯気を上げていた。

「ヴァレクから報告は?」わたしは尋ねた。

オノーラがこちらを向いた。「まだだよ」

「もう戻っている時間じゃないの?」

「状況によるさ」オノーラには心配している様子はない。「手順どおりに進めているのかもしれない」彼女は暖炉に近づき、ブーツの爪先で、燃えている石炭のほうに鍋をずらした。オノーラも外に出てきたのかもしれない。一般市民に化けているときしかブーツを履かないからだ。

心配するそぶりも見せないことが余計に不安をかきたてた。「捕まったのかも」

「だとしても、今は何もできない。午後までに戻ってこなかったら議事堂に行き、確かめてくるよ」

今日は魔術師養成所に行く予定だが、ヴァレクが安全を確認するまで待つと約束した。そこで何か問題に巻き込まれたのかも。可能性はいくらでもある。買い物客の中に彼を探すかのように、わたしも窓辺に近づいた。

「さあ、座ってお茶でも飲んで」オノーラがカップにお茶を注いだ。「何か食べるものを作るから」

「それで買収するつもり？」

「そんなにいらいらしてたら病気になるよ」

「それならそれでかまわない」わたしは頑なに言った。

「いらついたって何も変わらないよ。第一、お腹の赤ん坊によくない」

まったくもう。わたしは十代の少女のように腹立ち紛れにどすんと肘掛け椅子に腰を下ろし、とたんに埃が舞い上がって思わずくしゃみをした。近頃どうも気持ちが不安定だ。過剰反応だとヴァレクを非難してきたが、それは彼だけではないらしい。「ごめんね」お茶を渡してくれたオノーラに謝った。

「かまわないよ。それに、うちのおばに比べたらはるかにましだ」

「どういうこと?」

「おばは、妊娠中ずっとめそめそしどおしだった。少なくともそう見えた。左右ちゃんと揃った靴下がないと言っては泣き、窓ガラスに鳥がぶつかってきたと言っては泣いた」

「つまり気持ちが不安定なのは赤ん坊のせいだってこと?」

「そのとおり。それにぼんやりしていて、ときどきすっごくばかなことをした。〝赤ちゃん脳〟って、おばは呼んでたよ」

そう考えるとうなずける。赤ん坊はほかにどんなことをしでかすのだろう? 「あなたのほうが妊娠に詳しいみたいね。おばさんとは親しかったの?」

「母が死んだあと、おばがあたしたちを育ててくれたんだ」

考えてみれば、オノーラの過去についてほとんど知らないのだ。暗殺者になる訓練を積んだこと、上官に性的虐待を受けていたことは知っている。それにゲーリック軍曹が兄だというのも思いがけない事実だった。「ほかにきょうだいは?」

「いない。あたしと兄のふたりだけ」そこで言葉を切る。「おばが出産で赤ん坊ともども亡くなったとき、おじに家から追い出されて、ふたりで軍隊に入ったんだ」オノーラは肩をすくめた。「それからのことはご存知のとおり」

「悲しい話ね」

「全部過去だよ」抑揚のない口調を崩さない。

ごまかそうとしているわけではないのだ。わたしもこの数年、自分の辛い過去から逃げ続けてきたので、その兆候は見ればすぐにわかる。過去はやがてオノーラに追いつき、襲いかかるだろう。そのときできればそばにいて、乗り越える手伝いをしてあげたい。

ハムとリンゴの薄切りが山盛りにされた皿を、オノーラが肘掛け椅子のあいだのテーブルに置いた。テーブルはきれいに拭かれている。

「拭いてくれたのね。ありがとう」

オノーラはハムの薄切りに齧りついた。「退屈してたんだ」

わたしたちは食事をするあいだ黙りこくっていた。わたしはドアから目を離さなかった。意志の力さえあれば、ヴァレクをそこに出現させせられるとばかりに。

「おばは食事にも変なこだわりを持つようになった」オノーラが言った。「あるときなんか、市場に卵を買いに行かされたんだ。何十個もね。一週間ずっとオムレツとスクランブルエッグばっかり食べさせられたっけ」思い出して大笑いする。

「どれくらい一緒に暮らしたの？」わたしがそう尋ねたとたん、オノーラの顔から笑みが消えた。訊かなければよかったと心から思った。

「六年ぐらい。父は母が死ぬ一年前に家を出ていった。母は肺炎にかかって、医者がやっと原因を突き止めたときにはもう手遅れだった」オノーラは過去を見つめている。「おばも一緒さ。医者にかかるには遠すぎる場所に住んでた。産気づいたとき、おじはおばを町まで運ぼうとせず、産婆がいるから大丈夫だと言い張った。産婆もおばも、赤ん坊は逆子だとわかっていたのに」肩をこわばらせていたが、急にはっとして、急いで息を吸い込んだ。「あんたは大丈夫だよ！　ヴァレクなら治療師も医者も大勢呼んでくるさ。何の心配もない」

そんなに先のことは考えられなかった。ヴァレクとわたしにとって、今はまず《結社》のクーデターを阻止するのが先決だ。それが終わって初めてふたりの未来を意識できる。ドアに目を向けたが、まだ閉じたままだ。

午後半ばになってもヴァレクは戻らず、もう限界だった。わたしは変装を整えた。

「どこに行くつもり？」オノーラが尋ねる。

「あなたが議事堂を確認しているあいだ、カーヒルの基地を訪ねてみる。カーヒルならヴァレクの身に何か起きていないか知っているかもしれない」

「だめだよ。危険すぎる」

「あなたの許可は必要ない」もう一分でもじっと座ってなどいられない。

「カーヒルがそこにいない可能性だってある」

「そのときはフェランを探して、何か見聞きしなかったか尋ねる」

「あたしたちのどちらかがここに戻る前にヴァレクが帰ってきたら？　誰もいないと知っ

たら慌てると思うよ」

「《すぐに戻ります》と書いたメモを残しておけばいい」

オノーラは小声で悪態をつき、それから言った。「じゃあ、あたしも一緒に行く」

だめと言ってもどうせ聞かないくせに。「どうぞ」


ヴァレクがまだ中にいて人通りを観察している可能性があるので、わたしたちは議事堂をぐるりと一周した。

「あたしが中を見てこようか？」オノーラが言った。「ヴァレクが捕まっているかどうか確認するために」

わたしは思案した。ヴァレクはそう簡単に捕まる人間ではない。「今はまだいい。もしヴァレクの気配がどこにもなかったら、考えよう」

次はカーヒルの基地だ。人気（ひとけ）のない倉庫の中に足を踏み入れたとたん悪寒が走った。以前ここで過ごしたとき、あまりいい思い出がないからだ。

入口に立つ衛兵もいない。床に散らばる汚い木箱の山を縫うように続く、埃が積もっていない通り道をたどる。カーヒルの地下執務室に続く階段にたどりついたところで、かすかな黄色い光に気づいた。少なくともひとり以上の人がいそうだ。

オノーラはナイフを取り出し、ブーツを脱いだあと、ついてこいというように合図した。

わたしも飛び出しナイフを手に持ったが、刃はまだ出さないでおいた。

光がしだいに明るさを増し、話し声が遠くから聞こえてくる。地下に到着するころには、ハンニとファクソンの声だとわかった。オノーラはほとんど音を出さずに室内に入ったので、ふたりとも気づかない。

「……黙っているのは難しいだろう――」続いてわたしが入ったとたん、ハンニがはっとして剣を抜くと同時に立ち上がった。ファクソンもすぐに続く。

どうやらオノーラほど静かには動けなかったらしい。全員が凍りついた。ふたりはこちらを見て目をぱちくりさせ、やがて緊張を解いた。

ハンニが剣をしまう。「こそこそする必要なんてないのに。味方なんだから」

オノーラは肩をすくめた。「習慣でね」それからあたりを見回す。部屋には机がぎっしり並んでいた。奥の扉がカーヒルの執務室に続く。「あんたたちだけ?」

「ええ。ヴァレクのことを聞いたのね?」

どきっとした。「いいえ。何があったの?」すでに金切り声に近い。

「ジトーラ・カーワン魔術師範が城塞に現れたの。彼女が議事堂近くでヴァレクの存在を察知して、午前中ずっと追いかけまわしてたのよ」

わたしは近くの椅子にどさりと座り込んだ。ではまだ捕まってはいないのだ。「追いかけまわしてた?」

「そう。カーヒル将軍も一時間前に呼び出されて手伝わされてる。ジトーラ魔術師範が数区画まで追いつめてから、連中が罠を仕掛けて追い込むつもりでいる」

「その場所は？」オノーラが尋ねた。

「伝令によると、第三外輪の屋根の上で姿が見かけられたらしい」

オノーラがこちらを見た。「第三外輪？」

「市場の周囲を店舗や工場が同心円状に囲んでいるの。ハンニ、その外輪のどこにヴァレクがいたかわかる？」それがわからないと何キロにもわたって探さなければならない。

「北東よ」

それでもまだ広範だが、何も情報がないよりはましだ。ハンニに礼を言うと階段を駆け上がった。オノーラがブーツをひったくり、ふたりで倉庫の出口に走る。

「一時間前の情報だ」オノーラはドアの前で立ち止まり、ブーツを履いた。今はまだ忍び歩きの必要はない。

「わかってる。でもそこが基点にはなるよ」

建物を出ると、まずは自分の位置を頭に入れた。ここカーヒルの基地は第五外輪の南東部分にある。だから急いで北に向かった。もっと急ごうと思えば急げたが、全速力で走ると見咎められるおそれがある。通りや路地、屋根の上を確認しながら第三外輪に直行し、いざ北東地区に到着するとスピードを緩めて、待ち伏せの気配はないかと警戒した。ヴァレクの名前を叫びたい衝動を必死に抑える。

オノーラの手が肩に触れ、わたしを脇道に引き込んだ。「前方に兵士が大勢いる。様子を見てくるからここにいて」

抗議の言葉は喉で留まって消えた。わたしの自尊心なんかよりヴァレクのほうが大切だ。わたしはうなずいた。オノーラはブーツを置き去りにして姿を消した。角から顔をのぞかせて彼女の行く先を確かめたいところだったが、自制した。

代わりに、いざというときのために武器をひとつひとつ確認した。それからオノーラのブーツと自分のを比べる――オノーラのブーツのほうがわたしのよりふたまわり大きい。頭の中で展開する最悪のシナリオの数々を無視するため、うろうろ歩きまわる。しまいには脇道の両側にある建物の数まで数え始めた。全部で八棟。中でどんな仕事が行われているのか考える。一棟は、色とりどりの布地が積まれた配達用の馬車が外に止まっていることからして、衣服工場だろう。いや、寝具工場という可能性もある。

オノーラがどこからともなく現れて、わたしの肘をつかんだ。驚いて思わず飛び上がる。

「それで?」

「ヴァレクが近くにいることはわかっているけど、正確な位置まではつかんでないらしい。兵士が通りや路地を堰き止めていて、各建物を捜索しているのは八人組。ジトーラはそのグループの中にいると思う」

それはまずい。わたしは考え込んだ。「グループは今どこに？」

「ここから北に数区画のところ」

「案内してくれる？」

オノーラが顔を歪めた。「どうして？」

「自分でもわからない」

「そうか」なんとかなだめようとするかのような口調だった。「あたしから離れないでよ」

昼日中なのに通りががらんとしているのは妙な感じだった。オノーラは物陰に身を潜めて移動し、通りをふたつ横切ったところで歩調を緩めた。乗り捨てられた馬車の横で足を止める。ヴァレクを捜索するあいだ、御者は追い払われたのだろう。

「連中は北にもうひとつ行った区画にいる」

わたしはあたりを見回した。見覚えがあるが、理由はわからない。自分がヴァレクならどこに隠れるだろう？　オノーラなら同じ訓練を受けたのだからわかるかもしれない。でもここは城塞だ。誰よりよく知っているのはフィスクなのに。そうだ、フィスク！

「こっちよ！」わたしは踵を返して南に一区画進み、フィスクの最初の本部があった路地を見つけた。ここに来たのは久しぶりだが、隠し扉のことは覚えていた。その路地にあるほかの扉とは違い、正しい場所に立ったとき初めて現れるのだ。ヴァレクもこのちょっとしたトリックを覚えていることを祈った。数分後に扉は見つかった。ここは人目につくといらだつ暗殺者がそばにいるのは邪魔だったけれど。

とうとう開錠に成功し、薄闇の中に足を踏み入れる。ひとつしかない窓から差し込む光線の中を漂う埃が見える。壊れた家具を分厚い埃が覆っている。部屋の隅はどこも蜘蛛の巣だらけだ。ここはがらんとしているが、奥に別の部屋がある。助っ人たちのベッドが並ぶ寝室だ。失望するのはまだ早いと自分に言い聞かせて、闇の奥をめざした。

「イレーナ」背後からヴァレクの声がした。今度驚いて飛び上がるのはオノーラのほうだった。

振り向いたとたん、息を呑んだ。目のまわりに濃い隈ができ、頬がげっそりこけている。わたしは抱きつこうとしたが、ヴァレクはわたしの手を取って指を絡ませただけだった。

何事かと思い、ひざまずく。「どうしたの？　何があったの？」

「議事堂を魔力で確認していたら、ジトーラがわたしに気づいて、信じられないほど強力でわたしの意識をとらえたんだ。防御壁のおかげで正確な居場所までは知られずに済んでいる。そうでもなければとうに見つかっていた」

「どうしてジトーラがあなたを追っているの？」

「ブルンズのことを説明しようとしたんだが、信じてもらえなかった。すでに彼女は最高司令官がシティアを侵略しようとしていると信じ込まされている。わたしが議員たちやアイリス、ベインを暗殺し、今はブルンズを狙っているとジトーラは考えている」

わたしは乗り出していた身体を起こした。「ジトーラはあなたの魔力のことを知ってるの？」そうなると敵にその事実が伝わることになり、まずい。

「いや、わたしは特殊だし、すぐ近くにいるから接触できるだけだと思っているようだ。そして、魔力耐性のおかげで、彼女に嘘をつくことができるのだと」ヴァレクは疲れた笑みを漏らした。「今はジトーラと兵士の一団がわたしを狩り出そうとしている」

「なぜすぐに隠れ家に戻らなかったの？　わたしがジトーラを説得したのに」

「ブルンズに場所を知らせたくなかった」

「でも今は？」オノーラが尋ねた。「そうやってあんたがイレーナの手を握っていれば、ジトーラも見つけられないいんじゃないの？」

ヴァレクの顔が暗く歪んだ。「いや。時間の問題だ」

「赤ん坊は魔力を阻むんじゃないのか」とオノーラ。

「赤ん坊は魔力を吸収するみたいなの」わたしは言った。「今魔力を使っている？」とヴァレクに訊く。

「いや。君の手をつかんですぐ、ジトーラを遮断する防御壁を作るのをやめた。だが、赤ん坊はわたしを通して彼女の魔力を吸い取っている。シティアで二番目に強い魔術師であるジトーラだから、魔力の吸収先をたどってこられるだろう」

だからヴァレクはこんなに疲労困憊しているのだ。

「近くに来てるのか？」オノーラが尋ねた。

「ああ。一区画向こうにいて、この路地の入口に接近中だ」

「ジトーラのほかに何人いる？」オノーラはナイフを取り出した。

「八人。不意を襲ったほうがいい。眠り薬の投げ矢を持っているか？」

「うん」

「よし。路地の途中で身を隠して、やつらが来たらできるだけ大勢に矢を打て」

「父の護衛をしていた連中みたいに、もし免疫を持っていたら？」わたしが尋ねた。

ヴァレクが悪態をつく。

「待って」オノーラが言った。「リーフが調合してくれた新しい薬がある」

いろいろあったので、すっかり忘れていた。それともこれも〝赤ちゃん脳〟？

「それはありがたい。いくつかイレーナに渡してから配置につけ」

「了解」オノーラは自分用に十本確保し、わたしに六本渡して、扉の向こうに消えた。

「イレーナ、吹き矢筒を持っているか？」ヴァレクが尋ねた。

「肌身離さず」お気に入りの吹き矢筒だった。ブルンズの武器庫から盗んだそれは、中に螺旋(らせん)の溝が刻まれているおかげで、下手くそなわたしでも狙いがかなり正確になる。

「ここにいて、あの扉から入ってきた者全員に打て」

「あなたは？」

ヴァレクは、わたしを引き上げながら立ち上がった。「囮になる」そう言ってわたしから手を離した。

反対したかったが、呑み込んだ。「あなたを捕まえたら、ジトーラは何をするつもりだろう」

「ブルンズのところに連れていき、尋問するだろうな。わざと捕まって、フィスクが拘禁されている場所を確かめようかとも思ったが……」そう言って脇腹を撫でた。前回ブルンズに捕まったとき、死にかけたことを思い出したのだろう。「先にジトーラを味方に引き入れたほうがいい。君に彼女を説得してもらいたい」ヴァレクはドアのすぐ横でしゃがんだ。もし誰かが入ってきても、開いたドアの陰で彼の姿は見えないだろう。

わたしはいちばん奥の影の中に移動した。入口とのあいだにいっさい障害がないので的を狙いやすい。鋭い先端で自分を刺してしまわないように注意しつつ、すぐに手が届くよう、チュニックに矢を留めていく。それから吹き矢筒に矢をこめて待った。お腹が小刻みに痙攣（けいれん）している。それとも、吸い取った魔力で赤ん坊が活気づいた？　緊張していることを認めるより、赤ん坊のせいにしたほうが楽だった。

次の瞬間、ヴァレクが言った。「やつらが路地に入ってきた」そして目を閉じる。「オノーラが攻撃を始めた」

叫び声がいくつかあがり、人が揉み合う音が聞こえてきた。

「すぐ外にいる」ヴァレクが声を絞り出すようにして言った。

吹き矢筒の狙いを定めた。ドアが勢いよく開く。衛兵の首を狙ってふっと息を吹き、すぐに次の矢をこめる。人が次々に部屋になだれ込んできた。わたしは矢がなくなるまで相手かまわず矢を撃った。ところが衛兵の多くは倒れず、わたしも飛び出しナイフで応戦したものの、狭い部屋の中では動くのもままならない。まもなくふたりの衛兵にナイフを取り上げられて腕をつかまれ、取り押さえられた。

「イレーナ！　ここにいると思った」ジトーラの口調が重々しくなる。「裏切り者め、殺し屋ヴァレクはどこ？」

ジトーラの怒りと憎しみに唖然として、目を丸くした。言葉が出てこなかった。

「後ろだ」ヴァレクは彼女の喉に小刀を押しつけていた。ジトーラは声も出さず、動きもしなかったが、ヴァレクはいよいよ相手を締めあげて言った。「やめておけ」

ジトーラはわたしを睨んでいる。とうとう眠り薬の効果が現れて、わたしを捕まえていた男たちが倒れた。時間がかかるとリーフが言っていたけど、あれは冗談ではなかったのだ。オノーラも部屋に入ってきて、すばやい身のこなしでほかのふたりから武器を取り上げ、やがて彼らも薬の効果で崩れ落ちた。

「これで全員か？」ヴァレクがオノーラに尋ねる。

「今のところは。でも連中が戻ってこなかったら、仲間が調べに来るだろうね」

わたしはジトーラに近づいて手を握った。

ジトーラが悲鳴をあげる。「あなたなのね？　わたしの魔力を吸い取っていたのは」

「わたしじゃない。お腹の赤ん坊よ」ジトーラがわたしの腹部に目を向けたとき、お腹がせり出していたらよかったのにと初めて思った。「説明するのが難しいけど、魔力をこちらに向けるのをやめてくれれば、赤ん坊も吸い取るのをやめる。今の時点では、吸い取った魔力を赤ん坊がどうしているのかはわからない」

「全然意味がわからないわ」ジトーラが言った。

首に押しつけられている小刀のせいで集中できないのかもしれない。「ヴァレク、小刀を下ろして。オノーラと一緒に出入り口の警戒をしていてほしい」

「大丈夫か？」ヴァレクが尋ねる。

大丈夫なんかじゃない。「大丈夫よ」

ヴァレクはジトーラから離れ、わたしも彼女の手を離した。ジトーラが行動を起こすそぶりはなかったので、ヴァレクはオノーラに顎をしゃくり、一緒に建物の外に出た。

ジトーラは腕組みをした。「あなたに魔法は効かないかもしれないけれど、わたしはいつでも逃げようと思えば逃げられる。たとえばここに火を放てばそれでいい」

「そうね。でもあなたはそんなことはしない。上階には何の罪もない人々が住んでいる」

ジトーラが何か言い返す前に、わたしは待ってというように両手を上げた。「五分だけ時間をちょうだい。お願い」

「話を聞いてもあなたの意見に賛成できなかったら？　だってあなた、裏切り者だわ」

「そのときは逃げてかまわない。わたしたちは敵同士じゃない」

ジトーラが床に転がっている兵士たちに目をやる。

「眠っているだけよ。死んではいない」

「わかった」

どこから始めよう？「議員たちもベインもアイリスも死んではいない。それはわたしが言うまでもないことよ。アイリスかベインと接触してみればいいだけ」

「どうやって？　高感度通信器はもうない。最高司令官がすべて破壊してしまった」

ブルンズが悪賢く、嘘がうまいことは確かだ。でも、そんなことジトーラにもお見通しなのでは？　ただし……。「ブルンズは零の盾のペンダントをつけているんじゃない？」

「もちろんよ。さもなければ、あなたの《霊魂の探しびと》の魔術で攻撃される」

「わたしは今は魔力を使えない。赤ん坊が遮断しているみたいなの」

「そんなばかな」

「わたしの心を読んでみて。嘘じゃないとわかるはず」

ジトーラは腐った卵の臭いでも嗅いだかのように顔をぎゅっと歪めた。「読めないわ」

なんてこと。一カ月前にはヴァレクにもわたしの心が読めた。赤ん坊は成長するにつれて力が強くなっているのだ。「赤ん坊のせいね」

　ジトーラは納得していない様子だ。

　そこで別の戦術をとることにした。真実をぶつけるのだ。「ブルンズはあなたに嘘をついている。《結社》はシティアを乗っ取り、オーエン・ムーンの支配下にある最高司令官と手を携えるつもりなの」

「あなたは事実を捻じ曲げようとするとブルンズは言っていた。第一、オパールはその《結社》について何も話していなかった」

「あなたを助けるためにオパールがここを発ったときには、《結社》の陰謀のことはまだ彼女に伝わっていなかったの。彼らは人々にテオブロマを与え、魔力を使って洗脳している。少なくとも、議事堂の食事の味にはあなたも気づいたはずよ」

「ええ。でもブルンズによれば、新しい料理人はテオブロマを調味料として使うのが好きで、少量なら無害だという話だった」

　ブルンズはどんなことにも答えを用意している。もっと別の角度から攻めなければ。

「ブルンズがどういう人物かさえあなたは知らないはず。でもわたしのことや、シティアの平和のために骨を折ってきた過去は知っている。わたしがシティアを破滅させるようなことをすると思う?」

「あなたはヴァレクと結婚し、子供が生まれようとしている。スパイとしてここに送られた可能性があるわ」

なるほど。でも、わたしは何年も前からイクシアの密偵ではと疑われてきた。それでふとカーヒルのことを思い出した。「カーヒル将軍は信頼している?」

「ええ」

「ブルンズにこのことを報告する前にカーヒルと話をし、ブルンズについて尋ねてみて。ブルンズは天才だ、きっとシティアを救ってくれると言うと思うけど、そこで心を読んでみてほしいの。彼が嘘をついているとわかるはずよ」

「なぜカーヒルが嘘を?」

いよいよ最大の賭けをするときが来た。いやでも鼓動が速まる。「彼はわたしたちの味方だから。カーヒルがわたしをどんなに嫌っているか知ってるでしょう? つまり、彼がわたしたちに協力しているのは、ブルンズが危険な男で、その陰謀を止めなければならないと理解しているから」

ジトーラの表情がほんの少しやわらかくなった。「あなたの話が事実なら……わたしも危険ということ?」

「あなたは味方だと彼が思い込んでいるうちは平気だと思う。あなたの体内にテオブロマが行き渡るのをブルンズは待っている。洗脳はそれから。魔術師範にはテオブロマは効かないと彼は知らないの。アイリスとベインは、わたしたちの反撃の準備が整うまで、効いているふりを続けている」わたしは深呼吸して、声の震えを抑えた。もう一歩、踏み込まなければ。「今言ったことをあなたがブルンズに報告すれば、彼はアイリスとベインを、あなたを、そしてカーヒルを殺すわ。そうなれば、残ったわたしたち全員が死ぬのも時間の問題よ」わたしはお腹に手をあてがった。「わたしを信じてくれるなら、カーヒルにそう話して。彼からわたしたちに伝言が届き、わたしたちがあなたを救出する」

「もし信じなかったら?」

「その伝言も、必ずわたしたちに突きつけられるはずよ」わたしはヴァレクとオノーラを呼んだ。

ふたりが戻ると、ジトーラを残してそのまま奥の部屋に急いだ。汚れた窓からかすかに光が漏れ、出口を探すには充分だった。フィスクはいざというときのために、本部に必ず裏口を作るようにしているのだ。外に出ると、ふたりと手をつないだ。そうすればジトーラが魔力で隠れ家をたどろうとしても、赤ん坊のおかげで魔力は吸収される。

「ジトーラを納得させたか?」ヴァレクが尋ねた。

「わからない」

ヴァレクは歩調を遅くした。「すぐに城塞を出なければ」

「わたしたちが城塞内にいることをブルンズはすでに知っている。ここから逃げても結果を先延ばしにするだけよ」

疲れたのか、ヴァレクはわたしの手を強く握っただけだった。

数区画進んだところでオノーラがわたしに言った。「議事堂に寄ってくる。明日の午後半ばまでに戻らなかったら心配して。それまでは心配の必要はない」そして手を離した。

「悪いけど、どのみち心配するから。それに慣れて」

「了解」

オノーラはめったに見せない笑顔を見せ、細い脇道に姿を消した。ヴァレクとわたしはくねくねと曲がった道を通って隠れ家に戻った。彼に手を引かれて寝室に向かう。

「養成所は安全だった？」今からなら、図書館を調べる時間が二、三時間はありそうだ。

「ああ。だが君がいないとまずいな。ジトーラにまた見つかるかもしれないし、彼女を跳ね返すエネルギーはわたしにはない」

ヴァレクはわたしの手の甲にキスをした。疲労でふらついているので、わたしがベッドに押し倒す。「眠って」わたしも彼の横に寝そべった。ヴァレクはわたしの手を握ったけれど、次の瞬間には眠りに落ちていた。

やがて……オノーラに起こされた。角灯の黄色い光に、戸口に立つそのシルエットが浮かび上がっていた。ヴァレクはすでにベッドで身体を起こして小刀を握っている。いったいどこからその小刀が？　窓の向こうの闇で街灯の明かりが揺れている。空腹で、お腹が鳴っていた。ずいぶん長く眠ってしまったらしい。

「報告がある」オノーラが少々居心地悪そうに言った。

「すぐに行く」ヴァレクが告げた。

オノーラは居間で肘掛け椅子に座り、裸足の足をテーブルにのせていた。どうやって議事堂に入ったのだろうと不思議になる。議事堂の壁はつるつる滑ってとても登れない。ヴァレクとわたしは肘掛け椅子の正面にあるソファに腰を下ろした。

「報告を頼む」ヴァレクが言った。

「議事堂は静まり返っていた。もしジトーラがあたしたちのことをブルンズに告げ口していたら、もっと大騒動になっていたはずだ」

とりあえずはよかった。「フィスクは?」わたしは尋ねた。

「地下牢にいた。まわりは衛兵に何重にも囲まれてる」オノーラは関節を緩めるように指を曲げ伸ばししている。「あんたがあいつに手の合図を教えていたとは知らなかった」

ヴァレクがわたしの横で身体をこわばらせた。「フィスクと話したのか?」

「うん。かわいそうに、あたしが突然現れたからひどくびびってた」

「元気……だった?」答えを聞くのが怖かった。

「捕まったことに腹を立てていて、動揺もしてるけど、イレーナが今のところは無事だと話したら落ち着いたようだった。ブルンズに何もかも知られてしまって申し訳ないと言ってたよ」

本当にかわいそう。できればいますぐ抱きしめてあげたいくらいだ。

「彼もテオブロマを与えられているのか？」ヴァレクが尋ねる。

「いや、だけど頭の中から情報を引き出すのに魔術が使われたらしい」

嘘でしょう？ その辛さはよく知っている。涙がこみ上げそうになったとき、ヴァレクが親指でわたしの手を撫でた。

「彼を逃がせるか？」ヴァレクが尋ねた。

オノーラが唇をぎゅっと結んで考え込んだ。「議事堂で何か騒動が起きて連中の気がそちらに逸れれば、助けられるかもしれない。ただし、そのあと議事堂から脱出できるかどうかはわからない」

わたしはヴァレクの手を握った。彼も握り返す。「ブルンズは？ 彼かカーヒルを見かけなかったか？」

「ひと通り見回りをして、ブルンズが執務室にした部屋は見つけた。三階の客用の続き部屋のひとつさ。カーヒルは見当たらなかった」

「ブルンズも衛兵に何重にも囲まれているのか？」

「うん。フィスクほど大勢じゃないが、魔術師も何人かいた。シリー・クラウドミストの顔が見えたよ」オノーラは顔をしかめている。シリーに記憶を消されそうになったときのことを思い出しているのだろう。ブルンズがシリーを手放さないのも当然だ。

「ブルンズに近づけるか?」ヴァレクは尋ねた。

オノーラが背筋を伸ばし、裸足の足が床に下りて、トンという音がした。「つまり……?」

「そうだ。やつを殺すんだ」

すでに蒼白な顔がますます青ざめ、オノーラは膝に肘をついた。「あたし……」視線は窓の外に向けられている。

そのまま言葉を継がないので、ヴァレクが尋ねた。「わたしでもやつに近づけるか?」

「無理だ。溶け込む能力がなければ議事堂には入れない。でも相手が外に出れば……」

「寝首をかくのがいちばんだ。そのほうが逃げる余裕もできる。そもそも、わたしが城塞内にいると知っていて外に出てくるとは思えない。暑い季節にこちらが行動を起こすのと同時に殺せれば理想的だが、これはやつに近づける千載一遇のチャンスかもしれない。おまえにその名誉な仕事を頼みたい」

オノーラがのろのろとヴァレクのほうに目を向けた。「あたし……」

「人を殺したことがない?」ヴァレクの言葉は質問というより断定だった。

「ああ」

20

ヴァレク

ヴァレクが少し前から疑っていたことをついに本人が裏づけた。オノーラは一度も人を殺したことがないのだ。その事実が明らかになるには最悪のタイミングと言えよう。

「それでどうして暗殺者と名乗っているの?」イレーナが驚いて尋ねた。

「そのための訓練をし、技術も身につけた。ただ、どうしても……できなくて」

イレーナがオノーラの手を取った。「それは悪いことじゃない。むしろいいことよ」

オノーラは感謝の笑みを向けた。

「最高司令官を襲ったときはどうなんだ?」ヴァレクが尋ねる。「わたしのときもそうだったが、わざと手加減していたのか?」

「いや、全力だった。だがあんたと同じく、最高司令官もぎりぎりのところで思いがけない動きをして、あたしを止めた。ほっとしたよ。あたしには彼を殺せないとわかっていたから」

最高司令官が慌てたわけがわかった。オノーラはヴァレクよりさらに彼に接近してみせた。それで怯えたのだ。「今はどうなんだ」

オノーラは唇を歪めて、自虐的な笑みを浮かべた。「最高司令官とは何度か手合わせをしたから、すでに弱みはつかんだ」

それはヴァレクも同じだし、そう思ってきた。アンブローズは餌を吊り下げて、相手が食いつくのを待つのを好む。だが、いざ追いつめれば、オノーラならもしかすると本当に勝てるかもしれない。今となってはどうでもいいことだった。ヴァレクは乏しい選択肢に思いを馳せた。

フィスクを救出するか、ブルンズを暗殺するか。両方を同時にはできない。どちらかを実行すれば、すぐさま敵が警戒し始めるだろうし、ジトーラのことも考慮しなければならない。彼女が洗いざらいブルンズにぶちまけるおそれだってあるのだ。身体の芯まで疲れていた。最近はほとんどまともに眠れない。

「それで、どうする？」イレーナが尋ねた。

「明日養成所の図書館に行き、それからカーヒルと連絡を取る。そのあとは……」ヴァレクは肩をすくめた。

「フィスクを救出しよう」イレーナが有無を言わせぬ口調できっぱり言った。

ヴァレクはそちらを見た。「何か計画があるのか？」

「敵の気を逸らしてほしいとオノーラは言っていた。わたしたちがそれをやるの」

翌朝彼らは遅く起きた。朝食をとっていると、オノーラが任務を終えて戻ってきた。

「どうだった？」イレーナが尋ねる。

「議事堂の偵察をしたあと、助っ人たちと会って計画を説明した」そこで面白そうに鼻を鳴らす。「いよいよ賽は投げられた。勝率は低いが、あたしは銀貨を一枚、あたしたちの勝利に賭ける」

「銀貨一枚だけ？」イレーナが眉を片方吊り上げる。

「胴元を破産させちゃまずい」

イレーナが笑う。「その自信過剰ぶり、ジェンコが喜びそう」

オノーラは微笑んだが、目は笑っていなかった。ひょっとすると、彼女がじつは〝かわいい殺し屋さん〟ではなかったと知ったときのジェンコの反応を心配しているのかもしれない。だが、ヴァレクのオノーラに対する評価は変わらなかった。オノーラは別に嘘をついていたわけではない。みんなが勝手に殺し屋だと思い込んでいただけで、誰もじかには尋ねなかったのだ。どんな状況であっても人を殺すのは簡単なことではない。たとえ自分の命を守るためでもできない者もいる。一方ヴァレクは、誰かを守るためには排除しなければならない人間もいると認識していたし、排除するにしても軽い気持ちでやったり、理由もなく殺したりしたことは一度もない。だから後悔はしていない。

目の前の問題に意識を戻し、フェランと話をしたかどうかオノーラに尋ねる。

「ああ。カーヒルは昨夜遅くに基地に立ち寄ったらしい。今夜も来るかもしれない」

「結構。何か問題はありそうか？」

「いや、今のところは。だが、ブルンズはあたしたちをおびき寄せようと、待ち構えているのかもしれない」

だとすれば、ブルンズの勝ちだ。

朝食を終えると、ヴァレクはイレーナを養成所に送った。過保護ねという彼女の抗議は耳に入らなかった。確かに過保護かもしれないが、今回は正当な理由がある。「君が図書館を調べているあいだ、わたしはベインの執務室を捜索する。彼もわれわれと同じことを考えていた可能性があるし、第一魔術師範のベインには、図書館もエリス・ムーンの手記を貸したかもしれない」

「確かに」

養成所の地下トンネルは問題なく通ることができた。がらんとした校内を見渡すあいだ、イレーナは辛そうに両手を握り合わせていた。ヴァレクは彼女の肩をぎゅっと抱いて励まし、やがて彼女は図書館に向かった。イレーナに触れていないあいだは心の防御壁を強化する必要がある。ジトーラが自分を探しているとは思えなかったが、今心をさらけ出すのは危険だ。

ヴァレクは、養成所の事務所や魔術師範の執務室がある管理棟の裏口に回った。ベインの執務室をめざし、廊下を忍び足で進む。途中まで来たとき、くぐもった叫び声が聞こえた。小刀を抜き、耳を澄ます。何かがぶつかったり倒れたりする音がアイリスの執務室のほうから聞こえてくる。たどりつくと、扉がわずかに開いていた。中をのぞいたとたん、しまったと毒づいた。

ジトーラが奥の壁のほうを向いて立ち、ヴァレクが引き返そうとするまもなく声が響いた。「そこにいるとわかっている。あなたに魔力耐性があるとすれば、ありえないはずだけど」彼女がこちらを向いた。「でも今はもう耐性はないのね？」

「ああ」ヴァレクは静かに室内に入った。

ジトーラが手を上げた。「そこまで」

ヴァレクは言われたとおりに足を止め、小刀をポケットに戻した。この状況ではどんな武器も役に立たない。ジトーラの魔力をもってすれば、ヴァレクの防御壁などどちり紙さながらやすやすと毟り取られてしまうだろう。前回そうしなかったのは、ヴァレクに不意を突かれたからにすぎない。今はいくらでもその時間がある。

「あなたには魔力がある。何があったの？」

嘘をついても仕方がない。自分とイレーナの未来はこのあとどうなるかにかかっている。

「兄たちが殺されたことをやっと受け入れられたんだ。兄たちの殺害場面を目撃したとき無意識に自分の霊魂にかぶせた零の盾が、それで消えたらしい。とたんに魔力が解放された」それはイレーナの説だが、タイミングからして正しいと思えた。

「わたしを殺しにここに来たの？」ジトーラが尋ねた。

「できると思うか？」

「いいえ。あなたは強いけれど、わたしほどではない」

「ではなぜ心配する？」

「心配ではなく、好奇心と言ったほうがいいかも。殺さない理由を説明して」

「あなたは騙されたり洗脳されたりしたシティア人のひとりだ。被害者なんだ。わたしは被害者を殺したり傷つけたりするつもりはない。これはイレーナの命令だ。だから怖がる必要はまったくない」

「ではここで何をしているの？」

「捜索だ。《結社》を倒す手がかりになるような情報をベインが持っていたのではないかと思って」依然として疑い続けるジトーラがだんだんじれったくなってきた。「まだカーヒルと話をしていないのか？」

「ええ。ふたりきりで話をする機会がなかったの。実際、自分の部屋にこもらない限り、まるでひとりになれない。あのシリーとかいう魔術師がいつもわたしに張りついている。あなたからわたしを守るためとブルンズは言い訳しているけど」ジトーラが顔をしかめた。

「シリーは、わたしが彼らの味方かどうか確かめるため、何度も心の中に入ってこようとした。心配しないで、彼女にそこまでの力はないから。それにイレーナの話も、彼女がここにいることもブルンズには伝えてない」

よかった。「でも今はひとりだ」

「これでも魔術師範よ？　守ってもらう必要なんかない」

確かに。「ここは隠れるにはうってつけの場所だからな」

「隠れているわけじゃない」ジトーラは背後の壁に親指を向けた。そこには巨大な金庫があった。扉を隠してあった油絵が床に置かれている。「開けられる？」

ジェンコがその専門家だが、自分にも多少は覚えがある。「もしかしたら。金庫の種類による」

ジトーラが脇にどき、ヴァレクは彼女を怯えさせないようにゆっくり金庫に近づいた。扉は分厚い金属製で、錠も複雑だし、破るのはかなり難しそうだ。ダイヤルを回し、かすかな振動を見逃すまいとする。数えきれないほど試した末、とうとう扉が開いた。

ヴァレクは一歩下がった。「何を探してる？」

ジトーラは中身を漁り、いろいろなものを引っぱり出しては机の上に置いた。「やった」ジトーラが取り出したのはガラス製の高感度通信器だった。「非常時のためにひとつは予備があると思ったのよ」

さすが、よく気が回る。「これでベインと連絡を取り、われわれの話が事実かどうか確かめられる」

「そのとおり」だがジトーラはためらっている。まだヴァレクを信用していないのだ。

「わたしはベインの部屋に行く。もし余裕があれば、エリス・ムーン魔術師範の手記を持っていないか彼に尋ねてみてくれ」そう言って、ヴァレクは立ち去った。

ベインの執務室はアイリスのところから数部屋しか離れていない。アイリスのきちんと整理された部屋と違って、どこもかしこも混沌としている。ベインという人をよく知らなかったら、誰かが家探ししたと思っただろう。この世で最も強力な魔術師は、時間さえあれば、人にあまり知られていない歴史の細部を調べている。だが、シティア議会の一員でもある彼にはその時間がほとんどないのだ。

ヴァレクはまず机の上から始め、紙の山を調べ始めた。行方不明の魔術師リストを見つけ、このうち何人がまだ生存しているのだろうと考える。そのとき、身を隠すのに手を貸した魔術師がいるとフィスクが言っていたのを思い出した。つまり今やブルンズはその人たちの居場所も知っているということだ。机の引き出しの中には……何もかもが入っていた。あまり引っかきまわさずに閉める。もしベインが手記を手に入れていたとしたら、そんなに奥にしまい込まれてはいないはずだ。テーブルに移動し、紙ばさみを開いては、何でもいいから古そうに見えるものを探した。

「ベインの塔にあるわ」ジトーラが言った。

ヴァレクがさっと振り返る。

彼女は通信器を赤ん坊のように抱き、目を涙で濡らしている。「ふたりとも生きてた!」

ほっとした。ふたりの魔術師範については随時情報が入ってきてはいたが、生きているという確証はなかったのだ。

「あなたたちの言うとおりだった。ごめんなさ――」

「謝る必要はない。謝るとしたら、そもそもあなたが城塞に入るのを止められなかったわたしのほうだし、ほかにも余罪が無数にある」

ジトーラがからからと笑った。明るくやさしい声だった。

ベインの塔は養成所の南東の角に位置している。居間がある四階まで階段を上がるあいだに、ヴァレクを追跡したことについてブルンズにはどう話したのか尋ねた。

「見失ったと話したわ。そもそもあなたの存在に気づいたのも運がよかっただけだもの。今では城塞内のあらゆる場所に監視が配置されているけれど、それでも彼らはあなたの変装に気づいていない」

それを知って安堵した。明晩の計画を考えればなおさらだ。ふたりはベインのナイトテーブルにあった分厚いエリスの手記を手に取ると、養成所の図書館に向かった。

イレーナは閲覧室の中央のテーブルに座っていた。上方の明かり取りから差し込む日光が、彼女の前に開かれた本を照らしている。分厚い学術書がその両側で山をなしていた。

　ふたりが部屋に入ってきたのに気づいて目を上げたイレーナは、とたんに立ち上がった。

「何――」

「落ち着いて」ヴァレクは言った。「ジトーラはベインと連絡を取ったんだ」

　イレーナは息をついた。「どうやって？」

　ヴァレクが説明し、それから本を指さした。「何を読んでる？」

「エリスの手記が見つからなかったから、ハーマンの木について何か見つからないかと思って、植物に関する本をね」左側に積んだ本を示す。「今のところ収獲なし」

「そのまま続けてくれ。わたしは手記を読む」ヴァレクは紙ばさみをテーブルに置いた。

隠れ家にいるよりこちらのほうが安全だ。それからジトーラのほうを向いた。「救出作戦が終わるまで養成所にいるといい。われわれは――」

「逃げるつもりはないわ」

「どうして？」イレーナが尋ねる。

「ブルンズと行動をともにし、ベインやアイリスと同じように味方のふりをする。あなたたちが《結社》を止めるとき、わたしがそこにいれば援護をするのに理想的でしょう？」

　たいした自信だ。

「どうやって連絡を取り合う？」

「どうぞ」高感度通信器を渡された。ガラスの立方体の中で魔力が脈打ち、それが腕を伝わってくる。「これを使えばどこにいてもほかの魔術師全員と接触できる」

「わたしにはとても――」

「使い方は難しくない。教えてあげるわ」ジトーラが通信器を引き取った。「心の防御壁を下ろして、魔力でわたしに語りかけて」

言われたとおりにする。最初は硬い煉瓦の壁にぶつかった。〝ジトーラ？〟頭の中で呼ぶ。

すると壁に隙間ができた。〝わたしの心にようこそ。散らかっていてごめんなさい。この数日、なかなか楽しい日々を過ごしてたから〟

〝こちらこそ〟

ジトーラは微笑んだ。〝さて、これでほかの魔術師の心をノックする方法がわかったわよね？　今度はアイリスに意識を飛ばして、限界に突き当たったら教えて〟

北東のフェザーストーン駐屯地にいるアイリスに意識を飛ばしてみる。城塞の外の街道を行き来する何人かの人々。やがて、オウルズヒルの数人の住人の心を読んだ直後、先に進めなくなった。そんなに遠くまで意識が届いたことに、自分としては驚いていたのだが。

〝行き止まりだ〟

ジトーラが通信器をヴァレクに手渡した。〝この中の魔力を使って前進して〟

まるでそこに魔力の毛布がぎゅっと凝縮されているかのようだった。新たに魔力を得て、ヴァレクは先に進みながらアイリスを探した。やがて石の壁に衝突した。頭がくらくらし、回復にしばらくかかったものの、なんとかノックをした。〝アイリス？〟

〝ヴァレク？　ここで何している？〟

〝話せば長いのですが、じつは魔力の毛布に手が届くようになり、ジトーラにあなたの高感度通信器の使い方を教わっているんです〟

沈黙。〝なるほど。わたしが必要になったらまた連絡しなさい。言っておくが、通信器にこめられた魔力には限りがある。使いきったらクインにしか再注入できない〟

〝使用量はどうやってわかるんですか？〟

〝わたしなら、消耗するまでに十二回は伝言を送れるが、おまえの魔力はそこまで強くないから、もっと少ないだろう。おそらく合計八回ぐらいか〟

ヴァレクは頭の中で計算した。すでに三回は使われているが、そのうち二回はアイリスより魔力が強いジトーラだ。〝残りは六回分？〟

〝そうだな、それぐらいだろう。幸運を祈る。イレーナにもよろしく伝えてくれ〟

ヴァレクは養成所の図書館に戻ってきた。いや、身体はずっとそこにあったのだから、妙な感じだ。イレーナとジトーラがどちらも期待の目でこちらを見ていた。

「アイリスがよろしくと言っていた」ヴァレクは言った。

ふたりともにんまりした。イレーナが通信器を身ぶりで示す。「それで形勢がこちらに傾くわ。あなたの魔力がそのうち役に立つと言ったでしょう？」

「君が正しかったな、愛しい人」

ジトーラが彼の背中を叩いた。「その呼びかけを使い続ければ、ふたりの結婚はいつまでも円満よ」それから真顔になる。「ブルンズに怪しまれるとまずいから、そろそろ戻るわ。何か大発見があることを祈ってる」出ていこうとして、足を止めた。「ああ、忘れるところだった」ジトーラはポケットから鍵のかかった木箱を取り出した。縦十五センチ、横五センチほどの大きさだ。ジトーラはそれをイレーナに渡した。「オパールに会ったら渡して」

「何ですか？」

「オパールにはわかるわ」

ふたりは昼間の残りの時間を読むことに費やした。ヴァレクは長年魔術師と敵対してきたにもかかわらず、魔術についてはほとんど門外漢だとたちまち思い知らされ、イレーナと仕事を交換することにした。今は植物に関する文章や挿画の並ぶページを眺め、ハーマンの木への言及がないか目を凝らしている。

ふいにイレーナが顔を上げた。「エリスは天才だけど、考えが飛躍しすぎるところがある。オーエン・ムーンがなぜあんな狂気じみた考えを持つようになったか、ようやくつかめた。きっと、養成所の生徒だったときにこれを読んだに違いないわ」彼女は指先でページを叩いた。「人一倍強力な師範級の魔術師だけが力を持つべきだとエリスは考えていた。ほかの凡百の魔術師たちはただの危険な存在でしかない、だから魔術師全員を管理する組合のようなものを作りたいと思っていたのよ」

「それはブルンズらしい考え方だ。利害が一致したオーエンとブルンズは、魔術師を操るための計画に着手した。テオブロマはあくまで一時的な措置だろう。そのうち、彼らの方針に従わない魔術師を排除し始めるに違いない」

「皆殺しにするの？」ぞっとしたように尋ねた。

「そんな極端なやり方をすれば、シティア人みんなが動揺しかねない。ほかの方法で力を奪う必要がある」

「わたしみたいに？」

ヴァレクは考えた。「君の魔力を遮断したのが彼らだったとしたら、その物質をほかの魔術師にもすでに使っているはずだ。もしかすると零の盾を使って何か実験しているのかもしれない。零の盾は物にくっつけることができる。人の体内や血流に注入する方法を見つけたのかも」

イレーナの顔から血の気が引いた。「本気で言ってるの？」

「それが可能かどうか、わたしにはわからない。だが、連中が何か企んでいることは確かだ。ブルンズとオーエンは魔力を持つ者と持たない者を分けて管理しようとしている。魔術師はシティアにしかいないから、《結社》のほうが主導権を持って取り組んでいるに違いない。答えはエリス・ムーンの手記にありそうだ」

ふたりは作業を続けた。

先に読み終えたのはイレーナだった。「見つかったのはこれで全部？」

「そうだ。どうして？」

イレーナは紙ばさみを脇に押しやった。「手記の一部が欠けている。さまざまな物質で実験中とエリスは書いているけど、詳細は実験記録に、とあるのよ」

「その部分だけ代々一族のあいだで受け継がれているのかもしれない。オーエンはエリスの玄孫だ」

「あるいは、別の分類で棚に並べられているのか」

ふたりは延々と並ぶ本棚の中、目を皿のようにして実験記録を探したものの、見つからなかった。そのあと、植物関係の本の残りをイレーナにも手伝ってもらいながら読んだが、やはり何も見つからない。すでに陽も暮れて、あたりは薄闇に閉ざされていた。ヴァレクが本の山の半分を棚に戻し、残りをイレーナが担当した。どの本も図書館の同じ区画に属していた。最後の一冊を棚に滑り込ませたとき、別の本の題名に目が留まった。『イクシアの園芸学』。城にあった樹木のイメージが頭にぱっと浮かぶ。もしかして？

　ヴァレクはそれをつかみ、図書館のいちばん明るい場所に持っていった。イレーナもついてきて、ページをめくるヴァレクの肩越しにのぞき込んでいる。今まで見ていた本と違って、植物や樹木の多くに見覚えがあった。でも名前をほとんど知らなかったことに驚く。ヴァレクは、よく見かける丸い葉の挿絵で手を止めた。

「チェキートの木だ」イレーナが笑いながら言った。「葉っぱがカムフラージュにぴったりなのよね？　覚えてる？」

「あれはいい思い出だ」初めてイレーナと会ったとき、この娘は頭が切れるとヴァレクは直感した。森に身を紛らせるために真っ赤な制服にこの樹木の葉を貼りつけたのを見たときには、勘が当たったと思った。それに、顔は泥だらけ、髪も葉で覆われていたというのに、とても愛らしく見えたのだ。

　ヴァレクは薄れゆく光の中で懸命にページを繰った。

「あった！」イレーナがページを指さした。

　あの独特の葉を持つハーマンの木が目に飛び込んできたとき、胸が高鳴った。だが解説を読むと、日除(ひよ)けとして木を育てる方法や生育に適した条件が書かれているだけだった。分布地はイクシアだが、本来シティアのような暖かい気候を好む希少種らしい。

「うまくいかないな」

「なぜオーエンがこの木に関心があるのか、理由を教えてくれる脚注でもあればね」イレーナは彼の肩を叩いた。「少なくともイクシア産だってことはわかった。数分前よりましよ。それに、父が読めば役立つことが何か書いてあるかも」

ヴァレクはそのページを引きちぎろうとし、イレーナが慌ててその手をつかむ。「図書館はそんなことをしたら許さないわ」

長年大勢の学生がここで長い時間調べ物をして過ごしてきたからか、図書館内のあらゆる場所に魔力が染み込んでいる。図書館は本をとても大事にしているのだ。

「本を持ち出すのは許してくれるだろうか」

「さあ」

ばかげているとは思ったが、壁に呼びかけてみる。「この本が問題を解決してくれるかもしれないんだ。うまくいけば学生たちもここに戻り、勉強を再開するだろう」

イレーナは目をきらきらさせて口を押さえているが、笑いはしなかった。

「頼む」ヴァレクは本を脇に挟んだ。

建物を出るとき、棚がこちらに倒れてくるようなことはなかった。吉兆だ。トンネルを通って養成所の塀の下をくぐり、坂を上がって通りにそっと出る。家路を急ぐ昼間の仕事を終えた労働者たちの流れに紛れたが、ふたりを見咎めた者は誰もいないようだった。通りは人々の話し声で活気づいている。陽がちょうど沈んだところなので、あたりは単調な灰色の黄昏に満たされているが、それもやがて闇に変わるだろう。ヴァレクはイレーナと手を繋ぎ、離れないようにしていた。監視者が彼を探しているとジトーラは話していた。きっとカップルではなくひとりで歩く男に注意を向けているはずだ。願わくは。

オノーラは隠れ家でふたりを待っていた。救出作戦に必要な品とミートパイを買ってきてくれていた。イレーナが香辛料の効いた温かいパイにさっそく齧りつき、至福の声を漏らす。

「準備は万端だ」食べ終えたところでオノーラが言った。「ただ、連中の気を引くタイミングが肝心だ。今のところ、議事堂での活動の多くが、人々の帰宅時間に合わせて午後遅くに行われている」

「衛兵の交替はいつだ？」

「その一時間ほど前だ」

なるほど、賢い。夕方の帰宅者で混雑する時間、交替したばかりの衛兵はまだ緊張感に満ちているというわけだ。「午前中は？　衛兵はいつ交替する？」

「明け方の一時間前。でも、何も活動がないときには、あたしも中に入れない。前もって午後に中に入っておくなら別だけど」

「その必要はない。帰宅時間のさなかに騒動を起こすつもりだ。だがもしイレーナが中に入れなければ、救出作戦は中止とする。計画の残りはそのままだ」

「了解」

「必ず中に入るわ」イレーナが自信満々の様子で言った。

だが戦いはそれからなのだ。そこの一員のようにふるまえば、たいていは咎められたりしない。問題は、門のところで待機している魔術師だ。ヴァレクに対してはすでに警戒を強めているから、イレーナを行かせるのが最善策だった。それでも、胃を苛（さいな）む不安は消えなかった。魔力耐性をなくしてからというもの、感情の抑えがまったく利かなくなった。いや、魔力耐性をなくしてからではなく、イレーナの妊娠がわかってからか？

フェランが情報と、もういくつか物資を持って現れた。「カーヒル将軍は今本部にいる」

フェランとともに計画を見直し、それからイレーナとヴァレクはカーヒルのもとに向かった。カーヒルの基地は、もう使われていない倉庫にある。高々と積まれた木箱は、物を詰める代わりに、中に忍び込もうとする者を阻む障害物として役立っている。地下が、自分に忠実な部下たちのための詰所だった。ヴァレクの部隊と編成が似ているが、規模はもっと小さい。

出入り口に立つ衛兵は何も言わずに彼らを通したが、渋い顔がますます渋くなった。イレーナが先頭に立って階段までヴァレクを案内した。カーヒルは執務室でテーブルに身を乗り出し、ふたりの部下と戦術を話し合っていた。ヴァレクたちが入っていくと顔をしかめたが、会議は終わりにした。ドアを閉め、こちらを向く。「城塞内の兵士という兵士があんたを探していることを知らないらしいな」

「連中はイレーナがいることにも勘づいているのか？」

「いや。ジトーラ魔術師範が城塞内をくまなく調べたが、感知できなかった」カーヒルはイレーナのほうを見た。「零の盾のペンダントでもつけているのか？　ジトーラはブルンズの嘘をすっかり信じ込んでいて、血眼になって探してたからな。少なくとも、彼女がほかの魔術師範のことを暴く心配はなさそうだ」

カーヒルにはジトーラについて明かさないでおこう。今はまだ。「なぜブルンズはおまえをここに呼んだんだ？」

「ジトーラ魔術師範をムーン駐屯地に移送する際の護衛だ。彼女にも訓練を受けさせ、準備を整えてほしがっている。イクシアの火祭の直後に最高司令官が攻めてくるとブルンズは確信している」

「でも、わたしたちはそれが嘘だと知っている。イクシア軍が現れなかったらどうなるの？」イレーナが尋ねた。

「わからない。ブルンズは、北部の駐屯地の兵士全員をイクシア国境へ向かわせ、今の季節の半ばには配置につかせる計画を立てている。ベイン魔術師範はクリスタル駐屯地に移送し、各駐屯地にひとりずつ魔術師範を置く形にして指揮を執らせるつもりらしい。そして魔術師全員がわが軍に同行する」

ヴァレクは表情を変えなかったが、頭の中ではさまざまな考えが行き交っていた。どうやらわれわれは間違っていたらしい。最高司令官の軍は本当に侵攻してくるつもりだ。戦争が始まり、両国に戦死者が出る。戦闘の混乱の中で、魔力を奪おうと魔術師たちを狙っているのは実際には誰か、うやむやになってしまうだろう。だが、シティア住民の非難が集中する相手ははっきりしている。

最高司令官だ。

21

ジェンコ

ジェンコはアヴィビアン平原の境界にたどりつく前に待ち伏せに気づいた。建物がまだ見えてもいないことを考えると、ある意味驚きだ。アーリと、かなり抵抗を示したオパールを置いてきたのは、斥候として敷地を確認するためだ。背の高い草のあいだから這い出しながら、かすかな月明かりの中、少なくとも四人の人影がしゃがんでいるのがわかった。

オパールの馬が、落ちたら確実に首を折りそうなほど猛烈な速さで走ったので、オパールの両親の家にわずか四日で到着した。まったく、すべてが終わったら、一週間は眠りこけてやる。

家のまわりを一周したところ、やはり敵はすべてのドアと窓に張りついている。合計十二人。相手にするには多すぎる。それに今戻ってアーリとオパールを連れてきても、間に合うかどうか。どうやらまずいことになりそうだ。大気も不安定な感じがする。と、そのときふと思い出した。中にはストームダンス族がいるはずだ。もし気づかせることができたら……。

門のきしむ音がした。音は、肌を滑る鋭い刃のように分厚い静寂を切り裂き、本当に肌を切り裂かれたような感じがした。ふたつの人影が貧弱な草地を進み始める。

何でもいい。ジェンコは毒づいた。デヴレンとリーマはあんなところでいったい何をしてるんだ？

とにかくジェンコは立ち上がると剣を抜いた。すると甲高い叫び声に続いて、ブンッという音とともに突風が吹いた。敵が次々と地面に叩きのめされている。今度ばかりはジェンコのほら話ではない。つむじ風が文字どおり連中をつまみ上げては地面に叩きつけ、誰も起き上がれなかった。

小さな人影が厩舎の陰から飛び出してきて、デヴレンに飛びついた。大柄な男が少年を宙で抱きとめる。よかったよかった。ジェンコは剣を鞘に収めた。もうひとり別の人間が物陰から現れたが、彼女はもっとゆっくり歩いてくる。ヘリだ。あれだけの力を見せつけられたジェンコとしては、彼女に立っている体力が残っているだけでもすごいと思った。

ジェンコが近づいていくと、四人がさっと振り返った。リーマの手にはナイフが光っている。おみごと。

「俺だよ。ジェンコだ」と言って大きく腕を広げる。

ティーガンがこちらをじっと見つめた。額に訝しげな皺が寄っている。「零の盾だ。だから気づかなかった。はずしてもらえますか？」

なぜだと尋ねようとして、自分で答えを見つけた。俺が《結社》に洗脳されて、スパイになってしまった可能性を見越したのだ。ジェンコはペンダントをはずした。「俺のあまりに混乱した頭の中を見てショックを受けないといいが」耳の傷がじんと痛くなり、心を探られる不快感に襲われた。しかしそれは来たときと同じくらいすぐに消えた。

ティーガンがにんまりする。「荷物をまとめたらすぐにそっちに行くと、平原にいる母さんに伝えてください」

よかった。「ゾハヴと――」

「僕らならここだよ」ジーザンが言った。「見世物を楽しませてもらってた。ヘリがお楽しみを独り占めしちゃったから」

「次回はお任せするわ」ヘリが疲れた声でこぼす。

「やった」

ゾハヴが顔をしかめる。

「心配するなよ、ゾー」ジーザンが言う。「おまえも活躍させてやるから」

ゾハヴの表情がますます歪んだが、ジーザンはちっともめげずに大笑いした。ジェンコは感心した。なかなか見所のあるガキだ。

彼らが荷物をまとめて馬に鞍をつけるあいだ、ジェンコはアーリとオパールのもとに戻った。

「どうだった?」即座にオパールが尋ねた。

「落ち着けよ。あんたの家族は無事だ。まもなくここに来る」

「ここに？　何があったの？」

　ジェンコはヘリが敵を食い止めたことを説明した。「……あの娘の突風はみごとなもんだった。俺が《結社》の一員だったら今頃震え上がってるな」

「敵にはみくびってもらったほうがありがたいんだが」とアーリ。

　ジェンコはマダムの脚に故障はないか調べに向かった。こんなに急いで移動したのだから、できれば二、三日は休ませてやりたかったが、敵の次の攻撃を避けるために平原のもっと奥に行かなければならない。連中はきっと執拗に追ってくるだろうし、さっき撃退されたことで増力してくるのは間違いない。

　ジェンコはにやりとした。せいぜい怯えさせてやるさ。

　一時間もしないうちに、九人と四頭の馬の一団が視界に現れた。オパールが歓声をあげて駆け寄り、重さなどものともせずに、ふたりの子供を抱き上げた。デヴレンが全員に腕を回す。急に羨ましくなって空っぽの胸の奥がちくりと痛み、ジェンコは驚いた。家庭を持ちたいなんて考えたこともなかったのに。この《結社》をめぐる騒動で参っているのかもしれない。ったく。ジェンコは目を逸らした。

　アーリが家族の再会に水を差した。ブールビーからもう数キロは離れなければならない。

「どこに行くつもりだ？」オパールの父親が尋ねた。

「南へ。あなたたちが滞在できそうな中規模の町を見つけよう」アーリが言った。

　全員で十二人、馬は七頭だったので、大半はふたり乗りになった。ジェンコはマダムの鞍にオパールの父親と跨り、アヒーアはティーガンとキャラメルに乗った。オパールは母親とクウォーツに、双子は一緒にスモークに、デヴレンとリーマはサンファイアに。アーリとヘリはひとりで乗ったが、それぞれの馬ウィスキーとサンダーは人より多く荷物を積んだ。たいした集団だ。これだけ重量超過だと、移動速度はジェンコの祖母の歩みより遅くなった。ジェンコは祖母がカタツムリと競走して一周引き離されたのを見たことがある。

　できるだけ平原を移動し、ダヴィーアン高原との境界のあたりで野営することにした。日没まではもう数時間あったが、誰もが疲労困憊しているのが見て取れた。みんなが野営の準備をするあいだに、ジェンコはウサギを何羽か獲ってきた。新鮮な肉は元気を取り戻す役に立つだろう。戻るとオパールの母親がウサギの皮を剥ぎ、最高の野営料理をこしらえてくれた。

　ジーザンがフォークに刺した肉を振りかざした。「だから先週だけで五キロ近くも太ったんだ。アヒーア、君が今五百キロになっていないのが不思議だよ」

「工房で全部汗になって流れちまうからね」アヒーアは父親のほうを見た。「職人たちに《結社》のことを警告してきた？」

「いや。家族の急な事情で出かけなければならないと秘書にメモを残してきただけだ。われわれがいないあいだ、彼女が注文をさばいてくれるだろう」ジェイムズが言った。

「ああ、でもあちこちで倒れていた曲者については？」ジェンコは尋ねた。「目が覚めたとき、あまり機嫌がいいとは言えないだろうし」あれだけ激しく地面に叩きつけられたら、まだ気絶している可能性は高いが。

ティーガンがにやりとした。「心配ない。きれいに片づけといたから」

「どうやって――いいえ、知らないほうがよさそう。こうしてみんな無事に再会できてとにかくよかったわ」オパールがそう言ってリーマに腕を回し、リーマも身を寄せた。

それでジェンコも思い出した。「デヴレン、リーフとマーラは？　本当ならリーマを置いてくるはずだったんじゃないのか？」

「ふたりは問題なくイリアイス市場に到着した。リーマがわれわれと一緒にいるのは……」と言ってオパールのほうを見る。

ジェンコは背筋を伸ばした。これは面白くなりそうだ。

「あたし、行っちゃいけない場所を見つけるのが得意なの」とリーマ。

「どういう意味だい？」アーリが尋ねる。

リーマは肩をすくめた。「あたしたち、人目を引きたくなかったわけ。で、あたしはどこを通れば人に気づかれないかわかってる」そこで腕組みをする。「だからほんとはリーフおじさんたちと一緒にいたほうがよかったんだよ。ここに来るなんて時間の無駄。あたしが結局必要になるんだから」

デヴレンは今の言葉を無視した。「リーフたちが密林に向かうと、僕らはブールビーに戻った。両親の家が監視されているとまずいから、夜明け前に到着したかったんだ」

「あたしは眠ってたの。そうでなきゃ待ち伏せされてること教えられたのに」リーマはそう言ったあと、兄ににっこりした。「でもティーガンが全部片づけてくれた！」

「やったのはヘリだ。僕は人を誘導しただけで」

ジェンコがヘリのほうを見ると、すでに丸まってぐっすり眠っていた。ほかの子供たちもすぐに彼女の仲間入りをした。アーリ、ジェンコ、オパール、デヴレンが交替で見張り番をした。

二日後、ケリリーの町にたどりついた。ダヴィーアン高原の西の端のすぐ近くに位置するその町は、理想よりは小さめだが、リーマによれば《結社》の監視者はいないという。リーマになぜそれがわかるのかジェンコには見当もつかないが、彼女の言葉は信用できると知っていた。オパールの両親と弟はしばらく滞在することになるが、残りの仲間はひと晩泊まるだけのちょうどいい宿を見つけた。デヴレンとオパールはリーマの将来について家族会議を開いている。談話室に下りるのにふたりの部屋の前を通りかかったとき、二、三言ジェンコの耳にも入ってきて、思わずにんまりした。「あの子はまだ十一歳なのよ」とオパールがくり返し、デヴレンはリーマが自分とリーフの救出にどんなに力になってくれたか力説している。面白そうな会話だが、友人のスパイをする気はなかった。

談話室のぬくもりと明るい光がジェンコをやさしく包み込んだ。客の顔を確かめる。上階での話し合いから締め出されたリーマは、ティーガン、ジーザン、ヘリとトランプをしているが、両親の部屋に不満を届けようとするかのように、階段のほうをときどき睨んでいる。アーリは近くに座ってエールを飲んでいる。ジェンコはそこに合流し、ジョッキで同じものを注文した。

飲み物が来ると、ぐびぐびと飲んだ。悪くない。

「どう思う？」アーリが訊いてきた。

「少々酸味が強いが、レモンに似た風味は好きだ」

「エールのことじゃない。このあとどうするかだ」

ああ。ジェンコは耳を掻いた。「ほかの連中は、俺たち抜きでイリアイス市場に向かえば安全だろう」

「リーマを同行させるべきだと思うか？」

「連れていかなかったら、ばかだな」

「ありがとう」リーマが言った。

「おい、人の会話を盗み聞きするのは無礼だぞ」ジェンコは言った。

「あら、ごめんなさい。無礼なことをするつもりはなかったのに。ちなみに、すぐそばに座っている人の噂話をするのは無礼じゃないの？」

ジェンコは抗議しようと口を開けたが、アーリが首を横に振った。代わりにふたりは遠く離れたテーブルに移動した。とはいえ、リーマが小ずるそうな笑みを浮かべたところを見ると、ウサギ並みの耳をしていそうな気がした。

「胞子を散布する人間や魔術師は大勢必要だと僕も思う」アーリが言った。「明日にでもグリーンブレイド駐屯地に向かい、議員たちを救出する前にできるだけ情報を集めたい。ティーガンを連れていきたいと頼んだらオパールは許すかな？」

「オパールがだめと言ったって、ティーガンが耳を貸すと思うか？」

その後デヴレンとオパールもそのテーブルに合流し、四杯のエールが並んだ。

アーリはオパールとデヴレンに自分たちの計画を話し、ティーガンのことを頼んだ。

「あなたたちには充分な護衛がついている。それに、あまり大勢で移動すると人目を引いてしまう」

「ええ、そうね」オパールは子供たちに目をやった。「ふたりを危険な目に遭わせたくはないけれど、すべてが終わらない限り危険はなくならない。決めるのはティーガンだわ」

「リーマはどうする？」ジェンコが尋ねた。

「あの子はわれわれと一緒に連れていく」

「やったー！」リーマの声を聞いて大人たちがいっせいにそちらに目をやると、リーマがカードを叩きつけた。「あたしの勝ち！」

すんなり機嫌を直したようだ。やっぱりウサギ耳の持ち主だ。

ティーガンはアーリとジェンコに同行することを選んだ。落ち合う場所はグリーンブレイド駐屯地の近くとした。

「あなたたちが胞子を散布し終えたら、そこで会おう」アーリが言った。「イレーナとヴァレクは暑い季節の半ばに大反撃する計画だと思う」

「もしふたりが城塞から脱出できなかったら？」ジェンコが尋ねる。

「そのときは、僕たちは僕たちで反撃してやる」

「ああ、俺たちは俺たちで、ね。よし、俄然やる気が出てきた」

翌朝、お互いにさよならを告げ、気をつけてと言い合った。するとヘリがジェンコを脇に引っぱった。

「議員たちを救出するのよね？」

「そのつもりだ」

「いいものがあるの。来て」

驚いて、あとをついていく。ヘリは大きく膨らんだ鞍嚢を開け、布の包みを取り出すとジェンコに渡した。小さなスイカのような形で、重さも同じくらいだ。

「何だ、これ？」

「ガラス球よ。気をつけて、中身が詰まっているから。壊したら大変なことになる」

ぎょっとして尋ねる。「まさか、嵐が中に？」

「嵐そのものではないけど、嵐から抽出したエネルギーが入っている。そして、ガラス球を壊したら……たとえば駐屯地の塀にぶつけたら、中のエネルギーが爆発して塀は崩れ落ちる」

「なんてこった！　そいつは……」ジェンコは言葉が出てこなかった。

「わたしはふたつしか持ってこられなかったけど、ケイドとジーザンがエネルギーをたくさん封じ込めたわ。《断崖》に貯蔵してある。使うときは必ず離れた場所に退避すること。大反撃するときにたぶん役に立つと思う」彼女はにこっと笑った。

「〝たぶん〟なんかじゃないさ」ジェンコは言った。

22
イレーナ

わたしは議事堂の階段の途中で足を止めた。わずかに前かがみになり、偽の大きなお腹を押さえて、息をつくふりをする。わたしの五人の〝子供たち〟は階段を軽快に駆け上がっていく。やがて〝ママ〟がついてきていないことに気づいて急いで下りてきた年上のふたりに支えられながら、やっとのことでのぼりきった。

「ありがとうね」わたしは〝息子たち〟の肩を軽く叩いた。

入口の衛兵は笑みを浮かべながらわたしたちを見ていた。目の前の仕事に集中し、もし失敗したらという山のような不安や疑念を潜在意識の奥に押し込めた。まずはフィスクを解放すること。次にここから逃げること。

子供たちを背後に引き連れて、建物に入っていく何人かの人々に続く。「城塞を出る許可はどこでいただけるんでしょうか?」そのうちのひとりに尋ねた。

「二階ですよ。すぐにわかります。列ができていますから」

「ありがとうございます」目の端で、魔術師がこちらに目を留めたのに気づき、子供たちに合図する。彼らはたちまち口論を始め、やがてそれは取っ組み合いに発展した。そうして揉み合いながらわざと魔術師にぶつかる。わたしはすぐに割って入ると子供たちを叱りつけ、謝罪し、子供たちにも謝らせると、そそくさと中に転がり込んだ。

よたよたと進みながら、呼び止められるか、警報が鳴るかするのではとびくびくしていたが、何も起きなかった。広々とした広間から上階に続く階段が見えた。オノーラによれば、許可発行所からできた列は一日中ずっと絶えず、階段の下まで続いているという。わたしはため息をついて列に並び、腰を撫でた。子供たちは飽き飽きした様子を装い、あたりをうろついている。入口の魔術師はそこにいる人々を探るので忙しく、わたしには関心がないように見えた。

オノーラはその日の午後早くに隠れ家を発った。たぶん問題なく中に入れたのだろう。今は合図を待つだけだった。呻き声を漏らしながら腰をさすり続ける。

「座ったほうがいいんじゃない？」後ろの女性が言った。

「座ると余計辛いんです。このおちびちゃんときたら、本当に厄介で」と言ってお腹を軽く叩く。

わかるわというように女性がうなずいた。「わたしの子もひとりはそうだった。予定日は近いの？」

「少なくとも一週間は先です」

「旅をするにはタイミングがよくないわね」

「いえ、出発はまだ先なんです。この子が生まれたら、母を訪ねようと思って。母にほかの子たちを見てもらって、そのあいだ、休ませてもらうの」

「それは名案ね」

じりじりと列が進むあいだ、わたしたちは居心地のいい沈黙に包まれていた。広間を行き交い、別の階段を使う人の流れを眺める。ブルンズは全魔術師を標的にするつもりだというヴァレクの意見について、ついつい考えてしまう。何としてもやつらの計画を止めて、魔術師たちを守らなければならない。でもそれは大仕事だし、どうすればいいか具体的なアイデアはまだ出てこなかった。

今考えても仕方がないので、ヴァレクの心配をした。彼の任務もわたしたちと同じくらい危険なものだが、いつものように平気な顔だった。そのとき広間の彼方にオノーラがいるのに気づいた。彼女がこくんとうなずいて――事前に決めた合図だ――姿を消した。

「ああ、大変！」わたしは張り出したお腹を押さえた。

「赤ん坊のこと？」女性が慌てて甲高い声で尋ねた。

「ちょっとお腹が張っただけ……ううっ！　すぐよくなるわ……」と言ってよろよろと階段を下りる。「子供たち、ちょっと来て……あああ！」息を呑み、痛みがひどいかのように身体を折る。「生まれそう！」お腹をぎゅっとつかみ、チュニックの下に隠した革袋の栓をはずした。ただし、床にこぼれ落ちたのは水ではない。

近くにいた人々がわたしから飛びすさったが、戸口の衛兵たちは手を貸そうと近づいてきた。わたしは建物の地下牢からも衛兵たちが次々に駆け上がってきたのを見て慌てた。

「今よ！」わたしが布で鼻と口を押さえると同時に、子供たちが小さなガラス球を床の液体に向かって投げつけた。それは床にぶつかったとたんに砕け散った。

ものすごい勢いで霧が発生し、広がった。子供たちは灰色の触手からすぐさま逃れ、出口に向かって一目散に駆け出した。わたしは布を押し当てて浅く呼吸を続けながらしばらくその場に留まり、まわりの人々がばたばたと倒れるのを確認した。そのあとすぐに出口に全速力で駆け出した。

外に出るとすでに子供たちの姿はなかった。階段の下で待っていたキキに飛び乗ると、中央政府地区を縫うように進み、城塞の門をめざした。安全な場所まで来るとやっと速度を緩め、ぺちゃんこになった革袋をはずして、みんなが追いつくのを待った。

第二幕の始まりだ。城門から二区画離れたところで待つ、ヴァレクの馬オニキスと助っ人たちと合流した。オニキスにはすでに鞍がつけられ、出発の準備は完了している。

「みんないる？」わたしは尋ねた。誰ひとり置いていくつもりはなかった。

「うん。フィスクさんを除けば」フェランが不安げに眉をひそめながら言った。

「フィスクは馬に乗っているわけじゃないからね。オノーラと一緒にまもなく現れるはず」そう、追っ手をうまくまきさえすれば、ヴァレクも。

キキが耳をさっと後ろに向け、振り返った。走ってくるオノーラとフィスクが見えた。オノーラはこちらに手を振っている。「早く行って！　衛兵たちがすぐ後ろに迫ってる」

嘘でしょ？　わたしはためらった。ヴァレクがまだ現れない。どこにいるの？　子供たちとフィスクの青ざめた顔を見る。待つわけにはいかない。

「フィスク、オニキスに乗って。あなたがヴァレクの役目を務めて」

オノーラがフィスクを助けて馬に跨らせた。

「さあ、行くわよ」そう命じながらも、言葉が舌を、そして喉を焼いた。

子供たちはわたしたちより先に駆けていく。いよいよ最後の角にさしかかった直前に全員が足を止めた。そこを曲がれば城門の衛兵たちがまともに見えるはずだった。右足を鐙（あぶみ）に引っかけ、左脚で馬をまたぐ。手綱は地面を引きずるように落とし、落ちそうに見えるほど身体を倒して鞍の横にしがみついた。

そこでみんなに合図した。さあ、ショータイムだ。助っ人たちは、馬が逃げたと大声で叫びながら武装した兵士たちのほうに一直線に駆けていった。全速力で走るキキがそれを追いかける。オニキスが直後に続き、フィスクが勇敢にもキキの手綱をつかんで、窮地の乙女を助けようとしている。わたしはわたしで役を演じ、助けてと悲鳴をあげながらキキにしがみつき続ける。

城門には数人しか衛兵がいなかった。配置されていた衛兵たちの何人かを、ヴァレクが慎重に間引きしたのだろう。まさか、その連中に捕まったとか？

ぼやぼやしていたら馬たちに踏みつぶされると気づくと、誰もが脇に飛びのいた。キキが力いっぱい跳躍して城門を突破したとき、わたしは持ち手にさらに力をこめて身体を緊張させた。柵が壊れる大音響が響き、四方八方に木っ端が散った。手や顔がちくちく痛む。振り返ると、オニキスと子供たちが、泥の堰を切ってほとばしる奔流のごとく、門からわらわらと飛び出してきた。いざ自由の身となったら散り散りになり、あとで集合する手筈だった。キキが速度を落とし、わたしも鞍の上に身体を戻した。

フィスクと助っ人たちを救出できて高揚してはいたが、ヴァレクのことを思うと胸が張り裂けそうだった。動揺しすぎてはだめと自分に言い聞かせる。捕まったと決まったわけではないし、城塞から出られないだけなのかもしれない。フィスクたちと合流したら、ジトーラの移送を護衛するカーヒルの部隊を待ってもいい。カーヒルならヴァレクがどこにいるか教えてくれるかもしれない。いや、ヴァレクは隠れ家で身を潜めているのかも。希望を持とう。

バヴォルの農場までの道のりは永遠にも思えた。農場は平原に近いので、二、三日潜伏するには理想的な場所だ。でも、万が一ヴァレクが捕らえられていた場合、すぐに移動しなければならないだろう。考えただけで口の中が苦くなる。

農場に到着したときにはすでにあたりは暗くなっており、フィスクとオニキスは先に到着していた。子供たちは徒歩なので、もう少し時間がかかるだろう。そのあいだ、わたしは厩舎の角灯に火を入れ、キキの怪我の治療をした。胸のあちこちに切り傷ができ、首や脚から太い木っ端が飛び出している。前脚からは血が流れている。かわいそうに。

まずは傷口に薄めた医療用キュレアを少し塗り込む。それからピンセットを見つけて刺さった木っ端を抜く。フィスクはオニキスの世話を終えてからわたしのところに来た。かすかに脚を引きずり、柱に寄りかかった。若い肌にも疲労の皺が刻まれており、あちこちに紫の痣ができている。肩を落とした姿を見れば、一途なまなざし以上に気持ちが伝わってきた。

「ごめんね」フィスクが言った。

「謝らないで。あなたのせいじゃない」

「悪いのは僕だ。僕がもっと――」

「そこまで。たられればを話しても時間と体力の無駄よ。起きたことは起きたこと、過去は変えられない。大事なのは、これからどうするか」

フィスクは答えなかった。少ししてそちらを見ると、腕をさすりながら夜の闇を見つめ、何か考え込んでいた。

キキの赤銅色の皮膚から最後の棘を抜き、傷を洗ったあとリーフの軟膏を塗った。それでリーフのことを思い出し、彼の旅程を計算した。今頃もう密林に到着しているはずだ。父はすでに黴の培養を始めているだろうか？

別のことを考えているあいだ熾き火となっていた胸の痛みが、ふたたび勢いを取り戻した。ヴァレクは計画について《結社》に漏らしてしまうだろうか？　バブバブジュースには抵抗力があるが、魔力に対してはない。そしてシリーは、情報を探すために大喜びでヴァレクの脳みそを引っかきまわすだろう。兄を殺された復讐だ。

鬱々とした物思いをフィスクが遮った。「ありがとう……助けだしてくれて。助っ人たちを無事脱出させてくれたことも。あんなに危険な橋を渡ってまで」

「いいのよ。でも、今度はわたしの番」そしてフィスクの肩に触れる。「捕まえた！　鬼はあなたよ」

いきなりだったせいか、フィスクが笑う。「今日のこと、当分忘れられそうにないな。赤ん坊が生まれるとあなたが叫んでかがみ込んだのを見たとき、一瞬あの広間であなたのお腹からほんとに赤ん坊が飛び出してくるんじゃないかとひやひやした」

「心配しないで。予定日まではまだあと二季節ある」

わたしたちはそこで目を見交わした。何も言わなくてもわかっていた——もしわたしがそこまで生き延びられたらの話だと。いや、誰でもいい、誰かが生き延びられさえすれば。

フィスクが身体に腕を回した。「ヴァレクは捕まっちゃったのかな」

「そうね。でも彼には充分危険がわかっていた。そして、もっとひどい状況でも生き延びてきた。ヴァレクは危険だとわかっていても前に進まずにいられないの。わたしたちも今は立ち止まるべきじゃない」元気を振り絞り、鞍嚢をつかむと母屋に向かった。「さあ、行きましょう。助っ人たちがここに到着したらきっと腹ぺこで、喉もからからよ」

家の中は、以前訪問したときと同様、真っ暗でがらんとしていた。万全を期す意味で、すべての部屋を確認する。戻ると、フィスクが木の枝を組んで火を熾す準備をしていた。手伝おうとしたわたしに、彼は手を振った。

「顔を洗っといでよ。今のあなたを見たら、助っ人たちが怯える」と言って頬を指さす。

自分の頬を触ってみた。指が血でべとべとだ。みんなの心配ばかりして、自分の傷のことを忘れていたのだ。浴室に行き、顔や首、手や腕に刺さった木っ端を抜く。キキのときと同様、ひりつく傷をきれいに洗い、軟膏を塗った。すでに変装はぼろぼろだったので、粘土を削り落とし、黒髪をほどいた。少なくとも三つ編みが一本できるぐらいの長さはヴァレクも残してくれていて、編むと肩に届くか届かないかだった。

暖炉では炎が燃えていた。フィスクはその横でかがみ込み、暖をとっている。わたしも隣に座った。「牢に閉じ込められるだけでも辛いのに、冷たい湿気が身体の芯まで染み込んで、二度とぬくもりが戻らないような気がするものよね」

「うん。あんな経験は初めてだった」フィスクは暖炉で躍る炎を見つめている。「空腹や貧しさや孤独、不安、家のない悲しさは知っている。でも、あんな無力感と恐怖は味わったことがなかった。すっかり……」

「剝き出しにされた感じ？」

「裸に剝かれたみたいだった」フィスクはうっすらと伸びた髭を撫でた。「頭の中身がすべて露わにされた。秘密もすべて。僕を頼りにしていた子供たちはみんな……捕まってしまった。何をしても無駄だった」

「わかるわ。ひどくこたえるし、悔しいわよね。でも、あなたという人間や記憶は変わらない。あなたはフィスクのまま。それさえ奪われていたおそれがあった」

「だから感謝しろと？」苦々しい口調だった。

「そういうわけじゃない。考えてもみて。今は最低の気分だろうし、小さく丸まってすべてに耳を塞ぎたいと思っているかもしれないけど、あなたは生きているし、身体も霊魂も無事だわ。死んだわけじゃないんだから、死人みたいにふるまわないで。そんなふうに言えない人は大勢いる」

「あなたなりに励ましているつもり？」

「そのとおり。これは《霊魂の探しびと》としてではなく、経験豊富な人生の先輩からの叡知の言葉よ」

「なるほど。《霊魂の探しびと》というのは大げさで少々芝居がかってるって聞いたことがあるよ」フィスクは冗談めかして言った。回復しつつある、いい兆候だ。

「でしょう？　それにいつも厄介事に巻き込まれてる」

ふいにフィスクの笑みが広がった。「じつはシリーは全部を掘り返したわけじゃない。ありがたいことに、あなたとカーヒルとの取引きについては知らないままだ」

「どうして？」

「それについては尋ねようとも、見つけようともしなかったんだ。ブルンズは、配下の人間が裏切るはずがないと思い込んでるのさ」

それは本当にありがたい。

フィスクの身体が温まり始めると、いやな臭いが漂ってきた。残念ながら、地下牢の悪臭にはなじみがありすぎる。さっそく、子供たちが到着する前に身体をきれいにしてくるよう言いつけた。

午前零時前後になると、子供たちがひとり、あるいはふたりで現れ始めた。誰もが疲れきり、お腹を空かしていたが、それでもフィスクをハグしたり手を打ち鳴らしたりする余裕は残っていた。すぐに食事を与え、ベッドに寝かしつけた。農場の母屋には寝室がたっぷりあった。

「助っ人たちもあまり大勢は残ってないな」フィスクが肩を落とした。

「助っ人はひとりも殺されていないとフェランは言ってた。各地の駐屯地に送られたのよ。

わたしたちにとっては好都合だわ」

「洗脳されて《結社》のために働かされてるのに？」

　そうだ、フィスクは胞子のことを知らないのだ。詳しいことは明かさないまま、告げる。

「正気に戻るときが必ず来る。そうやって中に潜り込んでいる彼らが、必ず役に立ってくれる」

　フィスクは首を横に振った。「助っ人たちにはずいぶん無理をさせてきた。これ以上何かさせるのは危険だよ」

「危険なのは確か。あなたの救出も本当は手伝わせたくなかったの。でも手をこまねいているのはいやだと彼らが拒否したのよ。《結社》に捕まったあとでさえ、情報を集めてくれていた」

「つまり、手を引けと僕が命じても、連中は無視するってこと？」

「そう」わたしはフィスクの腕を軽く叩いた。「あなたが子供たちを立派に育てたってことよ」

　フィスクはふんと鼻を鳴らした。

　明け方までにもう数人、姿を見せた。フィスクは、玄関に誰か待機させるとわたしが言っても寝室に行こうとしなかった。その代わり、ソファでまどろんだ。

　朝になってフェランが現れた。ズボンは泥だらけだったし、袖がずたずただ。「尾行に気づいたんだけど、どうしても振り切れなくて。しつこいやつでしたよ。茨の中に何時間か隠れて、やっと相手もあきらめた」

「ほかにもまだ残っている仲間はいるか？」フィスクが尋ねる。

「今のところ何人戻ってますか？」

「おまえで十三人だ」フィスクが言う。

「それで全部です」

フィスクは悲しさと安堵がまじり合ったような表情を浮かべたが、わたしは胸が締めつけられた。オノーラがまだ戻っていない。すぐには慌てなかった。オノーラのことだ、ここに戻る前に全員の無事を確認しているのかもしれない。だが念のため、彼女を見なかったかとフェランに尋ねた。

「いや、見なかった」

「城塞内に残ると本人から聞いたよ」フィスクが言う。

「え？　どうして今まで黙ってたの？」

「知ってるんだとばかり思ってた。最初からそういう計画だって口ぶりだったから」

身体の奥で吐き気のするような不安が渦巻く。「彼女、何て言ってた？」

「ここに残ってブルンズを監視する、と」

まずい。オノーラはブルンズを暗殺するつもりだ。

眠れなかった。フィスクと助っ人たちがいびきをかいているあいだ、わたしは居間を行ったり来たりしていた。午後も半ばの日差しが木々や草原を明るい光で染めあげているが、どんなに鮮やかな色もわたしには濁って見えた。

オノーラとヴァレクは城塞内に残っている。おそらくふたりは一緒に行動し、ヴァレクはオノーラの手を汚させないため、みずからブルンズを仕留めるつもりなのだろう。でもわたしはどうしたらいい？　ふたりは《結社》に計画を明かさないと考えて、取り決めどおりに行動すべき？　それとも計画を全部練り直す？　暑い季節まであと四十五日。季節が変わるまでに、わたしはグリーンブレイド駐屯地に到着していなければならない。

キキがいななくのが聞こえ、一瞬凍りついた。もう一度いななく。とても困っていて、必死にわたしの注意を引こうとしている。飛び出しナイフを取り出し、刃を出した。窓の外をのぞき、母屋から厩舎までの様子を確認する。特に異常はない。キキが馬房の扉を跳び越え、こちらに走ってきた。

わたしは慌てて飛び出した。「どうしたの？」

キキはすぐに踵を返し、厩舎に戻っていった。わたしもあとを追う。オニキスが壁に身体をぶつけている。怪我でもしたのだろうか？　城門で木っ端が刺さり、傷が膿んでいるのかもしれない。中に入ったとたん、足が止まった。ヴァレクが干草の中に倒れている。

そして、背中に深々と突き刺さったナイフ。

身体を冷たい戦慄が走り、その場から動けなくなった。ひょっとして……死んでいる？

急いで駆け寄ったものの、足を止めた。ヴァレクの魔力があれば自分で治療できるかもしれないが、わたしが触れたら台無しだ。脇にかがみ込んで名前を呼ぶ。力を振り絞って目を開こうとしているかのようにまぶたが震えたが、目覚めなかった。

とりあえず、生きている。今のところは。

家に飛び込んでフィスクとフェランを揺り起こした。ふたりがヴァレクを室内に運び込み、陛下の主寝室にうつ伏せに横たえた。ヴァレクが呻く。

「ナイフを抜いたほうがいいかな」フィスクが尋ねる。

「だめ。もし心臓に達していたら、出血多量で死ぬわ」パニックで考えがまとまらない。治療師もいない。魔力もない。彼を死なせないためにはそのどちらか、あるいは両方が必要だ。

「誰かに治療師を呼んでこさせよう……いちばん近い町は？」フェランが尋ねた。

「そんな時間はない」頭の中で同じ言葉がぐるぐる巡っている。時間がない。治療師がいない。魔力もない。考えなさい！　アヴィビアン平原には魔力が存在しているが、ヴァレクに接触できるだろうか？　無理だろう。キキは魔力を持ってはいるけれど、ほかは誰もいない。じゃあどうする？

そうだ！　厩舎に向かい、馬具室に飛び込んだ。ヴァレクの鞍と鞍嚢が干草の山の上に置かれている。袋を力任せに開け、中身を次々に放り出した。それはヴァレクのチュニックにくるまれて、いちばん底にしまってあった。全速力で母屋に戻り、肩で息をしながら主寝室にたどりつく。

フィスクとフェランはヴァレクのほうにかがみ込んでいた。

「それ、何？」フェランが尋ねた。

説明している時間はない。わたしは包みをフィスクに手渡した。「開けて」次にフェランに、ヴァレクの腕を動かして、手が後頭部にくるようにしてと指示した。それからナイフを指さす。「フェラン、わたしが三つ数えるから、一気にナイフを抜いて」

フィスクが「なるほど」とつぶやき、ヴァレクのチュニックをベッドの上に落とした。わたしはそれを四角くたたんだ。「ナイフを抜いたらすぐにこれで押さえて」とフェランに告げる。

怪訝そうな表情の彼に、フィスクが説明する。「イレーナは触れないんだ」

「どうすればいいかわかる？」

「うん」

「急いでね」

「わかってる」

「じゃあ、三でお願い。一、二、三」

フェランがナイフを抜いたとたんヴァレクがびくっと目を覚まし、痛みに息を呑んだ。フィスクがガラスの高感度通信器をヴァレクの手に握らせ、フェランが傷に布を押しつける。

一か八か(いちかばちか)だった。もしヴァレクが意識をなくし、通信器の中の魔力と繋がれなかったら……。何もできないわたしは、近くで見守るしかなかった。

ヴァレクの手にガラスが押しつけられたそのとき、彼の頭がベッドにがくっと落ちた。そしてまぶたが閉じた。

23
ヴァレク

熱く焼けた何かが身体を貫き、強烈な痛みが全身に広がった。目に涙が滲み、激しい攻撃から身を守るために身体が活動を止めた。幸い、意識が遠のいていった。

「だめよ！」イレーナがわめいた。声は遠いが、恐怖とパニックははっきり感じられる。

「さあヴァレク、魔力を使って！」

魔力？　確かに以前試したときはうまくいった……だが、これほどの傷を治すにはまだ力が弱い。

「頑張ってよ、ばか！」

ばかはこの背中にナイフを突き刺したやつだ。ただ、五人のうち誰がやったのかは覚えていない。

「自分で治療するの。高感度通信器を使って」

通信器？　手に魔力の脈動を感じたが、傷口が見えない。考えると痛む。呼吸をしても痛む。とにかく痛む。

ヴァレクの気持ちを読んだかのように、イレーナが言った。「身体の中に意識を向けて。意識を外に飛ばすときみたいに。でも今回は内側に飛ばすの」

四肢からエネルギーが抜けていき、脳裏で白や黒の点がぐるぐる回っている。

「今すぐ！ これは命令よ！」

命令されるとつい習慣で従い、魔力を集めて胸の奥で激しく脈打つ痛みに集中する。意識を体内に飛ばし、傷を手探りする。心臓の鼓動が、三センチほどの裂け目から血が噴き出すにつれて弱まっていく。恐怖で何もできない。こんな重傷の治療などとても無理だ。

「ヴァレク、やって！ あなたの子どものために！」

赤ん坊が動くやさしい記憶が心を撫でた。通信器内の魔力を使って糸を引き出し、心臓の裂け目を縫い合わせていく。頭がぼんやりし始め、大きく深呼吸する。まだ終わりじゃない。胸に大量の血が溜まっている。その血を背中の動脈の傷まで導いて戻すと、次に筋肉や組織を丁寧に縫い合わせた。つかのま休憩する。イレーナの声がまた彼を揺さぶり起こし、無理やり作業に戻らせた。

少し力が回復してきて、魔力の毛布からさらに糸を引き出す。できるだけ通信器の魔力は温存したほうがいいと、どこかでわかっていたからだ。皮膚を縫い終わるころには、疲労で身体が震えていた。もっと魔力を引き出したい、その欲望が膨らむ。

無限のエネルギーを求める気持ちを必死に抑え、ヴァレクは魔力の毛布から手を離した。

執拗な心の声を黙らせることができたと思えたとき、ようやく安心して眠りについた。

ヴァレクは途切れ途切れに意識を取り戻した。顔が現れては消える。フィスク、フェラン、イレーナ。イレーナに手を伸ばしたが、彼女は触れようとはしなかった。喉を流れていく液体はまるで焼けるようだ。何トンもの重さの毛布の下でぶるぶる震えていたが、今度は火がついたように肌が熱くなり、毛布を思いきり押しやった。息を吸い込むのもひと苦労で、忘却に身を任せるほうがはるかに楽だった。

しかし声は戻ってきた。「何か忘れてる。もう一度よく見て」声の命令をヴァレクは無視しようとした。要求が多すぎる。だが声はあきらめず、ヴァレクの心の奥に分け入ってきた。「闘わなきゃ死ぬわ」そう挑戦してくる。

だがその声のおかげでまた助かった。売られた喧嘩を買わなかったことは今まで一度もない。ヴァレクは魔力の毛布と繋がって傷を調べ、見落としはないかと探した。すると、あばらのあいだに金属の欠片が残っているではないか。その周囲に赤い炎症が広がり、膿（うみ）が溜まっている。右の肺に開いた穴から空気が抜けていた。もはや傷を縫うのはお手のものだった。完了すると、やっと呼吸が普通に戻った。

とはいえ金属の欠片を取り除かなければならない。誰かに手伝ってもらう必要があった。なんとか力を振り絞って、血を見ても気を失ったりしない、しかもヴァレクに心を操らせてくれる協力者を募った。

フィスクが手を上げてくれた。それまでイレーナは緊張で顔をこわばらせていたが、その瞬間驚いたように口をぽかんと開けた。なぜだろうと思ったが、フィスクの心にできた傷を見つけたとたん理解した。別の魔術師に侵入され、手荒な真似をされたのだ。そいつは荒らし放題荒らし、欲しいものだけを奪ってそのまま立ち去ったようだった。

ヴァレクは心ある訪問者としてフィスクと軽く繋がり、何をしてほしいかを示した。

フィスクが毒づく。「お客さんから奇妙な依頼をいくつも受けてきたけれど、こんなのは初めてだよ」と言ってイレーナに目をやる。「背中を切ってくれというんだ」

「どうして?」

「金属片が残ってるらしい」

「その必要はないわ、ヴァレク。身体から押し出せばいい。筋肉や皮膚を傷つけるかもしれないけど、通過したそばから自分で修復する。そのほうが傷も少なくて済む」

ヴァレクはイレーナの助言に従い、招かれざる客を身体から追い出すことに専念した。ふたたび背中に痛みが走ったが、なんとかひねり出すことに成功した。新たな傷から血と膿が流れ出す。膿を出しきってから傷を縫い合わせる。イレーナが、肌に触れないようにしながら体液を布で拭った。

疲れて動くこともできず、ヴァレクは目を閉じていたが、ふたたびイレーナをこの腕に抱くため必ず回復してみせると誓った。

日常の中でぼんやりと日々が過ぎた。目覚め、食べ、しゃべり、眠った。ヴァレクはイレーナとフィスクにどうやって城門の衛兵たちの関心を引きつけたか説明した。思い出すとつい笑ってしまう。連中をかっかさせるのに使ったからかいの言葉を聞いたら、ジェンコも褒めてくれるだろう。ヴァレクは連中と城塞内を追いかけっこし、議事堂から注意を逸らした。

しかしそこで笑みは消えた。思ったより連中を振り切るのが難しかったのだ。ひとり魔術師がいて、彼女の魔力でヴァレクは追跡された。ヴァレクが城門に戻るころには、兵士たちはすでにイレーナたちの脱出作戦の動揺から回復していた。しかもヴァレクの後方には応援に駆けつけた議事堂の衛兵も到着し、挟み撃ちされる形となった。

相手が十人以上いては、降伏するしかなかった。イレーナと合流できなかった後悔の念が押し寄せ、恐怖心を圧倒した。ところがどこからともなくオノーラが現れた。彼女がふたりの衛兵を奇襲し、ヴァレクとしてもオノーラひとりを楽しませるつもりはなかった。

ヴァレクはイレーナの抗議の声を無視して先を続けた。それでも、五人の武装した兵士を相手にするのは荷が重すぎると気づいたのはまもなくだった。「プライドをいたく傷つけられたよ」

背中にナイフを突き立てられたとき、ヴァレクはパニックに襲われて思わず魔力を思いきり引き出して放出し、衛兵たちを一気にのしてしまった。

「小規模な〝燃え尽き〟?」イレーナが尋ねる。

「わからない。意識が戻ったときにはオノーラはいなかった。心臓に魔力を送りながら、身体が動かなくなるまで走り続けたんだ」ヴァレクはイレーナに手を伸ばした。もう魔力による治療は終わったので、イレーナも彼の手を握った。「するとやかましい小言が始まった」フィスクが笑い、イレーナが鼻を鳴らしてヴァレクの手を振りほどこうとしたが、ヴァレクはその手を離そうとしなかった。「おかげで助かったんだ。ありがとう」そして彼女の手の関節にキスをした。「オノーラは?」ふと尋ねた。「彼女にも礼を言いたい」

イレーナとフィスクが真顔になった。最悪の知らせを聞かされるものと思い、身構えたが、幸い予想ははずれた。

「オノーラならそう簡単には捕まらない」ヴァレクは言った。

「ブルンズを暗殺しようと考えていたら?」とイレーナ。

「たぶんやり遂げるだろう。なぜそんなに心配する? 成功すれば《結社》の計画が頓挫するかもしれないじゃないか」

イレーナがヴァレクのベッドの縁に腰を下ろした。「彼女の霊魂を心配しているの」そして握りしめた自分の両手に目を落とす。「人を殺すと人格が大きく変わる」

ヴァレクはその手を強く握った。「わかってる。どうするかはオノーラ自身が決めなければ。もしブルンズを殺して城塞から脱出できれば、彼女が人々を救うために何を犠牲にしたか、みんなが知るのは悪いことじゃない」

イレーナは考え込んでいる様子だ。だがいったい何を？　ヴァレクが尋ねようとしたそのとき、イレーナは彼から手を離し、立ち上がった。

「とにかく休んで体力を回復しないと」そして毛布をヴァレクの胸まで引き上げた。

「君がそばにいてくれたほうがよく眠れる」ヴァレクはベッドの横を軽く叩いた。

「今のは僕が退散する合図だな」フィスクは戸口で足を止めた。「子供たちは退屈していて、手伝いをしたがっている。どう伝える？」

ヴァレクがイレーナの目を見ると、彼女がうなずいた。

「子供たちを北の三つの駐屯地に送ってくれ。テオブロマが枯渇し始めたら、そこでまわりに噂を広めてほしい」ヴァレクは言った。

「どんな噂を？」

「魔術師範の言葉に耳を傾け、命令に従えと」

「命令とは、どんな？」

ヴァレクは肩をすくめようとしたが、痛くてまだ無理だった。「さあ。それはまだ考えていない。何かいいアイデアがあったら教えてくれ」

フィスクはぶつぶつぶやいて立ち去った。

「魔術師範たちに連絡が取れる?」イレーナが尋ねた。

高感度通信器に触れる。万が一必要になったときのことを考えて、ベッド脇のテーブルに置いてある。中で魔力が脈打っているが、残量はわからない。「たぶん。通信器はすべて破壊されたとブルンズはジトーラに話していたらしいが、やつがそれを使っていたのは確かだし、クインがいれば魔力を再注入できる」

「一台盗んでこようか?」

「いや、二台でも三台でも――」

「了解」イレーナはベッドの縁にまた腰かけ、ブーツを脱いだ。「グリーンブレイド駐屯地で議員たちを解放したら通信器を探してみよう」

それではっとした。「わたしはどれくらい気を失っていたんだ?」

「ここには十日滞在してる」

驚いて身体を起こす。「十日だって?」しかしすぐにめまいを覚え、筋肉が痙攣した。

イレーナが舌を鳴らし、ヴァレクを押し倒す。「あなた、死にかけたのよ? たとえ魔力を使ってもそんなに早くは回復できない」

「すぐにでも出発しなければ」もう時間があまりない。

「あなたが元気になったら」問答無用という口調だった。

　ヴァレクは横たわって天井を眺めた。部屋の隅には埃っぽい蜘蛛の巣がいくつか下がっている。議員たちの警備態勢によっては、救出に何日も、いや何週間もかかるかもしれない。さらに、彼らの洗脳を解くのに少なくとも一週間は必要だ。

「考えるのをやめて、休んで」イレーナが言った。

　それでもヴァレクが緊張を解かないので、イレーナは彼の手を少し膨らみ始めた腹部に置いた。服の上からでも赤ん坊の動きがわかる。驚きだ。

「もう五カ月を超えた」イレーナが言った。

　それでまた不安に襲われた。家族の安全を確保するまでにやるべきことがありすぎる。ヴァレクはまた身体を緊張させた。

「双子かも」ヴァレクは言った。

　イレーナは少々驚いた様子だった。「そんなことない。ティーガンは『ふたつの心音がしっかり聞こえる』と言ったわ」

「赤ん坊ふたり分という意味じゃなくて？」

「それは……」イレーナが息を呑んだ。「わたしのと赤ん坊の心音だとばかり思ってた。あなたにもわかる？」

「やってみよう」

　イレーナはヴァレクの隣に仰向けに横たわり、ヴァレクはシャツの下に手を滑り込ませて、彼女の温かな腹部にあてがった。魔力を投げかけ、赤ん坊を、あるいは赤ん坊たちを探す。しかし、感知する前に魔力は吸い取られた。魔力を注入すればするほど、吸収力も大きくなる。とうとうあきらめた。「だめだ。赤ん坊は大きさだけでなく、力も強くなっている。君はこれまで以上に魔力から守られて――」ふいにある考えが浮かび、考え込んだ。それからイレーナに向き合った。「君が触れれば、ブルンズの影響を受けている者を目覚めさせられるとは思わないか？《結社》は人を洗脳するために魔力を使っている。もし君が魔力を吸い取ることができたら、目を覚ますかも」

イレーナはヴァレクをまじまじと見た。「でもわたし……ロリスには操られたわ」

「三カ月前のことだ。それに当時でさえ、数時間で彼の魔術から脱け出せたと言った」

「じゃあカーヒルは？」

「彼にじかに触れたか？　あるいは彼の部下たちに？」

「いいえ」イレーナの顔がぱっと明るくなった。「うまくいくかも」

もしうまくいけば、それこそが勝利の鍵となるかもしれない。ヴァレクはイレーナの腹部から手を上へと這わせた。「じゃあお祝いだ」声に欲望が滲む。

イレーナは彼の手首をつかむと、その手を身体から遠ざけた。「だめ。あなたは休んで回復しなきゃ」

そのとおりだ。「言うことを聞いたら、ご褒美はもらえる？」

「もちろん」

未来がいよいよ輝きだした。

五日後、ヴァレクはもう出発できるとついに宣言した。ご褒美は出発の前夜に受け取った。朝はあまりにも早くやってきたが、イレーナが彼の顔に疲労の跡が残っていないかどうか確かめるあいだも文句は言わなかった。ふたりはフィスクに別れを告げた。《結社》がなくなるまでは、そこを新しい本部にするとフィスクは渋々決めた。

「ここは静かすぎるし、変な臭いがするし、死ぬほど退屈だ。よくこんなところで暮らせるよね」

「死ぬほど退屈なのが好きな人もいるのよ」イレーナが微笑んで言う。

「へえ、僕はだめだ。さっさとやつらを追い払ってくれ」

「元気になったみたいでよかった」

フィスクもイレーナににっこり笑った。「僕もさ」

ヴァレクとイレーナは鞍嚢を厩舎に運び、馬に鞍をつけた。ヴァレクがオニキスに跨ると、大きな黒馬は準備万端整い、張りきって跳ねてみせた。

フィスクもそこに現れた。出発するふたりに尋ねる。「議員解放が成功したこと、どうやってわかる？」

「あの母屋のドアをわたしたちがノックしたときに」イレーナが言った。「もし暑い季節が始まるまでに戻ってこなかったら、失敗よ」

「そのときは、《結社》を倒すのは君の仕事だからな」ヴァレクが続けた。「この仕事には君が最適だ」

「ええ、そうでしょうね。頼めるのは僕だけでしょうよ。できれば捕まらないでください。さもないと僕はここに閉じ込められて窒息死する」

「それは帰ってこないわけにいかないな」ヴァレクは笑った。「激励ありがとう」

「どういたしまして」フィスクは母屋に戻っていった。

ヴァレクが踵でとんと脇腹を蹴ると、オニキスは一目散に駆け出した。キキもその横に並ぶ。警邏兵を避けるために多少遠回りし、町に入るときには特に慎重になったものの、それでもグリーンブレイド駐屯地近くの町ロングリーフに三日で到着した。

中規模の町で、宿の数も多い。アーリとジェンコが隠れ家を用意してはいたが、おそらくブルンズはフィスクからその場所を聞き出しているはずだ。《結社》の連中がこの町でふたりを積極的に探しているとは思えなかったが、《サーマルブルー荘》に一泊するときには、念のために変装した。人目のあるところでは計画について話し合えないので、明日になったら別の落ち着き先を探すつもりだった。そのあいだイレーナには地元の人々から情報収集してもらう。馬たちは町を囲む森に置いてきた。

遅い夕食は部屋で食べたが、翌朝の朝食はほかの宿泊客とともにとった。談話室は半分ほど埋まっていた。人の話し声でざわめき、ベーコンの匂いがたちこめている。イレーナは山盛りの卵料理にかぶりついているが、ヴァレクは皿の上でそれをただかき回していた。長旅で思った以上に疲れていた。オーエンに窓から二回突き落とされたが、あれは今までいちばん死に近づいたときだった。重力にぐいっと引っぱられた瞬間のことはくっきりと頭に刻まれ、永遠に忘れないだろう。一度目はアーリの力強い腕に引き留められ、二度目は衛兵が射てくれた矢を危うくつかんで死を免れた。しかし今回ナイフで刺されて死の淵から生還したときが最もきつかった。次はもう生き延びられないかもしれない。

一組の父子が談話室に入ってきた。ふたりはヴァレクたちのテーブルに近づいてきた。ヴァレクは小刀に手を伸ばしたが、男の堂々と歩く足取りには見覚えがあった。テーブルに合流したのはジェンコとティーガンだった。ふたりとも変装している。

「それ、もう食べないんですか？」ジェンコが隣に腰かけながら尋ねてきた。

「ああ」ヴァレクは皿をそちらに押しやった。

ジェンコが驚いたようににっこり笑い、スプーンを手に取った。

「どうやってわれわれを見つけた？」ヴァレクは尋ねた。

「ここに来てから、毎日見回りしてるんだ」ティーガンは言い、頭をとんとんと叩いた。それは面白い。魔力を感じたことは一度もなかった。「気づかなかったな」

「気づかれないようにやってる」ティーガンがにやりと笑う。

「やり方を教えてもらえるか？」

ティーガンの顔から笑みが消えた。「教え方がわからないよ」

「試しにやってみてほしい」

「うん、わかった」

「よかった。まずはできるだけ魔力の制御法を学んでおきたい」ティーガンがここにいるということは、アーリとジェンコは双子とヘリに追いつけたということだ。ヴァレクはジェンコのほうを向いた。「いつからここにいる？」

口いっぱいに卵を詰め込んだままジェンコが言った。「二週間前からです」

「父さんは？」イレーナが心配そうに尋ねる。「何かあった？」

「いや、お父上は元気だ」と言ってスプーンを振る。「オパール、デヴレン、リーマ、双子、みんな無事だよ」そこで声を小さくした。「今頃たっぷり胞子を作っているはずさ。警邏兵がうようよしていて、とにかく先手を取ろうと必死でした」

「つまり、われわれの隠れ家も用意されてるということか？」ヴァレクが尋ねる。

「もちろんです」

「じゃあ、話はそっちで」

朝食後、ヴァレクとイレーナは借りた部屋から鞍嚢を運び出し、ジェンコとティーガンの案内で数区画先の小さな建物にたどりついた。以前は仕立屋だったらしい。虫食い跡だらけの布地、曇った鏡、埃をかぶったマネキンが一階に所狭しと並んでいる。正面にある大きなショーウィンドウには黒いカーテンがかけられていた。

音に気づいたらしく、アーリが下りてきた。再会の挨拶を交わしたあと、イレーナが止めても聞かずに、彼女の鞍嚢をさっさと二階に運んだ。それから居住空間を見せた。ティーガンとジェンコも続いた。

「寝室は三つあります」アーリはがらんとした部屋にイレーナの鞍嚢を置いた。「ジェンコと僕があちら、ティーガンが小部屋を使っています」そして左手のドアを示した。

ヴァレクはイレーナの鞍嚢の横に自分のを下ろした。ソファと肘掛け椅子をふたつずつ備えた居間がある。床には布の巻物や裁縫道具が転がっている。仕立屋はここで暮らしていたのだろう。

「報告を頼む」ヴァレクは命じ、ソファに座るイレーナの隣に腰かけた。ほかも全員座ったが、ジェンコの場合、どすんと椅子に身を投げ出した。

ジェンコがティーガンを指し示す。「天才少年にお任せしよう」

ティーガンは、自分のほうが大人でジェンコのほうが子供だとでもいうように、寛大な視線を送った。「魔力で駐屯地をずっとスパイしてきた。全部調べてあるよ。衛兵がどこにいるか、議員たちの居場所、そして駐屯している魔術師が誰で、何ができるか」

「すごい」イレーナが言った。

ティーガンは肩をすくめた。「たいていみんなテオブロマを食べ続けているから、頭から考えが無制限に漏れ出てるんだ」

「議員たちは一カ所にまとめられているのか?」ヴァレクが尋ねる。

「うん。みんな兵舎の二階にいる。でもベイン魔術師範はそこにはいない」

「クリスタル駐屯地に移送されたか」ヴァレクは思案した。「ここからでもベインと接触できるか?」

「ちょっと遠すぎると思う。どうして?」

「魔術師範たちと打ち合わせをする必要がある」

「あなたが補助してくれれば接触できるかも」ティーガンが答えた。

よかった。「門の様子はどうだ?」

「門のことは心配いりません」ジェンコが言った。「ほかに入る方法があります」

ずいぶん得意げに見える。ヴァレクは餌に食いついてやることにした。「ほう?」

「ヘリから嵐のガラス球をもらいました。準備ができたら、そいつを駐屯地の塀にぶつけて大穴を開けてやる。ズドン!」ジェンコは大きく腕を広げた。

賢い。ストームダンス族が作るあの強力なガラス球が使えれば、可能性は無限大だ。もしもっとあれば——。

「もうとっくに考えてますよ、ボス。天才少年と俺が駐屯地を調べるあいだに、アーリが海岸地方にいるケイドを訪ねていくつか調達してきました」

イレーナがアーリに抱きついた。「すごい！」

大男は文字どおり顔を真っ赤にした。

「だが、あれをひとつでも破裂させたら、そのあとはもうこそこそ動くことはできない」ジェンコが言った。「ばっちり覚悟を決めないと」

「攻撃してさっさとずらかる」イレーナが言った。

ジェンコがにやりとした。「そのとおり」

「兵舎に近いが犠牲者が少なくて済みそうな場所を見つけなければ」ヴァレクが言った。

「それはもう調べてある」ティーガンが言った。得々とした言い方はジェンコを思わせる。

「問題は、どかんとぶっ放したあとどうなるかってことだ」

イレーナがジェンコを睨む。

「俺が教えたんじゃない！」

「そのあとは簡単だ。議員たちをまとめて、あの農場に案内する」ヴァレクが説明した。

「どうやって説得するの？」ティーガンが尋ねる。「全部で十一人もいるんだ。僕が魔力を使っても一度に三、四人がせいぜいだよ」

なるほど。「全員シティア軍の制服を着て紛れ込み、安全な場所にお連れすると話す」

「俺たちはブルンズの手下じゃないと彼らが気づいたら?」とジェンコ。

「イレーナが納得させるさ」ヴァレクはからくりを説明した。

「赤ん坊ってのは吸いつくとしても親指ぐらいだと思ってたよ」ジェンコがつぶやく。

「われわれの赤ん坊は特別なんだ」反論するならしてみろとばかりにヴァレクは告げた。

ジェンコが両手を上げる。「まあ落ち着いて、パパさん」

イレーナが笑った。「うまくいかなかったら、次善策を取る。初日に必ず水を飲ませ、じつはそこには毒が入っていたと告げる。解毒剤を飲まないと一週間しか生きられないけど、その解毒剤は農場にあると話す。そして農場に着くころには、テオブロマの効果は消えているという寸法」

「名案だ」ヴァレクはにやりと笑った。「どこかで聞いたようなアイデアだが」

それから考え込んだ。議員たちを救出したら、《結社》はいよいよ血眼になってこちらを探し始めるだろう。各駐屯地を兵士で取り囲み、監視も強化するはずだ。だから慌てて動きだすわけにはいかない。さもないと相手に余計に準備の時間を与えてしまう。すべてうまくいったあかつきには、チームのほかの仲間たちと合流しなければならない。約束の日は十六日先だ。議員たちを農場に案内するのに少なくとも六日かかるとすれば、その後の十日間に何をしたらいい?

「任務を頼めるか?」ヴァレクは最強の双子に尋ねた。

「いつでも」ジェンコが即座に答えた。

「もちろんです」アーリも言う。

「よし。そろそろ《結社》の庭師長と話をしなければならない」ヴァレクはその人物に尋ねたいことを書き出した。「できるか？」

「砂よりぞっとするものがこの世にありますか？」ジェンコが問い返した。

アーリは相棒の肩を力いっぱい叩いた。「今のは〝はい〟って意味です。ええ、できます。期限は？」

「ここに九日以内に戻ってくれ」

「了解」

「僕も一緒に行こうか？」ティーガンが申し出た。

「いや」ヴァレクはイレーナのほうを見た。「君はわたしと、魔力を制御する訓練を続けてほしい」

翌日、アーリとジェンコは任務に出発した。イレーナは町に残り、ヴァレクとティーガンはオニキスとキキに乗ってロングリーフの北にある森に向かった。空気が温まるにつれて松の匂いが濃くなっていく。鳥たちが、木々の天蓋から差し込む光線を切るように枝のあいだを飛びまわっている。

駐屯地の魔術師から充分離れたとティーガンが判断したところで足を止め、馬から降りた。

「魔力で何ができるの？」ティーガンが尋ねた。

「治療と、ほかの魔術師と意思の疎通ができる」それから、兵士に囲まれたときに起きたことを描写した。

「それは〝燃え尽き〟じゃないな」ティーガンが言った。「〝燃え尽き〟なら意識を失うのが数分ということはない。リーフを治療したときのこと覚えてる？　あのあとあなたは何日もこんこんと眠り続けた」

確かに。「じゃあ、何だったんだろう」

「兵士たちの心に負荷をかけたんじゃないかな。それでみんな気絶した。物理的に倒したのなら、相手が意識を失うことはないはずだ。でも、能力の程度はすぐにわかるよ。まず何から始めたい？」

「何でもいい」

「わかった」少年は地面を見回して小枝を拾った。「火がつけられるかどうか試そう」そう言って小枝を持ち上げる。「この枝に魔力を集中させて、熱と炎をイメージする。僕の場合、こいつに少々怒りをぶつける」ティーガンが眉をひそめると、小枝の先端にぼっと火がついた。すぐに消す。「あなたの番だ」

ヴァレクは心の防御壁を下ろした。魔力の糸を集め、言われたとおりに小枝をめがけて放つ。何も起きない。

「もう一度やって。僕は何度か練習した。ブルンズのことを考えてみて。怒りが燃え上がるかも」ティーガンがくすくす笑った。

魔力を怒りで燃え立たせ、小枝に投げつける。何も起きず、煙さえ立たない。三回、四回、五回やっても結果は同じだった。

「火を熾すのはだめってことだね。じゃあ、この小枝を動かせるかどうか試そう。魔力を使うのも手を使うのも同じなんだ。手の代わりに、見えない力を操るだけだ……というか、僕はそんなふうに考えてる。魔力を手の形にして動かしたいもののほうに伸ばし――」ヴァレクが持っていた枝がティーガンの手にひょいと移った。「欲しいものを取る」にやりと笑う。「あなたの番だ」

ヴァレクは手を、スプーンを、スコップを、三叉（さんさ）を、強風を次々に思い浮かべたが、無駄だった。枝はぴくりとも動かず、ヴァレクは急に力が抜けた。倒れそうになって慌てて木に寄りかかる。

「物を動かすのもだめ」ティーガンはポケットに手をつっこんで小さな紙袋を取り出すと、飴玉（あめだま）をつまんだ。「どうぞ。これで少しはましになる」

甘いイチゴ味が口に広がり、しばらくすると気分がよくなった。

「よし。僕を操れるかどうか確かめよう。僕はこれから心の防御壁を下ろす。心を読むのと似てるけど、相手の心を乗っ取って命令し、思いどおりにするんだ。ただし、ばかみたいにあたりをぴょんぴょん跳ねまわらせたりしないでよね」

ティーガンの心と繋がるのは今やお手のものだった。考えてみるとぞっとするのだが。少年の心には好奇心があふれていた。

〝送り込んでくる魔力の量が多すぎる〟ティーガンが想念を送ってきた。〝人を暗殺するときに部屋に忍び込む要領で魔力を使って〟

ヴァレクは魔力の量を調節した。

〝よくなった。じゃあ、お手並み拝見〟ティーガンが挑むように言ってきた。

人に命令を下すのは何より得意だ。〝座れ〟

ティーガンがどすんと地面にお尻を落とし、ふたりとも驚いた。

〝続けて〟ティーガンが促す。

〝両手を上げろ。立て。こっちに来い〟

ティーガンはそのつど従った。

〝今度は抵抗するよ。あなたの強さを試そう〟

〝ばかみたいに跳ねまわれ〟

ティーガンはにやりとしたが、動かなかった。圧力を上げたが、やはりティーガンの足は持ち上がらない。さらに力をこめる。やはり少年は反応しなかったが、抵抗することに集中するにつれ、顔からにやにや笑いが消えた。最後に、持てる力を振り絞って一気に送り込む。やはり無理だった。

ヴァレクは疲れきり、地面にへたり込んだ。

ティーガンも深呼吸して、額の汗を拭った。「すごいな。師範級とまではいかないけど、耐えられる魔術師はそう多くないと思う」彼はオニキスの鞍から水の革袋を取り出し、ごくごく飲んでからヴァレクにも渡した。

「ありがとう」冷たい水が喉を潤してくれた。

「たいていの魔術師は何かひとつ得意な技術があり、もうふたつ、三つできることはあるけど、そちらはそれほど強くない。たとえばイレーナおばさんの《霊魂の探しびと》の力みたいに。おばさんに跳べと言われたら、僕には抵抗できない。たぶんベイン魔術師範でも。それにおばさんは人を癒せる。変わったやり方だけど、とにかく治してしまう。でもそこまでだ。あなたの得意技は人を操る能力みたいな気がするな。そのうちはっきりすると思う」ティーガンはヴァレクの様子をうかがった。「今日のところはここまでにしようか。明日また続けよう」

「二、三分休んだらもっとできる」

「だめだめ。厳しく言いつけられてるんだ」

ああ、言いつけたのはイレーナか。だが、練習を制限したイレーナが正しかったらしい。仕立屋に戻るころには、階段を上がってベッドに倒れ込むだけでもひと苦労だった。

翌朝、イレーナはヴァレクを訓練に行かせなかった。たっぷり朝食を食べると約束しないと、ベッドを出ることさえ禁じられた。

「城塞の城壁より白い顔をしてる」あのたしなめる口調で言う。「回復を急ぎすぎてる。気をつけないと体調が悪化するよ」

ヴァレクは臍を曲げ、イレーナに添い寝をさせることはせめて承諾させた。小さな、だが大事な勝利だ。彼女が隣にいたほうがいつもよく眠れる。

翌日とうとう訓練を続けるお許しが出て、ヴァレクとティーガンは同じ森の空き地に出かけた。数時間あれこれ試したが、ほかには特に能力が見つからなかった。

「風を呼んでみたら？」ティーガンが言った。「ジーザンやゾハヴみたいに、ストームダンス族の血がまじっているのかも」

それは面白い。ヴァレクは空気に手を伸ばしてみた。だが生き物と違って繋がれなかった。水もやはり反応しない。

「零の盾は？」ティーガンが尋ねた。「零の盾が何だ」

ヴァレクは動きを止めた。ヴァレクの友人たちなら今の口調は警告だとすぐに察知しただろうが、ティーガンには伝わらなかった。「魔力耐性を持つようになったとき、あなたが零の盾を作ったことは確かだ。作り方なら教えてあげ――」

「結構だ」考えただけで血が凍りついた。「作れる魔術師はほかにたくさんいる」ヴァレクは相手を冷ややかに見つめた。この話はこれでおしまい。

しかしティーガンはやめなかった。「確かに。でも僕にとっては魔術は武器と同じなんだ。能力があればあるほど、魔術師の武器庫は大きくなる。暗殺者もいろいろな武器を使うでしょう？　だから、いざというときのために、ひとつでも多く身につけておきたいとあなただって思うはずだよ」

まったく天才少年だ。「もし自分で自分を……刺すようなことになったら？」そして、自分の魂をまたあの忌まわしい代物でがんじがらめにしてしまったら？

「そういうことにはならない。今はもう自分で魔力をコントロールできている」ヴァレクの心に迷いが生じていることに気づき、ティーガンは続ける。「あなたと繋がって、そうならないように気を配るよ」

「君はとんでもない魔術師範になりそうだ」

褒められて、ティーガンの顔がぱっと輝く。「つまり、やってみるってこと？」

「ああ。だが、渋々だ」

「控えめな言葉だね。よし」ティーガンは盾の作り方を説明した。

聞くうちに、第一軍管区の海岸地方で漁網の修繕を手伝ったときのことを思い出した。まず魔力の糸で網を織るのだが、このとき糸を油としか表現しようのないもので覆う。この油が魔力をはねつけるのだ。それから網目をできるだけ縮めて、一枚の布にする。この布はどんな形にもできる。ナプキンを折るのが得意なヴァレクの器用さが、この布作りに存分に活かされた。午後の終わりごろには上手にこなすようになり、ティーガンさえ感心させた。

「今日のところはここまで。さもないとイレーナおばさんに殺されちゃう」

それは大げさだったが、やはりイレーナはヴァレクに翌日は休むよう命じた。そんなふうに一日休んでは翌日訓練するというのが決まったパターンになりつつあった。

六日目、ティーガンが言った。「僕の知っている魔術能力は全部調べ尽くしたと思う。心の会話力がどの程度なのか試してみよう。あなたはもしかすると《物語の紡ぎ手》かも」

まさか。「オーエンと対決するとき有利か?」

「相手の苦悩を癒したいのでもなければ、特に有利ってことはない」

「苦悩を与えることにはなると思うがね」そして痛みと死も。考えただけで指が疼く。

「それについては後回しにしよう。ここからふたりでベインと接触できるかどうかやってみないか」ヴァレクは《結社》殲滅計画について考えていた。

「わかった」ティーガンはヴァレクの手を握った。

ティーガンの意識がベインを探して北西へと飛んでいく。途中にいる人々を避けるのがじつにうまく、感心した。ベインの情報を得るため、心の表面をさらっと読みさえしていたのかもしれない。

ヴァレクの考えを読み、ティーガンが言った。「ベイン魔術師範と僕は以前繋がったことがあるんだ。一度繋がった相手を探すのは簡単なんだよ。緑の野原で黄色いタンポポを見つけるようなものさ」

ところがふたりの力を合わせてもベインと接触できなかった。がっかりしたが仕方がないので、午後半ばの日差しを浴びて昼寝をしているオニキスに近づき、高感度通信器を取り出した。「魔力があとどれくらい残っているかわかるか？」

ティーガンが人さし指で触れる。「あまり残ってない」

「魔術師範と連絡を取るのに足りるだろうか？」

「あなたでは無理だけど、僕ならできるかも。会話を短くしさえすれば」

そうするほかなさそうだとヴァレクは思った。

町に戻る途中、仕立屋の二区画手前でティーガンがヴァレクの腕をつかんで止めた。ヴァレクはすぐに警戒し、周囲を見回した。「何か問題が？」

「うん」

24

ジェンコ

こうしてこそこそ這いまわっていると、普通の人間なら参ってしまうだろう。ただし、ジェンコは藪になったふりをして何時間もじっとしているのが大好きだった。

もちろん嘘だ。

グリーンブレイドの森の真っただ中にあるこの施設は、アーリとジェンコが以前訪れたときとほとんど変わっていないように見える。あのときジェンコは、庭師長かもしれないし違うかもしれないオラン・ザルタナと出くわしたのだ。十棟のガラスの温室が相変わらず整列し、テオブロマの甘い匂いとときどきそこにまじるキュレアの鼻をつんと突く匂いがあたりに充満している。工場は樽入りの薬品を今も次々に出荷しているらしい。少なくともそう見える。

そう、敷地をぐるりと囲んで護衛する兵士たちさえいなければ、何も変わっていない。

ふたりはできるだけ近くまで這っていき、もう何日もそこを監視していた。どちらもグリーンブレイド族の労働者に似せて、緑色のチュニックとズボン姿だ。そこの労働者たちはあふれんばかりのエネルギーを発散し、忙しく動きまわっている。

　オランに近づくには、夜に自室でひとりになったときが最適だ。それ以外は、ほとんどの時間を温室で過ごしている。オランがどの建物で眠っているのかは特定したが、部屋まではわからない。それを調べるには、敷地を囲む護衛の輪を突破しなければならない。兵士たちはそれぞれ隣の兵士が見える位置に立っていた。ひとりが急に倒れたり消えたりすれば、両隣の兵士にすぐわかってしまう。たとえアーリとジェンコが一気に六人片づけたとしても、残りの兵士たちがさっそく騒ぎだすだろう。

　陽が暮れるなか、敷地から充分離れたところに退避して、アーリとジェンコは乏しい選択肢について話し合った。

「どうして例のすてきな外套を使えないんだ?」ジェンコが尋ねる。

　アーリは焚きつけの小枝を格子に組んだ。「おまえがちゃんと耳をかっぽじっていれば、敷地はすでに幻影に覆われているから、そこに別の幻影が接触するとたんに両方が消えるとティーガンが説明したのを覚えているはずだ。一歩足を踏み入れたら、僕らの姿は剥き出しだ」

「そうだった。あのときばかりは魔術も悪くないと考えたんだ」ジェンコがつぶやいた。

「少なくとも、おまえも考えることはあるんだな」お行儀よくしていた愛犬を褒めるように、アーリはジェンコの頭を撫でた。ジェンコがうーっと唸る。

アーリは相棒を無視した。「ほかに何ができる?」

「騒ぎを起こして気を逸らす」

「その騒ぎの陰で何か別のことが起きていると、相手が感づかなければな。そうなればとたんに騒ぎは収まり、連中はあたりを捜索し始める」

「火事を起こせばいい。やつらはしばらく火消しに追われる」

「火事がどんどん大きくなって、罪のない人々が犠牲になるかもしれない。却下」

ジェンコは寝袋にどさっと倒れ込んだ。ふたりは、終わればさっさと撤収できる小さな野営地を設けていた。

アーリはその横に寝そべり、背嚢から干し肉を出すとしゃぶった。「認めるしかないな。われわれでは任務を遂行できない。捕まる可能性が高すぎるし、たとえ脱出できたとしても、計画を漏らすはめになって、すべてが台無しになりかねない」

ジェンコは失敗するのが何より嫌いだった。仰向けになって夜空を見上げる。だが、相棒に賛成するしかなかった。あまりにも手がなさすぎる。ここにあるのは土と木の葉と茂みと樹木と――。

名案が浮かんだ。そうだ!

ジェンコはすっくと立ち上がった。「アーリ、ロープはまだ持ってるか?」

「ああ。どうして?」

「いい考えがある。衛兵たちも絶対に疑わない」

「どうして？」

「連中のあいだをすり抜けるんじゃなく、頭の上を越えていくんだ」ジェンコは頭上に張り出す木々の枝を指さした。

「おみごと」

計画は単純で簡単だが、いざ実行となったら、思ったほど単純でも簡単でもないぞと覚悟してしかるべきだった。まず、ロープを使って木登りするには上半身の力がかなり必要だ。しかも暗いせいで余計に苦労した。手が見えないのに、つかむ場所を見つけるのは至難の業だった。

上のほうの枝にたどりつくと筋力はそう必要ではなくなり、ロープを腰に巻く。ところが、木から木へ移るときに音をたてないようにするには、じりじりと枝を進むほかなく、さながら太りすぎた不恰好(ぶかっこう)なヴァルマーのようだった。下にいる兵士たちが、落ちるまでにどれくらい進めるか賭けをして、大笑いしているような気さえした。

幸い、高いところは怖くなかった。いや、ほんとに？　枝がジェンコの重さでしなった。どきどきしながら別の枝をつかむ。落ち着け。胸から飛び出しそうな勢いだった鼓動がやっとやや収まったところで、足をもう少し太い枝に移した。ふうっ。

衛兵の輪から充分離れたところでロープをほどき、しっかりした幹に結びつけた。下りるのは腕には負担がかからなかったが、手のひらが擦れてひりひりした。地面にたどりつくと、誰かに見つかった気配はないかと耳を澄ます。静かだった。

森の中を音をたてないように抜け、物陰に隠れながら、将校その他重要人物がいると思われる建物をめざす。安全のためだろう、窓があまりない。こんな深夜なのに、建物のあいだを人々が行き来している。彼らと同じ服装をしているジェンコは、あたかもそこの人間のような顔をして表を歩き始めた。

誰もこちらを見もしない。ジェンコは建物の中に入り、足を止めた。廊下を照らしている角灯で、ドアが並んでいるのがわかる。さてどうするか？　ひとつひとつノックをして庭師長を探すわけにはいかないだろう。いや、緊急事態が起きたようなふりをして、やってみるか？　だめだ、危険すぎる。昔ながらのやり方に頼るしかなさそうだ。三階まで確認すると、どこも一階と同じ造りだとわかり、そのあと外に出た。夜明けまで残り数時間。アーリはジェンコがその日の夜まで戻ってこないとわかっている。あたりを少し偵察してみて、特に何もないとわかると、庭師長のオランがいると思われる建物に戻った。玄関が見える隠れ場所を見つけ、辛くない姿勢を取って待った。

幸い、オランは早めに姿を現した。やはりそこで寝起きしているのだ。これでやることは決まった。ジェンコは人々の流れに乗って食堂に向かい、そこでリンゴをふたつとバナナを一本拝借した。そのあと温室から工場に蔦を運ぶ一団に加わった。誰も彼に気を留めたりしない。与えられた仕事をするのにみな気が急いているらしく、うまく入り込めた。

夜が近づくと、オランからなるべく目を離さないようにした。オランはほとんど休みなく温室の中で働き続けていた。夜遅くにやっと食堂に現れ、夕食をとると宿舎に戻った。玄関にたどりついたとき、ジェンコはその数歩後ろに続いた。オランは三階に上がるまでまったく気づいていなかったが、廊下にさしかかったときさすがに不審に思ったらしい。

「いったい――」

ジェンコはオランの喉にナイフを突きつけた。「静かに。まわりの連中を起こしてもらいたくない」

オランが息を呑む。

「部屋に行け」オランが動かないので、ナイフを少し強く押しつけた。「今すぐ」

オランは左側のいちばん奥のドアに近づいた。鍵が手につかずもたもたしていたが、ようやくドアを開けた。廊下の明かりが殺風景な室内を照らし出す。ジェンコはオランを中に押しやった。

「それはよかった。オランはよろめいたが、急にこちらを向いた。「おまえを思い出した」

自己紹介の手間が省ける、オラン・ザルタナ」

男はぎょっとして背筋を伸ばした。

「おまえが《結社》の庭師長だとわかるまで少々手こずった」

「違う、わたしじゃ――」ジェンコは相手を手で制し、ナイトテーブルの上の角灯を指さした。「明かりをつけてから腰を下ろせ」

オランはためらっていたが、ジェンコが一歩近づくと、慌てて点火した。黄色い光が灯ると、オランは寝乱れたベッドに座り、ジェンコを恐れるように毛布をつかんだ。

「おまえ、絶対に――」

相手の脅しを最後まで聞くつもりはなかった。すぐさまバブバブジュースの詰まった矢を刺す。絶対にただでは済まないぞだの、絶対に生きては帰れないぞだの、何度も聞いた脅し文句だ。だが、そうなったためしがない。たまにはもっと変わった脅し方をしてみろ。

オランは矢を刺された傷口をぽんと叩いた。「今のは何だ?」

「自白剤だ」

「汚いぞ」オランは、なぜぐるぐる回り始めたんだと言わんばかりに、室内を見回す。

「汚いことをしちゃいけないと誰が決めた? 《結社》だって汚いじゃないか。さあ、庭師長として何をしているのか話せ」

「わたしじゃない。気持ち……悪い」オランは床に嘔吐(おうと)した。

ジェンコは危うく飛びのいた。ときどきこういうことが起きるのだ。胸の悪くなるような臭いが室内にたちこめた。ああ、最高だ。

「じゃあ、庭師長とは誰だ？」

「バヴォルは知らない」

バブバブジュースが効いている相手と話をするには、ある程度の忍耐力がいる。「知らないって？」

「バヴォルはわれわれのために働いている」オランがくすくす笑う。「しー。族長さんはじつは裏切り者だ」

「われわれって？」

「《結社》だよ。わたしは《同盟》のほうがいいと提案したんだがな……そっちのほうが強い……言葉だ」

ジェンコはもう一度試みた。「おまえのボスは誰だ？」

「怒りんぼの知ったかぶり。あの女は何でも知っているつもりでいるが、じつは何ひとつ……知らない」

ああそうか。「だが彼女はオーエンの妻だ」

「自分ではそう言ってる」

「温室はセレーヌのアイデアなのか？」

「違う、バヴォルだ。彼が……小型のを作った」オランは親指と人さし指を三センチほど離してみせた。「可能性がわからなかった」

「ハーマンの木については？　何に使うんだ？」

「ああ……それ」オランはふんと鼻を鳴らした。「怒りんぼの知ったかぶりが後生大事にしている計画さ」

「だが大事な計画だろう？」

「わたしには関係ない。ただの雑草さ。イクシア産だから専門外だ」

核心に近づきつつある。「セレーヌの専門分野というわけか」

「あんなもの必要ない。わたしがたっぷりテオブロマを供給している」

「次善策があったほうがいつだって安心だからな」

「あの女は人を殺してる」オランが立ち上がった。

なんてこった。ジェンコは無表情を保つように努めたが、動悸が激しくなる。「だろうな」

オランは脚がぐらぐらしている。「バヴォルとわたしは……けっして……人を実験台にしたことはなかった。あの女は……」と言ってベッドにどすんと腰を下ろす。「行ってしまった。毒を持って」

「彼女はどこで実験をしてた？」ジェンコは尋ねた。

「秘密実験……」オランは窓のほうを示した。

時間はかかったが、とうとうセレーヌの実験室の場所を聞き出した。リーフの新しい眠り薬をオランに注射し、眠りこけるのを待ってから、オランが言っていたハーマンの木の栽培場所を急いで探した。すると、樹皮を剥がれた若木が何本も植えられている場所が見つかった。その隣に建つ小さな建物の中には、人気がないように見えた。ジェンコは錠前を破り、中に滑り込んだ。

とたんに鼻を突いた臭いで思わず卒倒しそうになった。つんとする腐臭に体液の臭いがまじっている。間違いなく、死の臭いだ。息を止めて小さな角灯に火を灯すと、急いでひと通り中を捜索することにした。奥の壁に並ぶ檻には死体、そしてまた死体。大きく見開かれた生気のない目はいっさい光を宿していない。

そこには実験室に必要なあらゆる道具が揃っていた――ビーカー、バーナー、容器、ホース。セレーヌがそこで何をしていたか、ヒントになりそうなものは何も残っていなかった。記録がぎっしり書き込まれた日記なんて、探すだけ無駄なのか？

胃がむかむかして立ち去ろうとしたとき、もうひとつドアを見つけた。鍵がかかっていたものの、数秒で開けられた。やはり檻が並んでいる。しかし、今回は中で人がもぞもぞと起きだした。ジェンコはその場に釘づけになった。

「朝食には早すぎない？」女が差し込んできた光に目を細め、肘をついて身体を起こした。

ジェンコは葛藤した。檻の中には四人の人間がいる。今すぐ逃げるべきだろうが、できなかった。イレーナならどうする？

「俺は連中とは違う」ジェンコは言った。

四人が立ち上がる。

「われわれを助けに来てくれたのか？」年かさの男が尋ねてきた。しゃれこうべのような顔と痩せ細った腕に皮膚が張りついている。

「俺には……無理だ」ジェンコは認めた。「俺自身、逃げられたのは運がよかったんだ。何が起きているのか教えてくれ」

「どうして？」女が吐き出すように言った。「どうせ助けてくれないくせに」

「今は無理だが、ここに戻ってあんたたちを解放するためにできるだけのことをする」

四人は訝しげだった。こんな扱いを受けていれば当然だろう。「俺は《霊魂の探しびと》のイレーナとともに行動し、レジスタンスを試みている。セレーヌを止めるにはあいつが何をしているのか知る必要がある。俺たちはこれまでも《結社》の計画を阻むため全力を尽くしてきた」

「あんたたちにやつらを止められるとは思えんが、もし、一矢報いることができたら、わしも笑って死んでいける」老人は仲間たちを示した。「わしらは生き残りなんだ。セレーヌはわれわれに、ハーマンの木の樹液を濃度を変えながら注射した。われわれの番が来たとき、すでにセレーヌは最適な濃度を突き止めていた。だから死なずに済んだんだ」

「ハーマンの木の樹液には恐ろしい効果がある」女が苦々しげに言った。「わたしたちはいっさい魔力を使えなくなってしまったのよ」

嘘だろう？　ジェンコは言葉をなくし、ただ彼女を見つめた。頭の中で今聞いた情報をあれこれ吟味する。魔術なんてものは厄介の元でしかない、永遠になくなるなら万々歳だと思っている自分もいるにはいる。だが、イレーナと親しくなって身に沁みたことがひとつあるとすれば、悪いのは魔力ではなく、それを悪用する人間のほうだということだった。ジェンコはようやく声を絞り出した。「解毒剤はあるのか？」

「わからない」

くそっ。「ここに来てどれくらいになる？」

「一年前、自分から手を上げたのよ」女は乾いた笑いを漏らした。「〝シティアを救うため〟という言葉を鵜呑みにしてしまい、気づいたときにはもう遅すぎた。今ではわたしたちにテオブロマを与えたり魔術をかけたりする手間さえかけない」

「怒らないでほしいんだが、あんたたちはなぜまだ生かされてるんだ？」ジェンコは尋ねた。

「万が一毒の効果が消えたりしないか確認しているんだ」老人が答えた。

そうなればブルンズの計画はつぶれる。「消えたのか？」

「今はまだ。だが希望は捨てていない」

「季節ひとつ分過ぎたのよ。魔力はもう帰ってこないわ」女が老人に言った。

「セレーヌがここを去ったのはいつだ？」とジェンコ。

「最適な濃度がわかったとたん、それを大量に製造した。たぶん二週間ほど前に最後の製造を終えて、直後に発ったと思う」老人が言った。

「ありがとう」

ジェンコが踵を返したとき、背後で老人の声がした。「約束を忘れないでくれ」

「もちろんだ」だが今は、一刻も早くこの情報をイレーナとヴァレクに届けなければ。

25

イレーナ

市場は活気に満ちていた。午後の遅い時間は、仕事帰りの労働者たちが帰宅前に食材を買いに立ち寄るため、商人にとっては忙しい時間だ。黄緑色のチュニックとズボン姿のわたしは、地元民の人ごみにうまく紛れ込んでいた。駐屯地から来た兵士も数人買い物をしているが、わたしより焼き豚を売る店員のほうに関心があるようだ。ただ、万が一彼らの視線がこちらを向いたときのことを考えて、目は離さないようにした。

人気のある出店から焼きたてのパンのおいしそうな匂いが漂ってくる。わたしは、食料調達という任務でここに来ていた。ヴァレクは魔術の練習で体力をすっかり消耗し、十代のティーガンはまるで食べる機械だし、わたしは妊娠中だ。毎日とんでもない量のパン、肉、チーズが消えてしまう。

隠れ家に買い物袋を運ぶ途中、うなじがぴりぴりした。次の通りで右に曲がりしな、背後を見た。ふたりの兵士がせかせかと通りをやってくる。買い物袋を持っていないばかりか、視線がこちらを追っている。わたしは急いで次の交差点に向かい、左に曲がった。やはりふたりはついてくる。胸に不安が渦巻き、食欲が失せた。市場で誰かに気づかれたのだろうか？ それとも魔術師が魔力でわたしを見つけた？ いずれにしても、尾行をまかなければ。

ヴァレクから教わったことを思い出し、短い通りを見つけた。そこに入って、尾行者の視界から消えるとすぐに買い物袋を落とし、道の終点まで走って左に曲がった。道を渡ってすぐさま路地に飛び込み、ゴミ箱の背後に身を隠す。心臓が早鐘を打ち、そのまま進めとわたしをせっつく。でも、落ち着いて吹き矢筒を取り出し、矢の準備をして待った。

敷石に響くブーツの足音。「こっちだ」ひとりの男がわめく。

路地の出口の向こうを影が横切った。十まで数えたところで、路地の奥へと這っていく。そちらにも出口があるはずだ。腐りかけた落ち葉の山やいやな臭いのするぬかるみを避けながら進んでいくと、鍵のかかった門があった。吹き矢筒をしまって開錠道具を取り出し、錠を開けて通りに出た。果物の出店を人が何人かひやかし、荷車を引く馬が通り過ぎていったが、兵士の姿はなかった。

息をつくと、大きく遠回りして隠れ家に戻った。ロングリーフを今すぐ離れ、アーリとジェンコが戻るまで森で野営をしたほうがいい。

仕立屋の裏に回り、監視者の有無を確認したのち、裏口から中に入る。陽はすでにだいぶ傾いている。ヴァレクとティーガンはもう今頃……。

巨大な影が壁からにゅっと現れ、襲いかかってきた。とっさに飛び出しナイフに手を伸ばしたが、刃を出す暇もなく手から叩き落とされた。恐怖で鼓動が三倍の速度で打つ。腕を押さえつけられた次の瞬間、剣の刃がひらめいた。刺される、と身構えたものの、切っ先はわたしの首の数センチ手前で止まった。あんなに簡単に尾行をまけたのは殺すつもりはなかったからだとわかったが、そもそもなぜ尾行されたのかはわからなかった。

「身体検査しろ」女の声が命じた。

四人の男たちの手がわたしの身体を隅々まで探り、武器のほとんどを回収した。

「これで丸腰です」ひとりが告げた。

「椅子に座らせろ」女が言った。

わたしは古い肘掛け椅子に押しやられた。とたんに埃がぱっと舞い上がる。男たちは半円を作ってわたしを囲み、その向こうからオーエンの妻であるセレーヌ・ムーンが現れた。彼女の長いブロンドの髪は日差しを浴びて輝き、ほとんど白に近い。かつてはヴァレクと同じくらい色白だったが、日焼けの程度からすると、日光の下で長時間過ごしていたようだ。急にアーリとジェンコが心配になる。あの工場に忍び込もうとして捕まったふたりから、セレーヌはここのことを聞き出したのだろうか？　だとしたら、万事休すだ。

「監獄の居心地がずいぶんよかったようね」わたしは言った。

「あたしたちの罠にのこのこ飛び込んできたことを考えれば、そんなに澄ましていられるものかね?」セレーヌが部屋の隅を示す。わたしの買い物袋が壁に寄りかかっていた。

「尾行をまけば、それで安全だと思ったらしい」セレーヌが舌を鳴らす。わたしの行動はあそこですでに把握されていたのだ。答えは返さず、しょげたかのようにうつむいて、床に落ちた飛び出しナイフを探す。それはセレーヌの左足のそばにあった。

セレーヌの部下がもうひとり階段を下りてきて、全部で五人になった。「上には誰もいませんが、少なくともほかにもう三人ここで寝起きしているようです」

セレーヌが銀色の目をわたしに向けた。「その三人とは誰だ?」

黙秘しようかとも思ったが、時間稼ぎをする必要がある。駐屯地に連れていかれたら、と言ってもここで殺されなければの話だが、ますます逃げるのが難しくなる。「イクシアの友人たちよ。あなたを牢獄行きにした仲間たち」過去を思い出させたおかげで、セレーヌから望ましい反応を引き出すことに成功した。

相手の頬が一気に紅潮した。「今どこだ?」

「任務に出かけている」

「任務?」

わたしは微笑んだ。「あなたを狩り出す任務よ、もちろん。あなたが何をしていたかわかってるのよ、セレーヌ」わたしは鎌をかけた。

「へえ?」冷ややかな口調から、わたしを痛めつけたがっていることがひしひしと伝わってくる。「ずいぶん余裕があるじゃないか」

　余裕なんて、まさか。わたしは肘掛けをぎゅっと握って、顔に不安が滲まないように努めた。「それはもう」

「そう言ってられるのも今のうちだ。あんたにはもう魔力はない。零の盾さえ身につけてない。あんたの心から情報を絞り取りたければ、いくらでも絞り取れる」

　赤ん坊がいなければ。でも秘密を打ち明けるつもりはなかった。「じゃあ、どうしてわざわざこんな真似を？」

「おとなしくこちらに協力するチャンスを与えようと思ってね」

「ご親切にどうも。でも、わたしが自分から何か話してもあなたは信じる？　信じないわよね。だから無駄じゃない？　ただし……」

　セレーヌが白くてほとんど見えない眉を吊り上げた。

　せっかく餌を投げたのに食いつかないので、こちらから答えを告げた。「まだわたしを怖がっているなら別だけど」

「ばか言うな。おまえはもはや《霊魂の探しびと》でさえない」

　わたしから魔力を奪うような手段を講じたのだろうか？　魔力を遮断しているのは赤ん坊だと考えてきたが、仮説にすぎない。ちょうど懐妊したころに敵に何かされた可能性もないわけではない。不安を隠してまた鎌をかける。「魔力が戻ってないとどうしてわかる？」

「わたしの経験上、魔力が失われると二度と戻らない」セレーヌはにやりとして、白い歯を見せた。「ただし念のため、おまえが本当にもう《霊魂の探しびと》でないか確かめてやろう」

とっさに彼女の手首をつかむ。「遅すぎる」

部下たちがさっと集まってきて、いくつもの手がわたしを押さえた。セレーヌの瞳には恐怖が宿っていた。わたしに魔術を使おうとして失敗したのだ。わたしはセレーヌから引き離され、椅子にまた座らされた。

セレーヌは手首を撫でて後ずさりしたが、そこで足を止めた。その目が何かを悟ったかのように冷たく光った。まずい。

「なるほどね……もし本当におまえに魔力が戻ったのなら、あたしに触れる必要はないはずだ」セレーヌは両手を下ろした。「何か別の事情があるらしい。話す気はあるかい？」

「ない」

「それならそれでいい。どうせすぐにわかるんだ。さあ行くよ」セレーヌは部下にわたしを両側から挟めと身ぶりで命じた。

腕をつかまれて立ち上がらされそうになり、抵抗して一瞬手を振り払ったものの、すぐに三人目に取り押さえられた。わたしは息切れしていた。

「抵抗するな、イレーナ。お腹に赤ん坊がいるからといって、あたしが手加減すると思ったら大間違いだ」

「手加減させるのはわたしだからな」ヴァレクがセレーヌの背後で囁き、喉元に小刀を押しつけた。

全員がびくっとした。わたしは心の中で小躍りした。時間稼ぎが功を奏したのだ。

「イレーナから手を離せと部下たちに命じろ」

「言われたとおりにしろ」小刀の鋭い刃で血が滲み出すと、セレーヌが声を絞り出した。

男たちがわたしから離れた。服の皺を伸ばすふりをしながら室内をこっそり見回す。ティーガンの気配はない。よかった。

「部下たちに駐屯地に戻れと告げろ」

妙な命令だった。男たちはとまどった様子で目を見合わせた。ヴァレクのほうを見ると、わたしに目配せした。なるほど。

「行け」セレーヌが部下たちを追い払う。「応援を呼んでこい」

「好きにしろ」ヴァレクは言った。

今度とまどうのはわたしのほうだったが、ヴァレクを信じた。

部下たちがいなくなると、ヴァレクはセレーヌを突き飛ばした。「話をしようか」

セレーヌは首の傷に触れてから手を見た。指先は血まみれだ。「大失敗だな」

「ほう？」

「零の盾を作れるのはオーエンだけじゃない」

ヴァレクは金縛りにあったかのように、両手と小刀を脇に垂らして固まった。わたしはとりあえず飛び出しナイフに飛びつき、刃を出すスイッチを押した。独特のシャッという音を響かせて、刃が飛び出す。セレーヌがこちらを向いた。

「この男の命を搾り取ることだってできるんだぞ」

「その前にわたしがあんたを刺し殺す」

美しい顔が怒りと憤りで歪み、セレーヌはドアのほうに走った。追いかけようとしたが、ヴァレクに腕をつかまれた。

「そのまま行かせろ」

「どうして？」

「セレーヌとその部下たちの行方がわからなくなったら、連中がわれわれを捜索し始めるからだ」

「でも彼らが駐屯地に到着して、わたしたちと会ったことを報告すれば、結局は捜索が始まる」

「そうだ。だが《結社》は、われわれがセレーヌから情報を引き出したとは思わず、計画も変更しないだろう」

なるほど、それは大きい。「それでも、彼女の知っていることを聞き出したほうがよかったんじゃない?」

「聞き出さなかったって誰が言った?」ティーガンが言った。奥の部屋から出てきた彼はにやにや笑っている。

「あなたが心を探ってるって気づかれたらどうするのよ」つい心配になる。

「ヴァレクおじさんが彼女の気を散らしてくれてたから大丈夫。それに、僕は上手にすりと入り込む」ティーガンは宙ですっと手を振った。

ティーガンはジェンコと一緒に過ごしすぎた。そのときヴァレクにいきなり抱きしめられた。彼の首に顔を埋めながら「ありがとう」と囁く。森の匂いがした。

「君のためならいつだって」ヴァレクが身体を離し、顔を見合わせて微笑んだ。

「お取り込み中悪いけど」ティーガンが言う。「連中はすぐに戻ってくる」

そのとおりだ。「わかった、荷物をまとめよう」

わたしたちは大急ぎで持ち物と食料をまとめた。ロングリーフの通りを全速力で走る姿はさぞ見ものだっただろう。監視者たちは、わたしたちが町から逃げ出し、北西に向かって森に姿を消したと報告するはずだ。実際には、魔術師から届かないと思われる距離を保ちながら駐屯地の南側に回った。

「アーリとジェンコは?」野営の準備をしながら尋ねる。「工場で捕まったのかな」

「いや、捕まってない」ティーガンが言う。

「じゃあセレーヌはどうやってわたしを見つけたの？」

「屋台の店主から垂れ込みがあったんだ」

変装した意味がない。「アーリとジェンコに、町には戻るなと警告しなきゃ」

「ここはふたりの帰路にとても近い。ふたりが接近したら馬たちが教えてくれるだろう」とヴァレク。

「それでも議員たちを救出するの？」ティーガンが尋ねた。

「ああ。実際、今夜がチャンスだ。駐屯地の司令官はわれわれを探すために町にいつも以上に警邏兵を送るだろう。つまり駐屯地の警備がそれだけ手薄になるということだ」

「そうだね。でも、そのいつも以上にいる警邏兵に遭遇する可能性も高くなる」

「連中はわたしたちではなく、アーリとジェンコを見つけるかも」わたしはじっとしていられなかった。

「心配するな。あのふたりなら警邏兵をうまく避けられる。でもティーガンの言うとおりだ。事態が落ち着くまでじっとしていよう」

まだ完全に暗くなってもいないのに、ヴァレクは寝袋を広げた。隠そうとはしているが、わたしは彼の疲労に気づいていた。いつもはもっと優雅な身のこなしなのに、今は何をするにも努力が必要なのか、動作がぎくしゃくしている。

ヴァレクの横に腰を下ろすと、彼がわたしの肩に腕を回して引き寄せた。「今日の訓練ではどんな魔術を習ったの？」わたしは尋ねた。

「ヴァレクの作る零の盾がものすごいってこと」ティーガンが答え、宙に拳を繰り出した。

「それから、零の盾の見破り方も」ヴァレクは微笑んだ。「セレーヌはわたしを拘束したと思い込んでご満悦だったよ」

それで思い出した。「で、セレーヌの頭の中身から何がわかった？」

ティーガンの顔から笑みが消えた。「《結社》は〝炎の嵐〟――これは僕のじゃなく、セレーヌ本人の言葉だ――の最中に全魔術師を襲う計画を立てているらしい」

「〝炎の嵐〟？」ヴァレクの目が遠くなった。「最高司令官は火祭のときにイクシアを攻撃するというわれわれの推測と合致する」

「確かに。でも、魔術師を殺すつもりはないみたいだよ。何かの薬を魔術師たちに使うのを、セレーヌはすごく楽しみにしている」

「その薬が何かわかる？」《結社》が具体的に何を企んでいるのか、やっとわかるかも。

「ごめん、わからない。セレーヌの腐った頭の中身をひと通りさらっと見る時間しかなかったんだ。でも――」ティーガンがふと森のほうを見た。

ヴァレクとわたしはとっさに武器に手を伸ばした。

ティーガンが頭を振る。「アーリとジェンコだ。キキがここに引率してくれる」

ティーガンの言うとおり、ふたりの男と四頭の馬が森から現れた。服には泥が撥ね、ぎこちなく馬から降りる様子を見れば、長時間鞍の上で過ごしたのだとわかった。

ジェンコは髪にくっついていた木の葉を取った。「今夜こそベッドで寝たかったのに」

「物事のいい面を見なさいよ。もし仕立屋に戻ったら、今夜は駐屯地の地下牢で眠ることになった」わたしは告げた。

ジェンコが唸る。「だろうな」

セレーヌが現れたことをふたりに説明した。アーリとジェンコは目を見交わした。

「何を見つけた？」ヴァレクが尋ねる。

「セレーヌの言う薬とはハーマンの樹液です。魔術師の魔力を消す効果があるんです」

全員が愕然としてジェンコを見つめた。

「本当なのか？」ヴァレクが尋ねる。

「残念ながら」

「治療薬はあるの？」囁くことしかできなかった。わたしはきっとその薬を注入されたのだ。だとすると、せめてもの救いは赤ん坊には効かなかったことだ。赤ん坊がある種の魔力を持っていることは今や明らかだった。

「誰もまだ知らない」ジェンコが答えた。

「君にそれが打たれたとは思えない」アーリが言う。

痼癪を起こしそうになって必死にこらえる。「どうしてわかるの？」

「セレーヌが最適な濃度をようやく突き止めたのは一季節前だ」

ほっとして脚の力が抜け、ヴァレクの腕にすがって身体を支える。とはいえ、《結社》は今も樹液でわたしを狙い、赤ん坊の力まで奪うおそれがあるのだと思い至り、安堵感はすぐに消えた。いや、仲間全員がその危険にさらされているのだ。

「薬の効果は消えるの？」ティーガンは足に根っこでも生えたかのようにその場から動かない。

「連中もわからないらしい」ジェンコは実験室にいた魔術師たちについて説明した。

最初に立ち直ったのはヴァレクだった。「何が変わるわけじゃない。《結社》が魔術師を襲おうとしているのは元々わかっていたことだ。むしろ、殺さないだけ……ましだろう。やはり最高司令官のせいにできるし」

「最高司令官がオーエンを歓迎したのも不思議じゃない」アーリが言った。「すべての魔術師を排除できる可能性に飛びついたんだ」

そのことに恐怖しなかったのはジェンコだけだった。「薬をいくつかくすねて、セレーヌ、オーエン、その腰巾着たちに使えばいい」

全員が彼をまじまじと見た。

「何だよ？　連中が俺たちに使うなら、土俵を同じにすればいい。向こうにもこっちにも魔術師がいなくなるんだ。公平だと思うけどね」

「公平?」ティーガンは言葉に詰まった。永遠に魔力を失うかと思うと、心底ぞっとしたのだろう。「そんなの――」

「あとで話し合おう」ヴァレクは言い、議論を終わらせた。

二晩ののち、わたしたちは議員救出作戦の準備に取りかかった。いちばん力の強いアーリが塀に嵐のガラス球をぶつける役を買って出たが、それでも距離が近すぎるので、命を落とす危険があるとティーガンは言った。

「僕はストームダンス族の作業の様子を見てきた。そのガラス球にはエネルギーがぎっしり詰まってる。僕が魔術でガラス球を動かすよ」

ジェンコは首を横に振った。「ヘリの話では、勢いよくぶつけないとガラスが割れないそうだ」

代わりにパチンコを使うことにして、ヴァレクが的を狙い、万が一逸れたときにはティーガンが魔術で軌道修正すると決めた。とはいえ予行演習はできない。

わたしはアーリとジェンコとともに、ヴァレクから二百メートルほど離れたところでしゃがんで待機した。瓦礫(がれき)が飛んできても自分がヴァレクを守るとティーガンが約束してくれたし、全員でそこにいる意味もない。

数秒後、パチンコがブンと音をたてたのが聞こえ、続いて響いた轟音で何もわからなくなった。爆風の勢いでたちまち地面にのされた。木の葉、土、小枝、白い埃に全身を覆われ、皮膚がひりつく。不協和音は始まったときと同じように突然やんだ。わたしの耳が聞こえなくなったのでないといいのだが。

ジェンコが膝をついて身体を起こした。「何だ、こりゃ！」声がとても遠い。

耳がちゃんと機能しているのでほっとしながら、ジェンコが見ているもののほうに目を向けた。嵐のエネルギーは森の木々をきれいに薙ぎ倒していた。そして遠くでは、駐屯地の塀に巨大な穴が開いているのが見えた。そのときはっとした。ヴァレクもティーガンも姿が見えない。慌てて駆け出すと、すぐにアーリも続いた。ふたりで瓦礫の中を、彼らの名前を呼びながら歩きまわる。

木の葉の山の中から小さな手が突き出した。アーリと一緒に木の枝や塀の破片を取り除く。ヴァレクがティーガンに覆いかぶさるようにして倒れていた。シャツがずたずたに裂け、血まみれだったが、呻き声を漏らしながらごろりと仰向けになった。

ティーガンが身体を起こす。「うわあ、信じられない！」

「魔力で守ると言ったくせに」思った以上にきつい言い方になってしまった。

ティーガンは頬をはたかれたかのようにさっとこちらを見た。「これほど強力だとは……思わなかったんだ」

わたしはティーガンの肩に触れた。「ごめんね、言いすぎた」

アーリがヴァレクの手をつかんで軽々と立ち上がらせた。「敵が集まってくる前に行こう」

わたしたちは瓦礫の中をなんとか進み、壊れた塀にできた穴をくぐり抜けた。まわりにいる兵士たちは唖然としており、傷口から血を流している者や、地面に倒れた兵士を介抱している者もいた。混乱を縫うようにして、ティーガンはわたしたちを近くの兵舎に導いた。塀の欠片が建物の壁にめり込み、そちらに面した窓はすべて粉々だった。建物からわらわらと出てきた人々は、被害の状況を見て目を丸くしている。動けずにただ遠巻きにしている者、命令を待つかのように所在なく立っている者。

わたしは一団の人々を指さした。「カーワン議員がいる」

ティーガンがうなずき、魔術で議員たちを呼び寄せた。彼らは夢遊病患者のようにふらふらとやってきた。

アーリ、ジェンコ、ヴァレク、わたしは彼らを塀のほうに導き、駐屯地全体が崩れ落ちる前に逃げないと危ないと急かした。森に入ったところでムーン議員が抵抗した。

わたしは彼女の手を取り、大丈夫ですよと耳元で囁いた。やがてムーン議員がとまどったようにこちらを見た。わたしだと認識したようだ。「イレーナ、来てくれたのね。わたしたちを救出するため？」

「そうです」

「よかった」

　これは赤ん坊が彼女を洗脳している魔術を吸収した証拠だと思いたかったが、確信はなかった。ムーン議員が落ち着くと、わたしはブラッドグッド議員に近づいた。森を抜ける長い道のりのあいだに全員に触れておきたかった。強行軍は明け方まで続き、そろそろみんな体力の限界が来ていた。

「これだけ離れれば大丈夫じゃないか？」ジェンコが言い、革袋からごくごく水を飲むとそれをアーリに渡した。

「どうだ、ティーガン？」ヴァレクが尋ねる。彼の傷は日光のもとで見ると余計にひどく見えたが、たいしたことはないと言い張って手当てをさせてくれず、自分の魔力で治療しようともしなかった。

「だいぶ引き離したと思う。それに、ジェンコが最初にとった複雑な行路のおかげで、敵の半分が逆方向に向かった」ティーガンが言った。

「よかった」ヴァレクは同行者たちの様子を観察した。

　議員たちはふたりずつで固まっていた。表情はまだ少し呆然としている。でも文句を言ったり、駐屯地に戻ろうと言い出したりする者はいなかった。アーリが水の革袋と干し肉の欠片を回すと誰もが感謝した。しかし、質問が次々に飛び出すのは時間の問題だと思えた。

「二手に分かれる必要がある」ヴァレクは言った。

賛同する者はおらず、むしろ全員が反対した。ヴァレクは最善を尽くしてくれているとわたしにはわかっていても、議員たちは今も彼が最高司令官の部下だと信じていた。

「どうして?」わたしは尋ねた。

「グループが大きすぎる。移動に時間がかかるし、人目を引いてしまう」

「助けを求めるべきではない?」グリーンブレイド議員が問いかけた。大きく腕を開き、周囲の木々を示す。「わが部族なら喜んで手を貸してくれるし、隠れ家も用意してくれるはずよ」

「あなたの部族を危険にさらすわけにはいきません」わたしは言った。

「どういうふうに危険なんだ? 敵は最高司令官であって、この国の人間ではない」初めてバヴォルが口を開いた。

誰もがヴァレクを睨みつけた。彼はわたしに目を向けた。「次善策を取る頃合いか」

わたしは首を横に振った。まだ早い。そこで《結社》、ブルンズ、オーエン、最高司令官の関係について説明した。

「いや、そんなはずはない」クラウドミスト議員が言った。「《結社》は最高司令官を倒すために、われわれに力を貸してくれているんだ」

「ではどうしてあなたがたは駐屯地にいるのに、ブルンズは城塞に？」わたしは尋ねた。

「暗殺者からわれわれを守るためだ」カーワン議員はヴァレクを指さした。「この男から」

「もしあなたがたを殺すのがわたしの使命なら、みなさんは今頃とっくに死んでいる」ヴァレクはぴしゃりと言いきった。

火に油を注ぐようなことを言って。わたしは両手を上げた。「お願いだからわたしを信じてください。頭がきちんと働くようになるまでには時間がかかります。ずっと言い聞かされてきたことの裏にある真実を見透かし、自分の頭で考えてみてください。みなさんはわたしをよくご存知のはずです。これまでもいろいろな問題解決のため協力してきました。とにかく七日間だけください。それでもブルンズと《結社》のもとに戻りたいとおっしゃるなら止めません。約束します」

沈黙が続き、ジェンコが革袋の中の水をチャプチャプと揺らして次善策に移れと促した。

「わたしは待つぞ」バヴォルが言った。「イレーナはシティアのために何度も命を懸けてくれた。信じてしかるべきだ」

「イレーナはわたしの子供たちをダヴィーアンの《編み機》から救ってくれた」ストームダンス議員が全員に念を押した。「彼女の顔を立てて七日間待とう」

次善策に移らずに済んでがっかりしているように見えるのはジェンコだけだった。わたしを信じてくれたことに感謝して全員と握手し、残っているかもしれない洗脳の魔力を吸い取る。こうすることに意味があるかどうかわからなかったが、念には念を入れても損はない。

ヴァレクは議員たちをふたつのグループに分けた。「ティーガン、アーリ、ジェンコはムーン議員のグループを率いてくれ。イレーナとわたしは残りの方々を案内する」ヴァレクは一団の五人を集め、指示を与えた。「ティーガン、つねに偵察を続けてくれ。まず東に進み、それから北に方向を変えて農場に向かうこと。われわれは北に向かってから東に行く。そこで落ち合おう」

移動には思った以上に時間がかかった。森や、北に向かう街道には警邏兵が多かった。わたしたちは城塞に向かっていると考えるのが確かに普通だ。フィスクの新本部が見つかりませんようにと祈るばかりだった。もし見つかったらすべて水の泡だ。《結社》を倒すには誰ひとり欠けてもらっては困る。議員たちを蝕んでいたテオブロマの効果もようやく消えた。行程が終わりに近づくころには、議員たちは全員こちらの考えに賛成していたし、ティーガンの一団のほうもそうであってほしかった。バヴォルとヴァレクなど、並んで歩きながら作戦について話し合ったり、《結社》に対抗する方法を考えたりするまでになっていた。

出発して八日目の午後に、農場の近くに到着した。ヴァレクが先に偵察に行き、朗報を持って戻ってきた。農場に《結社》の手はまだ届いておらず、訪問客も迎えていた。それも大勢の訪問客を。

リーフが厩舎でわたしたちを迎えた。「ティーガンたちは昨夜遅くに着いた」キキの鞍をはずすのを手伝いながら言った。

「そっちの仕事は首尾よくいった？」わたしはキキの尻尾についたイラクサを櫛で落としながら尋ねた。

「何度か問題が起きたよ。最初は黴がうまく育たなくてね。次に父さんがせっかく増やした黴を全部駄目にしそうになった。でも今は、胞子は全部風に乗って運ばれてる。ヘリ、ゾハヴ、ジーザンはみごとな連携ぶりだったよ。実際、ちょっと怖いくらいだった」

「この農場に戻るあいだ、何か問題はなかったか？」ヴァレクは隣の馬房でオニキスの世話をしている。

「この二日で警邏兵の数が急増したが、リーマのおかげで遭遇を避けられた」

「リーマ？　あの子がここで何しているの？」驚いて尋ねる。

「僕らと同じさ。あの子は優秀だ。きっとあの子の力が必要になる」リーフは口を結んだ。子供を危険な場所に連れてこなければならなかったことに忸怩（じくじ）たる思いはあるが、決定に反対させせない覚悟が見て取れた。

「オパールは――」

「承知のうえだ。デヴレンと一緒に母屋にいる」リーフが眉をひそめた。「父さんも来てる。安全なわが家に戻れと言っても、やっぱり聞かないんだ」

「血筋だな」ヴァレクがつぶやいた。

兄とわたしは今の言葉を聞かなかったことにした。「マーラはどうしてる？」

リーフは胸で腕組みをした。「僕にかんかんだよ。密林で母さんと一緒に待っていろと説得しようとしたんだ」

わたしでも、マーラが耳を貸すわけがないとわかる。

「じゃあどうしろっていうんだ？　実際に捕まって拷問まで受けたんだ。止めないわけにいかないじゃないか」

「だが、信じてやるべきだ」ヴァレクが言った。「彼女は危険を承知でここに来ることを選んだんだ。願いを尊重するべきだ。たとえ辛くても」ヴァレクはこちらをじっと見つめている。そしてわたしは、赤ん坊を危険の渦中に引きずり込み、ヴァレクをいっそう苦しめている。でも、ほかに選択肢がないのだ。《結社》を倒さない限り、誰にも幸せな未来は訪れない。有能な人間という人間を結集しなければならない。たとえそれが魔力を吸収する胎児であっても。

リーフはため息をついて緊張を解いた。「あんたの言うとおりだ。わかってはいるけど、辛いんだよ。それにときどき、マーラのことがわからなくなる。彼女はすごく変わった」

わたしは兄の腕に触れた。「とにかく寄り添ってあげて。時間がかかることだわ。でも、マーラが結婚当初のマーラに戻ることはない。マーラだけでなく、誰にもそんなことはできない。いい体験にしろ悪い体験にしろ、どんな体験にしろ、年とともにわたしたちは変化し、成長する」

リーフはわたしの手に手を重ねた。「ありがとう。だが、妻には危ないことをしてほしくないのが本音だ。そう思うことを謝罪する気はない」

「その必要はない」ヴァレクが言った。「だが、彼女を信じなかったことについては謝罪するべきだ」

ふたたびヴァレクの視線を感じた。わたしがカーヒルに捕らわれていたときのことを思い出しているのかもしれない。

「考えておくよ」リーフが返した。

馬の世話が終わると、リーフはわたしの鞍嚢を持ち、家に運ぼうとした。

「注意して。嵐のガラス球が入っているから」わたしは袋を兄からひったくろうとした。

「ちゃんと自分で運べるわ」

「運べると僕も信じているよ」リーフは、ほら、僕だってちゃんと学んでると言わんばかりにヴァレクに向かって得意げに笑った。「だが、身体に余計な負担がかかるかもしれない。前に会ったときよりだいぶ大きくなったように見えるぞ」

「今リーフはわたしにデブって言ったの？」とわたしはヴァレクに訊いた。

「わたしを巻き込まないでくれ」

わたしは鼻を鳴らした。「妊娠六カ月だけど、まだまだきれいだと思う」

リーフもヴァレクも慌てて同意した。

家の中は人であふれていた。議員たちも含めて全部で二十六人。ヴァレクと一緒に初めて中に入ったときには少々圧倒された。誰もがしゃべり、再会を喜んで抱き合い、笑っている。わたしの張り出したお腹に気づいたのもリーフだけではなかった。オパールとマーラは交互にお腹を触って赤ん坊が蹴るのを感じては、十代の少女みたいにけらけら笑った。

やがてみんながそこに集まった理由に話が集中し始め、雰囲気ががらっと変わった。

バヴォル・ザルタナ議員が居間の中央に立った。彼はシティア議会の議長に任命されていたのだ。「みなさんがくつろいでいる様子を見て嬉しく思う。わたしがここを買ったのは、テオブロマとキュレアの生産量を増やす方法を見つけたかったからだ。ここで最初に温室を作ったのは四年前で、大成功した。しかし、イクシアの密偵にすぐに見つかりそうだったから――」と言ってヴァレクに微笑んだ。「アヴィビアン平原に場所を移した」そこで悲しそうな表情になる。「シティアのためだと信じていた。何もかも、最高司令官から国を守るためなのだと。オランを信頼していたが、情報をすべてセレーヌに渡していたとは知らなかった。《結社》はわたしをでく人形のように操っていたんだ」

「自分を責めないで」ムーン議員が言った。「やつらはテオブロマを使ってわたしたち全員を操っていたのよ」

「それに計画も巧妙だった」ヴァレクが言った。「最高司令官さえ罠にかかった」

「どうしたらやつらを止められる？」ストームダンス議員が尋ね、周囲の人々を身ぶりで示した。「これこそレジスタンスだ。そうだろう？」

フィスクが立ち上がった。「駐屯地にもまだ数人、助っ人が残っています」

「オノーラは城塞にいるし、カーヒル将軍の協力も得ています」わたしが言った。

「魔術師範のことも忘れてはならない」とヴァレク。

「でも向こうは軍隊を掌握している」ムーン議員が言った。

「それもそう長くは続かないと思います」わたしはテオブロマの実を壊滅させる計画について説明した。

「悪いな、バヴォル」父は、バヴォルがおののいたのを見て言った。「すべての温室を網羅するにはそうするしかなかったんだ」

「兵士たちは、たとえ洗脳が解けても、《結社》の命令に従うだろう」ブラッドグッド議員が言った。「イクシアによる侵攻の脅威は昔からずっと現実としてあった。軍が存在するのはまさにそのためなのだ」

「でも、魔術師や上官たちは自分の頭でものを考えられるようになる」わたしは言った。

「それが歯止めになるでしょう」

それで空気が一気に明るくなった。

「ただし、新たな問題がある」ヴァレクがハーマンの樹液について説明すると、楽天的な雰囲気がたちまち沈んだ。続いて沈黙がたちこめる。やがて質問が次々に飛び出した。

「われわれにできることは、魔術師たちに警告するのがせいぜいだ」不安の声が広がる中、ヴァレクの声が響いた。「矢が皮膚に届かないように厚手の服を重ねて着るとか、前後からの攻撃に対する護身術を覚えるとか」

バヴォルがヴァレクのほうに手を振った。「ここまでの道中に状況について話し合い、うまくいきそうな計画をヴァレクが考え出した。危険だし、全員の協力が必要になる。協力したくないと思う者は今すぐここを出ていってくれ。さもないと、みんなを危険に陥れかねない」

誰も動かなかった。

バヴォルがうなずいた。「よし、では作戦責任者は君だ、ヴァレク」

ヴァレクは立ち上がり、わたしたちを見渡した。まさかこんな状況になるなんて。シティア議会が、かつてシティアで最も恐れられた男ヴァレクをリーダーに選んだのだ。そしてヴァレクも躊躇なくそれを受けた。もし成功すれば、シティアとイクシアの両国が救われるだろう。でももし失敗したら……。その先は考えないことにして、胸にあふれる誇りを感じながらヴァレクの話に耳を傾けた。

「四つのチームに分かれる」ヴァレクは手帳を取り出した。「最初はクリスタル駐屯地を任せるアーリ、ジェンコ、ゾハヴ、ジーザン、それにクリスタル、ストームダンス、ブラッドグッドの議員たちのチーム。ふたつ目はフェザーストーン駐屯地に行くリーフ、マーラ、イーザウと、フェザーストーン、カーワン、ジュエルローズの議員たちのチーム。三つ目はオパール、デヴレン、ティーガン、リーマと、ムーン、クラウドミスト、サンドシードの議員たちのチーム。彼らにはムーン駐屯地をお願いしたい」彼はわたしを見た。「城塞チームはイレーナ、フィスク、ヘリ、それにザルタナとグリーンブレイド両議員」

それからわたしたちの任務を説明した。「タイミングが肝心だ。暑い季節の二十日目に一斉攻撃する。彼らがイクシア国境に進軍する前に叩きたい」

室内がふたたびしんとした。わたしは手早く計算した。つまり二十八日後だ。もし胞子がしかるべく機能しているなら、そのころにはテオブロマの効果は消えているはずだ。誰もが今後の計画について話し合いを始めた。たいていの人々は、期日よりできるだけ前に配置につくために早めに出発したがった。わたしはわたしで城塞内に侵入する方法を考えたが、ふとヴァレクの名がどのチームにもなかったことに気づいた。

ふたりきりで話ができるように、リーフ、マーラ、イーザウと共有している部屋にヴァレクを引っぱっていく。扉を閉めるとすぐに尋ねた。「あなたは何をするの？」

「オーエンを倒す」

案の定だ。「あなたひとりで？」

「いや。協力者がいるはずだ」

「誰が？　もう誰もいないわ！」

「シティアにはね」

ああ。「イクシアにはまだあなたに忠実な人たちがいるのね？」

「そう願ってる。だが、だいぶ時間が経っているから、最高司令官のほうに寝返ったかもしれない」ヴァレクはわたしの額に寄った皺を親指で撫でた。「心配するな、愛しい人。イクシアは勝手知ったる場所だし、オーエンはわたしが魔力を得たことを知らない」

「オーエンのほうがあなたより魔力が強いかもしれない」

「かもな」ヴァレクはにやりとした。「だが、わたしのほうが狙いは確かだ」

「そういう自信過剰な態度がそのうち落とし穴になるわよ」

「そのうち？　もはや数えきれないくらいすでに落とし穴に落ちているよ」

「そんなにいばらないで」と言って彼の腕を軽く叩いた。

ヴァレクがわたしの手首をつかみ、引き寄せた。とたんに身体がじわっと熱くなる。

「謝罪の必要がある？」かすれた声で囁く。

わたしは扉のほうを見た。この家にはほかに二十四人もの人がいるのだ。

「鍵をかけた。ふたりきりになれるのはもうずっと先だよ」

　鍵をかけたのひと言で、もう降参だった。

　翌日、わたしは鞍嚢の中身の整理をした。各チームにひとつずつ嵐のガラス球が渡され、城塞チームが残ったふたつをもらう。城塞まで南下するのにここからなら数日しかかからないので、ほかのチームより長めに農場に残ることになっていた。袋の中があんまりごちゃごちゃだったので、中身を全部ベッドの上に出した。ナイフ類、薬瓶、投げ矢、すぐにでも洗濯する必要がある旅用の服が転がり落ち、一緒にジトーラからオパールにと渡された箱も出てきた。

　すっかり忘れていた。それを持ってオパールを探すと、居間で家族と一緒にいた。手招きして、厨房を身ぶりで示す。

「あの子のおかげで命がいくつあっても足りない」オパールが言った。

「リーマにはヴァレクも感心しているわ」わたしは水を入れた鍋を火にかけた。これだけ大勢の人がいると、全員に温かい食事を出すには竈の火を絶やすわけにいかなかった。

「確かにリーマは実力を証明したけれど、自分を過信しているのが心配」

　わたしは笑ってティーバッグを大ぶりのカップに入れた。「わたしも同じ理由でいつもヴァレクのことを心配してる。でも、その自信のおかげでいろいろなことをやり遂げているのも事実よ」

「わかってる。それより、何か用？」

また忘れるところだった。ポケットから箱を出し、オパールに渡した。「ジトーラが、あなたが見ればどうすべきかわかると言っていた」

オパールは呆然と箱を見つめている。そんな反応をするとは思っていなかったので、慌てて尋ねた。「何かまずいことでも？」

「これは……」箱を握る手に力がこもる。

「鍵がかかっているけれど、すぐ開くと思う」開けられなかったとしても、あっという間に開錠できる人間がここに少なくとも七人はいる。いや、リーマも入れれば八人だ。今頃とっくにその技術を取得しているはずだから。

「そうじゃないの」オパールは大きく深呼吸した。心の葛藤を表すように眉根を寄せている。「デヴレンと話さないと」

「ごめんね、オパール。あなたを困らせるつもりは――」

「あなたが悪いわけじゃない。あなたは知らなかったんだから。じつは、箱の中にはわたしの血液の入った注射器があるの」

想像もしなかった中身だった。「それって……ちょっと気味が悪いわね。でも、どうしてそれがそこまで重要なの？」

「血の魔術とブラッドローズ教のあの恐ろしい事件のこと、覚えてるわよね？」

「ええ」血の魔術は今では違法だ。それを使うと、人は魔術中毒になり、魔力を高めるためなら何でもするようになるのだ。

「ほとんど知られていないことだけれど、すべてが決着したとき、わたしの血を満たした注射器が一本だけ残っていたの。血液はわたしが魔力を失う前に抜き取られたもので、つまり、これを自分に注射すれば吸収魔術がまた使えるようになるというわけ」

今度ショックを受けるのはわたしのほうだった。オパールはとても強力な魔力の持ち主だった。ほかの魔術師の魔力をガラス球に吸い取り、永遠に魔力を奪えるのだ。「このこと、ほかに誰が知っているの？」

「デヴレン、アイリス、ジトーラだけ。でもイレーナ……」オパールの声が震える。「自信がないの……魔力を取り戻したいとはこれっぽっちも思わない。でも、家族の身に危険が迫っているとしたら、やっぱり……」

わたしはオパールの手を取った。「決めるのはあなた。どちらを選んだとしても、わたしは支持する。それに、誰にも言わない。人からあなたに圧力をかけさせはしない」

オパールはうなずき、少し緊張を解いたように見えた。

「それにもしかすると、この血液にそれだけの力はないかもしれない。血は腐敗するわ」

「魔力で鮮度が保たれているの。箱越しにもそれを感じる」オパールが言った。

そのときはっとした。「よかった、赤ん坊が魔力を吸い取らなくて」そんなことになったら目も当てられなかった。だが、やはり赤ん坊は自分に向けられた魔力だけを吸い取るようだ。

オパールは肩をすくめた。「そうなったら、決断する必要もなかったのにね」彼女は窓の外に目をやり、考え込んだ。「あなたも魔力をなくした。あなたがわたしならどうする？」

「魔力を取り戻すわ。間違いなく」わたしも血液を取っておきさえすれば……。あっ！

「どうしたの？」オパールが尋ねた。

「オパール、あなたのおかげでシティア中の魔術師が救われた！」

26

ヴァレク

「落ち着くんだ。何を言っているのか、さっぱりわからない」ヴァレクは興奮気味のイレーナに言った。隣にいるオパールはにやにや笑っている。ふたりは、折り入って話があると言って、議員たちと会議をしていたヴァレクを脇に連れ出したのだ。

「魔術師を守る方法を見つけたのよ」イレーナが言った。

「それはわかった。わからないのはその次の部分だ。どうして注射器で血を抜くと魔力を守れるんだ？」

　イレーナはオパールを見た。「オパールに説明してもらう。彼女には経験があるから」

「ええ、残念ながら」オパールはうなずいた。「魔力を操る能力はその人の血に宿るの。理由はわからないけれど、それは確か。能力は、注射器で抜き取った血液にも保存されている。この血をほかの魔術師に注射すればその人が力を手に入れるし、肌に刺青（いれずみ）するとその魔術師の力が増強される」オパールは腕を撫でた。「でも、ある魔術師が力を失ったときに利用することもできる。その前に抜いておいた血液を注射すれば、魔力は戻るの」

ヴァレクが理屈を理解するのにそう時間はかからなかった。「つまり、全魔術師が事前に血を抜いておけば、ハーマンの樹液を打たれても、理論的には力を取り戻せるということか」

「そのとおり！」オパールが言った。

ふたりが興奮するのも不思議ではなかった。作戦準備について考える。「魔術師範と連絡を取るときに樹液のことは警告するつもりだ。全員分の注射器と血を抜く作業を怖がらない人を探してもらおう」

「注射器は数本あればいい」オパールが言った。「血液はガラス瓶に保存できる」

「採取した血はどうやって保管すればいい？」

「魔術師範ならできるわ」オパールが言った。「ここにいる者たちについては、ティーガンに頼めばやってもらえると思う」

ヴァレクは自分の魔力については考えてもいなかった。手に入れたのはごく最近のことで、慣れ親しむ時間もなかった。だからハーマンの樹液を打たれることを想像してもあまり動揺しなかったが、念のため、能力を保存する手立ては取っておくつもりだった。

ハーマンの樹液に対する対抗手段の知らせが届くと、農場内の雰囲気がたちまち明るくなった。その後数日間は、小さな部屋でチームの責任者たちと計画を再確認して過ごした。ティーガンとリーフは魔術師範と心で対話する能力があるため、リーダーに任命された。

ジーザンは呼びかけを受け取ることしかできないが、それでもチームリーダーに選ばれた。

「到着してすぐ魔術師範たちと接触しようとしないように」ヴァレクは指示した。「駐屯地には魔力の気配を探している魔術師がいる。君たちの存在を敵に気づかせたくない」

「そのころには魔術師たちも目が覚めてこちらの味方についているんじゃない？」ティーガンが尋ねた。

「はっきり確認できるまでは、そうじゃないと思っておいたほうがいい。テオブロマの影響を脱した伝令もいるだろうから、場合によってはそちらを使う。とにかく無用に危険なことをするな。一斉攻撃の直前に連絡を取ればいい」

「ジーザン、おまえにはベインから連絡が行く」ヴァレクが言った。「彼ならおまえが近くに来たことがわかるし、詮索しようとするやつを軽くよけられる」

「ただし、〝坊ちゃん〟と呼ばれても怒るなよ」とリーフ。「ベインは誰でもそう呼ぶんだ。ベインよりちょっと若いだけの養成所の出納長のことさえね」

会議が終わると、ヴァレクはティーガンだけ残した。高感度通信器を取り出し、少年に渡す。「魔術師範たちに連絡し、計画を伝えるときだ。ベインから始めて、次にアイリスと話せ。もし魔力がまだ残っているようなら、ジトーラにも接触してくれ。もしないなら、駐屯地の近くまで行けば通信器なしでもやりとりできるだろう」

「あくまでも軽く接触するんだよね」ティーガンが訳知り顔で言う。

「そういうことだ」

そこで少年が真顔になった。「僕、ジトーラ魔術師範を知らないよ。僕を受け入れてくれないかも」

それは問題だ。ヴァレクは思案した。「彼女はわたしのことは知っている」

ティーガンはガラスを叩いた。「一緒にやればいいんじゃない？　魔力が増すし、ジトーラが僕の知らないことを質問してきても、あなたなら答えられる」

「名案だ」

「僕、天才少年だよ？　忘れた？」

ティーガンがヴァレクの手をつかみ、ベイン、アイリス、ジトーラに接触した。通信器の中の魔力はジトーラとの会話の途中で消耗してしまったが、これでティーガンもジトーラと知り合えた。

ひどく疲れたし、イレーナも昼寝をしたほうがよさそうなので、ひと休みしようかと思ったが、ティーガンと入れ替わりにアーリとジェンコが部屋に入ってきた。ふたりはヴァレクの机の前に立った。

「あなたがひとりでオーエンと戦うのはどうかと思います」アーリが言った。

「やっと面と向かってやり合うつもりはない」

「じゃあ、どうするんです？　相手は三人、あなたはひとりだ」ジェンコも言った。

「暗殺しようと思う。やり方を間違わなければ、相手は気づきもしないはずだ」

ジェンコがにやりとした。「さすが、ボス」

アーリがジェンコを肘で小突いた。「それでも誰か連れて――」

「連れていける者などいない。わかっているはずだ」ふたりが心配するのはわかるが、ほかにどうすることもできないのだ。

「かわいい殺し屋さんなら完璧な援護をしてくれたはずなのに」ジェンコの表情がふいに物思わしげになる。

「あいつなら大丈夫だ。自分の身は自分で守れる」ヴァレクは力づけた。

ジェンコの表情が少しだけ明るくなった。「そうですね。ブルンズのやつをせいぜい慌てさせるでしょう」

「ジェンコと長時間一緒にいたおかげで、人をじらして集中できなくさせる技術はそれなりに身につけたはずですしね」アーリが言った。

「おいおい！」

ヴァレクは、口論するふたりの友人たちを眺めた。彼らはヴァレクの命を救い、イレーナを守り、長年のあいだ忠実に仕え続けてくれた。今回に至っては、最高司令官のいるイクシアではなくこちらに滞在するという背信行為にまで及んでいる。

そしてヴァレクはもうひとつだけ、ふたりに頼みたいことがあった。

ふたりのあいだに割って入ると告げた。「駐屯地に突撃するとき、どうか双子に気をつけてやってほしい。ふたりとも魔力は強いがまだ子供だし、ふたりの身に何かあったら母が動揺する」この親と子の絆については、わが子がまだ生まれてもいないのに、すでに充分わかっていた。子供がこの世界の一員となり、人生のあらゆる危険や障害に直面することになれば、心配はいや増すだろう。

「もちろんです」ジェンコが言った。「母親のご機嫌取りなら、俺に任せてください」

「嘘つけ」アーリが訝しげに相棒を見た。

「普段は母親のご機嫌なんて無視してても、ちゃんとツボは心得てる」

全員にそれぞれやるべきことをきちんと確認させると、出発を翌朝と決めた。注射器については誰より経験豊富なデヴレンがヴァレクの血を抜き、ティーガンが保存した。城に向かう途中、それを隠す安全な場所を探すつもりだった。自分の血液の隠し場所は魔術師が各自で決めることになっていた。一カ所に保管すると、《結社》に見つかって破壊されるおそれがあるからだ。

部屋にいるイレーナのもとに戻ると、くれぐれも気をつけて、必ず生き延びろとこんこんと諭したい気持ちが喉元までこみ上げたが、なんとか押し殺した。彼女には充分わかっている。それに、逆にこちらの身を心配してあれこれ言い返してくるだろう。

代わりにふたりは扉に鍵をかけ、ふたりきりの夜を過ごした。抱き合ったまま横になり、まもなくやってくる〝炎の嵐〟以外のあらゆることについて話した。

「もし男の子ならヴァレクと名づけてもいいね」イレーナが言った。

「君に呼ばれたら、ふたりとも返事をするぞ。だめだ、混乱する」ヴァレクは思案した。

「ヴィンセントはどうだろう？　兄の名前をもらって」一瞬胸が悲しみで締めつけられた。子供のころ、ヴァレクとヴィンセントは一緒にあれこれいたずらをしたものだった。

イレーナが彼の手を握った。「申し分ないわ」

「娘だったらどうする？」ヴァレクは未来の娘に思いを馳せた。きっと強くて美人で頭がよくて、頑固者になるだろう。母親のように。それは間違いない。「リアナはどうだろう？」それはイレーナのミドルネームで、〝蔦〟という意味でもある。「この子はすでにわれわれの心をひとつに結びつけている」

「すてき」

朝の訪れはあまりにも早かった。駐屯地チームは出発の準備をし、城塞チームは荷造りを手伝った。全員に幸運を祈り別れを告げると、ヴァレクはイレーナの唇に唇を重ねた。彼女にさよならは言わなかった。「数週間後にまた会おう」

「必ず戻ってきて」

もう一度キスをして、頬を両手で包む。「承知しました」

ヴァレクはオニキスに跨り、北西をめざした。最高司令官の城は北方面におよそ三日の旅程だが、西から近づくつもりだった。イクシア国境の南数キロのところでオニキスのための厩舎を見つけた。馬は人目につきやすいし、イクシアの警邏兵から隠すのが難しい。血液の小瓶もイクシア内に持っていくよりここに置いていったほうが安全だと気づき、オニキスの鞍に隠した。それから小さめの背嚢に荷物を詰め、肩に背負った。

国境にたどりつくと、予想どおり蛇の森の境界を護衛する警邏兵の数が増えた。予想外だったのは、森の中をうろつく兵士の数だ。最高司令官は、いやオーエンは、火祭の前に部隊を配置につかせるつもりなのだろうか？　つまり、進軍も早まるということか？　そうでないことを祈るばかりだった。そうなっては計画が水の泡だ。

避けなければならない相手が多すぎるので、イクシアにひそかに侵入して警邏兵の制服を盗むのに魔力を使わなければならなかった。城下町には四日目の夜遅くに到着した。静かな通りを物陰に隠れながら進む。ペンウッド通りの隠れ家に近づくと、歩調を遅くした。誰もいないようだが、念のために意識を飛ばして室内を偵察する。幸い待ち伏せはされていないが、残念ながら部下もいない。

密偵が誰か戻ってくるのを期待して長いこと待ったが、やがて誰も帰ってこないのがはっきりし、次にどうするか思案した。ヴァレク宛てに、自分たちの所在を知らせるメモを残しているかもしれない。あるいは、中に入ったとたん、魔術警報が鳴り響くおそれもある。下手を打ちたくなかったので、一夜を明かす場所をよそで探した。

ようやく見つけた朽ち果てた空き家は、二軒のやはり空き家に挟まれた狭い三階建てで、突風でも拭いたら崩れ落ちそうだった。石造りの土台にはあちこちひびが入り、木製の梁(はり)はたわんでいる。黴の臭いががらんとしたどの部屋にも染みつき、屋根に開いた穴から鳥が自由に出入りして、最上階に巣をかけている。一階の唯一濡れていない場所に寝袋を広げた。

翌日、ヴァレクは町を偵察し、留守のあいだに何があったか、およそのところをつかもうとした。町行く人の数が減り、日差しは暖かいのに暗い雰囲気だった。その日は暑い季節の第一日目で、火祭はわずか一カ月後だ。イクシアには祭りがふたつしかないので、住民はどちらも心から楽しみにしているのに。

ヴァレクは偵察の範囲をさらに広げ、このいやな雰囲気の出所を突き止めた。城下町の郊外にある祭り会場には兵士があふれていた。色とりどりのテントの代わりに、迷彩柄の軍の野営施設がずらりと並んでいる。やはり、もっと早い時期に進軍を計画しているのだろうか？　どうにかして彼らの意図を確かめなければ。乱雑なテントで寝起きする兵士たちに紛れるか？　いや、危険すぎる。ほかに方法は？

誰か将校に目をつけて、考えを読んだらどうだろう。それにしても、魔力を使うことがこんなふうに自然になるとは。

その日は一日、人目につかない場所から野営地の様子を観察した。何人か候補は見つかったが、頭の中から無理やり情報を抜き出す気はなかった。むしろ、ヴァレクがそこにいることに気づかせないよう、うまく丸め込んで提供させたい。だが、そんなふうに軽い接触ができるかどうか自信がなかった。二日間の観察で最終候補が見つかった。キャンベルという名の男性の小隊長だ。意思決定するほど階級は高くないが、侵攻計画の内容は知っているに違いない。

キャンベル小隊長がベッドに入る数時間前、ヴァレクは彼のテントに潜り込んだ。野営地のまわりには衛兵も立っていないため、そう難しいことではなかった。風除けの背後にしゃがみ込む。これだけ大勢の人間がまわりにいると、魔力がどこまで届いてしまうかわからなかったので、慎重を期すことにした。ヴァレクが頭の中にいるのは悪夢のせいだと隊長には思わせたかった。

心の防御壁を下げ、意識を飛ばす。隊長はひとりだが、まだ起きていた。くそっ。キャンベル隊長の考えの表面をそっと撫でると、明日の仕事の確認をしていた。リストはとても長い。隊長が眠れないのはそのせいだろう。ほとんどの項目はもっと下の階級の将校に任せてもよさそうな内容だが、自分で手綱を握るのが好きらしく、分担を拒んだのだ。これは幸先がいい。この手の人間は情報を溜め込んでいる可能性が高い。

ヴァレクは魔術でキャンベルを眠らせた。いざ深い眠りに入ると、ヴァレクは彼に将来について考えさせようとした。キャンベルは火祭を、特にローストビーフとクリームケーキを楽しみにしていた。

〝祭りが終わったらお菓子とはおさらばだ〟ヴァレクが伝える。

〝そうだな。だがもっと重要なことが待っている〟兵士たちが剣で戦っている姿がキャンベルの脳裏に浮かんだ。〝あれだけ訓練したんだ……報われてほしい〟

ヴァレクはキャンベルの不安に気づいた。〝シティアも、われわれの攻撃に向けて準備をしているだろう〟

〝そうだな〟列を成した兵士たちが、同じように列を作るシティア兵の中に突っ込んでいく。戦闘を思い描くにつれ、キャンベルの心に悲しみが兆す。〝最初の攻撃では犠牲者が出るのは避けられないだろう〟

〝最初の攻撃〟という言葉が気になり、ヴァレクはそっと探りを入れる。

〝二回目の攻撃は背後からだ。シティアの連中、腰を抜かす〟

ぞっとしたが、ショックを表に出さないように努める。〝どうやって？〟

〝この二季節のあいだに少しずつ忍び込んだ。トンネルを使って〟

ヴァレクは悪態をこらえた。オーエンは密輸業者が使っていた国境の地下を通る通路を利用して、兵士をシティアに潜入させていたのだ。シティア軍がイクシア兵と戦っているあいだに、別のイクシア部隊が背後に忍び寄り、挟み撃ちにされたシティア軍は降伏するしかなくなる。少なくとも最高司令官は大虐殺を計画しているわけではなかった。

〝そんなに大勢、身を隠すのは難しい〟ヴァレクは伝えた。

〝精鋭中の精鋭、まず暗殺者が侵入して潜伏した。そして司令官たちを排除する〟

〝《結社》の一員でも？〟

〝幹部はすべて〟

オーエンがブルンズを裏切るつもりだったとしても不思議ではない。まあ、いい厄介払いだ。問題はほかの幹部たちだ。指揮官がいなければシティアを征服するのは簡単だろう。

〝いつ？〟

〝シティア軍が駐屯地を出発したあとだ〟

なるほど、納得がいく。駐屯地を出れば、もはや周囲を囲む塀もなくなる。万が一自分の任務が失敗したときのことを考えて、彼らに警告する必要がある。

キャンベルとの繋がりを断つ前に、本人に探られたことがわからないよう、ほかにもあれこれ無作為に考えを引っぱり出しておいたが、結局は気づくかもしれない。ティーガンと何度か練習した程度ではまだまだ経験不足だった。魔力を思いどおりに使いこなせるようになるまでには何年もかかりそうだ。

キャンベルの心を読むのに疲労困憊し、隠れ家に戻る。寝袋に横たわり、手に入れた情報について考えた。少なくとも、攻撃のタイミングは変わらない。だが、どうやってレジスタンスに連絡をすればいいのか。アイリスに接触するのもひとつの手だ。フェザーストーン駐屯地は城下町に最も近い。とはいえ、意識を飛ばして下手に探りまわるのは、むしろあだになるかもしれない。ほかの魔術師に気づかれてアイリスの企みが暴露されてしまうか、誰がどこから意識を飛ばしたのかといらぬ詮索をされるおそれがある。結局待つことにした。

充分に休息をとると、その後の三日間は城門の人の出入りを観察した。通路は徹底的に狭くしてあり、衛兵同士でぶつかってもおかしくない。魔術師も少なくとも三人はいた。目立つところに武器を携帯していないことで逆に目立っている。そのうえ、オーエンの右腕のひとりティエンの姿も確認した。彼は一日中すべての人間を睨みつけていた。門番役を言いつけられて腹を立てているのだろう。

誰ひとり敷地の壁に触れないことから、今も魔術警報は有効なのだと察せられた。部下の密偵たちの協力がなければ、人に気づかれずに中に入るのはまず無理だ。嵐のガラス球があれば難なく入れるだろうが、大騒ぎになる。

とすると、選択肢はただひとつ、囚人になることだ。だが、やり方を考えなければならない。町なかで見つかったり、城門から忍び込もうとして捕まえられたりすれば、ヴァレクが意図的に捕まったとオーエンは疑うだろう。とにかく、自分のほうが頭がいいとオーエンに思わせる必要がある。そこで思いついたのが、隠れ家のことだった。あの隠れ家には魔術警報が仕掛けられているに違いない。ヴァレクが家に入れば、ただちにオーエンの知るところになる。

その日はずっと、捕まるための準備をした。そして真夜中過ぎ、荷物をまとめて隠れ家に向かった。中には誰もいない。扉の鍵を開ける前に手を止める。ドアノブに触れたら最後、後戻りはできない。今自分がやろうとしていることをイレーナが知ったらそれこそ動揺するだろうが、わかってくれるはずだ。これを終わらせなければ、誰も安心して暮らせない。

音もなく扉は開いた。暗い室内は以前とどこも違わないように見える。黒い分厚いカーテンを閉じてから小さな角灯に火を入れる。もし警報が発動したとしても、ヴァレクの感知力ではとらえられなかった。すべての部屋を確認する。うっすらと積もった埃があるだけで、メモ類は見当たらない。居間に戻るとテーブルの上を見た。紙ばさみがいくつか残されている。アドリックとパーシャは何を調べていたのだろうとふと思い、いちばん上のひとつを開けた。とたんにポンという音がした。ずっとヴァレクにのしかかっていた魔力の気配が一気に雲散霧消した。中には小さな紙切れが一枚。〝捕まえた〟と書いてある。

ヴァレクは笑った。オーエンは罠を仕掛けていたのだ。とたんに周囲を零の盾で囲まれ、連中が来るまでここに釘づけになるという寸法だ。なるほど名案だ。ヴァレクは盾の範囲を調べた。それはテーブルを丸く囲んでおり、少しは動けるが移動はできない。連中が到着するまでにどれくらいかかるだろう？　万が一ほかにも罠が仕掛けられているとまずいので、なるべくテーブルのそばにいた。別の罠まで発動させてしまっては、ほかにも誰かいると警戒させてしまうかもしれない。罠にはまった獲物の役を演じることにして、テーブルに座って待った。

連中はわざとぐずぐずしていた。たぶんヴァレクに思い知らせようというのだろう。それならそれで結構。暗殺者としての訓練には辛抱することも含まれていた。

うたた寝していたヴァレクは、鍵が擦れる音で目覚めた。小刀を取り出し、扉が開くとすぐに投げた。それは木製の盾に深々と刺さった。準備を整えてきたというわけか。命中させられるタイミングを待ったが、近づいてくる盾を持った男の背後にティエンがいるのがわかった。体裁を保つため、次はティエンを狙おうとしたが、魔術で小刀の方向を逸らされてしまった。テーブルに並べておいた投げ矢も、ティエンが手を一振りしただけでどこかに吹っ飛んだ。

「それでおしまいか？」ティエンが退屈した様子で尋ねた。

殺し屋ならではの冷ややかな視線で相手を睨み、腕を広げた。「調べればいいだろう？」

「それはいい。おい、出てこい」ティエンが脇にどくと、四人の部下たちがテーブルの両脇に並んだ。連中は網を持っていた。なるほど。零の盾を移動させられるオーエンがいないのに、どうやって捕まえるつもりなのかと思っていたのだ。おそらく網目に零の盾が編み込まれているのだろう。網を巻きつけたとたん、楽々と運べるというわけだ。だがそうやすやすと捕まるわけにはいかないので、テーブルの背後に回り、連中をそのテーブルで阻もうとした。その狭い空間でできるのはそれぐらいのものだ。

首にちくりと痛みを感じた。部下たちに気を取られ、ティエンに注意を払っていなかった。ティエンは肩をすくめた。「抵抗しても無駄だ」

確かに。ヴァレクは皮膚に刺さった投げ矢を引き抜いた。身体が急に重くなり、床に崩れ落ちそうになる。両腕が石になったかのようだ。手下たちが投げかけた網の重みでついに倒れ、同時に眠り薬のせいで意識も失った。

城の地下牢で目覚めたとき、喉はからからで、頭が割れそうに痛んだ。いやな臭いのする藁布団に横たわり、額を擦りながら現状を確認する。まわりを囲む魔術はない。意識を集中すると、すべての鉄格子に零の盾が貼りつけられているのがわかった。

着ていた制服は囚人標準仕様のつなぎに着替えさせられている。鉄格子の向こうの湿った石に角灯のかすかな光が反射している。そこは最下層ではないので、おそらく誰か訪問者を迎えることになるのだろう。今のところ監房の中にいるのは自分ひとりだが、まわりの房にはたくさんの人影が見えた。ヴァレクが身体を起こすと、彼らも立ち上がり、互いを隔てる鉄格子に近づいてきた。全員知った顔だった——部下の密偵たちだ。

「大丈夫ですか？」アドリックが尋ねた。顔の紫の痣は薄れかけている。

「ああ」声がかすれていた。監房内に水はない。

人の動く音がして、吹き矢の使い手カムラが、水を入れた金属製のコップを鉄格子のあいだから突き出した。ありがたく受け取って、表面に何かわからないものが浮いているのも気にせず一気に飲み干す。

「ありがとう」ヴァレクは部下たちの様子をうかがった。切り傷や痣のある者も何人かいて、治癒の程度はそれぞれだった。多くは暗い表情だが、数人は希望で顔を輝かせている。

「報告を」

アドリックが状況を示すように手を振った。「命令に従うのを拒んだわれわれは、ここで処刑を待っています。連中は火祭のときにわれわれを……火刑に処すつもりです」声が引き攣っている。

当然だ。生きた人間を焼くことほど残酷で恐ろしい殺し方はない。「最高司令官は絞首刑が好みだ」

「知ってのとおり、決定権を持つのはもはや最高司令官ではありません。あの魔術師は火刑のほうがふさわしいと考えたのでしょう」

「ほかの密偵たちは？」

「最高司令官の命令に従っています」アドリックは耳を指さし、手の合図に切り替えた。

〝幹部の中には味方もいます〟

〝マーレンか？〟

〝はい〟

賢いが危険でもある。もしオーエンと最高司令官に忠実なふりをしているだけだと見破られたら、情報を搾り取られたあげく殺されるだろう。

〝何かすばらしい計画をお持ちなのでは？〟アドリックが鎌をかけてきた。

すばらしいかどうか自分でもわからなかったし、彼らに打ち明けることもできない。もし魔術師に心を読まれたら、計画が台無しだ。〝いや、申し訳ないが、特にない〟

部下たちは動揺した。笑顔が急に不安で引き攣る。嘘をつくのは不本意だったが、脱出できたあかつきにはきっと許してくれるだろう。

「あのオーエンとかいう魔術師は鉄格子に何か細工をしてましたよ」アドリックがそう言ってから手で合図を送った。〝あなたをここに閉じ込めるつもりらしい〟

「じゃあ、わたしも君たち同様、ここから出られないな」と落胆した様子を装う。

〝本当ですか？〟アドリックはまだ希望を捨てず、身ぶりで示した。

〝本当だ〟

牢獄内の雰囲気が一気に沈んだ。

数時間後、案の定訪問客が現れた。鉄格子の向こう側に立っていたのは、オーエン、ティエン、マーレン。最高司令官は身の危険を感じたのか、賢明にも牢獄内には入ってこなかった。彼はまた、窮地にある者を見て悦に入ったりする人間ではない。ご満悦の表情のオーエンとは違って。マーレンは、ヴァレクと目が合っても、いっさい表情を変えなかった。ヴァレクは扉に近づき、敵の品定めをした。オーエンの腰には短剣が下がり、ティエンのベルトにはヴァレクの小刀が挿し込まれている。敗れたヴァレクを皮肉っているつもりだろう。マーレンは武装しておらず、そこからわかるのは、オーエンがマーレンをまだ完全には信用していないということだ。

「イクシアに戻ってこずにはいられないとわかっていた」オーエンが言った。「おまえの隠れ家に仕掛けた罠は気に入ってもらえたかね？」

無視しようかと思ったが、エゴのかたまりのようなこの男ならうまく操れる。「よく考えられていた」

オーエンは得意げだった。「わたしはおまえよりつねに一歩先を行っているんだ。実際、おまえたちレジスタンスが駐屯地で例の嵐のガラス球を使うつもりなのだと知って、とても喜んでいる。われわれの勝利におおいに貢献してくれそうだ」

ヴァレクは驚いたふりをしたが、後ろから挟み撃ちにするというキャンベルの考えがこれで裏づけられた。

「皮肉る元気もないのか？」オーエンが尋ねる。

今度は黙っていたほうがいい。

「万事休すだと実感したらしいな。処刑はおまえから始めるとしよう」

「明日か？」ヴァレクは尋ねた。

「いや。火祭の開会式を飾る出し物として火あぶりにしてやる。見ものになるぞ」

「出席できなくて残念だ」

オーエンは鉄格子を指で叩いた。「おまえはつねに零の盾で囲まれることになる。零の盾を管理するのはこのわたしだ。今、盾はこの独房の大きさになっているが、わたしがこうするだけで……」オーエンは両手を大きく広げ、それをゆっくりと近づけた。ヴァレクは魔術師をじっと見つめていたが、感覚を研ぎ澄まして、盾の正確な場所を特定し続けた。正しく反応しなければおしまいだ。盾がヴァレクの身体を囲んだとき、オーエンは唇を歪ませてにやりと笑った。ヴァレクは、両腕が脇に釘づけになったかのように身体をこわばらせた。オーエンの目が残忍に光り、ヴァレクは肺が絞り上げられたかのように息を止める。ヴァレクの目を見れば痛みと死を目前にして怯えているとわかるはずなのに、オーエンは笑っただけでそのまま盾で締めつけ続け、ずいぶん経ってからやっと手を離した。ヴァレクはあえぐまいとするように大きく深呼吸した。それを見て、オーエンはますます機嫌をよくしたらしい。上出来だ。

「認めろ、ヴァレク。おまえはもう逃げられない」オーエンが言った。

「前にも同じ台詞を聞いたぞ。そしてそれは間違いだったと証明された」

「そうだったか？」オーエンはヴァレクの独房の扉をぐいっと開けた。「鍵さえかかっていないぞ。さあどうぞ、脱走してみればいい」

ありがたい。オーエンに思いがけない贈り物をもらった。ヴァレクは開いた扉に近づいたが、境界を跨ぐのを臆したように突然足を止めた。オーエンとティエンがそれを見て大喜びするのを尻目に、マーレンに合図を送る。もしマーレンが味方してくれなければ、おしまいだ。ところがマーレンはまったく反応しない。

「おまえはもう残りかすみたいなものだ」オーエンが言った。「誰もが弱点を知っているし、零の盾を自分で作れる魔術師なら誰でも負かせる。長年その魔力耐性のお世話になってきたのに、皮肉な話だと思わないか？」

ヴァレクはわずかに肩を落とした。「充分認識している」

「よろしい。火にあぶられるその日まで、せいぜいこの世と別れを惜しんでおけ」

オーエンが踵を返した。

「ひとつ質問がある」ヴァレクは言った。

オーエンが足を止める。「何だ？」

「何か遺言は？」そう言って戸口から飛び出すと、オーエンの短剣をつかみ、その腹部に深々と埋めた。熱い血潮が手に噴き出し、オーエンの顔に浮かんだ驚愕の表情を見る喜びに花を添えた。

マーレンもティエンに短剣を振りかざしたが、たちまち魔術で壁に叩きつけられ、悲鳴をあげた。床に力なく崩れ落ち、短剣が床に転がる。ティエンが手を振ると、その短剣がヴァレクのほうに飛んだ。

とっさによけたが、すぐに二本の短剣が飛び上がり、こちらに方向転換した。自由に動ける空間もなく、ヴァレクは壁に背をもたせて近くに来た短剣をつかむ構えを取る。手傷を負うとしてもやむをえない。ところがティエンはヴァレクの意図に気づくとすぐに、魔術でその場に釘づけにした。くそっ。

魔力を引き出し、ティエンの心に潜り込もうとしたが、強力な防御壁で阻まれた。ティエンがこちらをじっと見つめる。「血の魔術に手を出すとは思ってもみなかった。そうでもなければおまえの魔力の説明がつかない。だがおまえの力は俺には及ばないし、技術も未熟だ」ティエンは宙に浮かんだ短剣の切っ先をヴァレクの喉に向けた。

「今やめれば、命は助けてやる」ヴァレクは言った。

「どのみち俺はもう死んだも同然だ。今できるのは、おまえを道連れにすることだけだ」

ナイフが勢いよくこちらに飛んできた。

切羽詰まって、魔力の大きなかたまりを引き出す。零の盾を作る時間はないので、槍(やり)を形作り、全力でティエンの心の防御壁に投げつけた。巨大な穴が開き、ティエンの心にヴァレクの魔力がどっと流れ込む。

〝やめろ！〟ヴァレクは命じた。〝眠れ！〟

ティエンと短剣が地面に転がった。

壁から身体を引き剥がした瞬間、全身の力が抜け、足元がぐらついた。がくりと膝をつき、残った力を振り絞ってつなぎの内側を手探りした。肌色の粘土を引き剥がして開錠装置を取り出す。なんとかそれをアドリックに放り投げると、たちまち世界が回りだし、闇の中に吸い込まれていった。


目覚めると、そこは診療所だった。両手の手首にかけられた手枷がベッドのヘッドボードの鉄棒に、足首の足枷はフットボードに繋がれていた。こんなやり方で自分を拘束するなんてばかげているが、実際、声を出す力さえなかった。そこが地下牢ではないのがせめてもの救いだ。次に目覚めたとき、女医のチャナ先生が舌を鳴らした。身体中の筋肉が痛み、動かそうとしただけでまた気を失った。

三度目に目が覚めたとき、新生児はきっとこんな気持ちなのだろうと思った。何もできず、ただ液体を吸うのみ。そのあとはもう数えるのをやめた。ぼんやりしていて、目覚めているのかいないのか、自分でもわからなくなる。マーレンが現れて、心配がひとつ減った。ティエンもオーエンも死んだと彼女は報告した。ティエンがどうやって死んだのか知りたかったが、訊こうにも声を絞り出す力すらなかった。

どうにか一言だけ囁き声で尋ねた。「リカは?」

マーレンは眉をひそめた。「休息をとらないと。医師によれば、体力が完全に消耗しているそうです」立ち上がり、出ていこうとする。「今までの零の盾による拘束は全部演技だったんですか? だとしたら名演でした」

じゃあ、どうしてそんなに機嫌が悪いんだ? ほかの仲間はみなシティアに行ったのに、自分だけ取り残されたことに怒っているのか?

力をかき集めて答えた。「違う」

マーレンは信じられないというように鼻を鳴らし、リカについての質問にも答えず部屋から出ていった。マーレンは戻らず、その後数日間姿を見せなかった。そのころには少しは体力を取り戻し、起き上がって動きたいと思ったが、なぜ拘束しているのかと尋ねるとやはりチャナ医師も答えを避けた。

次に目覚めたとき、ベッドの足元に最高司令官が立っていた。

「興味深い傷だ」最高司令官はヴァレクのはだけた胸を指さして言った。

毛布は身体の下半分しか覆っていなかった。心配してもよかったが、手を加えた傷のことなど今はどうでもよかった。

「イレーナへの婚姻の誓いです」

「ああ、それについては聞いた。赤ん坊も生まれるそうだな。おめでとう」「ありがとうございます」

嬉しい言葉だが、口調には感情がこもっておらず、危険な匂いがした。

最高司令官は椅子を近くに持ってきて座った。「あの悪党、オーエンを殺してくれたこと、感謝すべきだな」

「あなたは——」

「そうとも、完全にわれに返った」一瞬瞳に怒りの炎が躍った。「魔術師といえども誰もが腐敗しているわけでも、権力欲が強いわけでもないと思いかけたときに、やはりわたしが正しかったという証拠が示されたわけだ」

「オーエンを受け入れたのはあなたです。もし処刑していれば——」

「あれはわたしの過ちだ」最高司令官は撥ねつけた。「そしてその報いを受けた」彼は服の皺を伸ばした。「おまえにはまた救われた。そのことにも感謝しなければならない」

〝感謝しなければならない〟ということは、〝感謝したい〟わけではないということだ。

手を動かし、手枷を鳴らしてみせた。「感謝を示す方法とは言い難いですがね」

「おまえは謀反人だ。シティアを助けたうえ、おまえ自身魔術師だった」最高司令官は胃液でもこみ上げてきたかのように吐き捨てた。

しかしヴァレクが気になったのは〝魔術師〟という言葉自体ではなかった。〝魔術師だった〟と最高司令官は言った。魔力の毛布に意識を飛ばしてみたが何も感じない。疲労のせいか、それともハーマンの樹液か？　おまえにとってそんなに問題か？

ああ、問題だとも。その答えに自分でも驚いた。

「いつからわたしに隠していた？」最高司令官が尋ねた。

「隠してはいません。海岸地方から戻る途中に起きたことです」ヴィンセントの墓地での出来事を話した。「わたしの魔力耐性は一種の魔術だと考えた人が正しかった。誰より自分が驚きました」

最高司令官は無表情だ。「それでもわたしに報告すべきだった」

「あなたはオーエンの影響下にあったし、あなたの魔術に対する考えはよく知っていました。そんな報告は自分に死刑宣告をするようなものです」会話でまた体力を消耗した。これ以上身体がもたない。「部下たちは？」

「放免された」

ほっとした。「バーベキューになる筆頭はまだわたしなんですね？」

かすかな笑み。「絞首刑だ」

「はるかにましだ」それは本心だった。

「シティア侵攻は予定どおり行われる」

ヴァレクはめまいの発作に襲われて思わず目を閉じた。オーエンを殺したというのに、戦争を止めることはできなかったわけか。

「魔術師の力を奪わなければならない」最高司令官は言った。「シティア議会では魔術師の暴走を止められないことがこれで証明された。わたしとて、殺戮を行うつもりはない。それはわたしのやり方ではないと知っているだろう。シティア人は、イクシア人同様、手厚く保護される」

そんなふうに簡単にいけばいいのだが。ヴァレクは目を開け、最高司令官と視線を合わせた。「すべての魔術師を狙うなど不可能です」

「隙間から漏れる者も何人かはいるだろう。だが今のひと言ではっきりわかったのは、どうやって魔力を奪うのかとおまえが訊かなかったことだ」

もし体力が残っていたら毒づくところだ。

「つまり、シティア人はわれわれがハーマンの樹液を持っていることを知っている」独り言のように聞こえた。「だとすると、そう簡単にはいかなくなるだろうが、ある程度の魔術師を無力化してしまえば、残りは楽にできると確信している。わたしを完全には信用していなかったから、オーエンは有効物質を作るという約束を果たした。少なくとも、最近まで詳細は伏せられていたが、なんとか実用化にこぎつけたらしい」冷ややかな笑みを浮かべたが、表情はやわらがない。「わたしにとっては絶好のタイミングだった」

ヴァレクは挑発を無視した。「リカはどうしたんです?」

「シティアで《結社》を手伝っている」

やはり幻影外套はリカのしわざだったのだ。

「心配するな。リカもハーマンの樹液で無力化する魔術師のリストに入っている」最高司令官が続けた。「ちなみにおまえが最初だった」

「光栄です」

最高司令官は一瞬楽しそうな表情を浮かべたが、すぐに真顔になった。「おまえとの会話が恋しかったよ」そして立ち上がった。「新しい暗殺者と防衛長官が必要になる。誰か推薦したい者はいるか?」

「オノーラを」

ヴァレクはこれまでに何度も最高司令官を驚かそうとしてきた。その最高司令官が初めて言葉を失い、ヴァレクをまじまじと見た。

「オノーラがレジスタンス側についたのはわたしが強制したからです。だから謀反人ではありません」

「わかった」

そうして最高司令官は理解したのだ。彼はいつもそんなふうに理解が早い。ヴァレクは一瞬悲しみで胸が痛んだ。だが、残念ながら最高司令官を暗殺しなければならない。

27
リーフ

リーフは感覚を開き、アイリスが接触してくるのを待った。リーフのチームはフェザーストーン駐屯地の裏手の塀に近い森に隠れている。マーラの手を取り、大丈夫だからというように握る。弱々しい月明かりが彼女の顔をぼんやりと白く照らしている。額に不安の皺が刻まれているが、安全な宿に残ったほうがいいと提案でもしたら、怒り狂っただろう。マーラが怒り狂うとは。結婚当初のやさしく穏やかだったマーラが懐かしかったが、ヴァレクの言葉が頭の中でくり返し響いた。信じるんだ。それに時間が経てば、あの穏やかさだって少しは戻るかもしれない。

近くで父イーザウが膝に嵐のガラス球を抱えてしゃがんでいる。イーザウ、マーラ、それにフェザーストーン、カーワン、ジュエルローズの三人の議員たちのまわりはすでに零の盾で囲ってある。議員たちも藪の中でかがんでいる。聞こえるのは虫の羽音だけだ。

リーフは改めて月に目を向け、夜空のどこにあるか確認した。今夜、一斉攻撃を行う取り決めだった。時間に正確を期さないと、レジスタンスの勝利が台無しになるおそれがある。もしアイリスが接触してこなかったら？　もしすでに敵に取り込まれていたら？

そのときはそのときだ。

リーフはあたりの匂いを嗅ぎ、警邏兵が近くにいる気配はないか、感情が漏れ出してはいないか確認した。飛ばしていた意識を適度なところで引っ込める。塀の外に自分がいることを駐屯地の魔術師に知られてはまずい。

月はなかなか動こうとしない。いや、そう見えるだけだろうか？　それは、リーフをじらすためにじっと一カ所に留まっている。ため息をこらえ、身をよじって居心地のいい姿勢を探した。

〝リーフ〟アイリスの声が頭に響いた。〝準備は万端だ〟

ほっとして緊張が解けた。〝兵士たちは？〟

〝正気に戻り始めているが、頑固な連中が何人かいて、攻めてくる最高司令官の軍から国を守らなければと頑なに言い張っている。彼らが阻止しようとしてくるかもしれない〟

リーフはチュニックを確認した。自分が処方した眠り薬をこめた投げ矢を生地に縫いつけてある。チームのほかのメンバーもみな同様に武装していた。〝何が起きているか彼らが気づくころには、とうに作戦が進行していればいいんですがね〟

リーフは議員たちに投石器の準備をするよう合図した。〝塀から充分離れていてください〟とアイリスに告げる。

〝了解。塀が引っくり返ったら裏面で会おう〟

リーフは笑いをこらえた。二本の木のあいだにゴムを張り、投石器の準備が整うと、父からガラス球を受け取った。フェザーストーン議員がゴムを斜めに引く。リーフは祈った。本人が言うように、狙いが正確でありますように。そして、この距離なら、爆発で薙ぎ倒されずに済みますように。向こう側でも犠牲者が出ませんように。ブルンズの魔術師たちがほかの駐屯地に警告を発する前に、管理棟にたどりつけますように。

不安はすべて心の奥に押し込めた。ガラス球を投石器に設置する。ほかの人員は全員森の奥に移動した。指を立てて、議員に合図する。指を一本、二本、三本。

フェザーストーン議員がゴムを放した。ガラス球が宙を勢いよく飛んでいく。ガラスに反射してきらめく月光を見ながら、リーフは一瞬、塀を越えてしまうのではないかと不安になった。しかしみごとに塀に命中。とたんに閃光が走り、二秒ほど目がくらんだ。次の瞬間轟音が響き渡った。

嵐の威力で一メートルほど吹き飛ばされ、地面に叩きつけられて、肺から一気に空気が抜けた。舞い上がった噴煙の中にずたずたになった木の葉がまじっているのが見える。土や石の欠片がばらばらと身体の上に降ってきた。やっと息をついて身を起こす。筋肉という筋肉が痛み、腕や脚のあちこちに切り傷ができていた。

ふいにほかのメンバーのことを思い出した。震える足でなんとか立ち上がり、マーラと父を探す。マーラは土埃の中から姿を現した。肩の傷から血が流れているが、差し出した手を拒まれた。

「わたしは大丈夫。でもお義父(とう)さんは意識を失ってるわ」

駆け寄ると、父は額にひどい傷ができていた。幸い、脈はしっかりしている。よかった。もう少し快適な場所に寝かせると、木の葉で身体を覆った。「父さんなら大丈夫だ。われわれは行かなければ。もたもたしていると奇襲の意味がなくなる」

全員集合し、怪我の具合を手早く確認した。フェザーストーン議員とリーフが爆風をもろに受けたが、深刻な傷はなさそうだ。ほかはみな軽傷で済んだ。

「固まって移動しよう」リーフは命じた。

全員が投げ矢を構え、塀にできた不恰好な穴に突進した。先頭に立って進むリーフの足の下で大理石の欠片がきしむ。土埃で視界が悪かったが、ところどころに黄色い点が浮かび、そこに松明か角灯があることを教えた。今も残っている塀に悲鳴やとまどいの声が反響している。瓦礫の山を乗り越えたとき、こちらに走ってくる人々がいた。リーフがいちばん近い位置にいる男に狙いを定めたそのとき、アイリスの声がした。

「それは仲間だ」姿を現した彼女の後ろに、大勢の兵士たちが続いている。アイリスは長い髪を頭の上でひとつにまとめている。ありふれたシティア軍の制服を着ているが、エメラルド色の瞳は誰が見てもわかる強い力を発散しており、指揮官然とした態度はまさに魔術師範特有のものだった。アイリスは部下たちに指示した。「彼らを隠せ」

兵士たちがチームを守るように隊形を組んだ。すごい。

「こっちだ」アイリスが走りだした。

チームはそのあとを追った。駐屯地の幹部将校や魔術師が滞在する管理棟をめざす。建物を二重に囲むように、衛兵たちが待ち構えていた。一団は徐々に速度を落とし、やがて立ち止まった。アイリスが統率しているのを見ても、衛兵たちは動こうとしない。

リーフは驚いてアイリスに尋ねた。「カーヒルはこちらの味方だったはずでは？」

「カーヒルは部下たちを任務に送り出したんだが、ブルンズが特別警戒態勢を取れと命じたのだ。カーヒルとしても従わざるを得なかった。さもないと裏切りが発覚してしまうからな」アイリスはリーフを見た。「ブルンズは何かが起きると疑っていた。だが念のため、一斉襲撃の日付についてはカーヒルに黙っておいたんだ」

それは賢い選択だ。だが、この衛兵たちを排除する役には立たなかった。リーフは肩越しに後ろを見て、マーラがすぐ背後にいることを確認した。

止める暇もなく、フェザーストーン議員が衛兵たちにすたすたと近づいた。「わたしはドレイク・フェザーストーン議員だ。ここはフェザーストーン族の駐屯地で、責任者はわたしだ。ただちに退去せよ」

誰も動かない。

「どうしますか?」リーフはアイリスに尋ねた。「ここで小競り合いを始めたら中にいる魔術師に気づかれて、ブルンズに報告が行くでしょう」

アイリスがにやりと笑う。「建物全体を零の盾で覆ってある」彼女が立ちはだかる衛兵たちに手を振ると、とたんにふたりが吹っ飛び、地面に叩きつけられた。どちらもそのまま動かない。「何カ月も前からうずうずしてたんだ」

ああ、魔術師範と一緒に戦うのはこれだからやめられない。「行け!」リーフは命じた。

彼らを囲んでいた兵士たちが突進した。リーフはマーラを見た。「僕から離れるな」

「援護する」マーラはきっぱり言ったが、声が震えていた。

混乱の中、アイリスとリーフは並んで戦った。リーフは振り下ろされる剣を避けながら、投げ矢を相手の腕や脚に突き刺していく。それでうまくいっていたが、こちらを串刺しにしようと激しく剣で突いてくる相手に当たったところでやおら山刀を抜き、身を守った。

相手に怪我をさせたくなかったので防戦一方となり、矢を刺す機会をうかがうものの、なかなか接近できない。目の端にマーラが入ったせいでつかのま気を取られ、相手に山刀をはたき落とされてしまった。じりじりと後退するリーフを追いつめるのに夢中で、相手は近づいてきたマーラに気づかず、首に投げ矢をつきたてられた。毒づいて振り返ったが、マーラはすかさず相手の股間をしたたか蹴り上げた。男は地面に崩れ落ちた。

マーラがにやりと笑う。「援護するって言ったでしょ」

リーフは妻を抱きしめた。「さすが僕の妻だ！」

乱闘の中、ふたりで協力しながら少しずつ前進し、とうとう建物の入口にたどりついた。まもなくアイリスもほかのふたりとともにそこに合流した。

「中に入ってしまったら、外を囲う零の盾では中の魔術師の魔術を止められない。かといって範囲を縮めて、兵士たちの調子を狂わせるわけにもいかない」アイリスは乱闘のほうを身ぶりで示した。

「マーラには零の盾をまとわせていますし、必要ならすぐに作れます」

「よかった。幹部は三階の司令室にいる。行こう」

アイリスは先頭に立って階段を駆け上がった。阻もうとする者は誰もいない。三階にたどりついたとき、部屋の扉は閉じていたが、下からかすかに角灯の明かりが漏れていた。

〝罠ですか？〟リーフはアイリスに尋ねた。

〝違う。中で激しく口論していて、それどころじゃなさそうだ〟

〝相手は何人ですか？〟

〝四人〟

リーフが扉を開けると、そこはテーブルや椅子、書類戸棚が並ぶ広々とした部屋だった。その向こうにあるもうひとつの扉は開けっ放しで、黄色い光があふれだしている。中では、台に置かれた四角いガラスの装置を前にして、四人が身ぶり手ぶりで話していた。声ははっきり聞こえてきた。「……零の盾のせいだ、このばか。屋根の上に持っていくんだ」

「矢で射られるかもしれないのに？　遠慮する」

「だがブルンズに知らせないと！」

リーフはマーラとふたりの兵士に待てと合図した。アイリスとともに、何かにつまずいたりしないよう気をつけながら家具を縫って部屋を進み、扉の横で足を止める。

〝任せろ〟アイリスが心に訴えてきた。

〝もちろん〟これは楽チンだ。

アイリスがさっと部屋に入り、一同の不意を突いた。振り返った彼らは、アイリスの魔術でとたんに静止した。室内には窓やドアがいくつか並び、快適そうなソファが壁際をぐるりと囲んでいる。

「もう安全だ」アイリスが仲間たちに告げた。「リーフ、連中に薬を打ってくれ」

喜んで従い、矢を二本取り出して敵に近づく。そのときあたりに漂う黒リコリスの匂いに気づいた。これはペテンだ。四人の魔術師は幻影だ。リーフがさっと振り返って気をつけろと叫んだ瞬間、壁から四人の人間が飛び出してきたように見えた。これも幻影か？　ひとりがアイリスに棍棒を振り上げ、こめかみを殴った。アイリスは床に崩れ落ち、動かなくなった。幻影ではない。そして、建物を囲んでいた零の盾も消えてなくなった。

ほかの三人が電光石火の勢いでマーラと兵士たちに襲いかかり、リーフが山刀をつかんだときには、全員武器を取り上げられていた。選択肢がどんどん少なくなっていくのに気づき、とっさに台の上の高感度通信器に飛びついた。ありがたい、本物だ。彼は片手で持ち上げた。

「やめろ。さもないとこれを粉々にしてやる」予備がないことを願うばかりだった。

リカ・ブラッドグッドはマーラの首にナイフを押しつけた。「今すぐそれを下ろしな。さもないとこの女の喉を掻っ切るよ」

リーフはマーラと目を合わせた。マーラが口の動きだけで〝だめ〟と伝えてきた。だが、マーラの命を犠牲にはできない。たとえそれで戦争が止められなくなっても。自分勝手だし、どっちみち死ぬことになるのかもしれない。胸が締めつけられる思いだったが、リーフは通信器を台に戻した。

「次に武器を下に落とせ」

リーフは山刀から手を放した。それは床に落ち、カランという音を響かせた。同じうつろな音がリーフの胸にも響いた。彼は壁のほうを示した。「みごとなからくりだった」

「からくりじゃない。才能と技術さ。何しろ魔術師範さえ騙したんだ」

それにじつに謙虚だ。

「さあ、通信器から離れろ」

リーフは言われたとおりにした。

28

イレーナ

わたしは城塞の南門の近くにしゃがみ、待機した。やきもきしながら二十三日間待ち、城日没後ついに配置についたのだ。わずか数時間後には、嵐のガラス球を城壁にぶつけ、城塞内に突入する。真夜中に襲撃したほうが効果が高いとヴァレクは判断した。眠りから揺さぶり起こされた兵士たちは何がどうなっているのかわからず、あたふたするはずだ。しかし、グリーンブレイド駐屯地ではそれでうまくいったが、今や各駐屯地はもっと用心しているし、あれこれ神経を尖らせているに違いない。フィスクの助っ人たちによれば、駐屯地へのテオブロマの供給はどんどん減って、すでに停止しているという。でも、それから充分な時間が経過しているだろうか？　いくつもの不安材料が頭の中をぐるぐる巡っている。ヴァレクはオーエンのところにたどりつけたか？　ほかのチームは作戦どおりに進んでいるだろうか？　採血は本当に役に立つのか？　オパールは大丈夫だと請け合ったが、ハーマンの樹液には血液を上回る力があるかもしれない。そもそも、実験するわけにもいかなかった。失敗のシナリオを無数に想像する。こういうときのわたしはとても想像力豊かなのだ。

城塞に向かうころには、早くすべてを終わらせたいという思いが膨らんで、今にも胸が破裂しそうだった。これなら嵐のガラス球なしでも、素手で城壁を押すだけで壊せそうだ。

フィスクが二本の木の幹に投石器のゴムを張った。バヴォルとシャバ・グリーンブレイド議員が警邏兵が来ないかどうか見張る係だ。城塞に近づくにつれ警邏兵の数が増したが、シャバが魔力で事前にそれを察知してくれるので、余裕をもって避けることができた。フェランたちも警邏兵をうまく避け、今頃北門襲撃の準備を進めているといいのだが。

予定の時間になると、ヘリが嵐のガラス球を投石器に置き、フィスクとともに南門を狙った。現在南門は障害物で塞がれていて、夜のこの時間には周囲に誰もいないはずだ。また、そこは議事堂に二番目に近い門でもある。駐屯地の塀を爆破したときにヴァレクが負傷したことを思い出し、フィスクとヘリに五メートルは走って逃げるよう指示したが、嵐のエネルギーが自分たちを避けて通るようにできるから大丈夫、とヘリは請け合った。フィスクとヘリがガラス球を発射すると、わたしは木陰にしゃがみ込んだ。宙を飛んでいくガラス球に月光が反射する。衝突の瞬間、爆音が響き、障害物を粉々にして、砕けた城壁が四方八方に飛んだ。大理石の破片と埃がしばらくあたりに降り注いでいたが、ヘリとフィスクのまわりは草木のドームが取り囲んで無事だった。

「すごいな、ティーガンの話は冗談でも何でもなかったんだ」フィスクはかすれ声でつぶやいた。「こんなの初めて見たよ。かっこいい！　みんなも耳鳴りしてるのかな？」

「驚くのはあと」わたしは急かした。「警邏兵たちがすぐに駆けつけてくる」

「了解」

わたしたち五人は穴に突進し、城塞内に入った。そのあたりは店舗や工場が大部分を占めているが、集合住宅に改装されているところもある。すでに窓から外をのぞいている人、様子をうかがいに出てきた人もいた。フィスクに案内され、わたしたちは彼の勝手知ったる路地の迷路に姿を消した。

やがて議事堂に続く通りに到着した。物陰に隠れ、正面玄関を監視する。まもなく男が階段を駆け上がっていき、衛兵たちがぞろぞろと通りにあふれ出てきた。彼らは二手に分かれて走り去り、入口に残ったのは数人だった。

バヴォル、シャバ、わたしは物陰から出ると、堂々と階段をのぼった。扉に到着したとき、四人の衛兵がわたしたちの胸に剣を突きつけた。

「おまえたち、落ち着け」バヴォルの命令口調は、従わなければ痛い目に遭うぞと暗に伝えていた。わたしは感心した。

「命令される覚えはない」ひとりが抗議する。

「わたしはバヴォル・カカオ・ザルタナ議員だ。こちらはシャバ・グリーンブレイド議員。つまりわれわれは命令できる立場にある。今すぐ下がれ」

剣の切っ先がぐらりと揺れた。

「ブルンズ・ジュエルローズを連れてこい」バヴォルが命じた。「わたしの執務室にただちに姿を見せろと告げろ」それから返事も待たずに議事堂に大股で入っていった。

シャバとわたしはあとを追った。だが進めたのはロビーの中央までだった。ブルンズが、武装した兵士たちにずらりと囲まれて階段に立っていた。シリー・クラウドミストをはじめ、数人の魔術師も一緒だ。ブルンズの顔に小ずるい笑みが浮かんだ。

思わず息を呑む。いよいよだ。

シリーがわたしの目を見た。唇をぎゅっと結び、わたしの頭の中に魔力で軽く探りを入れてきたのがわかる。だがそれもすぐに赤ん坊に吸い取られた。一瞬シリーの顔が歪んだが、すぐに無表情を取り繕った。赤ん坊一勝、シリー一敗。

「ここにいたのか、ブルンズ」バヴォルが言った。

「これは驚いた。わざわざ来る必要はなかったのに。ここはあなたには危険すぎる」

なるほど、礼儀正しくふるまうつもりらしい。少なくとも当面は。

「ばかな。こここそ、わたしたちシティア議会議員がいるべき場所だ。そうだろう？」

「いや、ここには最高司令官の密偵や暗殺者があふれている」

「議員になった時点で、そういう危険はすでに受け入れている。今まで代理をありがとう、ブルンズ。だがこれにてお役御免だ。ここからは、ほかの議員たちが到着するまで、グリーンブレイド議員とわたしが引き受ける」バヴォルは兵士たちにさっと手を振った。「次の指示があるまで全員、部隊に戻っていろ」

誰も動かない。

ブルンズが拍手をした。「すばらしい。じつに説得力のある演説だった。だがあなたは聴衆をよくわかっていない。みな、テオブロマなどなくても、わたしに忠実なのだ」

なるほど、だが少なくとも何人かは無理強いされてここに来て、目覚め始めているのではないかと期待したのだ。次の作戦に移るときだ。肩越しに後ろを見て、衛兵たちがみな議事堂内の騒動に気を取られていることを確認した。チュニックの下に手を入れ、嵐のガラス球を取り出す。わたしのお腹の大きさが半分になった。

両手で高々とそれを掲げて大声で告げた。「今すぐ降伏しなさい。さもないと、ここにいる全員が粉々よ！」

兵士たちの多くは後ずさりしたが、ブルンズは言った。「こけおどしだ。お腹に赤ん坊がいるのにそんな自殺行為に及ぶわけがない。おそまつだぞ、イレーナ。いったい何がしたいんだ？」

「あら、残念。見透かされたみたいね。あなたの言うとおり、自殺なんてしない。ただ気を逸らそうとしただけ」わたしはガラス球を階段に投げつけ、全員が身体をこわばらせたのを見てにやりと笑った。

ガラス球は割れて、白い霧が噴き出した。煙はつかのま四方に拡散したが、やがて猛烈な勢いで階段を上り下りし始め、逃げ惑う兵士たちを薙ぎ倒した。戸口にはヘリが立っていた。彼女が風を自在に操るあいだに、フィスクと助っ人たちが中に駆け込んできた。

「煙はそう長くは残らない」わたしは風のうなりに負けじとわめいた。「彼らにキュレアを打って。効くはずだから」

子供たちが、倒れた兵士たちをひとりひとり確認していく。しかしふたり足りなかった――ブルンズとシリーだ。下に下りてはこなかったから、上階に上がったに違いない。

「バヴォル、シャバと一緒にここに留まってください。援軍が到着したら、責任者は自分だと彼らを説得してもらう必要があります」わたしは告げた。「ヘリとフィスクは一緒に来て」

フィスクはナイフを取り出し、わたしは吹き矢筒を構えた。倒れている兵士を踏まないように気をつけながら階段を駆け上がる。

「どうやって探す？　一部屋ずつ？」フィスクが尋ねた。

「ほかにも出口はある？」とヘリ。

「魔術師範用の出入り口がある」わたしは答えた。

「こっちだ！」フィスクががらんとした廊下を走りだした。

フィスクが知っているからといって驚くには当たらない。このいたずらっ子は、こういうほとんど誰も知らないようなことを探しまわるのが趣味なのだ。階段のつきあたりに一階に続く階段があった。そこで足を止めて耳を澄ます。物音ひとつしない。足音さえ。吉兆？　それとも凶兆？

「本当にこっちに来たと思う？」ヘリがわたしに尋ねた。

「わからない。でも外には逃げられないはず。だとすれば、建物の中にいる」

わたしたちは二階分の階段を下りた。そこは広々とした部屋で、魔術師範が議会に出席する前に正式なローブに着替える場所だ。高価な絹の生地が、開け放たれた扉から吹き込んでくる風で揺れている。

フィスクが毒づき、突進した。すぐにヘリも続く。ふいに魔術がわたしの心をかすった。

「いたぞ！」フィスクが外を指さした。

「ほんとだ」ヘリが言った。

止めようとしたが遅すぎた。ふたりは人気（ひとけ）のない通りに飛び出し、その背後でドアがばたんと閉じて、部屋から光を閉め出した。すぐに飛び出しナイフを抜いたものの、間に合わなかった。腹部にナイフの切っ先が押しつけられた。わたしは凍りついた。

「武器を落とせ」左側でブルンズの声がした。

暗闇だから見えないのでは？　吹き矢筒を床に落とし、それはカランと音をたてた。

「ナイフもだ」

だめか。渋々ナイフも落とす。

「今すぐ腹を切り裂いてやりたいところだが、のちのちおまえが必要になる。シリー、身体検査をしろ」

シリーは徹底していた。わたしの投げ矢でうっかり手を刺すこともなかった。武器のほとんどを回収した彼女に、ブルンズが案内しろと告げた。彼はわたしの上腕をつかんだが、ナイフは腹部に向けたままだ。「行け」と言って階段をのぼるように促す。

「上に行っても、みんなどうせ動けない――」

「それはどうかな。部下たちは煙が消えればすぐ目覚める。おまえたちの手持ちの*すべての薬*について、手は打ってある。テオブロマが必要ないからといって、飲ませないとは限らないだろう？　念のため、備蓄をしてあったんだ。キュレアなど打っても無効だ」

ブルンズはわたしを玄関ロビーの階段まで引きずっていった。下方ではバヴォルとシャバが援軍を待っていたが、まもなくわたしたちに気づいた。

「ばかな真似はするな」ブルンズがふたりに告げた。「さもないと連絡官を殺す。シリー、連中の面倒を見ろ」

バヴォルたちは、近づいてくるシリーを見つめながら何もできずにいた。シリーはわたしの投げ矢を二本出し、一本をバヴォルの腕に、もう一本をシャバの腕に突き立てた。ふたりは身体をこわばらせ、床に倒れた。

こんなことになるとは。ブルンズに執務室へと追いたてられながら、胃がむかむかしてよろめいた。ブルンズがわたしを椅子に座らせ、シリーが角灯に火を入れる。ブルンズは執拗にナイフをわたしのお腹に押しつけながら、「こいつを拘束しろ」とシリーに命じた。シリーはわたしの手首を椅子の背の隙間にぐいっと通し、手枷をかけた。金属が肌に食い込む。ブルンズがようやく赤ん坊からナイフをどけたので、初めて深呼吸できた。

「下に行ってほかの連中を起こせ」ブルンズはシリーに命じた。「そのあと議員たちを地下牢に繋いでから戻れ」

シリーはうなずいて立ち去った。ブルンズは机の上の高感度通信器を指さした。「ヴァレクを捕らえたとオーエンから連絡があった。最高司令官は、火祭の開会式でやつを反逆罪で処刑するらしい」

心臓が凍りついた。感情を表に出すまいとしたが、悲しみが押し寄せてきて涙があふれた。止めるに止められず、それは頬を流れ、顎から滴り落ちた。

ブルンズは不思議そうにわたしを見ている。「もっとひどいことが起きてもおまえは泣いたりしなかった。わたしに無理やり協力させられて、拷問されたヴァレクを見ても、瞬きひとつしなかった。わたしが嘘をついているかもしれないのに」

こんなふうに泣いていなかったら、わたしをとりなそうとするブルンズを見て笑い飛ばしただろう。本気で動揺しているように見えた。妊婦を平気でナイフで脅すような男のくせに。人を泣かすのは悪いことだと母親から言い聞かされて育ったのか。わたしはしゃくり上げながら深呼吸し、なんとか気持ちを落ち着けようとした。こんなに感情的になるのはきっと赤ん坊のせいだ。ヴァレクはたとえ捕まっても、おとなしくしている男ではない。

ブルンズは咳払いをした。「それから、味方の魔術師たちの連絡で、各駐屯地の襲撃についても知っていた。ちなみにそっちのほうも失敗に終わった。事件はすべて最高司令官のしたことだと発表するつもりだ。むしろ、ご協力ありがとう」

さまざまな感情が胸の奥で渦巻いた。唇を噛んで、必死にこらえる。

ブルンズはふんぞり返り、顎を指でトントンと叩いた。「実際、塀にあんな穴が開いたら、防御に支障を来すだろうしな。敵が内部にもいるとすれば余計に。このままなら、最高司令官軍はやすやすとシティア軍を叩きのめすことができただろう。おまえも万々歳というわけだ。死傷者も最低限で済む」

「最高」わたしは皮肉たっぷりに言った。

ブルンズは面白そうに呻いたが、ふいに真顔になった。「もちろん多少の犠牲者は出るだろう。おまえはこの部屋を生きては出られない。わたしはよくよく思い知ったし、もう同じ轍(てつ)は踏まない」

「それなら何をぐずぐずしているの？」

「シリーを待っている。兄の仇(かたき)を討たせると約束したんだ」ブルンズはドアのほうを見て眉をひそめた。「どれくらいで煙は消える?」

そう長くはかからないが、兵士たちは眠り薬で二、三時間は余計に眠り続けるはずだ。でも、使われた薬はキュレアではないということを、わざわざブルンズに教える必要はない。実際、ブルンズの知らないことがほかにもたくさんあるのだ。

そのときシリーが部屋に飛び込んできた。「やつらが……来る」彼女は息を切らしている。「四方八方から」

ブルンズは弾かれたように立ち上がった。「誰が?」

シリーの代わりにわたしが答えた。「シティア軍が」ブルンズのとまどう様子をたっぷり楽しむ。捕らえられたのは想定外だったが、それでも特等席でブルンズの失脚を目の当たりにする機会を得た。

ブルンズはわたしの前に陣取り、喉にナイフを押しつけた。「何をした?」

「わたしが? 今夜のこと以外には特に何も。でも言わせてもらえば、わたしの友人たちが駐屯地を襲ったのは数日前のことなの。魔術師範は最初からあなたの影響は受けていなかったのよ、ブルンズ。彼らがあなたの部下の魔術師たちを説得して、襲撃は今日行われたと報告させた。実際とは違って」

「どうやって? みんなわたしに忠実なはずだ!」

「ハーマンの樹液のことを知ったとたん、魔術師たちはたちまち寝返ったわ」

ブルンズは呻いた。「死ね」

刃が肌に食い込んだ。首に痛みが走り、赤ん坊を失う罪悪感と悲しみで胸が詰まる。

そのとき何者かがブルンズを突き飛ばした。ブルンズはすぐに起き上がって踵を返し、襲撃者にナイフを突き出したが、両手にナイフを持ったオノーラはやすやすとそれを遮った。多少はナイフ使いに覚えがあるブルンズだったが、修行を積んだ暗殺者が相手では足元にも及ばない。オノーラは優雅に横っ飛びして相手の突きをよけると、その胸に深々とナイフを突き立てた。

シリーが悲鳴をあげてオノーラに飛びかかる。本当なら魔術を使えばよかったのだ。オノーラは二度動いただけで相手の武器を叩き落とし、ナイフの柄で殴って気絶させた。あっという間の出来事だったので胸の鼓動さえ追いつかず、今になってどきどきし始めた。呼吸もままならない。

オノーラはブルンズの遺体を見下ろしていた。頬が怒りで赤く染まっている。「あんたを殺そうとしていた」

「殺されてたかもね」喉がひりひりして、チュニックは胸のあたりまで血まみれだった。全身の筋肉が緊張で痙攣している。

オノーラがわたしを見た。「あたしがそばにいる限り、それはありえない」

29 ヴァレク

ヴァレクの回復は一進一退だった。今日は元気だったのに翌日はまた逆戻り、そのくり返しだ。寝台はドアがひとつしかない窓のない部屋に移された。チャナ医師が治療にあたっており、診療所に来て十日経つと聞かされた。つまり城塞の襲撃は二日後に迫っており、最高司令官は十二日後にシティア侵攻を始めるということだ――ヴァレクが阻止しない限り。

次にチャナ医師が診察に来たとき、ヴァレクは尋ねた。「どうしてわざわざ治療を?」

「何ですって?」医師は短い髪を耳にかけた。

「わたしはどうせ死ぬ。治療したって無駄だ」

「命令されてるの」ヴァレクの目を見て先生が尋ねた。「勝手にしろとばかりに地下牢に放り込まれたほうがまし?」

「まあ」ヴァレクはにんまりした。「そのほうが脱走しやすい」

医師が鼻を鳴らした。「だから、逃がすなという命令も受けたわけね」

残念。作戦変更だ。「少なくとも、その命令はオーエン・ムーンではなく最高司令官から出されているようだな」

「はるかにいいわ。それは確か。あのろくでなしが死んで悲しむ者は誰もいない」

「最高司令官はもっと喜んでくれると思っていた」

「最高司令官の魔術師に関する考え方はよく知っているでしょう？」

「だがわたしはもう魔術師ではない」そこで考え込んだ。「イレーナの魔力も同じ原因で消えたと思うか？」

「わからない」チャナ医師は診療所のドアのほうを心配そうに見た。「イレーナはあなたと一緒にイクシアに来たの？」

「いや。シティアにいる」医師は目に見えてほっとしたようだった。そういえば、ふたりは親しい友人同士だった。そこにつけこむときかもしれない。「だがシティアにいてもけっして安全ではない。最高司令官がシティアを占領したら、イレーナは結局処刑される」

「最高司令官はそんなことはしない」しかし声に自信が感じられない。

「処刑するしかない。イレーナは災いの元だ」ヴァレクは顔を歪めて笑った。「いつだってそうだった。シティアの部族たちを抵抗させずに統治するには、シティア議員、魔術師範、イレーナ、その他影響力のある者を処刑するべきだ」

「でも赤ん坊が生まれるまでは待つでしょう」自分を納得させるように言う。

「成長した赤ん坊が、死んだ両親の仇討ちをするかもしれないのに？　危険すぎる。それにわれわれはどちらも一度は魔力を持っていた。生まれてくる赤ん坊は強力な魔術師になるかもしれない」

チャナ医師が鼻に皺を寄せた。何より命を救うのが医者の仕事なのだ。ヴァレクは切り札を出した。「わたしがここに発つ前に赤ん坊の名前を決めたんだ。男の子ならヴィンセント、女の子ならリアナ。どう思う？」

「それは……」医師が息を呑んだ。「いい名前ね。そろそろ……仕事に戻るわ」と言っていきなり立ち上がった。

種の植え付けに成功したことを祈るばかりだ。今の時点では、ほかにできることはなかった。しかし、そのあと二度ほど診察に来たときには、医師は会話を避け、治療に専念していた。

翌日、チャナ医師が部屋を出ていく前に、立たせてもらえないかと頼んだ。「ほんの数分でいいんだ。このまま歩けなかったら、絞首台まで運んでもらわなければならない。何もしないと誓う」

ところが女医は首を横に振り、部屋から飛び出していった。ドアが開いたとき、外には衛兵が四人いた。最高司令官は抜かりがなかった。筋肉をこわばらせては力を抜く。手枷に繋がれながら身体の曲げ伸ばしをするのも一種の柔軟体操になったし、時間もつぶせた。

筋肉をひとつひとつほぐし終わると、また最初から始めた。残念ながら、脱走のチャンスは本当に絞首台への移送のときだけかもしれない。

だらだらと時間は過ぎ、ヴァレクは考え事ぐらいしかすることがなくなった。ついいやなことばかり考えてしまう。友人や家族を死なせないためには、シティアが勝つしかない。可能性はある――もしシティア軍がレジスタンスの攻撃で動揺していなければ。だめだ、シティア軍に最高司令官の軍隊を負かすような力はない。

二日後か、あるいは三日後か、くぐもった音で目覚めた。ドアが開き、差し込んできた角灯の明かりで目をしばたたいていると、ふたつの人影が中に入ってきた。覆面をしているので目しか見えなかったが、がっしりした体格からひとりはアドリックだとわかった。

「休暇はおしまいです」アドリックが言い、手枷の鍵をはずすとヴァレクを立ち上がらせた。すべてが傾いで見え、一瞬ベッドに寄りかかった。

「どうぞ」パーシャが言い、制服を差し出す。

着替えるにも手伝いが必要だったが、ひとりで立てるようになるとさっそく尋ねた。

「武器は?」

アドリックから二本の小刀を渡された。自分のではないが、あとで使いやすく調整しよう。

「出発の時間です」パーシャはドアから外をのぞいた。四人の衛兵は廊下で折り重なるようにして倒れている。三人は人気のない静まり返った廊下を走った。アドリックとパーシャの無駄のない動きからすると、事前にルートを取り決めておいたのだろう。やがて彼らは外に出た。

「門は?」ヴァレクは尋ねた。彼らに歩調を合わせていると息切れがした。

「手配済みです」アドリックが言った。

なるほど、着いてみると、数人の衛兵が地面に倒れていた。ヴァレクの部下の密偵たちが五、六人、物陰で待っていた。多くは一緒に地下牢に繋がれていた者たちだ。

「いよいよです、ボス」カムラが言った。「さっさと片づけましょう。シティアの店でディナーを予約しているから遅れたくないんですよ」

ヴァレクは忠実な部下たちを見回した。「ありがとう」

「礼には及びません。行きましょう」アドリックが先頭に立って門をくぐった。

しかしヴァレクは動かない。「わたしを置いていってくれ」

全員がヴァレクを見つめた。

「でも――」パーシャが口を開いた。

「団体行動し、わたしも同行しているかのようにふるまうこと。二、三日もらって用事を済ませたい。だから先に行ってくれ。あとから追いかける」

理由がわかって、一同の表情がやわらいだ。

「あなたが合流する前にシティアに到着したら、何をしたらいいですか？」アドリックが尋ねた。

「イレーナを探せ。イレーナなら、おまえたちが安全に過ごせるよう手配してくれる」

「あなたひとりで最高司令官を負かすのは難しいのでは？」カムラが言った。

「そうだな。だがやるしかない。シティアが勝つにはほかに手がないんだ」

「イレーナにはどう伝えれば？」パーシャが尋ねた。

「平和のためにしていることだ、と。彼女はわかってくれる」


ヴァレクは城に戻った。この建物のことなら、地下牢の奥の奥から屋根のてっぺんまで知り尽くしている。まずは身を隠す場所を見つけなければならなかった。療養中に多少は体力が戻ったが、最高司令官と対戦するなら戦える身体作りをする必要がある。

五日後、準備が整った。とはいえ、この状況で可能な限り、だが。最高司令官がシティアを攻撃するまでにわずか四日しかない。体力を温存するため、屋根にのぼるより正面突破することに決めた。この期に及んで忍び込む必要はない。

最高司令官が夜に自室に戻ったあと、ヴァレクは居住区の入口を護衛するふたりの兵士のほうに向かった。ヴァレクだと知ってすごすごと道を空けてくれればそれに越したことはないが、体力を温存するためならいくらでも反則技を使うつもりだった。

近づいたとき、心の中で悪態をついた。いやはや、運のいいことにゲーリック軍曹が勤務に就いていた。オノーラが元気でいるということを最高司令官は伝えているのだろうか？　ゲーリックはヴァレクに気づいたとたん、唸って剣を抜いた。つまり伝わっていないということだ。もうひとりも剣を振りかざしたが、少々腰が引けている。

「あのとき落ちていくあなたを助けるんじゃなかった」ゲーリックは言い、脚をすっと開いて戦闘態勢を取った。

ヴァレクが最高司令官を訪ねた夜、城の外壁を監視していたのはゲーリックだったのだ。

「オノーラはまだ生きているし、元気でいる」

ゲーリックの敵意が少し薄れた。消えたわけではないが、とっかかりにはなった。

「嘘じゃないとどうしてわかるんです？」

「おまえの妹はわたしを信用している」

今の言葉でゲーリックがぎくりとした。「オノーラが打ち明けたんですか？」

「そうだ。あのときは命を救ってくれてありがとう。さあ、通してくれ」

もうひとりは一歩退いたが、ゲーリックは大きな手をヴァレクの肩に置き、そこをどこうとしない。「無理です。従えば、謀反人として絞首刑にされる。それに気を悪くしないでほしいんですが、オノーラに殺せなかった相手はあなたにも殺せない」

「ずいぶん厚い信頼を寄せてくれているようだ」片手で小刀を抜く一方、もう片方の手で投げ矢を二本取り出した。相手が行動を起こす暇もなく、リーフの眠り薬入りの矢をふたりの首に打つ。

ゲーリックがそれを抜いた。「何です、これは」

「眠くなる薬というふれこみだ」ヴァレクは答えた。

ぎこちない沈黙が続き、とうとうゲーリックの相棒のほうが身体をぐらりと揺らすと、壁に寄りかかった。なんとか目を開けていようとするが、無理だった。衛兵は床に崩れ落ちた。ところが少しも眠気を感じていないらしいゲーリックは、相棒に目をやった。「ふれこみ?」

「薬が効かない者もいるとリーフは言っていた」そして、効くか効かないかはその場にならないとわからない、とも。だがヴァレクにはゲーリックと戦う時間も体力もない。もう一本打つべきなのかもしれない。

するとゲーリックが矢をまた首に刺し、みずから床に寝そべった。

大男の思いやりに胸を打たれ、ヴァレクは言った。「また助けられたな。ありがとう」

「あなたと知り合えてよかった」ゲーリックは目を閉じた。

ヴァレクは短い廊下に繋がる扉の鍵を開けた。その廊下には、互いに向かい合ったふたつの扉しかない。ヴァレクの居住区は右側、最高司令官は左側。悲しみがこみ上げ、足を止める。二十七年間も手を携えてここまで来て、またふりだしに戻るのか。

最高司令官の部屋のドアには鍵がかかっていなかった。手に小刀を持ったままノックもせずに中に入り、二本目の小刀を取り出す。アンブローズは暖炉のそばのお気に入りの肘掛け椅子に座り、ブランデーを飲んでいた。司令官の前にあるテーブルに、ヴァレクの小刀がずらりと並んでいる。

最高司令官はヴァレクを見ても驚いた様子もなく、逆に微笑んだ。「待ちかねたぞ」彼は空のグラスを示した。「飲むか？」

「いいえ、結構です」

「よし」最高司令官は飲み物を置き、優雅な身のこなしでテーブルの上の小刀を手に取った。「始めるか？」居間の右側のほうに首を傾ける。そこにあった家具はすべて片づけられていた。

「シティア攻撃をやめるよう、わたしが説得しても無駄ですか？」ヴァレクは尋ねた。

「無駄だ」

「では始めましょう」最高司令官から目を離さぬまま、広くなった場所に移動する。「小刀を返していただけるとありがたいのですが」

「おまえならすぐに取り返すさ」最高司令官が攻撃してきた。

これまで組み合ったときは、最高司令官はしばらくは守りに回ってヴァレクの出方を見極めようとしたものだった。だが今回は違う。その冷酷なまなざしに殺意を漲らせ、ヴァレクの喉をいきなり突いてきた。

　慌てて後ずさりし、攻撃を食い止める。衝撃が骨の髄まで響いた。そう長くはもたないだろう。恐怖と不安が否応なくかきたてられる。最高司令官は容赦なく刃を繰り出し、ペースを速めていく。まさかこんな喧嘩もどきの戦いになるとは思ってもみなかった。なんとかしなければ――必死の決意が胸の内で脈打つ。

　スピードにとてもついていけず、ヴァレクは防戦一方だったが、ほんの一瞬ずつ対応が遅れ続け、最高司令官の刃の縁が腕の皮膚を削いだ。痛みが走ったが無視する。もっと別の問題のほうが重大だった。しだいに壁際に追いつめられつつある。後退できなくなれば、壁に血の痕を残して床に崩れ落ちるしかなくなる。最高司令官の両手の突きを上方に逸らし、腹を蹴る。もろに命中して、アンブローズが数歩後ずさりし、少しはスペースができた。

　脇に飛びのいて膝をつき、相手の腿の大腿動脈を狙って小刀を突き出す。しかし最高司令官はそれをよけ、ヴァレクはまたも守りに回ることになった。戦いが長引くにつれ、体力が衰えていく。息が切れ、喉がからからだった。あれこれ違う攻撃を仕掛けてはみるが、手の内を知っているアンブローズはやすやすとそれをかわす。相手は汗さえかいていない。ヴァレクはもう技の手札がなくなりつつあることに気づいていた。しだいにあせりを覚え、屋根の上でオノーラと戦ったときのことを思い出す。このままでは負けは目に見えていた。

小刀ではない、何か普通とは違う戦い方をしなければ。

痛みに耐えながら腹部への両手の突きを食い止め、そこで自分の武器を床に落とすと、最高司令官の手首をつかんで経穴を探した。最高司令官のナイフが左腕を切り裂いたが、手首を離さず、指で経穴を強く圧迫し続ける。

最高司令官は、腕を這い上がってきた強烈な痛みに悲鳴をあげた。その経穴を押されると全身が麻痺したようになり、何もまともに考えられなくなるのだ。ほかの戦闘ではけっして使わなかっただろう。こんなやり方に頼るほど、切羽詰まることはまずないからだ。

最高司令官の武器が床に転がった。ヴァレクは相手が膝をつくまで指圧し続けた。そして、まず片方だけ手を離して小刀をつかみ、鋭い切っ先を最高司令官の首に押しつけた。それからもう片方の手も離す。アンブローズの金色の瞳を覆っていた痛みの霧が晴れ、死を覚悟してヴァレクを見つめた。そこに恐怖はなかった。命を助けてくれたらシティア侵攻はやめると、慈悲を乞おうともしない。それは最高司令官のやり方ではなかった。

ヴァレクは小刀に力をこめようとしたが、どうしてもできなかった。アンブローズは殺せない。もしここで彼の喉を掻っ切ったら、きっと後悔する。ふたりは長い歴史と、友情と、愛さえ分かち合ってきた。今や家族のようなものだった。オーエンに絆を断ち切られてしまったとはいえ、あの死んだ魔術師の思いどおりになるつもりはなかった。

「終わらせろ、ヴァレク」アンブローズが言った。「ここで見逃したら、わたしはシティアを攻める」

そしてヴァレクはその成り行きを甘んじて受け入れなければならないだろう。戦いと死の世界。平和な暮らしへの希望も消える。いや、希望はあるのか？　希望についてリーフに話したことを思い出す。シティア人を信じるべきなのかもしれない。彼らはこれまでもその力と能力を証明してきたではないか。ヴァレクは最高司令官を放した。「攻めてみればいい。シティアはきっとあなたをあっと言わせますよ」

「それならなぜわたしを殺そうとした？」

「忘れていたからです」

「何を？」

「わたしも今やシティア人だということを。われわれは暗殺によって問題を解決したりはしない」ヴァレクは自分の小刀を見て、鞘に収めた。「防衛長官を今すぐ辞任します」ヴァレクは戸口に向かった。シティアに警告するとしたら、あと数日しかない。

「このまま行かせるわけにはいかない」アンブローズが言った。

ヴァレクは武器を手に振り返った。

最高司令官は立ち上がり、制服の皺を伸ばした。武器はまだ床に転がっている。「行くなら酒を酌み交わしてからだ」

ヴァレクはとまどってアンブローズをただ見つめた。最高司令官は暖炉のそばの椅子に近づき、ふたつのグラスに酒を注いだ。衛兵が駆けつけるまでヴァレクの出発を遅らせる作戦だろうか?

「心配するな、シティアを攻めるつもりはない。おまえを処刑する気もない」最高司令官はお気に入りの椅子に腰かけ、ヴァレクを待っている。

こんなにうまくいくなんておかしい。「あなたの命を救ったからですか?」

「違う。シティアがハーマンの樹液のことを嗅ぎつけたと知ったときから、すでに阻む方法は見つけているだろうと考えていた。つまり今侵攻しても時間と資源の無駄ということだ。だが、もしシティア議会がまた統治力を失ったら、次こそは攻撃する。今度は逃げ道はないし、魔術師が犠牲になると今から言っておく。だがとりあえず、おまえが議会に防衛長官として雇われれば、悪徳魔術師にもっと目を光らせることができるだろう」

ヴァレクは最高司令官の言葉を咀嚼(そしゃく)しながら小刀を次々にしまった。「なぜシティアを侵攻するとわたしに信じさせたんですか?」

「おまえがどんな行動を取るか確かめたかった」

ヴァレクは驚いて、一瞬言葉に詰まった。「あなたを殺しかけたんですよ?」

「だが殺さなかった。おかげでおまえをまた信用できるようになった」

怒りがこみ上げてきた。「これもテストだったんですか」

「ある意味では。それに安心したかったのもある。もはやおまえがわたしを殺しに来ることはないとわかった。わたしももう若くない。暗殺される不安をつねに抱えて生きるのはごめんだ」

「暗殺者はわたしだけではありません」

「そのとおりだ。だが、おまえはオノーラを、そして今やわたしをも負かすことができるたったひとりの暗殺者だ。わたしにとって本当に脅威だと思えるのはおまえだけだよ」

とはいえ、どちらの戦いでも追いつめられて予想を裏切る戦法を使った。相手が最高司令官にしろオノーラにしろ、次回は対抗手段を編み出しているはずだから、二度とは使えない戦法だ。上腕がずきずき痛み、ほかにも十数カ所はある傷から血が染み出して、袖を濡らしている。そのうえ魔力も魔力耐性も失ってしまった。こんな自分が脅威だとはとても思えない。

差し迫った攻撃について大至急シティアに警告する必要がなくなった今、ヴァレクは肘掛け椅子に近づいた。最高司令官の言葉からいくつもの疑問が生まれていた。「シティアから何か知らせはないですか？　シティア議会をはじめレジスタンスがブルンズと《結社》を倒したかどうか、はっきりしたところはわからないので」

最高司令官がじろりとヴァレクを見た。「攻撃計画を立てたのは誰だ？」

「わたしです」

「おまえがこちらに来るあいだ、誰を責任者にした？」

「そうせっつかないでください。もしもすべてうまくいけば、計画が成功する確率は高いと考えています」

「シティア議会と魔術師範たちが権力を取り戻し、われわれの攻撃に対抗するため軍を再編していると報告を受けた。せっかくその気になっていたのに肩透かしを食らって、兵士たちはがっかりするかもしれんな」

ほっとして脚の力が抜け、慌てて誰も座っていない椅子の背をつかんだ。「イレーナは？」

「城塞で、議会を手伝う姿が見かけられている」

立っていられず、椅子に座り込んでつかのま頭を両手で抱えた。

「オノーラも彼女と一緒らしい。ただちにイクシアに戻れと伝えてくれ」

ヴァレクは顔を上げた。「アーリとジェンコは？」

「戻りたいなら歓迎する。彼らも、数日前におまえの逃亡を助けた密偵たちも、罪には問わない」

よかった。「もしアーリとジェンコがシティアに残りたいと言ったら？」

アンブローズは微笑んでグラスを掲げた。「幸運を祈る」そして酒を飲んだ。

ヴァレクは、六カ月間の不安と緊張と恐怖がふいに溶けて消えるのを感じて、大笑いした。飲み物を手に取り、ぐいっとあおる。白ブランデーが喉を滑らかに伝いながら熱く焼く。「いい酒ですね」

「今こそこれを飲む価値があると思った」

「わたしがあなたを殺さないと信じていたということですか」

「いや、違う。これがわたしの最後の晩になるなら、まずい酒は飲みたくなかった」最高司令官はまたグラスを掲げた。「シティアでのおまえの新生活に乾杯しよう」

ヴァレクはカチンとグラスを合わせ、もうひと口飲んだ。未来について考える。家族とともに暮らすことが何より大事だが、ほかはどうすればいい？　血液の小瓶を使っても魔力が戻る保証はないのだ。「防衛責任者に迎え入れてくれるほど、シティア人がわたしを信用しているかわかりません。かといって、ほかの仕事を提供されても、引き受けるかどうか。今やわたしにとっての優先順位が変わってしまった」

「おまえを防衛責任者にしなかったら、連中はばかだ」そう言って最高司令官はブランデーを口に含んだ。「魔力があれば、もっと信用されたとでも？」

「おそらく」どっと疲れが襲ってきて、椅子の背に身体をもたせかけた。こんなふうに傷だらけでなければ、この二十七年間ふたりで過ごした無数の夜とたいして変わらなかったかもしれない。きっとそんな夜のことが恋しくなると気づき、胸が締めつけられた。

「おまえにハーマンの樹液を打ったことは後悔していない」アンブローズが言った。「わたしにしてみれば、おまえのためを思ってやったことだ」

「わかっています。あなたが魔術師をどう思っているか重々承知していますから」ふたりは笑い合った。今さら議論することではない。

「母の霊魂がこの身体に宿っていると知りながら、わたしは今も頑なに主張を曲げない。いわば偽善者なのだ。そもそも魔力がなければそんなことは不可能なのだからな」ヴァレクは身を乗り出した。アンブローズがこんなことを言うのは初めてだ。「もしイレーナの魔力が戻ったら、そして彼女がわたしを恨んでいなければ、訪ねてほしいと伝えてくれ。母を空に送ってほしい」

「イレーナは、能力さえ戻れば、喜んでお手伝いするでしょう」ヴァレクはグラスを指で叩いた。「でも、もしこのままイレーナの魔力が戻らなかったら？　あなたも魔術師のことを少しは受け入れられますか？」

「そのときは進んで自分にハーマンの樹液を使うつもりだ」

ずいぶん思いきったことを。「それではお母上を殺すことになります」

「母はすでに死んでいる」

「それは違う。お母上の霊魂が損なわれ、空で安らかに暮らせなくなるかもしれません。存在が消えてなくなってしまう」

「ハーマンの樹液のせいでおまえの霊魂は死んだのか？」アンブローズが尋ねた。

「わたしは……」ヴァレクは、イレーナが霊魂について説明してくれたときのことを、彼女がどうやって霊魂に訴えかけるかを思い出した。霊魂のない身体は空っぽのコップのようなものだという。生きてはいるが、意識も感情も人格もないのだ。「いいえ、わたしはまだわたしです」

「そのとおり。ハーマンの樹液は、母をここに繋ぎ止めている魔力を奪うだけだ」最高司令官は胸をトントンと叩いた。「理屈で考えればそうなる。だが、できればイレーナに頼みたい。そのほうが確実に母を安らかに送ることができる」最高司令官はズボンをゆっくりと撫でた。「ところで、イレーナにはまた連絡官になる気はあるだろうか？」

いい質問だ。「さあ。訊いてみます。でももし拒んだら？　ほかに誰なら受け入れますか？」

「おまえだ」

ヴァレクは笑い飛ばそうとして口をつぐんだ。意外に面白い仕事かもしれない。「シティア議会が賛成するとは思えません」

「あるいはアーリなら可能性はあるが、ジェンコが任命されたら宣戦布告する」

侮辱されたジェンコがふくれっ面するところを想像して愉快になる。「今の言葉は報告書に明記しておきます」

ふたりは夜遅くまで話し続け、あいだにできていた溝を埋めた。しまいに最高司令官が医者に診てもらえと言い張って、診療所に付き添いまでした。途中、まだ横たわって眠っていたゲーリックとその相棒を跨ぎ越した。こうして最高司令官と自分がふたりでいるところを見たら、ゲーリックはどう思っただろう。いや、もしかすると、相棒が目覚めるまで寝たふりをしていたのかもしれない。

チャナ医師は、眠っているところを最高司令官に叩き起こされて説明を受けるあいだも、医師としての冷静さを保っていた。

「おまえのことは信頼できる専門家に任せるとしよう。幸運を祈る。おまえも家族もいつでも訪ねてこい。歓迎しよう」アンブローズはヴァレクと握手をして立ち去った。

ドアが閉じたとたん、先生がにやりとした。「ふたりが仲直りをしてよかった」大喜びでヴァレクのシャツを引っ剥がし、腕の傷を消毒して糊で閉じた。ところが治療を終えたときヴァレクが出ていこうとすると、笑顔が一変した。

ベッドを指さし、「寝なさい」と命じる。ヴァレクがためらっていると、つかつかと近づいてきた。「拘束しましょうか?」

本気ではないとわかってはいた。だがヴァレクはそのとき決めたのだ。金輪際、捕らえられて鎖に繋がれて手枷足枷をつけられ、牢獄にぶち込まれ、殴られ、刺され、意識を失うようなことにはいっさい関わらない、と。とはいえ、イレーナと子供たちとともに高い塔に閉じ込められて暮らす自分を想像して、それはそれでいいかもしれないとも思う。

「いや、それはごめんだ」

「よろしい。八時間おとなしくしていれば出ていっていいわよ」

こわばった筋肉が痛み、動くと悲鳴をあげたが、なんとか横たわって毛布を引き上げ、まもなく泥のように眠った。


目覚めたとき、ゲーリック軍曹がベッドの横に立っていた。とっさに小刀に手を伸ばしたが、大男は何も持っていない両手を見せた。

「城塞にお送りするために参りました」厳しい表情を保とうとしているが、瞳の輝きは隠せない。「最高司令官の命令です」

ああ、もうすぐ妹に会えるというわけか。「そのあと新防衛長官を連れ帰るんだな？」

「はい」

身体を起こそうとしたとたん、腕の傷がずきずきし始めた。いや、全身が痛む。「命令には、元防衛長官をシティアに運ぶことも含まれているか？」

「そうしなければならないなら」

「それを聞いて安心した」ヴァレクは立ち上がったが、身体が反抗してすぐにベッドに戻れと命じそうだった。少なくとももう数年は眠る必要がありそうだ。

チャナ医師が急いでそこに現れ、傷の具合を確かめると、退院を許可した。「新居が決まったら伝言を送ってちょうだい。赤ん坊を取り上げに行くから」

シティアにも有能な治療師が大勢いると言いそうになったが、赤ん坊の魔力を吸い取る能力のことを思い出した。もし何か起きても、イレーナや赤ん坊を救うために魔力に頼ることはできないのだ。「わかった。ありがとう」

途中、自分の隠し部屋に寄り、背嚢を回収して、清潔なシャツに着替えた。それから城を出た。

「馬は？」敷地内を歩きながらゲーリックが尋ねた。

「やめておこう。それに、たとえ馬がいなくても、シティアに入るときは用心しなければ。シティア軍はイクシアからの攻撃を想定しているから、蛇の森から出てきたものは何でも攻撃するだろう」

南門で大勢の人が待っていた。ヴァレクが近づくと当番の衛兵が挨拶した。パーシャとアドリックがほかの密偵たちとともにそこにいた。明るい朝日の中、笑顔が輝いている。どうやら彼らがヴァレクを救出したのは、最初から最高司令官が画策したことだったらしい。さすがだ。

「どのみちあなたのことはわれわれが救出していたはずですけど」アドリックが言った。

「あのときシティアに行くと決めたとしたら？」ヴァレクは尋ねた。

「そのときはわたしたちがシティアにお連れしたはずです」とパーシャ。「でも、アドリックは衛兵隊長との賭けで金貨二枚負けることになったでしょう」

　上官すら賭けの対象になるものらしい。ヴァレクは全員と握手し、長年の忠実な働きぶりを労った。「オノーラなら適役以上だ。すぐにおまえたちの敬意を勝ち取るだろう」

　門の外ではマーレンが待ち構えていた。胸で腕組みをし、行く手を阻んでいる。ゲーリックが剣の柄に手を伸ばしたが、マーレンは無視した。「つまりこれでおしまいですか？　あなたはお払い箱？」

「どう思う？」

「あなたは最高司令官への誓約を破ったのだと思います」

　ヴァレクは思案した。挑発しているのか？　だが、感情を表に出さずに告げた。「引退したんだ」

「オノーラはまだその器じゃない」

「やるなら自分だと？」

　マーレンは両腕を下ろした。「まさか。誰にもあなたの代わりはできません」

「光栄だ」

　マーレンは鼻を鳴らした。「あなたがいなくなったら、わたしたちは丸腰同然です。オノーラはきっと間違いを犯す」

　ゲーリックが剣の柄をつかんだ。ヴァレクはその腕に触れ、剣を抜くのを止めた。今の言葉でマーレンの言いたいことがわかった。「確かに彼女は間違いを犯すだろう。防衛長官になったばかりのころのわたしがそうだったように。数日前のわたしのように。おまえは正しい。誰も自分ひとりで任務をこなすことなどできない。そうとも、わたしでさえ。だから自分を支えてくれる情報網を作りあげたし、オノーラも同じことをするだろう。彼女はすでに、ジェンコにさえ弱点があると知っている。おまえにはここでオノーラを助けてほしい」ただし……。「おまえがイクシアで暮らし続けるつもりならば、だが。シティアに来たいなら、いつでも歓迎する」

「興味はありません。わたしは最高司令官に忠誠を誓いました」

それならそれで結構。「もし気が変わったら――」

「変わりません」マーレンは脇にどいた。「アーリとジェンコにとっとと帰ってこいと言ってください。休暇はおしまいだと」マーレンはさよならも言わずに立ち去った。

ゲーリックとヴァレクは彼女の後ろ姿を見守った。「オノーラは彼女に注意すべきですか？」

「いや」ヴァレクは答えた。「マーレンは気が短いが、すぐに落ち着く」

「もし落ち着かなかったら？」

「オノーラなら自分でなんとかする」ヴァレクは不安そうな顔をしたゲーリックと目を合わせた。「今のところ、イクシアとシティアの両国を合わせても、最も強いのはオノーラだ」

「今のところ？」

「腕試ししようとする血気盛んな若者はいつの世にもいる。その挑戦を受けるのも仕事の一部だ。いつかは誰かに負かされるだろう。だが、心配しなくていい。それはずっと先の話だ」

ゲーリックは微笑んだ。「あなたは二十七年間、勝ち続けた」

「そのとおり」

ヴァレクは計算した。城塞に到着するのは暑い季節のちょうど中間点だ。火祭が予定されている日、そしておそらく、実際より長く感じる一日になるだろう。なぜなら、シティア軍との交渉は避けられないからだ。イクシア国境にたどりついたとき、南側は兵士だらけだった。問題を起こさずにそこを通り抜けるには、夜中に野営地に潜り込み、将校を見つけて事情を説明するしかなかった。蛇の森がすでに数人の国境警備兵を残してもぬけの殻になっていることが、シティア攻撃が中止されたという事実の裏づけになった。とはいえ、ヴァレクが投降した部隊には、上層部と連絡が取れる魔術師がいなかった。

全面的には信じてもらえず、ヴァレクとゲーリックは兵士たちに付き添われて城塞に向かった。早くオニキスと合流して血液の小瓶を取り戻したかったが、城塞の白大理石の壁が遠くに見えたとたん、意識もエネルギーもひとつの目的に集中した——イレーナをこの腕に抱くことに。

30

イレーナ

「森が空っぽって、どういう意味？」聞き間違いだと思い、わたしは尋ねた。

「イクシア軍が退却し、残っているのは一部の国境警備兵だけです」魔術師のひとりが答えた。

魔術師はガラスの高感度通信器をのぞき込み、前線にいるアイリス・ジュエルローズ魔術師範と心でやりとりをしている。いや、もはやそこは前線とは言えないのかもしれない。本当なら、二日後にイクシアが攻めてくるはずだったのだ。

わたしはバヴォルに、それからオノーラに目を向けた。オノーラはわたしの命を救って以来、極力そばを離れようとしない。わたしたちは議事堂のバヴォルの執務室にいた。ほかの議員たちは、所定の配置についている自分の部族の部隊に合流している。三十二日前にここを発って以来、ヴァレクからは何の知らせもなかった。蛇の森で待機しているイクシア軍を見るにつけ、ヴァレクは死んだのだと考える者も多かった。

期待してもいいのだろうか？

「きっとヴァレクの説得が功を奏したんだろう」バヴォルが言った。

同感というように赤ん坊がお腹を蹴ったが、結論に飛びつくのはまだ早いという気がした。目前に迫った敵軍の侵攻に集中することで、どうにかここまでやってこられた。そして、深夜に襲いかかってくる恐ろしい考えはできるだけ無視しようとした。

「ジトーラ魔術師範と連絡を取って、彼女とティーガンが気づいた、こちらの前線の背後に隠れているイクシア部隊がどうなったか訊いてみて。その部隊が今どこにいるかも」

「わかりました」魔術師は通信器に集中し、数分後に顔を上げた。「部隊は消えたとジトーラ魔術師範は言っています。今デヴレンとティーガンにあとを追わせていて、その報告を待っているそうです」

それがいい知らせなのか悪い知らせなのか、今は何とも言えない。

「何かわかったら知らせて」

「了解」魔術師は言った。

その後の二日間、イクシア軍退却の報告が次々に届いた。炎の嵐が予定されていた日も、何も起きなかった。わたしの心は混乱したり心配したり安堵したりと揺れ動いたが、今はなんとなく不安な心持ちだった。もしかすると策略では？　最高司令官は全軍をわたしたちの背後に回らせる方法を見つけたのかも。

ジトーラが、例の部隊は東のエメラルド山脈の方角に向かっているというティーガンからの報告を伝えてくれた。わたしたちは、かつて密輸業者たちがイクシアに入るために使っていたトンネルの近くに大部隊を配置していた。だが、その配置が遅すぎたのかもしれない。それでも精一杯急いだのだ。シティア政府と駐屯地を奪い返してから、わずか十日で作戦を練り直した。

その日の午後、わたしはバヴォルの机に座り、イクシアとシティアの地図を眺めていた。国境の下を通るトンネルがほかにもあるのだろうか？　あるいは、わたしたちの防衛線を突破する別の方法が？

ノックの音で物思いから現実に引き戻された。戸口に立っていたのはフィスクで、いい買い物でもしたかのようににやにや笑いを浮かべている。

「いいものを見つけたよ」フィスクはもったいぶったしぐさで脇に一歩どいた。「あなたの夫さ」

そこにヴァレクが立っていた。まわりの世界がたちまち吹っ飛び、気づいたときには彼の腕に抱かれていた。本当はもっときつく抱きしめてもらいたかったけれど、すっかり大きくなったお腹の赤ん坊が邪魔をしていた。

ヴァレクは笑ってわたしのお腹に手を置いた。「君――」

「言葉に気をつけて」と言ってじろりと睨む。

「記憶よりはるかに美しい」

「うまく立て直したわね」

ヴァレクはわたしの頬を両手で包み、目を見た。「正直な感想だよ」

そして唇を重ね、今の言葉が嘘ではないと証明した。控えめな咳払いが聞こえて、そこにはほかにも人がいることを思い出した。フィスクの横にはゲーリック軍曹が立っていた。

「オノーラはどこですか？」ゲーリックがわたしに尋ねた。

「台所よ。彼女――」

すでにゲーリックは姿を消していた。

「妹はもう死んでると思ってたんだ」ヴァレクの顔には疲労の皺ができ、すっかり痩せていた。わたしの腕をつかんでいた手が滑り落ち、指に指を絡める。「《結社》に勝ったんだな。もしかして誰か……」

よくない知らせについて訊くのをためらう気持ちはよくわかる。わたしも言葉にするだけで胸が締めつけられた。「ベインが、クリスタル駐屯地を攻撃したときに重い心臓発作を起こしたの」

「ああ……それは残念だ」

「誰もがまだ動揺している。それでジトーラが第一魔術師範になった」

ヴァレクはさらなる悲報を予想して身構えた。「ほかには？」

「ガラス球を破裂させたときに命を落とした兵士が何人か。それは避けられなかった。それから、どの駐屯地を探してもヘイルが見つからないの。わたしたちがクリスタル駐屯地から脱出した直後にブルンズに殺されたのかもしれない。でもブルンズ本人にはもう訊けない」オノーラがどんなふうにわたしたちを救ってくれたか説明した。

ヴァレクがわたしの手を強く握った。「オノーラに感謝しなければ。彼女の様子はどうだ？　罪悪感に苛まれていないか？」

「それはなさそうだけど、あれ以来、まるで子熊を守る母熊みたい。その子熊が誰かわかる？」わたしは自分の胸を叩いた。

「とにかく、オノーラが君を守ってくれてよかった。ほかの駐屯地で何か……事件は？」

「怪我人が何人か。でも身近な人は誰も命を落としていない。幸いなことに」

「怪我人？　どの程度の？」

「ジェンコは新しい傷痕を二、三カ所増やしたわ。また名前をつけるんじゃないかな。会ったらきっと自慢されるわよ。マーラが手にひどい切り傷を作った。リカ・ブラッドグッドが彼女の首にナイフをつきつけてリーフを脅したらしいの。でも、リーフに降参させたくなくて、文字どおり自分の手でなんとかした」

「みごとだな」

「すでにアイリスが手当てしたわ。アイリスは彼女の勇敢さを称えて勲章を贈ることも検討している」

「わたしの弟と妹は？」

「無事よ。でも、ゾハヴはジーザンを危うく溺れさせそうになったらしい。というか、ジーザンはそう主張してる。たぶん誇張してると思うけど」わたしはにっこりしたが、またベインのことを思い出して真顔になった。今は心から笑う気になれない。誰もが彼を恋しく思うはずだ。「今度はあなたの番。オーエンは？」

「度を超した自信過剰のせいで、わたしの腕の中で死んだ」

「そう聞いてもちっとも残念に思わないわ。それでやっと最高司令官が正気になって、軍を呼び戻したのね？」

ヴァレクが顔をこわばらせた。「正確にはそうじゃない」

「何があったの？」

ヴァレクはため息をついた。「話せば長い。かいつまんで言えば、侵攻は中止され、いつものシティアが戻ってきたということだ」彼がわたしの唇に指を押しつけた。「全員が戻ってきたら、みんなの前で詳しく話すよ。フィスク？」

そうだ、フィスクがそこにいたことを忘れていた！

「はい」

「攻撃が中止になったことを広めてくれるか？　それから、双子を城塞に連れ戻るよう、

「アーリとジェンコに頼んでくれ」

「了解」

「ありがとう」フィスクが立ち去ると、ヴァレクはまたわたしに目を戻した。「今日の午後、何か予定はある？」

「もうなくなった」わたしはヴァレクの胸に飛び込んだ。


久しぶりにふたりきりの夜を過ごした翌朝、わたしたちが朝食から戻った直後に、オノーラとゲーリックが訪ねてきた。来客用の部屋には居間があるのだが、ふたりは立ったままくつろごうとしなかった。もしかするとよくない知らせだろうか？

「イクシアに戻れと最高司令官から命じられた」オノーラが言った。

わたしは彼女を観察した。冷徹な表情を崩すまいとしているが、今にも嘔吐しそうに見えるくらい顔が青い。「謀反人扱いされることを恐れているの？」

オノーラはヴァレクを見た。

ヴァレクは首を振った。「イレーナに話す暇がなかった」

「新防衛長官に任命された」オノーラが告げる。

わたしは驚いてヴァレクを見た。

「わたしは引退した」とさらりと言う。

どうやら話し合うことが山ほどありそうだが、それは後回しだ。とにかく嬉しくて、オノーラに目を向ける。「おめでとう」

オノーラはためらっている。「ありがとう」

「吉報でしょう?」オノーラの様子にまだ躊躇が見えるので尋ねた。「あなたが望んでいた地位だわ。違うの?」

「そうだ。いや、わからない。まだ……受け止めきれなくて」

「五、六年もすれば慣れる」ヴァレクが言った。

「ありがとう」ぶっきらぼうに答える。

「ただ、忘れないでほしい――おまえはけっしてひとりじゃない。それにおまえには借りがある」

オノーラには何のことかわからないらしい。

「イレーナと赤ん坊の命を救ってくれたじゃないか。もし何か厄介事に巻き込まれて、助けが必要になったら、わたしに伝言を送ってくれ。わたしがすぐに――」

「わたしたちがすぐに助けに行くわ」わたしは言い直した。

ヴァレクが息を吸い込んだので、過保護な彼が顔をしかめてみせるのを待ったが、自分でも訂正しただけだった。「そう、われわれで助けに行く。それでもだめなら、軍団を引き連れていく」

「軍団？」ゲーリックが尋ねた。

オノーラがほっとしたように微笑んだ。顔色もよくなっている。「ヴァレクの家族や友人たちという意味だ」

「わ、わ、わたしたちの家族や友人たちよ」わたしは訂正した。「今ではあなたとゲーリックも軍団に所属しているから」

オノーラが驚いてヴァレクをまじまじと見る。「あたしたちも？」

「そうとも。馬たちは君のことをスモークガールと名づけている。ゲーリックの馬名はまだ知らないが」

「ありがとう」またにこりとしたが、今度は心の底からあふれ出た温かな笑みだった。そのあとオノーラは、役目を上手に引き継ぐにはどうすればいいかと助言を求めた。

ヴァレクはマーレンに指導を仰ぐよう提案した。「マーレンには長年の経験があるし、密偵たちも彼女を信頼している。難局を乗り切る能力があると証明できれば、みんなおまえのことも信頼する。友達になろうとするな。意見を募り、話を聞くことは大事だが、こうと決めたら二度と方針を変えないこと。迷いを見せてはならない。内心どう思っていようと、自信を持って命令を下せ」

「あなたもそうしているの？」わたしは尋ねた。

「いや、わたしは違う」

「へえ」

ヴァレクは真面目な顔になって言った。「イクシアに戻ったら、テイメル大尉をどう処分するかで、おまえがどんな長官になるのか人々に示すことになるだろう」

オノーラは身体をこわばらせた。それも当然だ。テイメルは上官という立場を利用して、若き兵士だったオノーラに性的虐待を加えていたのだ。

「最高司令官が判断するものだとばかり……」オノーラはさっと首を撫でた。

「みずから大尉を処刑するのか、公開絞首刑にするのか、あるいは……命を助けてやるのか、おまえの判断を最高司令官は待っている。どう決めようと、それがイクシア国民へのメッセージとなる」

「プレッシャーをかけないでくれ」オノーラがつぶやく。

わたしは彼女の手を握った。「あなたがこれからイクシア国民を守っていくの。それを忘れなければ大丈夫」

オノーラがわたしを抱きしめた。いや、少なくとも抱こうとはしたのだが、その腕はヴァレクほど長くなかった。わたしたちは声を出して笑い合った。

「赤ん坊を大切にね」オノーラが言った。「もし身の危険を感じたり、赤ん坊を守るために十人ぐらい用心棒が必要になったりしたら、いつでも教えて」

わたしは呻いてみせた。「赤ん坊を守るために十人もの用心棒？　やめてよ。ただでさえこの人の過保護ぶりにはうんざりしているんだから」わたしはヴァレクのほうに親指をぐいっと向けた。

オノーラはジェンコ風の澄ました笑みを浮かべた。「今さら遅すぎる」

「さあ、行って行って」わたしは彼女を部屋から追い出した。

ゲーリックは握手を交わしてからオノーラに続いた。

ふたりが立ち去ったあと、ヴァレクのほうを見た。「最高司令官がどうしたの?」

「オニキスのところに行く道すがら話すよ」

その日の午後にわたしたちは出発した。ヴァレクは議会の厩舎で馬を借り、わたしはキキに跨った。キキは赤ん坊のことを気遣って、できるだけ上下動を少なくしようとしてくれた。オニキスを置いてきた農場まで二日間かけて移動するあいだに、ヴァレクがイクシアでの出来事を話してくれた。ヴァレクを処刑し、シティア侵攻を続行しようとした最高司令官の話になったとき、わたしはヴァレクが今生き延び、こうしてここにいるという事実だけを考えた。さもないと、最高司令官をなんとかして殴ってやりたくなったはずだからだ。それもこてんぱんに。

しかしそのあと、ハーマンの樹液を与えられたと聞かされたとき、最高司令官を殴りたいという気持ちは刺し殺してやりたいに変わった。

「オニキスの鞍にわたしの血液を詰めた小瓶を隠してある。早くそれを手に入れたいと思っている自分に驚いているよ。魔力が欲しいなんて思ったこともなかったのに、いざなくなってみると……」

「よくわかる」

「そうだな。君にもまだ希望はある」

　でも、わたしたちどちらにも魔力が戻る保証はないのだ。ヴァレクは話を終え、わたしは母親の霊魂を解放してほしいという最高司令官の望みについて考えた。「能力さえ戻れば手を貸すわ。でも、そのあとで殴らないと約束はできない」

　ヴァレクは笑ったが、やがて真顔になった。「わたしの魔力が回復しても最高司令官には伝えるべきじゃない」

「どのみちいつかは伝わる。それに、最高司令官本人が今後わざわざ誰かにハーマンの樹液を使うようなことをするとは思えない」

「確かに。もちろん、彼が魔力を奪う別の方法を見つける可能性はつねにあるが」

「あるいは誰かが見つけるか。問題は次々に生まれるわ。わたしたちは粛々とそれに対処するだけ」

「わたしたち？　わたしは引退したんだ、愛しい人」

　わたしはヴァレクをまじまじと見た。「あ、あ、あなたが黙って他人に任せるものですか」

「もう任せている。オノーラがわたしの仕事を引き継いだ」

「シティアではどうなの？」

「今は手伝っているが、ティーガンやリーマ、ジーザン、ゾハヴ、フィスク、みんなが後任になろうと待ち構えている。喜んで譲るよ」

ヴァレクが傍観していられるとは思えなかったが、それは時が経てばわかるだろう。

オニキスはちゃんと待っていてくれた。ヴァレクの血液の小瓶も鞍に隠されたままだった。ふたりともほっとしたが、血液を身体に戻すのは城塞に戻ってからにすることにした。もし血管を見つけ損ねたら、ヴァレクが魔力を取り戻す唯一の機会を台無しにしてしまう。

城塞に到着すると、議事堂の診療所に直行した。驚いたことに、そして心から安堵したのだが、ヘイズ治療師が戻ってきていて、養成所が再開されるまで議事堂の診療所を手伝うという。ヘイズはヴァレクに寝台に横になるよう指示し、注射器にヴァレクの血を満たした。

「なぜ横になる必要が？」ヴァレクは尋ねた。

「意識を失うおそれがあるからね。床に頭をぶつけたいのなら別だが」

「見くびられたものだ」ヴァレクはぶつぶつ言いながらも寝台に寝そべった。

「今までに魔力を失って自分の血液を注射したことがあるのかね？」ないとわかっていながらヘイズは尋ねた。「何が起きるかわたしにもわからない」そう言って、ヴァレクの上腕にベルトを巻いた。糊で治療はしたがまだ真っ赤に腫れている傷のすぐ下のあたりだ。ヘイズが傷痕を親指でなぞると、ヴァレクは息を呑んだ。「化膿しているようだ。今治療するかね？　それともあとで？」

「あとで。もし魔力が戻ったら自分で治療できる」

「それは朗報だ。診療所ではいつも人手が足りないんだ」

「飛んで火に入る夏の虫というわけか」

「そのとおり」ヘイズはヴァレクの腕に針を刺し、血を注入した。赤い液体が血管に消えた。

わたしはヴァレクの手を握りたかったが、我慢した。赤ん坊が魔力を吸収してまずいことになるかもしれない。ただそばでおろおろするしかなかった。

ヴァレクの身体がこわばった。目を固くつぶって、手を拳に握っている。

ヘイズが尋ねた。「教えてくれ、どんな感じがする？」

「燃えるようだ」そう言って背中を海老反りにする。「熱すぎる……」青白い肌にかっと赤みが広がり、それに伴って玉の汗が浮かぶ。ヴァレクの身体がまた引き攣り、続いて頭ががくっと後ろに倒れた。

わたしは何もできずに、ただ爪が手のひらに食い込むほど手を強く握っていた。ヘイズの冷静な表情を見ても役に立たなかった。「大丈夫なんですか？」

ヘイズ治療師はヴァレクの首に触れた。「体内の毒物が清浄な血液と戦っているんだ。それで体内システムが限界に達した」

「つまり?」

「意識をなくした」

そんなことは見ればわかるので、皮肉のひとつも言ってやろうかと思ったが、結局こう尋ねた。「目覚めますか?」

「そう願うよ。待つしかない」

ヘイズ治療師の首を絞めてやりたい。なんとかあせりを抑え込み、寝台のそばに椅子を引き寄せて待った。ほかには何もできなかった。熱にうなされているかのようにヴァレクがのたうちまわるのを見守りながら、わたしは立ったり座ったりをくり返した。

時間が積み重なり、一日が二日になった。わたしは隣のベッドで眠り、できるだけ近くに寄り添ったが、けっして触れないようにした。方々の駐屯地から友人や家族が戻ってくるにつれて、見舞い客も増えた。リーフは体力回復用のお茶を煎じてくれた。

ヴァレクのベッドのまわりをうろうろしながら考える。心臓をナイフで突かれ、オーエンに捕らえられ、オノーラや最高司令官と戦い……数々の試練を乗り越えてきた彼が、自分の血液に殺されるなんてありえる? わたしは意地悪な運命の女神に大声で叫びたかった。

三日目、ヴァレクに触れてみては、とヘイズ治療師が提案した。「赤ん坊が魔力を吸い取ってくれるかもしれない。そうすれば、目覚めるだろう」

つまり魔力は失われるのだ。でも命を失うよりはまし。それでもわたしがためらうのは、あくまで仮定の話だからだ。アーリとジェンコが戻ってきたと聞いて、フィスクにジェンコをすぐに連れてきてと頼んだ。

診療所に入ってきたジェンコに、わたしはすぐさま飛びついた。「グリーンブレイドの森で実験の生き残りの人たちに会ったのよね？　ハーマンの樹液について、ヴァレクを助けるヒントになるようなこと、何か聞かなかった？」

ジェンコの動きにはいつものしなやかさがなかった。疲れきり、あちこち痛んでいるようにさえ見えた。ヴァレクのベッドの横に立ったときも、その目にいたずらっぽい輝きは見えなかった。「役に立ちたいのは山々だが、セレーヌは樹液の濃度を少しずつ薄めて、実験対象が死なないちょうどいい濃さを見つけようとしていた、ってことしかわからない。セレーヌ本人なら知っているかもしれない。セレーヌも死んだのか？」

「さあ」

ジェンコは急に元気になり、わたしの肩を揉んだ。「俺が探すよ」

「協力するとは思えないけど」

「ああ、その点は問題ない」彼の顔に険しい表情が浮かんだ。

久しぶりに希望の灯が灯った。しかし翌日ジェンコはアーリとともに戻ってきた。ふたりとも暗い表情だ。

ジェンコが言った。「残念だが、実験の生存者たちが、解放されるとすぐにセレーヌを見つけ出して殺したらしい」

あとはヘイズの提案を実行するしか手は残っていない。わたしはヴァレクのベッドの横に立ち、汗ばんだ頬を手のひらで覆った。ヴァレクは動きを止めてため息をついたが、目は覚めなかった。

「たぶん消耗しているんだ」ヘイズが言った。「もう少し待ちなさい」

わたしたちがヴァレクの回復を待つあいだ、議事堂では連日会議が行われた。一度など、《結社》を食い止める戦いに加わった者全員と、ふたりの魔術師範、それにカーヒルまでが議事堂に集まった。議事録を取る三人の書記を含めなければ、全部で二十八人。各チームが駐屯地での出来事を報告し、フィスクとわたしは城塞で起きたことを話した。それからイクシアでのヴァレクの行動をわたしが説明した。

「最高司令官は近い将来シティアを侵攻すると思う？」ムーン議員がわたしに尋ねた。

「議会が国を動かしている限り、シティア侵略に関わることも、みずから携わることもないでしょう。でも、またシティアが悪に屈服するようなことがあれば、最高司令官は行動を起こす」

「わかった。君の話では、最高司令官はまた連絡官を置くことにやぶさかではないらしいが、その役職に復帰する気はあるかね？」フェザーストーン議員が尋ねた。

わたしが？　そっとお腹に手を置いてみる。「今すぐは無理でしょう。今後数年間はほかの仕事で忙しくなるはずですから」

室内に微笑みの輪が広がったが、ヴァレクの意識がいまだに戻らない今の状況では明るい気分にはとてもなれなかった。

「よろしい。連絡官のことを、議会で話し合う議題に加えておいてくれ」

全員が報告するのに丸一日かかった。議会はもう一日使って、喫緊の問題に取り組んだ。各駐屯地の再建はカーヒルが担当することになった。魔術師範たちはすでに城塞内の瓦礫の撤去を始めていて、議会は兵士数十人を派遣してそれを手伝わせた。魔術師範たちは涼しい季節の最初の日、つまり今から二十三日後に養成所の再開をめざしている。

オパール、デヴレン、その子供たちはフルゴルにすでに帰った。ティーガンはほかの生徒たちとともに養成所に戻り、勉強を続ける予定だ。ゾハヴとジーザンも養成所に加わることがすでに決まっていた。魔術師範を一刻も早く増やさなければならないという事情があり、ふたりは急ぎティーガンと同じ師範級の訓練を受けることになっていた。一方、リーマが養成所に入るにはもう数年は待たなければならず、そう聞いて本人がふくれっ面になったことは言うまでもない。

ヘリは海岸地方に戻ったが、次の嵐の季節にはジーザンもストームダンス族の作業に協力する予定だった。新たな連絡官として、リーフに打診が行った。どの任務にも必ずマーラを同行させるという条件つきで、リーフは受け入れた。マーラは大喜びだった。幸せそうなふたりを見るとつい嫉妬してしまう。でもそういうだめな自分を一度認めてしまえば、ふたりを心からお祝いできた。

わたしは毎晩ヴァレクの横で眠った。そして、駐屯地で起きたことをひとつひとつ報告した。一度アーリとジェンコもお見舞いに来て、クリスタル駐屯地をどんなふうに襲撃したか話してくれた。それぞれが交替で自分の視点で話し、もちろんお互い途中で話を遮っては、細かい部分でそれは違う、これはこうだと言い争った。これだけ騒々しいと、さすがのヴァレクもむっくり起き上がってうるさいとどやすのではないかと思ったが、結局起きなかった。

その晩は、眠るのにちょうどいい姿勢がなかなか見つからなかった。大きく張り出したお腹のせいで、もはや仰向けにもうつ伏せにもなれない。おまけに不安ばかりが募って、あれこれつまらないことを考えてしまう。ヴァレクのいない未来なんて考えられず、いろいろ決めなければいけないのに、全部後回しにしてきたのだ。午前零時を何時間か過ぎてようやくうとうとしたとき、突然冷たい手が触れて、悪夢からびくっと跳ね起きた。悲鳴をあげ、横の黒い人影を危うく殴りそうになって、ヴァレクだと気づいた。

なんとか身体を起こして言う。「ヴァレク？」

「うん？」

ずっと押し込めていた感情が堰を切ったようにあふれ出し、わたしはヴァレクにすがりついて泣きだした。そんなわたしに彼が腕を回す。あんまり大声で泣いたものだから、ヘイズ治療師も現れた。

彼は角灯を持っていた。「何事だ？」

ヴァレクがまぶしさに目をしばたたく。

「ようやく目覚めたか。気分はどうだ？」

「空腹です」

「そうだろう。すぐに戻る」ヘイズはナイトテーブルに角灯を置いて立ち去った。

ヴァレクがわたしのほうを向いて、顎に流れる涙を親指で拭った。「ありがとう」

「どうして？　わたしはあなたの魔力を奪ったのよ」

ヴァレクは、どうでもいいと言わんばかりに首を横に振った。「君が家路を案内してくれたんだ。わたしは炎の世界で迷子になり、戻るに戻れなくなっていた」わたしの手を取り、無精髭の生えた頬に触れさせた。そしてそこに手を重ねた。「君が道を教えてくれた」

本当に炎の世界にいたの？　それとも熱にうなされて悪夢を見ていただけ？　「何日も

前のことよ」ヴァレクは眉をひそめた。「どれぐらい前?」

「一週間近く」ヴァレクは呻いた。「通算すると、暑い季節のほとんどをベッドの上で過ごしたことにに なるな」

そのときヘイズがお盆を持って部屋に入ってきた。「スープとパンを持ってきた。一度にあまり食べすぎないように」

ヴァレクはわたしから離れて身体を起こした。そのときはっと息を呑み、やがて満面の笑みを浮かべた。

「ただのチキンスープだ。そんなに興奮するほどじゃない」とヘイズ。

でもわたしにはわかった。「魔力が戻った?」

「どうやらヘイズ治療師を手伝うことになりそうだ」

数日後、ヴァレクは退院した。わたしたちは来客用の部屋に戻ったが、そのうちアレサ書店の上の部屋に移ることになるだろう。そして魔術師養成所が再開されたら、ヴァレクの能力の程度を確かめるあいだ、アイリスの塔に滞在する。アイリスによれば、ヴァレクは意識をなくしているあいだ、確かに炎の世界に行ったらしく、それは師範級の試験にほぼ相当する。とはいえ、わたしの手助けなしでは脱出できなかったことから、彼の魔力は師範ほど強力ではなさそうだった。

まもなく父も帰郷した。でも、赤ん坊が生まれたら母さんと一緒に必ず戻ると約束してくれた。来客用の部屋の居間で、父がわたしに警告した。「母さんは結婚式の相談をしたがるだろうよ」

「孫ができたら、そっちに気を取られるんじゃない？」

「相手は母さんだぞ。どんなに頑固で辛抱強いか知ってるはずだ」

ヴァレクが噴き出し、大笑いを始めたので、わたしたちはとまどって彼のほうを見た。

「ごめん」目を拭きながらヴァレクが言う。「将来まったく同じことを息子か娘に言うような気がしてならない」

「ちょっと」わたしは怒ったふりをした。

イーザウがヴァレクの背中を叩いた。「いいか、そもそもわれわれが妻と恋に落ちたのも、じつは彼女たちのそういうところに惚(ほ)れたからなんだ」

「そうですか？　わたしの場合、正装用の軍服姿を褒めそやされ、舞い上がってしまった」ヴァレクは冗談を言った。

驚いた。こんなにのびのびとした幸せそうなヴァレクを見たのは初めてだ。

その晩遅く、アーリとジェンコが立ち寄ってくれた。ヴァレクから聞いた、ふたりにはいつでも戻ってきてほしいという最高司令官の言葉はすでに伝えてあったが、ヴァレクが目覚めるまで決めたくないとふたりは言っていたのだ。

「ずいぶんのんびりしていましたね」ジェンコがヴァレクに言い、肘掛け椅子にどすんと腰を下ろすと、台に足をのせて息をついた。

アーリが首を振る。「まったく行儀がなってない」別の肘掛け椅子に腰かけ、その大柄な身体を縮めた。「ふたりとも元気そうだ」

わたしはありがとうと言いかけたが、ジェンコが手を振った。「おいおい、俺たちに前置きは必要ないぞ」

「そのとおりだ」ヴァレクがうなずいた。「別れの挨拶をしに来たんだろう？」

ジェンコがしゃんと背筋を伸ばした。「どうしてそれを？ いや、顔を見ればぴんとくるほど、付き合いが長いってことですね」そこで顔をしかめる。「だが、シティアの暮らしは俺たちには退屈すぎる」

「俺たち？」アーリが訊き返す。

「まあ、アーリは〝退屈〟って言葉を使うにはお行儀がよすぎるかもしれないが、とにかくあなたたちはここで巣作りをして落ち着くつもりだと気づいた。そこに俺たちは必要ないが、かわいい殺し屋さんには必要だ」

ふたりの決断には驚かなかった。「嬉しいわ。オノーラには茨の道が待っている。でもあなたたちがそばにいれば少しは楽になると思う」

「もちろん遊びに来るよ。おいたをしたときにどうやったら親から逃げおおせることができるか、誰かが子供に教えてやらなきゃならない」

わたしはヴァレクを見た。「うちの子とジェンコを絶対にふたりきりにしないようにしなくちゃね」

「それに、もしわれわれのことが必要になったら、すべてを投げ出して駆けつけるよ」アーリが言った。

「ただしおむつ換えはごめんだ」ジェンコが鼻をつまむ。

「念のため、もし必要なときは、われわれもいつでも協力する」ヴァレクが言った。

「ありがたいです」ジェンコが礼を言った。「わが軍団はそれぞれが好きに行動するが、わが家がどこかはちゃんとわかっている」

涼しい季節の最初の日に、魔術師養成所に生徒たちが戻ってきた。《新たな始まり(ニュー・ビギニング)》の饗宴(きょうえん)はみんなが楽しみにしている行事だ。出席するのは久しぶりだが、今年の饗宴はいつもの新学期のそれよりもっと大きな意味がある。やっと《結社》から解放された今、誰もが祝杯をあげ、おおいに楽しむことになるだろう。

饗宴に先だち、ヴァレクはアイリスの塔にあるわたしたちの部屋で鏡の前に立ち、姿を眺めていた。黒いパイピングのある銀色の絹のチュニックに黒いズボン、銀のベルトというシティアの正装が、引き締まった体形を際立たせている。ハーマンの樹液の影響から回復してから、やっと体重も筋肉も元に戻ってきていた。そしてわたしは四十キロ近くも体重が増えた。赤ん坊の分だと……思いたい。ヴァレクは細身で引き締まり、わたしは牝牛並み。

「なんだか居心地が悪いな」ヴァレクは高い襟をぐいっと引っぱった。「養成所に入る生徒としては今までで最年長なんじゃないか？　饗宴はパスできないのか？」

「だめ。楽しいわよ、きっと。心配しないで。あなたはアイリスやティーガンと訓練するんだし、新入生の授業に出る必要はないから」

「ほっとした」

食堂に入っていき、ビュッフェをめざして人ごみを縫うように進みながら、ときどき立ち止まっては人と話をした。食事が終わると、ヴァレクはわたしを舞踏会場に連れ出した。音楽が鳴り響く中、彼がわたしをくるくる回らせた。

ジーザンは生徒や教員の中にすぐに溶け込んだが、ゾハヴは壁際から離れず、誰が近づいてきても顔をしかめた。ヴァレクがなんとか言いくるめてゾハヴを舞踏会場に連れ出し、わたしはジーザンと踊った。

「ゾーのことは心配いらない」わたしの視線に気づき、ジーザンが言った。「そのうち打ち解ける。慣れるのにいつも時間がかかるんだ」そこで笑った。「それにしても、これまでの人生でいちばんぶっ飛んだ年だったな」

「あなたにとってはいろいろなことががらりと変わったものね。でも、もう友達ができたみたいね」

「海賊に捕まったと思ったら、イクシア一恐れられている男に捕らえられ、その人こそが自分の兄だと知り、さらには悪の集団を打ち負かす危険な計画に加わった。それと比べれば、何だって楽なものだよ」

思わず噴き出す。「そう言われてみると、確かに」

「でも何もかもうまくいった。僕は魔術について学ぼうとしている。義理の姉さんができて、これからおじさんになるんだ！」ジーザンはにっこり笑った。

誰が見ても、ヴァレクとよく似ているとわかる。将来そのせいで厄介事に巻き込まれなければいいけれど。シティアを救うためにあれだけ尽力してくれたヴァレクを、いまだに恐れている住民は多い。曲が終わると、ひと言言い添えた。「覚えておいて、あなたとゾハヴに何か困ったことが起きたら、わたしたちはいつでもここにいると」

「わかってる。心配しているのはひとつだけさ」

不安になって彼の腕に手を触れた。「何？」

「この数カ月に味わった興奮と比べたら、学校が退屈に思えるんじゃないかってこと」

わたしはその腕をぽんと叩いた。「兄さんそっくりね」

男の子ってやつは。

「ありがとう」

饗宴のあと、日常がゆっくりと戻ってきた。ヴァレクはアイリスとの訓練や、訓練場で生徒たちに護身術や戦闘テクニックを教えるのに毎日忙しい。わたしはベインの歴史書を読むことに時間を費やしていた。そして、お腹の赤ん坊と同じように魔力を吸収する魔術師について何か記録はないか探した。

ベッドで身体を起こし、魔術師の系譜を持つ各部族について書かれた本を読んでいたとき、急に腹部に差し込みを感じた。最初は、《白い恐怖(ホワイト・フライト)》をまた盛られたのかと思った。錆(さび)だらけのナイフで内臓をずたずたにされているような痛みで、ブラゼル将軍の地下牢で拘束されていたときの記憶が甦ってきた。でもそれは九年も前のことだ。さっきよりも強い痛みが襲ってきたとき、疑問は吹き飛んだ。すでに涼しい季節も半ばとなり、いよいよ赤ん坊が生まれようとしているのだ。そう、今。

恐怖とパニックには安堵もまじっていた。すでに、同じ姿勢でいると身体のどこかが痛くなるほどお腹が大きくなっていたからだ。わたしはのろのろとベッドから出ると、ローブを着た。ヴァレクは居間のテーブルで訓練を続け、今は目の前の小枝に集中している。

「ヴァレク」

「うん？」彼は細い枝を睨みつけている。「やっぱり火を点けるのは無理らしい。残念だ。とても便利な魔術なのに」

　また痛みがわたしを締めつけた。ヘイズ治療師に教わったとおりに深呼吸をする。イクシアの診療所のママ先生ことチャナ医師は昨日の朝到着していたが、出産はもう一週間先だと診断していた。ようやく話せるようになると、もう一度呼んだ。「ヴァレク」

　声の緊張に気づいたらしく、ヴァレクがすぐに飛んできた。「いよいよか？」相変わらず冷静だ。さすが。

「ええ」


「もうすぐよ、イレーナ。もう一度いきんで。あなたならできる」ママ先生が言った。

彼女とヘイズ治療師が交替でわたしを励まし、わたしは収縮がしだいに頻繁に、強烈になる中、ヴァレクの手を握りしめていた。

「そうよ、呼吸して」

　わたしは指示に反して唸った。何時間経ったのかわからなかったが、とにかくこれだけ長いあいだ頑張ってきたのだ、唸る権利ぐらいあるはず。

「もう一度いきめば肩が出る」先生が言った。「あとは楽なものよ」

そして、本当にそのとおりだった。

「女の子よ」先生はべたべたしたものに覆われた、うごめく小さな生き物を持ち上げた。

ほっとしたのと同時に熱い喜びが疲れた身体に広がった。ヴァレクが臍の緒を切ると、わたしは寝台にどさりと横たわった。全身汗まみれだったし、あちこち痛む。でも赤ん坊の泣き声を聞いたとたん、辛さは全部吹き飛んだ。急に不安になって首を持ち上げる。何かあったの？

「落ち着いて、お母さん」ヘイズはにっこり笑った。「元気な赤ちゃんだ。三千五百グラム以上ある。名前は？」

「リアナ・ザルタナ・アイスファレン」ヴァレクが言い、わたしの額にキスをした。

目が合い、彼の瞳が涙で濡れているのがわかる。〝髪がこんなに乱れていても、やはりイレーナはきれいだ〟

ちょっと待って。わたしは目をぱちくりさせた。

「どうした？」ヴァレクが尋ねる。

「少しだけ時間をちょうだい」魔力の毛布に意識を伸ばして集中すると、すがすがしいそよ風のように魔力が流れ込んできた。感覚が目覚め、周囲の世界が活気づく。人生最良の日がもっとすてきな日になった。訝しげにこちらを見ているヴァレクと目を合わせ、気持ちを投げてみる。たちまち硬い防御壁にごつんとぶつかった。彼の魔力は強力だというアイリスの言葉は冗談でも何でもなかった。

ヴァレクが驚いて背筋を正し、やがてにっこりした。壁が消えた。

〝こんにちは、すてきな旦那さま〟わたしは気持ちを伝えた。

〝おかえり、愛しい人〟

わたしも微笑んだ。体力はあまり残っていなかったが、もう少し意識を先に飛ばし、別の魂を探す。

〝キキ？〟

〝ラベンダーレディ、子供生まれた〟わたしたちはお互いの存在を認め合った。〝よくなった？〟

〝ええ、またあなたの声が聞こえるようになったわ！〟

キキは、そんなこと最初からわかっていたと言わんばかりに鼻を鳴らした。〝子供、連れてきて〟

〝すぐに行く〟

〝一緒に、リンゴ〟

籠一杯に持っていくと約束した。

ヘイズ治療師がリアナの身体をきれいに拭いてタオルで包み、丸いピンク色の顔だけが見えるようにしてこちらに渡した。まつげは黒くて長く、瞳は青緑、髪は黒々としている。

長さがあるのでわずかにカールしているのがわかる。リアナはつかのまわたしを見て、それからヴァレクにちらりと目を向けると、たちまち眠りに落ちた。

「しばらく家族だけにしよう」ヘイズが言った。「赤ん坊がぐずり始めたらお腹が空いたということだ。もしうまく吸いつけないようなら、手伝いに戻るよ」

吸いつくなんてなんだか痛そうだけれど、大丈夫というようにうなずいた。そして、しばらくは娘に見とれていた。ふたりともひと目惚れだった。

ヴァレクが娘の頬に触れる。「すごく柔らかい」声に驚きがあふれている。そのときヴァレクが眉をひそめた。「それに、わたしの魔力を遮っている」と言って手を引っ込めた。

「君のも遮ってるのか？」

わたしは意識を集中させた。「いいえ」次に親指で顎に触れてみた。肌は柔らかいが、とたんに魔力の毛布との繋がりが切断された。「でも触れると切れる」

「魔力を吸引する力はどうなったんだろう？」

わたしもそれを考えた。「お腹の中にいるときは直接触れているわけではなかったから、魔力を吸収されているように思えたのかも。実際は、遮断がうまくいっていなかっただけなのに。ほら、石を積んでダムを作っても、水が漏れることがあるでしょう？」

「可能性はある」

わたしは娘の額に指を置いた。「魔力で話しかけてみて」

ヴァレクがわたしを見つめたが、心に声が聞こえてこない。「今はわたしの魔力を引っぱっている」

リアナは周囲の魔力など知らん顔で眠っている。

「あなたが魔力を使い、でもわたしたちにそれを向けなかったらどうなるかな？」

ヴァレクはドアのほうを見た。「ヘイズ治療師とチャナ医師は彼の執務室で祝杯をあげている」ヴァレクが笑った。「チャナ医師がシティアに引っ越してくればいいのにと、治療師は考えている」

「リアナに魔術がかからないなら、それはそれでいいかも」

「魔力耐性があるんだろうか」ヴァレクが心配そうに尋ねた。

いい質問だ。「わたしたちのまわりに零の盾を作れる？」

「それは難しいかもしれない」ヴァレクは部屋を見回した。「あの赤ん坊用の寝台のまわりに作ろう。もしリアナに魔力耐性があるなら、そこに寝かせようと思っても寝かせられないはずだ」

娘を守りたいという強烈な衝動が湧き上がり、思わず抱き寄せる。「痛い思いはさせたくない」

ヴァレクの表情が緩んだ。「それはわたしも同じだ。でも、この子が零の盾で身動きできなくなるかどうか、親として知っておかなければ」

そのとおりだ。ヴァレクはベッドを部屋の隅に移動させ、しばらくして戻ってきた。赤ん坊をわたしの腕から抱き上げ、壊れ物か何かのようにこわごわ抱いている。「意外と重いな。君が——」

「言葉に気をつけて」

「——辛かったのもうなずける」

ヴァレクは、貴重な宝石でも抱いているかのように、しばらく娘に見入っていた。そうして、しばらく経ってから赤ん坊用ベッドに近づいた。ゆっくり慎重にリアナを小さなマットレスに下ろす。わたしは息を詰めた。

ヴァレクが身体を起こしたとき、腕の中は空っぽだった。「零の盾をぽんと破ったよ。目覚めもしなかった」と言ってにっこりする。

つまり娘は《無(ヴォイド)》なの？　霊魂を持たず、空に行っても安らぎを得られないということ？　わたしは娘の中に意識を伸ばしたが、即座に拒絶された。でも、霊魂が存在する証拠である命の輝きが感じられた。ほっとして横たわった。娘が何であってもいいじゃない。健康で幸せに暮らし、危険な目に遭わずに済むならば。もっと大きくなったら、能力の強さを確かめればいい。

ヴァレクはわたしの寝台の横に赤ちゃん用のベッドを転がしてくると、ブーツを脱ぎ捨てて横に滑り込んできた。そして強く抱き寄せた。わたしも身を寄せ、彼の心音を聞きながら、香りを嗅いだ。

ここまでいくつもの危険をくぐり抜け、今こんなふうにふたりでゆっくり過ごせることが、奇跡のようだった。安らぎを思う存分味わう。リアナが生まれたとみんなが知ったら、お客が引きも切らないとわかっていた。

うとうとし始めたとき、ヴァレクが言った。「なかなか約束を果たせず悪かった」

わたしは目を開けた。「何の約束？」

「一緒になろうという約束」

「出産を終えたばかりで、まだまともに頭が働かないけど、間違いなくこの九年間、わたしたちはずっと一緒だったわ」

「いや、違う。わたしたちは別々に暮らしていた。わたしは最高司令官のもとで働き、君は連絡官だった。長くて二週間一緒にいられれば運がいいほうだった。ふたりで過ごした日数を足しても、二年にも満たないよ」

確かにそのとおりだ。「でも今は？」

彼の腕に力がこもった。「本当に一緒になれた。身も心も霊魂も」

リアナがしゃっくりして泣きだした。

「そして赤ん坊も」

「いや、赤ん坊たちだ」ヴァレクは訂正した。「リアナにはきょうだいが必要だよ」

エピローグ　ヴァレク

ヴァレクは、イレーナが抱っこ紐にリアナを入れて腹部に固定し、それからキキに跨るのを見守った。イレーナのコウモリが飛んできて、頭巾の縁に逆さまにしがみついた。旅に同行する準備完了だ。コウモリはリアナが生まれてわずか数時間後に姿を見せ、イレーナを喜ばせた。赤ん坊を身ごもって以来、見かけなくなっていたのだ。

ヴァレクは抱っこ紐のベルト部分を確かめ、弱くなっていたりほつれたりしている場所はないか確認した。「寒くないか」とイレーナに尋ねる。暖かい季節になってはいたが、輝かしい朝日に反して空気は澄んでいる。それにリアナはまだ生後五カ月なのだ。

「大丈夫よ」

「本当に馬に乗るのか？　馬車を借りてくることもできるが」

キキとイレーナがヴァレクをじっと見た。魔力を使わなくてもふたりが何を考えているかわかったが、こちらは当然のことを尋ねただけだ。

「わかったよ」ヴァレクはオニキスの鞍嚢を確かめた。「荷物に詰め忘れは――」

「ヴァレク、さっさとオニキスに跨らないと置いてくわよ」イレーナが我慢の限界とばかりに言ったが、ふいに柔らかい口調になった。「悪いのはわたしね。あなたを甘やかしすぎた」

とまどって尋ねる。「どういう意味？」

「この五カ月、あなたは思いどおりの暮らしをしてきた。あなたが魔術の勉強をするあいだ、リアナとわたしは市場や議事堂にときどき行くのがせいぜいで、あとはずっとアイリスの塔に閉じこもっていた。あなた、訓練不足よ」

「訓練？」

「そう。そのあいだあなたは、過保護になりすぎない努力をまるでしてこなかった」

「そういうわけじゃ……」いや、確かに一理ある。「悪かった」ヴァレクは鞍嚢の蓋をしっかり閉じると、急いで鞍に跨った。

オニキスは並足で出発し、キキに続いて養成所の表玄関に向かった。衛兵たちは手を振ってヴァレクたちを通した。二頭の馬は人で混雑する城塞の通りを進んでいく。それぞれの仕事に急ぐ助っ人組合のメンバーたちがふたりに手を振った。フィスクは助っ人組合を再建し、今ではシティア議会にも協力している。シティアの統治権を回復した議会は、国の危機管理がまるで不充分だったことを思い知り、警備手順を作り直し実践するためフィスクを雇った。そしてフィスクはフィスクで、ヴァレクを首席顧問官として雇ったのだ。

ヴァレクは若者との作業を楽しみ、それが腕を落とさない役にも立った。最初の任務はギャング団を根こそぎ捕らえることだった。フィスクが喜々として任務にあたったことは言うまでもない。

ヴァレクとイレーナは北門から城塞を出た。「このペースで行ったほうがよくないか？」ヴァレクは尋ねた。「速足や襲歩では揺れすぎてリアナには辛いかもしれない」

どうかしてると言いたげな表情で、イレーナがこちらを見た。それからふいに表情をやわらげた。「どうしてそんなに緊張しているの？　初対面なのはわ、た、し、の、ほ、う、なのに」

問題はそこではない。「わからない」そう、それこそが問題なのだ。何が起きるか予想もつかない。前回両親と会ったときには、三人の弟妹がいると知って面食らうことになった。内側で感情が嵐のように吹き荒れる中、三人の兄たちの墓石の前に立ち、ようやく彼らの死を受け入れることができたのだ。おかげで魔力耐性が消え、魔力を使う能力が解放された。さて、今回はいったい何が待っているのか？

「そういえば、ご両親がシティアに越してくる前、アーリとジェンコと何日か過ごしたそうね。あのジェンコがあなたについてどんな話を聞かせたやら」イレーナがにやりとした。

「わ、れ、わ、れ、についてだろう？　ジェンコは同じくらい君の秘密も知っている」

「ああ」

「ほら、もう笑っていられないだろう？」

「やっぱり並足で行こう。こんなにすてきな朝だもの」

キキが尻尾をさっと振ると、滑らかに襲歩を始めた。もう仕方がない。このペースで行けば、両親の新しい皮なめし工房に午後には到着するだろう。両親は子供たちの近くにいたくて、まずは訪問するという過程をすっ飛ばし、いきなりシティアに引っ越すことに決めたのだ。オウルズヒルのすぐ郊外にあるこぢんまりとした敷地をヴァレクが買った。寝室が四部屋ある母屋、倉庫、父の作業用に充分な大きさの建物。最高司令官は移住を認めたが、仕事道具、家具、木箱何十箱分もの持ち物を移動させるのに数カ月かかった。何しろ両親はイクシアのあの家に四十五年以上暮らしてきたのだ。

ヴァレクにも引っ越しの大変さはよくわかった。リアナが生まれるとすぐ、最高司令官がヴァレクの所有物を、彫刻道具に至るまですべてこちらに送りつけてきたのだ。その箱でアイリスの塔の二階分が埋まってしまった。魔術訓練が終了したらすぐ、シティア北部のどこかに家を買うつもりでいた。静かで人目のつかないところならどこでもいい。最高司令官が退職金を弾んでくれたので、郵便物の届け先として、また、町で仕事をしなければならないときの滞在用として、アレサ書店の二階の部屋を借りておくこともできる。それに議会は、養成所でのヴァレクの訓練が終われば、《霊魂の探しびと》の仕事を再開するイレーナに給金を支払う予定だった。

両親の皮なめし工房はオウルズヒルの北西にある。幹線道路から分かれた小道は、新芽の青々とした木々を縫って続き、やがて敷地を囲む白い杭垣（くいがき）にたどりついた。大きな母屋が堂々と構えている。ヴァレクの母親は寝室が少なくとも四部屋は欲しいと言い張った。それだけあれば、大勢の子供や孫たちを迎えられるからだ。

　キキがその杭垣をひらりと跳び越えると、ヴァレクの耳に笑い声が届いた。オニキスも垣根を跳んでキキに合流する。するとイレーナがこちらに微笑んだ。「リアナはジャンプが好きなの」

　確かに、抱っこ紐から顔をのぞかせている娘はにこにこしていて、青緑色の瞳は喜びで輝いている。なるほど。これまでのところ、リアナはいるだけでみんなを幸せにし、よく眠り、よく笑った。だが、成長すればそれも変わるだろう。はたしてリアナは魔力を操るようになるのか、それとも魔力耐性を持つのか。時間が経てば答えが出るだろう。

　ふたりは母屋の玄関前で足を止めた。ヴァレクが先に馬から降り、イレーナが降りるのを手伝った。網戸がきしむ音ではっとした。イレーナが彼の腕をぎゅっとつかむ。大きく息を吸い込んで両親と顔を合わせた。

　父が温かい笑みを浮かべて近づいてきた。一方、母はどっちつかずの表情でその場に立っている。ふたりはまだイクシアの制服姿だった。

「そろそろ現れると思ってたんだ」父カレンがヴァレクの背中を叩いた。「双子は二週間前からここにいる。そしてあなたがイレーナだね。やっと会えて嬉しいよ」と言って両手でイレーナの手を握った。「ヴァレクから美人だと聞いていたが、誇張ではなかったな。ああ、いたいた。抱っこしてもいいかね？」

「もちろんです」イレーナは抱っこ紐を解いて赤ん坊を出し、カレンに渡した。

腕に抱いたリアナを眺めるカレンの顔が驚きと喜びで輝いた。リアナのほうも興味津々の面持ちで相手を見つめている。皺の寄ったカレンの肌から長年の悲しみが溶け出して消え、茶色い瞳がきらきら光りだした。

「なんてきれいな子なんだ。オルヤ、来てごらん。この子はおまえの母さんに似てるぞ」

そこで声を小さくする。「今だけにしておいてほしいものだがな」

「聞こえてるわよ、カレン」母親のオルヤが言い、こちらに近づいてきた。ヴァレクにうなずき、イレーナにこんにちはと挨拶する。ところが、その控えめな態度は孫娘を目にしたとたんがらりと変わった。「ほんとにかわいい」オルヤは夫の腕から赤ん坊を毟り取った。

「おい」カレンは抗議したが、弱々しい。

「こんにちは、おちびちゃん！」オルヤは目を丸くし、リアナに指を握らせた。

カレンはあたりを手で示した。「日差しが強すぎる。家の中に入ろう」

「入っていてくれ」ヴァレクはイレーナに言った。「馬の世話はわたしがやっておく」

イレーナが〝まさかわたしをひとりにする気？〟という目でこちらを見た。思わず笑いを押し殺す。

「その必要はない」カレンが言った。「ゼブロン！」

ヴァレクの弟が皮なめし工房から出てきて、近づいてきた。飾り気のない茶色いズボンとクリーム色のチュニックを着ている。黒髪をふわふわと上下させながら、茶色い瞳がこちらを注意深く観察している。母親と同じよそよそしさでイレーナとヴァレクに挨拶したが、リアナに気づいたとたんにっこり笑った。

「ゼブ、馬の世話はできるな？」カレンが尋ねた。

「うーん」ゼブは自信なさそうに馬たちを見た。

「双子が教えたようにブラシをかけてから餌をやればいいんだ。そのあと中に入れ」カレンが告げた。

「わかったよ」

ヴァレクはゼブの心の表面をさっと撫でた。二十一歳の彼はゾハヴとジーザンが馬の世話をするのをただ漫然と見ていただけで、何をすればいいのかちっともわかっていなかった。ヴァレクがイレーナを見ると、彼女はうなずいた。

〝急いでね〟と心で訴える。

「すぐに合流します」ヴァレクは父親に言った。「わたしが手伝ったほうが早く終わる」

彼らは家に向かい、途中でカレンがイレーナに尋ねた。「ここではいつもこんなに暑いのかね？　焼け焦げそうだ」

「いいえ」

「ああよかった！」

「もっと暑くなっていきますよ」

カレンは呻いた。シティアの服を勧められるほどイレーナはまだうちとけていないので、自分があとで話をしようとヴァレクは思った。一方、こちらではゼブに鞍や馬具のはずし方を教え、それから毛漉き櫛を渡して、どうやって使うか手本を見せた。ゼブはキキにブラシをかけた。ふたりは気持ちのいい沈黙の中、しばらく作業を続けた。

「ここに来てまだ間がないが、シティアのことをどう思う？」ヴァレクが尋ねた。

「まあまあだね。乗馬を覚えなきゃならないみたいだな。シティアではみんなそうやって出歩くんだろう？」

「みんながみんなそうじゃない。歩いて移動することもできる。町と町のあいだには旅小屋がある」ゼブはそんな答えを期待しているわけじゃないとヴァレクは気づいた。「とはいえ、馬に乗ったほうがもちろん速い。特にオウルズヒルより遠くに行こうと思えば」

「オウルズヒルなんて何にもない町だ」

なるほど。「わたしが乗馬を教えようか？」

ゼブはためらっている。「双子にも教えたの？」

「シティアに移動するとき、ジーザンには基礎を教えたが、今ふたりは魔術師養成所でもっと幅広い乗馬術を習っている」ほかにも戦闘技術や護身術などさまざまな事柄と一緒に。自分の職業に必要でもない限り、イクシアの学校では教えないことばかりだ。ゼブロンには魔力がないため、こうした上級教育は受けられない。しかもすでに二十歳になっているため、年齢的にシティアの普通学校にも通えない。

「ここに残って父さんと一緒に仕事をするつもりなのか?」ヴァレクは尋ねた。

その質問に驚いたのだとしても、ゼブは表に出さなかった。「わからない。以前はそうするしかないと思ってた。イクシアではほかに選択肢がないから。でも今は……」

「選択肢がありすぎる」

ゼブロンは笑った。「うん」

「何がしたい?」

ゼブロンは肩をすくめたが、やがて言った。「手仕事が好きなんだ」

それは出発点になる。ふたりで馬の毛を梳き、餌と水を与えながら、ヴァレクは山ほど質問をした。作業を終えるころにはゼブロンの興味の範囲がだいぶつかめた。そこには軍隊や警備隊、密偵は含まれていない。そして基本的には家業も。

「ガラス工芸はどうだろう?」服にくっついた馬の毛を払い、手の汚れを洗い流しながら尋ねた。「フルゴルでガラス工房を営んでいる友人がいて、見習いを受け入れてくれると思うんだ」

ゼブは関心がありそうだった。「面白そうだ。フルゴルはオウルズヒルと似てる？」

「いや、はるかに規模が大きい。ここから馬で西に四日の距離だ」

「やってみたいな。ありがとう」

母屋に入ると中のほうが涼しく感じた。数週間前に引っ越してきたばかりなのに、箱はすべて開けられていて、見覚えのある家具や子供のころから知っている装飾品が見覚えのない部屋を埋め、なんとなくとまどいを覚える。家の奥のほうから声が聞こえ、ヴァレクはゼブに続いて居間に入った。

「……暑い季節の最初の日に魔術師養成所で開く計画なんです」イレーナが言った。「もちろんみなさんもご招待します」

「招待って、何に？」ゼブロンが尋ね、ソファに座る母の横に腰を下ろした。

リアナは今もオルヤの膝の上にいて、お気に入りの馬の形をした黄色いガラガラを舐めている。娘の誕生祝いということだけであんなにたくさんプレゼントが贈られてきたことに、ヴァレクとしても驚いた。ジェンコは、彼いわく「赤ん坊用初めての開錠道具」を持ってきた。最高司令官が贈ってきたのは、なんとリアナの拳大のピンクダイヤモンドだ。

全員くつろいでいる様子なのに、ぎこちない空気が漂っている。イレーナは肘掛け椅子に座り、横にあるテーブルにはお茶がのっている。カレンは別の椅子に座っていた。

「わたしたちの結婚式のこと」イレーナが言った。

ヴァレクは笑みを噛み殺した。イレーナの母親は結婚式の計画が実行に移されない限り、養成所から頑として動かないと宣言した。そうして、一カ月にわたって悩まされ続けたすえ、一日でも早く母親を養成所から出ていかせるためなら、イレーナは何でも賛成する気になっていたのだろう。披露宴の開催日が、養成所の生徒たちがいなくなったあとに決まったのもそれが理由だ。母パールの招待客リストはあまりにも膨大すぎて、生徒の宿舎にも招待客を泊めないことにはたちゆかないのだ。

「とうに結婚したんだと思っていたけどね」オルヤが言った。膝の上でジャンプさせると、リアナがキャッキャッと喜んだ。

「イクシアではね」ヴァレクが言った。「でもシティアではルールが違うんです」

「みんな、パーティをするためならどんな口実にでも飛びつくんですよ」イレーナが冗談めかして言った。

オルヤはそれを聞いて顔をしかめた。母がシティアの生活様式に慣れるにはかなり時間がかかりそうだ。

「暑い季節だって?」カレンが額を拭った。「もちろんうかがうつもりだが、途中で溶けてしまわないと確約はできない」

「ストームダンス族もふたり招待してるから、雲で日光を遮り、涼風が吹くようにしてもらいますよ」ヴァレクが言った。「彼らはジーザンと同じ力を持っているんです」

魔力について触れたとたん、あたりの空気が張りつめた。ああ、まずい。

カレンが咳払いをした。「ジーザンの話では、シティア議会で働いているそうだな。どんな仕事をしているんだ？」何気ない調子で尋ねたが、肩が緊張しているのを見れば、内心は逆だとわかる。

「警備部門を手伝っています。《結社》に国を乗っ取られる前の保安体制はあまり効果的とは言えなかった」

「議員の警護とか？」

わざわざ心を読まなくても、父が本当は何が訊きたいのかがわかった。「いえ、むしろ警備手順を作ったり、信頼できる衛兵を任命したり、訓練を手伝ったり、そういうことです」顔をしかめている母のほうを見る。「人を暗殺するようなことはしません」仲間が攻撃されたりしない限り。

「それはそうだろう」父の返答は早すぎた。「こんなにすばらしい妻と娘がいるんだ、すべては過去の話になったはずだ」

みごとな挽回(ばんかい)だ。

カレンがふいに立ち上がった。「皮なめし工房を案内しようか、イレーナ？」

イレーナがリアナを見てためらう。

「ああ、あの子なら大丈夫。オルヤは七人の子供を育てたんだ」

「そうですね。ご親切にありがとうございます」

ヴァレクはイレーナとともに父に続いた。皮なめし工房に並ぶ道具は記憶どおりだった。染料の匂いや乾燥棚に広げられた皮が子供時代の記憶を呼び覚ます。兄たちと一緒にありとあらゆる言い訳を編み出しては、仕事をさぼったものだった。

カレンはふたりを外に導いた。工房の裏の草地に、土の山が三つある。墓石にそれぞれにヴァレクの兄たちの名前が彫られている。ヴィンセント、ヴィリアム、ヴィクトル。ふいにヴァレクの手を握るイレーナの手に力がこもった。心配になってそちらに目を向けると、イレーナは首を振った。〝あとで〟

「この子たちも一緒に連れてきたことを知らせておきたかった」カレンが言った。「あとに残していくなんて、とても耐えられなかった」

「ありがとう」こみ上げてきた感情を呑み下す。「でもムーチは置いてきたんですね」

カレンは笑った。「ああ。双子はかんかんだったが、あのダメ犬を掘り返す気にはなれなかった」

彼らは家に戻り、その日の午後はぎこちない会話をして過ごした。ここでの仕事を手伝える、信頼のおける人を二、三人雇うこともできるとヴァレクは話した。

「こっちの皮なめし工房はイクシアに比べて小さい」父が言った。「ゼブとわたしでなんとかなるよ」

ヴァレクはゼブロンに目を向けたが、弟は唇をぎゅっと結んで、今はガラス工房で修行する話をするタイミングではないと伝えてきた。「彼らなら仕事以外のことでも役に立ちます。地元の習慣についてアドバイスをくれたり、騙されたり利用されたりしないように気をつけたり、特殊な買い物をする場所を教えてくれたりもします。たとえばこの暑さでも息がつけるような生地とか。その毛織の制服はシティアの暑さにはふさわしくない」

「考えてみるよ――」父が話し始めた。

「それはすてき」夫に問答無用と言い渡す口調でオルヤが言った。

驚いた。母がこんなにすんなり受け入れるとは思っていなかったのだ。ヴァレクは気持ちを表情に出さないよう努めた。「明日城塞に戻る前にオウルズヒルで調べてみます」

「ありがとう」母は眠そうなリアナを抱いて立ち上がった。「赤ちゃんは昼寝の時間だわ。わたしも夕食の準備をしないと」

「お手伝いしましょうか？」イレーナが声をかけた。

「お願い」オルヤはリアナをヴァレクに渡した。「赤ん坊のとき、あなたもこんなふうにとてもまつげが長かったの。兄さんたちのお下がりを着ていたというのに、誰もが女の子だと思ったものよ」そう言ってから台所に入っていった。

イレーナがにやりと笑ってから母に続く。

〝絶対にジェンコには言うなよ〟ヴァレクは心の中でつぶやいた。

〝ごめん、聞こえなかった。料理の準備が忙しくて〟

ゼブロンと父は次になめす皮の確認をしに出ていったが、ヴァレクはソファに座り、眠っているリアナをただ抱いていた。ベビーパウダーの清潔な匂いを嗅ぎながら娘を見つめる。今は娘が本当に大切に思えた。何があっても守りたいという圧倒的な思いが全身を駆け巡り、娘が成長するにつけ、これでは身が持たないと思う。歩き、走り、階段を上り、大きなベッドで眠り、馬に乗るようになることを考えると、それだけで心配でたまらなくなる。永遠に赤ん坊でいてくれればいいのに。だが、だとすると、永遠に汚れたおむつを替え続けなければならないのだ。やっぱり娘はなるべく怪我をせずに、そういう節目節目を迎えてくれるものと信じよう。

その晩夕食後、母が客間に案内してくれた。「ゼブが荷物を中に運び入れて、角灯をつけておいてくれたよ」母はドアの外に立った。「父さんがベビーベッドを組み立てたから、つぶれたりしないか確認したほうがいい」

「聞こえてるぞ」カレンが下の廊下から声をかけてきた。「脚が折れてもわしのせいじゃない。どのみち、ひとつのベッドに入れるには双子は大きすぎたんだ」

母がかすかに微笑んだ。「必要なものがあったら、声をかけとくれ」

「ありがとうございます」イレーナが言った。

オルヤはうなずき、自分の寝室に退いた。

イレーナとともに中に入ったヴァレクは、その場で動けなくなった。

「どうしたの？」イレーナが尋ねる。

「あれは……」洋服簞笥に近づいて開ける。中の傷跡は一見すると適当につけられたもののように見えるが、よくよく観察すると、子供のころのヴァレクが兄たちをこっそりスパイして、暗号を彫りつけたものだった。ショックだった。部屋を見回すと、ヴィンセントが学校で描いた下手くそな船の絵が壁にかかり、ヴァレクが彫刻した木の玩具が棚に並んでいる。どれもすっかり忘れていた。

ただしそこにある大きなベッドのことはよく覚えていた。何も変わっていない。「ここはわたしの部屋だ。ヴィンセントと一緒に使っていた」家具やヴィンセントの絵を両親が取っておいたのは当然だが、自分が作った玩具や洋服簞笥の傷までそのままにしてあったとは思ってもみなかった。

イレーナはベビーベッドを片手で揺すってみてから、リアナを寝かせた。赤ん坊は眠ったまま ため息をついた。イレーナがヴァレクの手を取った。「おふたりはずっとあなたを愛していたのよ」

ヴァレクは首を振った。「わたしはもうあのころの少年じゃない。それに母は、今もわたしを恐れている」

「恐れてはいても、彼女の霊魂はあなたという人を知っている」イレーナが手をヴァレクの心臓に押しつけた。「今のあなたを知っている。そしてあなたを愛しているわ。先入観はそう簡単には消えないかもしれないけれど、時間が経てばきっと受け入れてくれる。そうすれば、わたしが毎日見ているものがお母さんにも見えてくる」

ヴァレクはイレーナを抱き寄せた。「君には何が見える?」

「愛する者を守るためなら何も恐れない、愛すべき夫であり父親よ。愛されてしかるべき人」

気持ちを言葉にできず、ありったけの愛をこめて妻に口づけする。身体を離したとき、イレーナがこちらを見ていた。〝そのときが来たわ〟

〝そのとき?〟

〝お兄さんたちにさよならを言うときが来たの〟

ヴァレクは動きを止めた。室内の色という色が消え、灰色の濃淡で埋め尽くされた。

〝ここは——〟

〝影の世界よ〟イレーナはヴァレクの指に指を絡ませた。〝見て〟

部屋に三人の兄たちが立っていた。とても若く、どこにも傷ひとつない。こちらに向かってにこりとしたが、ヴァレクはとても笑い返せなかった。ぞっとして、イレーナのほうを見る。空で安らかに暮らす場所を見つけられないまま、三人はこの三十二年間ずっと影の世界から出られずにいたのだ。

〝違う〟イレーナが彼の胸を軽く叩いた。〝彼らはこの三十二年間、あなたと一緒にいたのよ〟

〝でも……君にも見えなかったのか？〟

〝あなたの内側に閉じ込められていたの。心配しないで、彼らにそのあいだの記憶はない。お兄さんたちによると、殺されたことは覚えているけれど、次に目覚めたときには、影の世界の自分たちの墓石の横に立っていたらしいわ。はるかに年を取ったあなたがヴィンセントの墓石の前でひざまずいているのを見て、とまどったそうよ〟

〝魔力が戻ってからずっと兄たちが見えていたのか？　話もしていたんだな？〟裏切られたという思いでいっぱいだった。なぜ教えてくれなかったんだ？

〝まさか。今日の午後にお兄さんたちのお墓を見たとき、初めて姿が見えたのよ。彼らはあなたが帰ってくるのを待っていたの。あなたのご両親はここに引っ越してきたときにさよならを告げた。今度はあなたの番〟

イクシアで魔力耐性を失って魔力を得たときに、兄たちの死を受け入れられたのだとばかり思っていた。ヴァレクはイレーナを見た。〝兄たちと話はできる？〟

〝わたしを通してなら〟イレーナがヴァレクの手をぎゅっと握った。〝どうぞ〟

ヴァレクは兄たちのほうを向いた。〝ごめんよ〟

〝何を謝ることがある？〟ヴィンセントが尋ねた。〝世界一の美人と結婚したことか？　そりゃあ、もし俺が生きていれば、彼女はおまえなど見向きもしなかっただろうさ〟

〝違う。こうしてのうのうと生きていることだ。兄さんたちは……〟兄たちが雪の中で横たわっているぞっとするような光景が目の前に現れた。

〝やめろ〟ヴィクトルが言った。〝俺を見るんだ〟ヴァレクはヴィクトルをじっと見つめた。最年長のヴィクトルは責任感が強く、人を落ち着かせる懐の広さがあった。〝おまえが殺されずに済んで、俺たちは心底ほっとしたんだ〟

母が彼を隠したとき、ヴァレクの肩に爪が食い込んだ激しい痛みが甦る。〝でも本当なら僕も――〟

〝何だ？　殺されてしかるべきだった？〟ヴィンセントが問い返す。〝おいおいちびすけ、そういうくだらないわだかまりはとっくに乗り越えたものと思ってたぞ〟

〝僕もだよ〟なのに兄たちと再会したとたん、あの罪悪感がまた舞い戻ってきたのだ。

〝きれいな奥さんとかわいい娘さんは、おまえがこうして元気に呼吸していることを心から喜んでいると思うぞ〟ヴィリアムが言った。ヴィクトルより二分間遅く生まれただけだが、性格は正反対だ。でも、確かにそのとおりだった。そして、イレーナもうなずいているのがわかった。

ヴィクトルは三人を身ぶりで示した。〝思い出すときは今の僕らの姿で頼む。流血沙汰はなしだ〟

〝そのほうがいい。僕は血を見ると気絶しちまうからな〟とヴィリアム。

双子の兄が顔をしかめた。そのしぐさを見て、アーリとジェンコを思い出す。考えてみれば、ふたりは兄たちにとてもよく似ている。どうして今まで気づかなかったんだろう？するとまたイレーナがうなずくのがわかった。

〝おまえに過去は変えられないし、それは俺たちも同じだ〟ヴィクトルが言った。〝俺たちには、天で静かに暮らす心の準備ができている。おまえはどうだ？　さよならを言う覚悟はできたか？〟

〝僕は……〟本当はもっと時間が欲しかったが、イクシアでは彼らを見送ることができたのだ。前回も耐えられたのだから、今回のさよならもきっと耐えられる。〝ああ、できてる〟

三人は同時ににっこりした。

〝ヴァレク、俺たちの分も生きてくれ〟ヴィンセントが言った。

〝必ず〟

三人は消えてしまった。世界に色が戻った。それまでよりはるかに鮮やかだ。そしてイレーナが身を寄せてきた。

ふたりで抱き合ったまま眠りにつき、数時間後、お腹が空いたというリアナの泣き声で目覚めた。ヴァレクがベッドを出て、お乳を与えるためイレーナのもとに赤ん坊を連れてきた。リアナの泣き声で家族が起こされていなければいいのだが。心の防御壁を下ろして確認する。父と弟はぐっすり眠っているが、母はこんな深夜にもかかわらず台所でお茶を飲んでいる。

〝どうしたの？〟イレーナが尋ねた。

〝母が一階にいる。話をしなければ……〟

〝そうね。するべきよ〟

さすがだ。イレーナの《霊魂の探しびと》の能力は、しばらく使われていなかったにもかかわらず、ちっとも錆(さ)びついていないらしい。

〝聞こえてるわよ〟とイレーナ。

〝聞こえるように言ったんだ〟

〝ああそう。行ってきて。わたしたちは大丈夫〟

ヴァレクはそっと階段を下りたが、台所にたどりつこうというところでわざと小さく音をたてた。母を怖がらせたくなかったのだ。ヴァレクが部屋に入ると、母がこちらを向いた。母は身体を一瞬こわばらせたが、やがてカップを握る手の力が緩んだのがわかった。

ヴァレクは母親の反応を見て見ぬふりをした。「リアナの泣き声で起こしてしまいましたか？」母はリアナが泣く前からここにいると知りながら尋ねる。

「いいえ、違う。ちょっと……眠れなくて」

わざわざ心を読まなくても、この家にヴァレクがいるせいで眠れないのだとわかる。

「リアナに何か必要なの？」母が尋ねた。

「いや、必要なのは僕のほうです」

母はつかのまこちらを見た。「何？」

母の横でひざまずき、その手を両手で握った。「母さんにありがとうと言わなければ」

「いつでも好きなときに来てくれていいんだよ。大歓迎だわ」

「感謝したいのは、もてなしてくれたことじゃないんです。もちろんそれにも感謝しているけど。三十二年前、あの恐ろしい出来事が起きた日、命を守ってくれたことにお礼を言いたくて。一度もきちんと口にしたことがなかった」大きく息を吸い込む。「ありがとう」

母はカップを置いて、ヴァレクの肩に手を置いた。母の爪痕が今も残るその肩に。「いいのよ」

訳者あとがき

〈霊魂の探しびと篇〉、そしてイレーナシリーズの最終巻をついにお届けします！

前作では、ブルンズ・ジュエルローズ率いる《結社》が、魔力への抵抗力を弱める薬テオブロマを使って人々を洗脳し、いよいよシティア全域に支配の手を伸ばしていくところで終わりました。抵抗する勢力として残されたのは、イレーナやヴァレクをはじめとする仲間たち、わずか十数名。しかもブルンズは、現在イクシアでアンブローズ最高司令官を操る強力な魔術師オーエンとつながり、ゆくゆくはふたりで両国を手に入れようとしているのです。そして、イレーナとヴァレクに放たれる刺客……。

いかにも心もとないレジスタンスですが、《結社》の魔手を食い止めるには、とにかくテオブロマの供給源を絶ち、仲間を増やすしかありません。最高司令官が数カ月後に迫った火祭に合わせてシティア総攻撃を計画しているとの情報がある今、それまでに人々の洗脳を解き、《結社》とイクシア軍に立ち向かえるのか……？　物語は大団円に向かって、ぐんぐん疾走していきます。すべてを締めくくるラストのシーンに、きっとみなさんも胸が熱くなることでしょう。

物語のもうひとつの軸となる、イレーナとヴァレクの関係はどうかといえば、前作でヴァレクが魔力を得て、おそらくは妊娠のせいで魔術を使えなくなってしまったイレーナとは立場が逆転、たがいを案ずるあまり、本当の意味で相手を信じることができなくなってしまいます。それは、イレーナの兄リーフとその妻マーラも同じで、やさしく穏やかだったマーラの思いがけない芯の強さを見て、リーフは動揺します。大きくうねる物語によってアイデンティティや相互の信頼を揺さぶられ、それでもしっかりと新しい関係を構築していこうとする人々の真摯な姿も、本書の読み所のひとつです。

イレーナが毒見役になるところから始まっただけあって、微量で人を死に至らしめる〈マイ・ラブ〉、人の身体を麻痺させるキュレア、その解毒剤でありながら魔力を効きやすくさせる副作用を持つテオブロマと、恐ろしくも魅惑的な毒がいろいろと使われてきましたが、今回もうひとつ背筋の寒くなるような毒が登場し、それが物語の大きな鍵を握ることになります。じつはここに前三部作とのつながりが見えて、訳しながら、よく練られたストーリーだなと改めて感心した次第です。いったいどんな解決法が見出されるのか、ぜひ注目してみてください。

もうひとつ楽しいのは、子供たちの活躍です。フィスク率いる助っ人たちはもちろんのこと、性格が正反対なでこぼこコンビのヴァレクの妹弟、天才魔術師ティーガンとおしゃまなリーマ、そしてストームダンス族の魔術師たち、誰もがとても個性的で、キャラクター作りを心から楽しませてもらいました。とくに天気を操るストームダンス族の魔術が魅力的なのは、著者のマリア・V・スナイダーがもともと気象学者だったからかもしれません。

著者は、現在新シリーズを執筆中で、なんと〈銀河の番人〉三部作と呼ばれるSFシリーズらしく、すでに第一作目『Navigating the Stars（星を操縦する）』が二〇一八年十二月に上梓されています。

シリーズ第一作目『毒見師イレーナ』の訳者、渡辺由佳里さんからバトンタッチされ、第二作目からご紹介を続けたイレーナの物語も、いよいよ本書で幕が下ります。思えば三年越しにもなり、イレーナ、ヴァレク、アーリとジェンコ、アンブローズ、リーフ、キキ……みんなともお別れかと思うと、淋しくて仕方がありません。またいつかどこかで会えたら、そう願うばかりです。

二〇一九年九月

宮崎真紀

訳者紹介　宮崎真紀

英米文学・スペイン文学翻訳家。東京外国語大学スペイン語学科卒。主な訳書にスナイダー『イレーナ、失われた力』『イレーナ、闇の先へ』、ナルラ『ブラックボックス』(以上、ハーパー BOOKS)などがある。

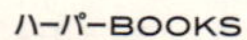

イレーナ、永遠(えいえん)の地(ち)

2019年10月20日発行　第1刷
2019年11月20日発行　第2刷

著　者　マリア・V・スナイダー

訳　者　宮崎真紀(みやざきまき)

発行人　フランク・フォーリー

発行所　株式会社ハーパーコリンズ・ジャパン
東京都千代田区大手町1-5-1
03-6269-2883 (営業)
0570-008091 (読者サービス係)

印刷・製本　中央精版印刷株式会社

定価はカバーに表示してあります。

ISBN978-4-596-54110-9

それは死刑囚の少女に残された
生きるための、ただ一つの手段

毒見師イレーナ

マリア・V・スナイダー　渡辺由佳里 訳

すべてはここから始まった――

世界大ヒット、
壮絶サバイバル!

定価：本体907円＋税
ISBN978-4-596-55002-6